U0567032

百部红色经典

汾水长流

胡正 著

北京联合出版公司
Beijing United Publishing Co.,Ltd.

图书在版编目（CIP）数据

汾水长流 / 胡正著. -- 北京：北京联合出版公司，
2021.7

（百部红色经典）

ISBN 978-7-5596-5064-1

Ⅰ.①汾…　Ⅱ.①胡…　Ⅲ.①长篇小说-中国-当代
Ⅳ.①I247.5

中国版本图书馆CIP数据核字(2021)第030330号

汾水长流

作　　者：胡　正
出 品 人：赵红仕
责任编辑：李艳芬
封面设计：李雅楠

北京联合出版公司出版

（北京市西城区德外大街83号楼9层 100088）

北京新华先锋出版科技有限公司发行

大厂回族自治县德诚印务有限公司印刷　新华书店经销

字数327千字　787毫米×1092毫米　1/16　20印张

2021年7月第1版　2021年7月第1次印刷

ISBN 978-7-5596-5064-1

定价：49.00元

版权所有，侵权必究

未经许可，不得以任何方式复制或抄袭本书部分或全部内容

本书若有质量问题，请与本社图书销售中心联系调换。电话：（010）88876681-8026

出版前言

　　为庆祝中国共产党成立100周年，全面展现中国共产党成立以来中华民族辉煌的发展历程、取得的伟大成就和宝贵经验，集中体现中华民族的文化创造力和生命力，北京联合出版公司策划了"百部红色经典"系列丛书，希望以文学的形式唱响礼赞新中国、奋斗新时代的昂扬旋律。

　　本套丛书收录了近一百年来，描绘我国人民在中国共产党的领导下艰苦奋斗、开拓创新、改革开放的壮美画卷，充分展现我国社会全方位变革、反映社会现实和人民主体地位、弘扬社会主义核心价值观、讴歌中华民族伟大复兴中国梦的100部文学经典力作。

　　本套丛书汇集了知侠、梁晓声、老舍、李心田、李广田、王愿坚、马烽、赵树理、孙犁、冯志、杨朔、刘白羽、浩然、李劼人、高云览、邱勋、靳以、韩少功、周梅森、石钟山等近百位具有代表性的中国现当代著名作家。入选作品中，有国民革命时期探索革命道路的《革命的信仰》《中国向何处去》，有描写抗日战争的《铁道游击队》《敌后武工队》《风云初记》《苦菜花》，有描绘解放战争历史画卷的《红嫂》《走向胜利》《新儿女英雄续传》，有展现新中国建设历程的《三里湾》《沸腾的群山》《激情燃烧的岁月》，有寻找和重建民族文化自信的《奠基者》，也有改革开放后反映中国社会现状、探索中国道路的《中国制造》，同时还收录了展现革命英雄人物光辉事迹的《刘胡兰传》《焦裕禄》《雷锋日记》等。

本套丛书讲述了丰富多样的中国故事，塑造了一大批深入人心的中国形象，奏响了昂扬奋进的中国旋律。这些经历了时间检验的文学作品，在艺术表现形式、文学叙述方式和创作技巧等方面都具有开拓性和创造性，作品的质量、品位、风格、内涵等方面都具有很高的水准，都是有筋骨、有道德、有温度的优秀作品，很多作家的作品都曾荣获"五个一工程奖""茅盾文学奖""鲁迅文学奖""国家图书奖"等奖项。

为将该套丛书打造成为集思想性、艺术性、时代性为一体，展现新时代文学艺术发展新风貌的精品图书，北京联合出版公司成立了由出版界、文学艺术界的资深专家和学者组成的编辑委员会。他们从文学作品的历史价值、文学价值、学术价值、现实意义等维度对作品进行了深入细致的研读和筛选，吸收并借鉴了广大读者的意见与建议，对入选作品进行深入细致的分析与综合评定，努力将"百部红色经典"系列丛书打造成为政治性、思想性和艺术性和谐统一的优秀读物，向伟大的中国共产党成立100周年这一光荣的日子献礼！

目 录

第一章	/ 001	第十五章	/ 119
第二章	/ 010	第十六章	/ 128
第三章	/ 022	第十七章	/ 136
第四章	/ 026	第十八章	/ 142
第五章	/ 032	第十九章	/ 165
第六章	/ 041	第二十章	/ 188
第七章	/ 054	第二十一章	/ 201
第八章	/ 061	第二十二章	/ 221
第九章	/ 069	第二十三章	/ 233
第十章	/ 077	第二十四章	/ 244
第十一章	/ 095	第二十五章	/ 265
第十二章	/ 100	第二十六章	/ 277
第十三章	/ 107	第二十七章	/ 286
第十四章	/ 112	第二十八章	/ 304

第一章

黄昏时分，杏园堡村的人们刚刚回到家里吃夜饭，噹噹噹的锣声和敲锣人的喊叫声，就沿着街巷响过来了：

乡里社里有命令，
男女老少都听清。
今天夜里有霜冻，
社员组员齐出征。
自带一捆高粱秆，
庙院门口来集中。
今晚防霜最当紧，
为得夏秋好收成。
……

敲锣传令的郝同喜在村里喊叫了一圈以后，曙光农业社的社员们和一部分互助组组员们，便背起高粱秆，陆陆续续地来到庙院门前的空场上。当人们正抬头看着大槐树树梢的摆动，看着钟楼顶上的月亮和星星，议论着今夜晚的防霜时，忽然有谁高叫了一声：

"嘿，你们看，那是谁赶着牛跑来了！"

人们往街道上看时，只见是农业社的党支部书记郭春海，他赶着一头大黄牛，牛背上还驮着四捆高粱秆。那年轻的郭春海，头上扎着一块白毛巾，身上穿一件黑棉袄，腰里系了一条雪白的腰带。身高肩宽，剑眉圆眼。在这月黑夜里，越显出他那青年英俊的姿态。听见人们叫他，他就扬起鞭子，在空中啪啦啪啦地响了两声，那大黄牛也就蹦跳着跑到庙门前来了。

小伙子们一见郭春海，就围上来。有的帮着把大黄牛拴到槐树上，有的亲热地说道：

"哈，哈，咱们支书无论干甚都要起带头作用，人家都带一捆高粱秆，你怎么驮来四捆？"

"海子哥想得也妙，把老黄牛也动员上参加防霜来了。"

……

小伙子们正围着郭春海说笑，想不到却惹恼了他们后边站着的一个人。这人有三十多岁，上身披了一件皮袄，头上戴着一顶毡帽，在那方圆的虚胖脸上，一双细眯眯的眼睛，恰似进开的黑豆荚里藏着两颗黑豆。听到小伙子们夸奖郭春海，他心里一阵不舒服，就接着说了一句：

"哼！几捆高粱秆也值当得使牛驮！"

小伙子们一听这怄气话，便立时回过头来，但瞪眼看时，才看见是他们的副社长刘元禄。小伙子们虽然心里不服气，表面上却不好意思顶撞他们的上级。郭春海呢，他从家里出来时，为了多拿几捆高粱秆防霜，才想出了这个办法；为了使唤牛驮，还和父亲吵了一顿。而今刘元禄却当着众人说这种话，他心里自然生气，但又不愿意在众人面前和他吵嘴。这时，刚巧老社长徐明礼走过来。徐明礼知道刘元禄跟郭春海平素面和心不和，短不了吵嘴拌舌。刚才县委会来电话通知防霜，他俩还争吵了一顿：刘元禄怕白劳累一夜，劳民伤财；郭春海却说，应当相信气象预报，发挥农业社的优越性，避免减产，因此坚持要防霜。眼下，徐明礼也怕他俩当着众人争吵，便拉着郭春海说道：

"算啦。一句闲话，就当他没有说，你没有听见。天气不早了，人也来得差不离了，我看咱们就开会吧。"

于是，社长徐明礼就宣布开会，先让乡长张月清讲了几句防霜的意义，随后又说明了今晚上的防霜办法：农业社按生产队分配地段；互助组由组长带领，到村外西北面用高粱秆摆好一排火堆；民兵们集中到庙上睡觉，后半夜以打钟为号，分头去点火熏烟。

社长徐明礼刚宣布完毕，各生产队的队长和社员们就立刻叫喊起来。队长叫社员，社员叫队长。一阵叫嚷之后，各生产队的队长又向社员们分配开任务，定下地点，然后社员们就背起高粱秆出发了。

乡、社干部们在讨论防霜办法时，便确定了分工：支书郭春海和社长徐明礼领导农业社防霜，乡长张月清领导互助组和单干户防霜。眼下，当农业社的社员们出发以后，张月清检点人数时，看见互助组和单干户来的人太少，便临时又抽调了几个干部，分派去动员互助组和单干户。刘元禄因为兼任着乡武装委员会的副主任，所以张月清也临时把他抽调过来，并且和他商议道：

"你是和村主任他们领导互助组呢，还是和我去督促单干户？"

刘元禄觉得单干户一家一户的不好督促，便说："我就和村主任领导互助组吧。"乡长张月清便给他分配了督促周有富等三个互助组的任务。刘元禄刚领了任务，就神气十足地独自走了。他想先回一趟家，提一盏马灯。他既然是去做领导工作，而且又是动员富裕中农周有富，那当然就应当提一盏照明的马灯。

一霎时，庙门前的场子上已空无一人。农业社的社员们和一部分互助组组员们，已经背着高粱秆，按照指定的地点，分头向村外走去。有的是三人一群，有的是两人一伙，也有的是一人一路。郭春海因为驮了四捆高粱秆，所以也是一个人赶着老牛往村外走。一路上，他看着社员们那股欢劲儿，心里也高兴起来。往年春天遇到霜冻，哪能有这种阵势，一家一户的怎能扛住这么大的灾害！办起农业社后的第一次声势浩大的集体行动，竟使好多农业社员激动起来：有的社员一面走，一面还大声吆喊着返回家里背高粱秆的人，有些年轻社员，竟高声唱起秧歌。年轻的郭春海一听那秧歌，也兴奋地响了一声牛鞭，仰起头唱了起来。

郭春海正高兴地唱着秧歌往村外走，耳风里忽听得有谁笑了两声。他定睛一看，怎么竟走到周有富那老顽固的大门口来了！心里一时慌跳，秧歌也唱不出口了。当他正要迈开大步走过去时，忽然又听得有谁叫了他一声：

"支书同志，怎么不唱啦？"

郭春海一听那耳熟的声音，回头又看见那两条长辫子在眼前一晃，他就心热地叫了一声：

"啊，红莲！"

杜红莲低声笑着说道：

"我就听出是你来了。"

郭春海也高兴地问道：

"你出来做甚？"

杜红莲却先问他：

"你们干甚去？"

郭春海说："到麦地里熏烟防霜。"

杜红莲一听说郭春海到麦地去熏烟防霜，就回头看了看院里，院里是黑洞洞、静悄悄的。刚才郝同喜敲锣时，她就劝她后爹周有富也去防霜，周有富却说："什么气象台和广播台，哼！农业社不心疼高粱秆，叫他们熏烟去吧，咱是互助组，咱可误不起瞌睡。"所以全家人早就熄灯睡觉了。但杜红莲听了郝同喜那锣声，随后又听见街上人们来来往往的嚷叫声，想象着农业社社员们到麦地里熏烟防霜的热闹情景，就不想睡觉了，心想："自己是一个青年团员，他不相信气象预报，自己还能不相信？他不响应政府的号召，自己也跟上他睡懒觉？"再说，杜红莲是多么想和农业社那些年轻人们一块儿红红火火、热热闹闹地到地里干活啊！她实在不愿意闷在家里。她正发愁自己一个人怎么去防霜，就听到郭春海那动心的歌声，她便大胆地走出门外，而且还提出了一个更大胆的要求：

"支书同志，我也跟你去防霜吧？"

"你跟我去？"

郭春海倒有些犹豫了。在这黑暗的夜里，他们两个年轻男女相跟着到村外去熏烟防霜，要是给那些封建疙瘩看见，会说些什么话？在群众中会有什么影响？让那顽固的周有富知道后，又会对她怎样呢？也许，杜红莲不过是顺口说一说，只要自己一拦挡也就罢了。不料杜红莲却把一双长辫子往后一甩，赌气说道：

"他们不防霜，还能挡住我防霜？刚才老同喜敲锣时，还动员我们出来防霜，你要不想带我走，我就一个人去。"

郭春海见她这样坚决、大胆，说得也在理，便高兴地答应了她。杜红莲也就立时气消云散，笑着看了郭春海一眼，便和郭春海相跟着走出村去。

一路上，郭春海心里一直是热突突的。他们好久没有见面，没有说话了。今晚上，好容易有这样一个机会，他何尝不愿意和红莲好好地说说话呢！他就和红莲并排走起来。忽然，他的左手一下子碰着红莲的右手，郭春海心里跳了一下，她呢，她却轻声地笑笑，而且也有意用手碰了他一下。可是，当郭春海第二次用手碰她时，她却闪手躲开了。郭春海心里一阵冰凉，刚预备好的几句话语也说不出来了。是啊，自从那年正月十五闹红火以后，只在村剧团、夜校里或遇到什么工作时见见面，也没有说过什么知心话，谁晓得今晚上她到底是什么意思呢？

杜红莲却仍是仰着一副笑脸，虽然她这时候心里也是热烘烘的，但她还不敢断定是因为参加防霜呢，还是因为相随着这位年轻的支部书记郭春海。自从那年元宵节闹红火以后，她倒是常想见他，见了他心里就觉得快活。可是，这能不能就算是对他有了意思呢？

杜红莲原是南村人，九岁上死了父亲，就跟随上后嫁的母亲到了杏园堡。她长到十五岁，村里人都夸奖她长得漂亮。正月十五闹红火时，就选她上了"背棍"。这地方最时兴"背棍"。就是一个男人在背上背一根铁棍，把一个女孩子绑在上面，铁棍由双方的衣服遮掩着，因此看不出来。有时，铁棍从男人伸起的袖子里伸出去，再经过一把扇子或一把旱伞和上面女孩子的裙子的遮掩，好像女孩子站在扇子或旱伞上一样。男女双方扮演的角色，大都是当地流行的戏曲或秧歌节目，如《打金枝》《宝莲灯》《四姐挑菜》《五哥放羊》，等等。在挑选扮演者时，背铁棍的男子要身强力壮，会扭；"背棍"上的女子则要聪明漂亮。每年正月十五闹红火，村里总要挑选几个最好看的女子上"背棍"，而谁家的女子如果上了"背棍"，开春以后，媒人就会踏烂谁家的门槛。

那年正月十五选上杜红莲上"背棍"，让她装扮了一位玉堂春。一说要演《玉堂春》，恰巧又打动了敲锣传令的照庙老汉郝同喜。郝同喜一提起《玉堂春》就没命了，他特别喜爱这出戏。别人对于他特别喜爱这出戏虽然也知道一点缘故，却不知道他的劲头会有这么大：他要扮演背铁棍的王金龙。别人都说他年老气衰，怕背不动，他就抖抖精神说："论力气，不减当年；论架势，在这方圆几十里以内也算个老把式吧！"他非要扮演这角色不行。没有办法，年轻人们就只好直爽地提出："那就改扮《打渔杀家》的萧恩吧。王金龙是个年轻漂亮后生，你满嘴胡须，一脸皱纹，不相宜。"这一说，虽然他有点伤心，可并没有退让。他就刮了胡须，一股劲儿往脸上抹粉，像和了泥抹墙缝一样。不顾别人的反对，就装扮起王金龙来。别人看到这光景，也不好意思硬拦挡他。因为这是闹红火的事，而且郝同喜在村里也算个红火人，年轻时候，也确是闹红火的好把式。郝同喜把铁棍紧紧地绑在身上，人们又帮忙把装扮成玉堂春的杜红莲绑上铁棍。锣鼓一响，郝同喜就像斗活龙一样扭出来。一出庙院门，那些挤着看热闹的人们看见这么标致的玉堂春，还有那扭得欢蹦带劲的王金龙，就叫起好来。有几个年轻人还把手指放在嘴里打起哨子。郭春海当时正在敲鼓，一见这情景，也高举起鼓槌，飘起鼓槌上那红绸穗子，更加用劲地擂起鼓来。郝同喜是经不住夸奖的人，听到叫好，他就扭得更得意、更带劲了，真如一条活龙般扭来扭去。可是，总因为他上了年纪，扭到高兴时，一不小心，腰一闪，足一滑，眼看就要摔倒，"背棍"上的杜红莲也跟着要倒下来。当时真把看热闹的人们惊呆了。但就在杜红莲刚要倒下去时，突然那擂鼓的郭春海一步抢上去，伸手就接住了她。受惊的杜红莲只叫了声"海子哥"，便无力地闭着眼睛，偎在郭春海的怀里……

这以后，杜红莲见到郭春海，心里就觉得亲切、热乎。但他们除了正月十五闹红火，除了五月端午、七月十五赶庙会时见见面，说话的机会就不多了。郭春海不愿意仗着救过她再去找她，她也没有因为这一次的恩情而许下终身心愿。

解放后，村里办起了夜校，虽然他俩可以经常见面，但是郭春海还看不出她对自己有什么特别的意思。因为杜红莲那火喷喷、热辣辣、喜闹好耍的性情，好像对谁也是那么尽情地开心。这中间竟有好几个年轻小伙子对她有了意思。比如夜校散学以后，因为她住的那条小巷里就只她一个人上学，所以每次散学后，夜校教员总要让同学们送她回家。起先是女同学们送她回家，后来那些年轻的男同学们也争着送她。一路上，同学们自然也要说说笑笑。有一次，一个青年送她回家时，故意用肩膀碰了她一下，她却只是不在意地笑笑；快到她家门口了，那青年突然一下抓住她的胳膊，这一来，她真有点心慌。但她忽然回头一看，就大声叫道："看后面那个黑东西，看狼！"那青年一松手，再回头看时，她几步就钻进家门去。随后，她又探出头来，笑着说了句："今晚上谢谢你啦，以后可不敢再劳驾了。"就这样，她来到这村里已经十年，并且长成十九岁的大姑娘，也还没有一个年轻人敢向她提亲。郭春海呢，虽然心里头早就爱上了她，可是却一直猜不透她的心思。就说今天晚上吧，她究竟为什么会这样大胆地突然跑出来呢？

春海和红莲相跟着走出村外，沿着村外地里的小路向前走着。黑夜里，隐隐约约地看见田野里有许多背着高粱秆的人影走动着。有些人提着马灯，好像田野里闪着几颗星星。也有的人拿着手电，亮光一闪一闪。看着这情景，又听见远处人们的吆叫声，杜红莲真觉得新奇高兴。

春海和红莲一直走到汾河畔杏园东边的那块麦地里。郭春海把黄牛拴在地头的一株杏树上，把牛背上的四捆高粱秆卸下来，杜红莲就帮着他在麦地北头摆起火堆。

郭春海第一次和杜红莲在一起劳动，只觉得浑身是劲儿，一伸手就提起一捆高粱秆。杜红莲呢，也伸过手来，要和他伙抬。春海说："黑洞洞的，小心扎了你的手。"红莲嘴里说着："我的手才不怕扎哪！"心里却感到一股温暖。因为她跟着后爹周有富上地劳动，不论多么苦重的活计，周有富从来没有心疼过她，而只是要她一个劲儿动弹。她那不懂事的隔山哥哥周和尚，也是木愣愣的不知道心疼别人。只有她妈妈有时候还照顾她休息一阵。可是，女儿长大了，单有妈妈的疼爱已经不够了。

杜红莲一面帮着郭春海摆火堆，一面又心急地问道：

"甚时点火呀？"

春海说："听气象台的报告，约莫是后半夜才降霜。等防霜指挥部一下命令，民兵们就来点火熏烟。"

红莲忽然歪过头问道：

"今晚上真的会降霜？"

春海说："你还是青年团员，怎么也不相信科学？气象预告，十有九准。"

"我当然相信科学，可我那后老子硬说今晚上不会下霜。就说防霜吧，我们互助组哪能像你们这样齐心！"

说到农业社和互助组，快活的杜红莲就犯愁了。因为去年冬天办农业社时，她曾经和她后爹周有富闹过要入社。周有富却是坚决不入社。杜红莲自从高小毕业后，便立志要给村里做一些有益的事情。如办民校、讲卫生、参加村剧团宣传等，不论村里有什么集体活动或上级布置下什么工作，她总是积极参加。上级号召成立互助组，她就积极动员她后爹周有富参加，她还热心地在互助组里当了记工员。到后来，她看到互助组那"春紧夏松秋垮台"的样子，只是干着急没有办法。去年冬天办农业社，虽然她后爹说甚也不参加，她还是每天到农业社来，看一看心里也爽快啊！她看到那老会计趴在桌上慢腾腾地登记牲畜、土地数字，急得她真想立时到农业社当一名会计或统计。以后她看了一部反映农业合作化、机械化的电影，又急着想当一名拖拉机手了。是啊，当一名女拖拉机手多痛快，对农业增产多有用！她曾经多么激动地想象过自己参加农业社以后的美好前途！可是周有富却死不愿意入社，还要她守在家里。杜红莲真不愿意和她那铁脸后爹、木头哥哥闷在家里，也真怕和他们在一块儿动弹的时间长了，会把她憋闷死。因此，自从办起农业社，她就更觉得在家里愁闷人，也更向往农业社了。

摆好火堆，郭春海想起要回庙里值夜，杜红莲也想起她走时没有关好大门。他们只好又相随着走回村里来。一路上，他们看见好多麦地头上已经摆好一排排火堆，杜红莲就新奇高兴地对郭春海说道：

"啊呀，这么多火堆，后半夜点着以后，四处冒起烟来，那才好看哪！"

郭春海也兴奋地说：

"是啊，今晚上这阵势真摆布得不赖。三道防线，一片烟雾。"

红莲一听说有这般情景，自然不想待在家里睡觉。她又问春海：

"点火时你去不去？"

春海说："当然去啊！"

她就央告春海：

"那你再叫上我吧。"

春海一听这话，心里自然高兴，便随口答应："好。"可是，回头又想到她的后爹周有富和她家那条看门的大黑狗，就摇摇头说道：

"叫你后老子听见呢，骂我一顿不要紧，你也就不用想出来点火了。"

红莲说："不怕，你叫的时候声音轻点、低点，为甚要叫他听见！"

春海说："声音太低了你也听不见。"

"那你就再唱你那秧歌吧。"

一提起唱秧歌，春海忽然想起敲钟。他就高兴地对红莲说：

"点火时要敲钟，你听见敲钟，就到大门口等我好不好？"

红莲一听这办法更好，就说：

"好吧，可是钟一响你就来呀，不要让我在门口老等。"

两个年轻人就这么高高兴兴、说说笑笑，不知不觉地走到了杜红莲家门口。当红莲正要进大门时，忽然从大门里出来一个人，红莲和春海都吓了一跳，他们还以为是红莲的后爹周有富呢！等那人走出大门，春海和红莲才认出是刘元禄。

刘元禄见他们俩相跟着从村外回来，就歪着脑袋问了一声：

"到哪里去来？"

他俩都毫不在乎地一齐回道：

"防霜！"

刘元禄知道他们没有好话回他，也就只好瞟了他们一眼，气恨恨地走了。

刘元禄挑选动员互助组防霜的任务时，原以为互助组比单干户好动员，只要催动一下互助组组长就行了。但他叫了周有富好一阵，这个互助组组长却躺在被窝里，说什么也不想起来。最后也只不过答应他"到后半夜再说"。他对这位富裕中农又不敢发脾气，没有办法，就只好闷闷不乐地走出大门，谁知道一出大门又碰到那冤家对头郭春海，真是气上加气。这时，阵阵的西北风已经刮起来，刘元禄只觉得身上一阵寒冷，也不想再去动员别人了，他就弯回来，走进庙院斜对门赵玉昌的小铺子里。

第二章

　　刘元禄走进赵玉昌的小铺子，就像一个老主顾那样，往桌子旁边的椅子里一坐，叫了声：

　　"来二两！"

　　赵玉昌一见刘元禄进来，便把手里的报纸放在桌上，把煤油灯移到他跟前，一面给他打酒，一面问：

　　"怎么你没有去防霜？"

　　刘元禄先喝了一口酒，然后就发起牢骚来：

　　"嘿，不用提啦。乡长让我领导互助组，可我叫了几个互助组组长，都不想去防霜。刚才我去叫周有富，他倒睡啦，怎么叫喊他也不起来。叫不动他也罢了，一出门，又碰上郭春海，还相跟着杜红莲。"

　　"怎么？"赵玉昌一听说深更半夜的，一男一女相跟在一起，就紧跟住问道，"他们相跟着到哪里去啦？"

　　刘元禄说："看样子是从野地里回来的。杜红莲回了她家，郭春海到庙上去了。"

　　"噢，噢！"

　　赵玉昌好像听到一个好消息那样，又高兴地玩弄开手里的两颗核桃了。让那两颗油亮的核桃在手心里转了几圈，他的脑子里也就转出一个主意来了。于是，他也打了一壶酒，又到柜台上拿了几块豆腐干。随后，他又故意问刘元禄：

"你不是看错人吧？郭春海人虽年轻，可总是你们的党支书，村里的头面人物，又是县委李书记眼里的红人，我看不准是他吧。"

刘元禄说："没有错，他还顶了我一句哪。哼，李书记眼里的红人？"一提到县委李书记，刘元禄就想起年前冬天办社时，李书记表扬郭春海，批评自己的事了："要不是李书记一手提拔他，论资格，凭本事，怎么能轮上他当支部书记！"

"是啊！"赵玉昌接着便奉承了刘元禄几句，"不用说我，就说村里的干部和群众，哪个不说咱村里的工作就数你的功劳大。"随后，赵玉昌又把话题转到郭春海和杜红莲身上，一面慢悠悠地转着手里的两颗核桃，一面又装出一副为难的样子说道：

"郭春海既然是台面上的人物，今晚上这事情可就有点麻烦。那杜红莲是有了主的人，这要叫外人知道了，对郭春海影响不好，对李书记面子上也不好看啊！"

"杜红莲有了主啦？"刘元禄对这一层还不知底细，便瞪起眼追问道，"谁呀？"

赵玉昌急忙回道："亲事倒没有说定，你没有听说她后老子周有富有意让她和她隔山哥哥周和尚成亲？这事情你们老社长也知道。杜红莲妈后嫁给周有富，就是你们老社长给管的媒。"

"嗯！"刘元禄只是点了点头，不再说了。他心想那一贯和稀泥的老社长徐明礼，这一回大约总要管一管这事吧。

这时候，街里忽然响起一阵年轻人的吆叫声，刘元禄知道是民兵们正往庙上集中，他想到自己也要值夜，想到自己在这个富农兼商人的小铺子里也不便多坐，便站起来要走。

赵玉昌也没有留他。他那贼眼已经看出刘元禄的几分心事，自然也用不着再多说话。虽说刘元禄暗里还在他铺子里入了股子，但说到这些是非，还是小心为妙。他便赶紧站起来，急忙拿了两个枣泥饼子，一面硬塞到刘元禄怀里，一面说着：

"带着吧，副社长，叫你半夜里压压心慌。两个饼子算甚哪，你整天地为众人忙累，到晚上也不能睡一会儿安生觉……"

在农业社的办公室里，乡、社干部们都集中在这里，轮流守候着电话机和温度表，准备霜降时立刻敲钟点火。夜深了，该轮到老社长徐明礼值夜了。郭春海看着披件老羊皮袄趴在桌子上睡觉的老社长，看着这位上了年纪的老社长的疲累、瞌睡的样子，又不想叫醒他了。年轻的郭春海想着今夜的防霜将对农业社的增产有很大影响，想到自己的重大责任，心情竟有些紧张。同时，也因为办起农业社以后的第一次集体行动，使他心情激动，他不想睡，躺下也睡不着，就提起马灯，轻轻地走出办公室，到院里看了看温度表，温度还没有下降。

他又走到那原是大庙的正殿、现在改成了乡公所和农业社的会议室里。集中在这里的民兵们，刚才打了一阵扑克、敲打着锣鼓唱了一阵秧歌之后，就在桌子上、凳子上、地下，你靠着他、他偎着你地睡着了，而且每个人都带来了一把镰刀。那是因为刚才郭春海从村外回来，看见好些互助组和单干户的地头上还没有摆好火堆，所以他又让民兵们每人带一张镰，后半夜点火时，见哪个地头上没有高粱秆火堆，就割些柴草点着熏烟。现在，有些民兵就坐在镰刀把上，靠着墙睡着，好像战争时紧抱着武器睡觉一样。看到这情景，郭春海就想起了解放战争时期，当民兵的那种紧张愉快的斗争生活。那时他是这村里的民兵副队长，时常和民兵们挤在一块儿睡觉，有时在这庙里，有时在野地里。土地改革时，他当了民兵队长，也是每天晚上和民兵们挤在这庙里睡觉。不是押守地主，就是照看斗争果实，还要在村里放哨巡查。土地改革以后，大家都忙着闹生产，民兵们也很少在一起集中了。自从成立农业社以后，特别是今晚上为了防霜，他们一下子就动员了全社和全村的人，民兵们也都高高兴兴、齐齐楚楚地集中在这里，准备着迎接一场新的战斗任务。郭春海看着这些青年伙伴们，心里一阵热乎，一时又舍不得走开了。他刚提着马灯在屋里绕了一遭，一阵惊心的电话铃声就传了过来，他急忙跑过办公室去，抓起耳机，听了县委会防霜指挥部的霜降警报；又到院里看了看温度表，温度正在迅速下降，他便迅急奔上钟楼，敲起钟来。

当当当的钟声和民兵们在庙院里的呼唤声响了一阵之后，干部和民兵们便按照原先布置好的路线出发了。

老社长徐明礼提了一盏马灯，和副社长刘元禄相随着到村外巡查去了。前半夜，刘元禄从赵玉昌小铺里回来后，就把郭春海和杜红莲从野地里相跟回来的事，添油加醋地报告了老社长。老社长徐明礼听后，却是半信半疑。他觉得郭春海人虽年轻，但走路端正，办事稳重，不像刘元禄翻来覆去、颠三倒四。但生性随和的老社长，最后还是经不住刘元禄的生揸硬掇，只得相跟上刘元禄，到郭春海负责点火熏烟的地段查看去了。

他俩走到河畔麦地头上，看见地头上虽有四堆烟火，只是不见郭春海。他俩四处察看了一下，就往地崖底河畔上走了几步。忽然，他们听见河滩里有人说话，还有割草的声音。他俩就向河滩里走去。走了几步，又听不到说话声了。河滩里静悄悄的，只听见汾河里的流水声。刘元禄想了一下，就冒叫了一声：

"谁在那里割草？"

崖畔底下的郭春海站起来，答应了一声：

"我！"

刘元禄一见郭春海站起来，就想到杜红莲，如果杜红莲也藏在这里，看他老社长再说半句不相信。于是他又冒叫了一声：

"还有谁在那里？不出来，我就去搜查！"

"不用搜查！"随着这一声答话，杜红莲早站了起来，"我正要找你们哪。"

这句话倒使刘元禄和徐明礼有些愣怔：

"你找我们干什么？"

杜红莲一手拿着一把镰刀，一手抱了一堆碎柴烂草，走到徐明礼和刘元禄面前说道：

"社长、副社长你们听着，你们农业社防霜，我们互助组也应该防霜吧？刚才我让你们支书把高粱秆给我家地头上点一捆，他说甚也不肯，我说：'你们整天说农业社带动互助组，就连这点点互相帮助也没有？'后来他才和我到河滩里收拾了一堆碎柴烂草。社长、副社长你们说一说，他应不应该帮助我们防霜？"

老社长听了红莲这一番话，真觉得这女子心灵嘴巧，虽然他还有几分疑惑，可是看着春海负责的地头上那四堆烟火，看着他们一人抱着一堆柴火，他自然不能再说什么话了，就笑着对红莲说：

"应当帮助嘛。来，我们也一块儿帮助你家弄几堆烟火吧。"

刘元禄真没有想到老社长又把这事和了稀泥，而且自己还不得不伸手帮助杜红莲拢起两个火堆。

郭春海和徐明礼帮助杜红莲点着火堆，压上土，看着浓烟冒起来以后，这才相随着沿河畔走去。沿河畔的麦地头上，点起了一排火堆，浓烟随着西北风铺盖到麦地里，真像从天上落下来满地云彩。当他们走到郭守成负责的那块麦地头上时，怎么既看不见冒烟、也看不见有人点火呢？他们走过去一看，才发现这儿原就没有摆下火堆。郭春海正在又急又气，突然从河畔渠里跳上一个人来。

这人名叫王连生。今年四十多岁。头上长了一头乱蓬蓬的头发，脸上生了乱蓬蓬的胡须。身上披着一件开花破棉袄，手上拿着一把镰刀，怀里抱着一大堆碎柴烂草。他跳上渠堰，就对着郭春海嚷叫道：

"春海，当着你的面，我也要说一说你那老子。前半夜我送了高粱秆回村，正碰上你老子郭守成，你猜他怎么着？背了一捆高粱秆从地里回来了。我问他：'大家都往村外送高粱秆，你怎么倒背了高粱秆回家？'你猜他说什么，他说：'我儿驮了四捆高粱秆，我家还多出了两捆哪。'我怎么劝他都劝不住。刚才我出来点火就不放心，到这里一看，果然一捆高粱秆也没有，我就赶紧收拾了些碎柴烂草。"

郭春海一听这话，自然恼火。自己那落后自私的老爹，竟不顾在这样的紧要关头上耽误下大事。他便对老社长和刘元禄说道：

"你们先在这里巡查，我回去叫我爹再补一捆高粱秆来！"

他说罢就走，老社长却一把拉住了他：

"算啦，已经误事了。随后你再批评他吧。"

王连生也说："你回去再叫他来也赶不上了。我在渠堰畔搂割到不少柴草，我看管够拢两个火堆。"

郭春海听到老社长和王连生的话有理，只好按下火气，心想等天明后再回去批评自己那不守纪律的老爹吧。于是便帮着王连生拢起火堆来。这一来，刘元禄反倒生气了。刚才他和老社长碰见郭春海和杜红莲，老社长和了稀泥；眼下他正要看看郭春海怎样处理他老子，老社长又给他敷衍过去，而且还加了一个王连生。看到王连生，他就想到王连生入社的问题还没有解决，而他是坚决不同意王连生入社的，便瞪起眼冲着王连生问道：

"你既不是民兵，又不是社员，谁叫你到这里点火？"

王连生说："生产队队长张虎蛮。"

刘元禄更生气了：

"你还没入社，倒有了队长啦！谁把你编到张虎蛮那个队的？"

王连生说："今后晌我从城里回来，正遇上你们开会布置防霜，我就找到张虎蛮要求入社，他让我先跟上他们来防霜。"

刘元禄说："你还是快到你家地里防霜去吧。你在这里也是白动弹。不给你记工分是小事，冻了你的麦苗我们可不管。"

王连生一听这话，心里一阵冰凉。但他仍然央告道：

"不记工分就不记工分，反正我要入社。今晚上正好，支书、社长都在这里，我求了你们一冬天，你们就答应了叫我入社吧。"

雇工出身的王连生，虽然在土地改革时分了十亩地，但他的瘦女人却一连给他生了四个孩子。而且他女人年年闹病，闹病就要吃药，吃药就要花钱。女人一病，他还要守在家里伺候病人，照料孩子。地里庄稼作务不好，自然打不下粮食，开春以后，只好借粮、欠债。欠债利大不要说，借粮更是活坑人。穷人家粮食不富裕，只好向富农赵玉昌借。春天借一斗高粱，夏天就要还一斗麦子，迟到秋天，就要还二斗高粱。王连生年年欠债，年年还不起，亏空越来越大，就把土改时分的一些家具卖掉，三不值二，也顶不了大事，又只好把他和刘元禄在土改时伙分的那半头骡子折卖给刘元禄。

没有牲口，就更难作务庄稼。他在互助组里让有牲口的人给他耕种一天地，就要还人家三个人工，用畜工换人工，真比雇短工还杀剥人。王连生没有牲口也积攒不下粪，工粪不到打不下粮食，一年下来又是一屁股饥荒。债主催逼紧了，只好卖地。土地改革时按四口人分的十亩地，而今添人进口，已经不够种了，但债务逼到头上，还只好把那二亩好地卖给周有富。庄稼人少地没牲口，自然更打不下粮食，因此他年年是刚收罢秋，还清债，就没吃的了，没办法，只好到城里找点苦活糊口。去年收罢秋，他就到城里和一家醋坊定了三个月的合同。当他正发愁来年开了春怎么耕种庄稼、怎么过活时，就听说村里要办农业社。那时候，城里也有宣传队上街宣传，有的是化装演戏，有的是大声讲演，都讲的是社会主义过渡时期的总路线。听了那些宣传，特别是知道了农业社的优越性以后，他心里就热腾腾地想着："毛主席又给自己指出一条活路，指出一条明路了。"便下定决心要参加农业社。他觉得参加农业社比土改还要靠实。土改后，靠土地、靠牲口，都没有靠上，小农经济真是禁不住风吹雨打，眼看着又分开穷富，还能再来一次土地改革吗？入了农业社，就可以靠着农业社稳步登高了。

但是，醋坊里因为和他定了合同，一时又找不到替工，便劝他先回村报了名，等合同期满再回去入社。他白天没空回村，便连夜赶回村里来要求入社。头一夜回来，社干部们正在开会；第二趟回来，又遇上社干部们到区上开会；第三回他找到社长和副社长，想不到副社长刘元禄却给他泼了一瓢凉水：刘元禄嫌他穷，怕他没有投资，怕他出不起股份基金，怕他入了社连累众人。他虽然遭到刘元禄的拒绝，他还是不死心，第四回又找到郭春海。郭春海知道他的苦处，不但同意他入社，还劝他按合同做完工，好拿几个钱回来给社里投资。好容易等到今天合同期满，晌午算清账，他连饭都没顾上吃，便赶回来。

回到村里，说听社干部们正在布置防霜，他便找到他的邻家张虎蛮要求入社。张虎蛮过去曾和他同给一家地主打过长工，而今又是农业社的生产队队长，还是社务委员，他早就欢迎王连生入社，便让他先回家去吃夜饭，随后扛一捆高粱秆，跟上他领导的生产队参加防霜。

回到家里，四个小儿女就连声叫喊着："爸爸回来了！爸爸回来了！"一齐围到王连生跟前，爬到他身上。

王连生的女人李雪娥刚做好夜饭，看见他回来，也急忙迎上来，一面从他身上抱过小儿子来，一面说她的几个孩子："快下来，爸爸走了路，累了，快叫爸爸吃饭。"接着又问他：

"城里的事完了？"

"完了。这次回来就报名入社。你们还没吃饭？快吃吧，我还要去防霜哪！"

王连生走到灶台跟前，看到灶台上放着五碗菜汤，四个碗里还有一小块煮窝窝，另一个碗里全是稀菜汤。他就拿出三个窝窝头来。这是他在醋坊里的最后一顿饭。他给四个小儿女每人掰了半个，又给他女人掰了半个。

李雪娥说："你吃吧，我在家里不出去动弹，我不饿。你走了路，还要去防霜。"

王连生看看她瘦黄的脸色，硬把半个窝窝塞到她手里。一面说："我在外头吃饱了，喝口汤就行了。"一面端起碗来喝了几口汤。李雪娥把那半块窝窝又分成四瓣，给了四个孩子。

王连生看到这情景，自己那半块窝窝也不想吃了，就悄悄地留在她碗里，随后便急忙走出屋去。

李雪娥跟出来问道：

"到哪里去呀？"

"到农业社地里防霜。"

李雪娥一阵高兴：

"咱入社了？"

"还没有。刚才虎蛮让我先跟上他们防霜。"

李雪娥又急了：

"眼看开春了，人家有牲口的都送开粪、耕开地了，我去问了几家牲口，都说没空。唉，不入社可怎么活啊！"

王连生说："我先扛一捆高粱秆去熏烟防霜，随后再去找社干部要求入社。"

李雪娥一面帮着王连生收拾高粱秆，一面说：

"怕连一捆也不够了，你全收拾去，以后可拿什么烧火做饭？"

王连生说："我回来，你就不用愁了。我有的是力气，每天上地捎带些柴火回来就足够你用了。"

就这样，王连生还没有入社，已经参加农业社的劳动了，而且，今晚上他竟是第五回要求入社了。

老社长徐明礼看见王连生眼睁睁地看看郭春海，又看看自己，而郭春海也转过脸来看着自己，好像就等他开口似的。可是怎么说呢？他也看了看郭春海，又看了看刘元禄，才为难地对王连生说：

"你有困难，我知道，你要入社，我同情。可是，农业社已经办起来，你而今才入社，怎么个算账？我看你还是再咬咬牙，等到秋后再说吧。"

王连生一时心焦火急，便大声吼道：

"等到秋后，我怕连农业社也看不到了。社长，我不入社不能活啊！"

郭春海听到这两句话，心上一阵跳动。立时想道：王连生入社的事再不能拖了。再不能看着他受穷、受累、受剥削了！刚才他看到王连生，就想和老社长商量此事，想不到老社长又随和了刘元禄。眼下，他就只好直对徐明礼和刘元禄说道：

"王连生一直拖到如今才入社，我看不能怨他。他是没办法才到城里揽工的，他的困难咱们又不是不知道。我也说过让他满了合同再回来入社，还能带几个钱投资。一冬天，他跑回来报了几回名，要求过几回入社，咱们在社务委员会上也讨论过两次，虽说意见不统一，但多数人同意他入社，后来都说等他回来再说。而今他回来了，我看还是批准他入社吧。"

"慢着！"刘元禄拦住郭春海说道，"年时冬天办社时，你老是要多吸收贫农，我那时总算依了你，而今我可不能不再提醒你一下，不能再盲目冒进了。"

郭春海说："按照党的政策，吸收贫农入社，怎么是盲目冒进？李书记领导咱们建社时，不是一再教育咱们要依靠贫农吗？"

刘元禄说："可是，县委张部长也说过，困难户不敢要得太多，拖累不能太大，步子不能迈得太快！你算算咱们社里的困难户已经不算少了，加上前些时入社的孙茂良和周林祥，早超过半数了吧！你只顾收罗困难户，可就不盘算土地、牲口不多，投资、底垫不足，怎么多打粮食？王连生要好地没有二亩，要牲口没有一条牛腿。两个肩膀抬一张嘴进来，我看春荒缺粮时咱们这没底子农业社怎么应付！你没看见眼下天旱无雨，人们已经闹喊开缺粮，咱们办农业社到底是为增产啊，还是为收罗穷户？再说，社里那些有车马的富户，已经怕穷户多了沾他们的光，万一因为再收留王连生引起人家退社呢？"

郭春海说："退社也吓不住我们。就是那几户有车马的富裕户真退了社也不怕。依靠贫农，办一个贫农社我也干。我就不信贫困户组织起来，比不过富裕的单干户！当然，我们还要多做政治思想工作，要团结他们，但不能迁就他们，更不能按他们画下的道道走。农业社有责任帮助困难户。办农业社就是为了大家富裕，走社会主义大路。你也再好好想想，咱们办农业社究竟为了甚？"

刘元禄不愿回答这个问题。沉默片刻，他就回头冲着王连生说道：

"王连生，你真要是拥护农业社，你就等到秋后再说，等农业社增了产也好拉拔你。我看你也不愿意为了解决自己的困难把农业社拖累垮吧！"

王连生听着这话，真像乱刀挖心。特别是刘元禄最后那句话，更使他难受。人穷志不倒，就是自己穷死、饿死，也不能因为自己拖累别人啊！他就咬咬牙对刘元禄说道：

"好吧，你硬不叫我入社，我也不能赖住你。谁叫我把好地卖了，把牲口卖了！谁叫我穷来！"说到这里，他竟伤心地涌出泪来。"我就是因为穷，因为毛主席给我指出了这条明路，因为我要奔这条活路，才三番五次地求告人啊！"说到痛心处，他就双手抓着自己的胸脯，仰面朝天号叫了一声："毛主席啊，我到哪里去求告你老人家啊！"说着哭着，抬脚便走。郭春海一见这情景，立时觉得一阵心酸眼涩，便使劲拉住王连生说道：

"你放心，王连生，有党支部在，你就不用害怕入不了社。毛主席给咱们指的明路，谁能挡住走！"

郭春海也激动了。他最看不惯刘元禄对待贫农的这种既不关痛痒，还要故意为难的态度。为什么不支持像王连生这种最迫切要求入社的贫农呢？真忍心眼睁睁地看着他们又走回土地改革以前那样的贫穷的老路上去吗？办农业社究竟是为了什么？

杏园堡村的贫苦农民自从一九四八年夏天解放后，当年冬天就进行了土地改革。斗倒了地主，分到了土地、房屋、牲畜、农具，翻身做了主人。他们高兴地、使劲地耕种着自己的土地，粮食打多了，生活过好了。可是，不过两年，像王连生这样的贫农，由于家底单薄，老婆生病，儿女又多又小，拖累大，欠债多，只好又把土改时分到的土地、牲口卖掉，光景也就一年更比一年困难。刘元禄呢，也是贫农，他家里没有拖累，又跑运输，又做小买卖，又添牲口，又拴起大车，光景也就一年比一年发起来。用不了几年，就会向两极分化，富的越富，穷的更穷，王连生这样的贫困户就会像土改前那样，给刘元禄这样的富裕户打短工、借粮款。当时，郭春海曾苦恼地想着：怎么办呢？县委李书记到杏园堡宣传、组织互助组了。李书记给他们讲了毛主席的《组织起来》，帮助他们成立了几个互助组。郭春海自然带头参加，并且领导了一个互助组。

头两年，互助组在提高产量、帮助贫苦农民解决困难方面，确实起了个少作用，但到后来，有些互助组就被那些牲口多的富裕户钻了空子。按规定是一个畜工换三个人工，等价互利；可是，有牲口的庄户却总要占些便宜。春季工资低，有牲口的富户抽空给没牲口的穷户耕上几亩地，到锄苗、麦收、农忙工资高时，又要没牲口的穷户先给他们收麦、锄地。这样一反一折，一个畜工实际上就等于换了五个人工。没有牲口的穷户觉得吃亏太大，就提出按季节换工，按忙闲规定工资。而有牲口的富户竟也提出了要按车马跑运输规定工资。后来，政府规定了按季节合理计算工资以后，有牲口的富户就推说牲口没空，不给没牲口的穷户耕地。没牲口的穷户因为买不起牲口，自然还得求告人家。唉，种庄稼没有牲口真作难啊！只好在互助组里明依规定换工，暗地里吃亏受穷。这样，有的互助组就被牲口多的人家把持了，等于他雇些不花钱、不管饭的短工。就这样，他们一年比一年打的粮食多了，又添牲口又盖房，又放粮债又买地；而没有车马的贫苦农民呢，自己的庄稼作务不好，粮食一年比一年打得少了，再遇上个什么天灾人祸，就只好借粮欠债、典房、卖地，一家人家就又变成土改以前的模样了。就是像自己这样的穷户吧，虽然有一套老牛破车，但小心谨慎、费气败力地扑闹下来，顶多也只能维持老样子。前年春季，霜冻了麦苗，小麦减产，回茬小谷子又遭了风灾，差些卖了老牛。这样下去，怎么能响应党和政府的号召，发展生产呢？

郭春海又苦恼地想着：怎样向前发展呢？如何在互助组的基础上前进呢？他正和张虎蛮等几户贫农商量着：大家凑些钱，再向国家贷点款，合伙买几头牲口时，县委李书记带领工作组到杏园堡来了，大张旗鼓地宣传党在过渡时期的总路线，开始实行粮食统购统销。李书记给他们讲了一九五三年十月毛主席在中央召开的第三次农业互助合作会议期间的谈话精神，和党中央于一九五三年十二月十六日发布的关于农业生产合作化决议，并且帮助他们办起了曙光农业生产合作社。这一来，郭春海可真是找到明路了，他就一个劲儿动员贫下中农入社。那时，刘元禄就曾经和贫农为难过，好像贫农入了社就碍着他似的。郭春海坚持了自己的意见，又得到了县委李书记的支持。而现在呢，面对着王连生这户最困难的贫农，他还能见死不救，让刘元禄挡住他的去路吗？当然不行！他就直截了当地向老社长建议道：

"社长，我看还是先应许了他入社吧。我估计社务委员会上也会批准的。咱们办农业社为了甚？为了共同富裕。年时冬天办社时，县委李书记就常教育咱们，注意依靠党团员，依靠贫下中农，团结中农，要建立贫农的优势，要我们注意不要排挤贫困农民，不要眼里只有那些有车马的富裕户。眼前，真正的贫农找上门来，咱们倒要推开了。"刘元禄听到郭春海提起李书记说的这些话，心里又底虚又不服气。年时冬天办社时，李书记曾批评过他眼睛里只有富裕中农，没有贫农感情，并提到阶级立场问题。这时，刘元禄虽然理屈词穷，但仍不甘心，又以实际问题刁难：

"那么投资哪？他能拿出来吗？"

王连生急忙应道：

"我在城里挣下的三十四块钱，一个也没敢花，就预备着给社里做投资哪！"说着，就从怀里掏出一个小包来给老社长。

老社长没有接小包：

"不要急，等你入社时再交会计。"

郭春海看看刘元禄无话可说，老社长也有些活动了，便又说道：

"关于王连生的投资和股份基金，他生活那么困难，还交出三十四块钱，我看也差不多了。李书记在时，咱们就决定过，对实在交不起的贫农，可以照顾一下。"说着，他就抓紧时机催问徐明礼道："社长，王连生入社的事，是不是先应承下来？"

老社长徐明礼也为王连生入社的诚意感动了。同时，他也想起了办社时县委李书记说的阶级路线，便点头应道：

"好吧，那就先应承下来吧。"

王连生听了郭春海的话，又见社长点了头，立时便高兴地叫道：

"我还有积下的几担肥料，还有种子，我这就给社里拿去！"说着，撒开腿就走。虽然老社长又叫了一声："你先等等，明天还要开社务委员会讨论通过。"王连生也已经听不见了，这时候，他心里只是热乎乎地想着：

"这一回可算是入了农业社了，可真是走上毛主席指的活路，可算是有奔头了。"

第三章

　　杜红莲从河畔麦地回到村里，就赶紧往自己家里跑去。到大门口，她先轻轻地推了一下大门，推不开；又使劲推了几下，还是推不开。抬头看时，才看到大门上锁了。她又喊叫了几声，也没有人应声。满院里静悄悄的，只有她家的大黑狗跑到门口来，"汪汪汪"地叫了几声。"都到哪里去啦？"她心慌地想着，"他们出去时，一定是找我找不到，才锁上门走了的。"这时，天色已经大亮，她一看大门口有新落下的高粱秆叶子，猜想："也许是防霜去了。"便急忙跑出村口。四处瞭望了一阵，看见村北头她家麦地里有人，她就赶紧跑去。到麦地边一看，果然是她的后爹周有富和她妈妈，还有她哥哥周和尚，他们正在麦地边熏烟。她走过来，没有问话，更不敢看她后爹那脸色，就慌忙弯下腰，帮着她妈拢起火堆来。

　　周有富一见红莲这时候才走来，心里立时冒起一股怒火，原本黑青的脸色就变得更难看了。

　　前半夜刘元禄叫他防霜时，他嘴上说刚睡下，不想起来，实则是不相信气象预报。他种了多半辈子地，有个什么天气变化能瞒得过他！以前还不是他看出要变天，村里人跟上他行动。在这杏园堡村里，再加上方圆几个村子，谁敢说在作务庄稼这行道上他不是头把手！现在农业社却出来个气象预报。哼！农业社，连他们自己的那点小光景都拨弄不好，还想闹什么大庄户！

　　到了后半夜，当钟声惊醒了他，他到槽上给牲口添草料时，忽然感到身上发冷，他又仰头看看，伸手试试，觉得天气果然不对了，真的要下霜了。他就赶紧叫醒老婆、儿子；叫红莲时，怎么叫她也不应声，他就推门进去喊叫，但屋里早没有人了。半夜三更的，跑到哪里去啦！眼下正是紧用人手的时候，他的互助组自然是各家顾各家去了。他种的麦地又多，顾了村北的麦地，顾不了河畔的麦地。没有办法，他只好窝着一肚子火气，锁上大门，领上一家三口人到村北麦地里来。

从后半夜一直忙到天亮，刚把火堆摆好，该死的红莲才不知道从哪里冒出来了，周有富怎能不恼火。红莲她妈看见周有富那怕人的脸色，吓得她两手直哆嗦，本来她正拿起火柴盒来预备点火，可是划了好几根火柴，却怎么也划不着。好容易划着了一根，慌忙伸到火堆上，不想左手又一哆嗦，连那一盒火柴也掉进火堆里。呼的一股火苗冒起来，差点烧了周有富的眉毛。周有富心里一股火起，真想打她们母女一顿，但又怕惹下麻烦，红莲又不是自己的亲生女儿。一想到她母女俩到自己家里十来年，还不能和自己一心一意过日月，又是一阵寒心。

当周有富的儿子周和尚还只有十岁的时候，他的原配妻子就因为一场伤寒病，撂下他父子俩下世去了。他女人临咽气时嘱咐他道："我就是撂不下我和尚，他太老实。你拉扯大他，好歹给他成个家……"周有富自然明白这意思，分明是怕自己给儿子续个后妈。当时，他曾发誓不再续妻。可是，过了两年的光棍生活，他就有些熬不住了。一个男人家，又要作务庄稼，又要收拾屋里，实在有些顾不过来，因而当别人又给他提亲事时，他就留意了。正巧，徐明礼给他提起一门亲事。徐明礼在南村有一位姓杜的远亲，杜家正有一位寡妇要找一个好人家改嫁。那寡妇为人勤俭，性情温善，又和周有富年岁相当。最使他称心合意的还有一件事：那寡妇家无儿没后，只有一个女儿，名叫杜红莲；还有五亩地的产业。那寡妇的意思是地随她女儿走，等她女儿长大，再招个女婿，好给原主杜家立个门户。精明的周有富一听这话，立时就暗自打好主意：他儿子和尚比那寡妇的女儿大三岁，儿女们在一块长大，结了亲，还论什么招女婿！到那时，不但给儿子娶个不花钱的媳妇，那五亩地也跑不脱了。那五亩地又正巧挨着杏园堡的地界。眼见这么好的一头亲事，他当然不能放脱。

自从周有富娶过那寡妇之后，果真是添人进财，不但带来五亩地，而且还带来不少杂七杂八的东西。这一来，他的光景更发达了。过了几年，他就把铁轮大车换成胶皮轮大车。农忙时，在地里动弹，他的三头牲口每天就能换互助组的十来个人工。种庄稼他是老把式，他的地里投工多、粪肥大，还有一眼水井，能种些菜菜蔬蔬。冬天，他儿子周和尚又能赶上皮车出外跑运输赚钱。他有粮有钱，光景一年胜似一年。又过了几年，又置买下二亩地，添了半群羊，还盖了两间新房子，他已经准备好给儿女们成亲了。

关于周有富早已思谋好的儿女亲事，他在说亲以后的头几年中，曾悄悄地劝说过红莲她妈妈："红莲找女婿要带走那五亩地，和尚呢，娶媳妇还要破费彩礼。要是亲上加亲，就是和和美美一家人。到时候请来亲戚朋友吃上一顿，他俩搬到一个屋里，还省一炉灶火。至于杜家的门户嘛，等他们生养下三男二女以后再说。"

红莲她妈呢，她也怕周和尚娶上个人品不好的两旁外人，前家儿媳妇和后继母婆婆还能断了生气？于是老两口就给儿女们暗定了终身。

以后，周有富看见杜红莲在村里常和年轻人们说笑、耍闹，自然有几分担心。等杜红莲念完高小，他就坚决不让她升学了，让她整天地跟着他父子俩动弹。并且常常暗自吩咐周和尚多和红莲亲近，多关照他妹妹。

可是，好梦不长，去年冬天一阵总路线、统购统销和办农业社的大风，几乎把他这两件心事吹翻。一件是他的这份家业，一件就是红莲和儿子的亲事。因为红莲坚决要入社，他也看出红莲的心野了。当他正想着赶紧给儿女们办喜事，当他在今夜晚最当紧用人手时，杜红莲却半夜三更的一个人不知道跑到哪里去了。他气得脸都歪了。他连看都不看红莲一眼，他只怕一看她就冒出火来，反而耽误防霜。直到他们摆好火堆、点着烟火，他才伸了一下酸痛的腰。

这时，他又想到村东河畔那里的十亩麦地，已经赶不及熏烟了，心里真是焦躁。原想那麦地紧挨着农业社的麦地，凭着他的粪大，还有一眼水井，他还要和农业社较量一番哪！谁料经了这一场霜冻，就怕比不过农业社了。更使他窝火的，是他今晚上没有看对天气，反而跟上农业社行事。想到这里，他就一屁股坐在地堰上，想抽一袋烟。但他拿出烟袋，却怎么也找不到烟布袋，浑身上下翻了几遍，也还是找不到。他越是心急，就越是找不到，越是找不到，就越是心烦。他就把烟袋摔到地上。但低头看时，那烟布袋却拴在烟袋上。他心里正没好气，竟又听到有人嗤地笑了一声。他抬头一看，正好看见杜红莲好像无事人一样，坐在那里歇着，而且还竟敢笑自己"骑上毛驴找毛驴"！这一来，周有富可就再也忍不住了，那原就黑青的脸色气得发紫了。而杜红莲那一声不高的大胆的笑声，又像一根火柴点着了他窝在肚里的怒火，他就抓起他那根烟袋来，指着杜红莲恶声吼道：

"你死到哪儿去啦！"

这一声号叫竟吓了杜红莲一跳。红莲她妈也吓得浑身哆嗦起来。她真怕女儿说不出话来，又怕女儿说出什么怕人的事来。

杜红莲却不慌不乱地，扬起脸来冷冷地说道：

"我听见农业社打钟防霜，我怕霜打了咱家的麦子，我就起来，到河畔上咱家那十亩麦地头上熏了两堆烟火。"说到这里，她就往河畔那面一指——"看那股烟，冒得正欢哪！"

周有富往村东一看，果真河畔上自家那十亩麦地上冒着两股浓烟。这一来，他自然再没话说了。红莲她妈这才把跳到喉咙里的心安回原位，霎时间，两眼泪水一涌而出，一下子就抱住了受委屈的女儿。

周有富看见她娘儿俩这样亲热，又见自己那老实的儿子只是死丁丁站在那里，只觉得一阵心寒，脸色又变灰了。看看太阳已经出来，他就说了声"回去吃饭吧"，便独自一个人先走了。

随后，他儿子周和尚也跟着他走去。再后边，杜红莲母女也相跟着走了。一家四口人真像出丧回来一样。

就在这时，农业社的人们已经吃完早饭，成群结队、说说笑笑地上地去了。杜红莲看着快活的农业社的人们，真是眼红。忽然间，她又看见在那一群快活的人们后面，还有一个人忧愁地低着头走路。仔细看时，正是昨晚上和她一块儿高高兴兴地防霜的郭春海。郭春海和几个干部们相跟着往村外走去了。杜红莲心里一阵纳闷："为什么郭春海也不高兴呢？"

第四章

今早晨，郭春海从地里防霜回来，因为王连生把他父亲昨晚上扛回高粱秆的事告诉了他，他就对他父亲窝了一肚子气。回到家里，天已大亮了，还不见他父亲起来。在参加农业社以前，他父亲是村里有名的起得最早的人，不论春夏秋冬，鸡叫头遍，就起来喂了牲口，又到村道上拾粪；入社以后，他却睡开懒觉了。郭春海走到他父亲住的房门口叫了几声，他父亲也不应声，他就先到牲口圈里给老黄牛喂了些草料。年轻人一有火气，手足就不稳了，不是摔筛子，就是撂簸箕。这一来，反倒惊醒了他的老父亲，郭守成真心疼他的家具啊！他一面嚷着"做活计，手足稳重点啊"，一面就穿了衣服走到院里来。

郭春海见父亲出来，就气冲冲地问道：

"爹，夜晚上你怎么不往地里送高粱秆？"

郭守成出了屋门，被早上的凉风一吹，两眼又流起泪来。他揉揉眼睛，看见儿子把筛子、簸箕都摔在地下，正想训儿子一顿，儿子反倒问起他昨晚上的事。他就没好气地说：

"怎么？人家都是一人送一捆高粱秆，你为甚驮去四捆？我要再送一捆，咱家不就多出三捆了！"

昨天晚上往地里送高粱秆时，郭春海要驮四捆高粱秆，郭守成说什么也不应许。郭春海说："多送几捆高粱秆，保住麦苗，多打下麦子，咱家不是一样多分！"郭守成却说："社里人多，轮到个人名下，能多分多少！眼下咱倒先吃了三捆高粱秆的亏。"

郭春海就劝他：

"爹，吃不了亏，大河涨水小河满，锅里有了碗里也就有了。你也快扛一捆高粱秆防霜去吧！"

郭守成仍是不依：

"哼！你倒说得好听，他们都是一人出一捆，咱家也只能出一捆。"

春海妈听着父子俩争得不可开交，便出来叫道：

"他爹，还不赶紧吃了饭防霜去，看花猫扑到你饭碗里啦！"

郭守成又怕花猫搅了他的饭，只好跑回屋里。吃罢饭，队长张虎蛮又来催他，他只得扛了一小捆高粱秆出去。一路上，他越想越觉得吃了亏，竟把那一小捆高粱秆又扛回家来。

如今，郭春海批评他，他不但不认错，还一直埋怨儿子多驮走两捆高粱秆。郭春海又只好忍住满肚的火气，劝他父亲道：

"爹，夜晚上那事情不好。要不是王连生补了两堆烟火，那块麦子遭了霜冻，社里受了损失，咱家还不是少分麦子！再说眼下对你的名誉也不好呀！"

郭守成却反问道：

"你摔烂我的筛子、簸箕就不是损失？那一疙瘩麦地就是全冻死，轮到咱个人名下才损失几颗？你要把我的筛子、簸箕摔坏，一斗麦子也买不来！你算过这个账没有？心眼怎么长的！"

郭春海对他这位不说理的父亲，真觉得比对外人还难办。软不得，硬不得，轻不得，重不得。当他正想着再怎样劝说他爹时，他妈妈从屋里出来了。他妈是一个心善面和、通情说理的好妈妈，便帮着儿子劝老头子道：

"你就知道心疼那两捆高粱秆，你就不知道众人搂柴火焰高？多出两捆高粱秆吧，多给了谁啦，还不是给了自家的农业社。你儿还是农业社的头前人，你也不替你儿想想，他连亲老子都说不醒，还怎么教育别人，怎么再往那台台上站，怎么往人头前走？"

郭守成早听够他老伴那没完的唠叨了，就顶了她一句：

"他要有本事，就靠他的本事朝头前走，我概不拦挡他。他不能多拿上家里的高粱秆去充积极啊！"

老伴对她这不说理的老头子也有点生气了：

"一辈子就活你个孤人！你不为你儿想算，你也不光顾一下自家的脸面？因为一捆高粱秆，耽误了社里的大事，还落个自私的名誉。"

说到"自私"二字，郭守成更不耐烦了。自从入社以后，他母子俩说过他多少遍自私！"哼！说上三句自私吧，能顶住两捆高粱秆！"说着，他便独自钻进牲口圈里，喂老牛去了。

郭春海母子知道和他一时也说不下个长短，郭春海又急着要走，便安抚了他妈几句，让他妈再劝说一下他那不通情理的老爹，而后就走出去了。

郭春海走后，郭守成又抽了几袋烟，才想起昨天后晌生产队分派给他的活计。生产队队长张虎蛮让他今上午给农业社地里送粪。郭守成却觉得把自家的牛粪卖给农业社不合算。他觉得给粪价不过是一句空话，不如把粪上到自留地里，多打几颗粮食，多结一些瓜菜，怎么也比几个粪价强。于是，他就套上老牛破车，瞒着老伴，往自留地里送开粪了。一连送了几趟，不大的一块自留地里，就像一笼窝窝头一样，满满密密地摆下一地。

郭守成铲起最后一车粪，眼见圈底的粪少土多，这才决定把这最后一车粪土送到农业社的地里。

这时，已是半前晌了。人、牲口都乏了。他就坐在破车上，无精打采地吆喝着老牛，慢腾腾地往村外走去。

郭守成坐在车上摇摇晃晃地走了不大一会儿工夫，他的两只眼睛就觉得有些迷迷糊糊，又走了一会儿，他的两只眼睛就完全闭起来，身子和脑袋也摇晃得更厉害了。他正想美美睡一觉，忽然车子一歪，他从车上溜下来了。他心慌地爬起来睁眼一看，才见是一个车轮滑下路边去，陷到一洼泥滩里了。他一股火起，便骂了一声："死爬牛瞎了眼啦！"随手又狠狠地打了黄牛一鞭，让牛把车拉上路去。可是，老黄牛伸长脖子，把眼睛都快努出来了，那陷在泥滩里的车轮还是一动不动。他只好一面吆喝牛，一面咬牙憋气地用肩膀扛着车，两手也使劲地推着车，直到把他憋得满脸通红，把最后的一点力气也都用尽，那车轮还是一动不动。

推不动车，他只好叹了口气，向四处看看，想找个什么人帮帮忙。但看了半天，周围连一个人影也没有。又过了一会儿，他忽然隐约地听到哪里有唱歌的声音，他就擦了擦眼睛，仔细往远处看去，只见在河畔的一块地堰上，农业社的一群妇女正坐在阴凉地里唱歌哪！"真会享福！"郭守成心里这样念叨着，扭回头来又看看他那老黄牛，老黄牛已累得浑身淌汗，嘴里一直大口地喘气。他心里又冒火了："我在这里使气败力地给社里送粪，你们倒在那里歇凉凉、唱歌。呸！"

他自言自语地骂了一顿，心里又犯疑道："眼前农业社的人是不是都像自己这样出力给农业社干活呢？"也许是郭守成以前吃惯亏了，所以他事事只怕自己吃亏，只怕自己比别人多出一点力气。眼下他也确实疲累了，就靠着一株柳树坐下来，背风划着一根火柴，抽起烟来。看那老黄牛，它正伸长脖子，探出头去，吐出舌头，想吃路边的青草。因为探不到，两只眼珠子又急得突了出来。一见这情景，他自然有些可怜那老牛，于是干脆卸了车，让老黄牛到路边吃起草来。

郭守成正坐在柳树下歇凉，忽然一阵风吹过来，他的两只眼又流开泪了。他就把头上那顶烂草帽往下拉了一拉，让帽檐遮住他的眼睛。一面又用他那粗笨的大手揉了揉眼窝，可是，越是使劲揉，眼睛就越是发痒发涩，眼泪也就越发流开了。唉！提起这一双风泪眼，他就不由得一阵伤心。那是因为他年轻时害过眼病，村里没有医生，他又舍不得进城看病，他怕治不好病反而白花钱。有一回，从城里来了一个买卖人，用自行车带着两包杂货，见郭守成打听眼药，那买卖人就说他有好眼药，当下就见效。郭守成因为受过买卖人的骗，自然不敢轻易相信，那买卖人就说可以先试一下。试一下倒还合他的心思：如果真灵，再花钱；要是不灵，也用不着白花钱。这样，那买卖人就在他眼边上抹了一点点药，当下他就觉得眼睛凉爽爽的，浑身也好像有了精神似的。他就高兴地说："果真灵验。"不料一问价钱，他又心跳了半天，那么一小盒盒药，竟要一斗麦子。为了这灵药能治好眼睛，他好容易才下了狠心，用自己辛辛苦苦打下来的一斗麦子，买回那一小盒眼药。回到家里，他又让他女人给他往眼睛上擦抹了一点，怎么这一回他觉得有点发麻呢？而且眼睛还是照常发红，照常流泪。他就急忙跑到街上找那卖药的，那买卖人早就无影无踪了。后来他才听到别人说："那不是眼药，是万金油，顶多值二升麦子。"这一下可把郭守成气炸了，他最怕别人捉弄他，最怕自己吃亏，偏偏的就让别人捉弄了，让自己吃了大亏。为了那买卖人狠骗了他一斗麦子，他竟伤心地哭了两夜。以后，他下死心再也不看眼病了。

郭守成自从当家主事以后，就从他父亲那里继承下二亩土地、两间破房。后来又用嫁女儿的钱买下一头牛犊。靠了他的勤劳经营、省吃俭用，光景虽穷，但也总算是过下来了。说起俭省，他真是连盐、油都舍不得吃，更不用说穿了。村里人从来没有见他穿过一条新棉裤。他穿上新棉裤，总要套上一条破单裤，他怕脏了、磨了新棉裤。直到新棉裤在破单裤里磨上几年，磨破以后，他才补上补丁穿出来，以后就是每年往上加补丁，直到烂得没法再补，他才肯再做一条新棉裤。所以，除过他娶亲时人们见他穿过几天新棉裤以外，杏园堡村里的人从来没有见过他穿新棉裤。

郭守成就靠了这样俭省，才算没有饿死，而且还成过家，生了儿，养下女。土地改革时，又给他分了五亩地，分了一辆破车。他又靠了早起搭黑、勤勤恳恳的劳动，靠了他的小心谨慎，怕吃亏上当被别人捉弄，才算守住了他这一份小小的家业。由于他常怕吃亏，又常是吃亏，所以他对家业的想法是保本为上、步步登高。人常说："想得狠，失了本。"何况自己想发财想了多半辈子，到头来还是没有发了财呢！所以他以为发大财怕没有那天分，只要守住这份家当，常存上几布袋粮食，粗茶淡饭断不了，也就对了。闹得好呢，那就先给儿子成个家，把老牛换成一头顶用的大牛，把破车修理得耐实些，轮子上再包上一层铁皮圈；要是儿子有出息呢，就盼着再添一头骡子，再置二亩水地，再盖三间房子。

可是，去年秋天村里成立农业社时，把他这多少年来的如意算盘给打乱了。他自然怕入社吃亏，他儿子郭春海给他算了几天账，说了几夜道理也不行。他总是没见过，心不跌底，怕吃亏，怕连老本也丢掉。但他儿子却是好说歹说一定要入社，而且竟敢私自作主报了名。黑字写到白纸上那是耍笑的？他真是心慌了。他赶紧到社里去。他先看见张虎蛮几户贫农，那都是两个肩膀抬着一张嘴进来吃社的，这些人自然进社是占便宜来的。有人占便宜，自然就有人吃亏。他又可怜自己那套老牛破车，怕散到社里。到后来又看见有几户厚实中农也入了社，他才稍微安心了：要吃亏的话，暂先还轮不上自己。以后又打听了一些办社的规程，特别是老伴对他说起："儿子是共产党员，是办社的头前人，不会留在家里了。"他也反来折去地盘算了一下儿子入社不入社的利害。他儿子是党员、干部，村里不论有什么事，儿子总是往头前跑。春季宁先给公村栽树，也不怕误了自家耕种。正月里家里水瓮里空得当当响，他却满头大汗给村剧团担水。还有什么办民校、讲卫生呀、修渠呀，还有那开不完的会呀！当民兵、领导互助组就更不用说了。老汉一想起以前在这些细小事情上吃了不少亏，听说要是入了社，都给记工分，这才勉强同意了儿子入社的主张。

郭守成虽然入了社，可是时时事事总要盘算一下吃亏、便宜。夜晚上防霜，儿子比别人多送了两捆高粱秆，他自然觉得吃了亏。眼前呢，妇女们坐在地堰上歇凉凉，自己却使气败力地给社里送粪，他能明吃这种亏吗？

郭守成坐在柳树底下抽起烟来了。一休息下来，浑身只觉得一阵乏困，他就背靠住柳树，软麻麻的身子也就再也不想动弹了。不知不觉地，他的两眼也黏合起来。

忽然间，他怎么看见他的自留地里长起那么老大的南瓜？他就用劲扛起一颗南瓜，那南瓜怎么竟像石头一样重呢？他正要放到他的破车上，一失手，那南瓜掉到他的大腿上了，他只觉得大腿上一阵疼痛，心慌地睁眼看时，才知道是烟袋里的烟火掉到棉裤上了。他急忙大口地往着火的地方吐唾沫，可是棉裤上已经烧了一个小洞，套在外面的破单裤就更不用说了。年时冬天入社时才狠心做的新棉裤，今日刚给社里动弹就烧了一个窟窿！气得他拿起烟袋来就使劲在一块石头上磕打，把烟火磕尽，又用那烂鞋底踏了几次，这才又背靠着柳树坐下来。后来，他看见老黄牛在那里一个劲儿吃青草，心想又省下晌午回去吃草，这才又欢喜地看着他那宝贝老牛伸出舌头来，像镰刀一样，一卷草一卷草地卷进嘴里。看了一会儿，两眼也看乏了，沉重地闭了几下，他又强睁了几下。后来，他迷迷糊糊地看见老黄牛的舌头怎么探到麦地边沿去了。他心里还说："可不敢吃了人家的麦子啊！"而他那两眼却不由自主地紧闭起来……

郭守成就这样一手握着牛缰绳，一手拿着烟袋，靠着柳树睡着了。直到牛缰绳从他手里滑脱，他也没有察觉。

第五章

　　顺着汾河岸边的小路，杏园堡曙光农业社的支部书记郭春海、农业社社长徐明礼、副社长刘元禄和乡长张月清从上村走回来了。他们刚才是到上村去交涉用水的。因为天旱，河浅、渠水不大，上村的地一时还浇不完，没有办法，他们只好心事重重地从上村走回杏园堡来。

　　走进杏园堡村的地界，郭春海就留心察看着农业社的麦地和秋地。在那一片绿绿的麦苗当中，有几块麦地因为防霜不严密受了霜冻，麦苗无精打采地随风摇摆着。他弯下腰来仔细看了看，发现有些麦苗上已生了红蜘蛛。麦地需要一遍饱水。秋地呢，土疙瘩干得像石头一样，他用手挖下去好几寸深，也看不到一些湿土。

　　土地这么干旱，过几天怎么安种庄稼？郭春海一时焦急地仰起脖子，看看天空，那晴朗朗的天空，仍是一丝云彩都没有。他又扭头看看汾河，在那宽阔的河滩里，也只是淌着一条细小的流水，而且河槽比村里地低，想点什么办法呢？他就和老社长徐明礼并排走起来，一面走，一面和徐明礼商议：

　　"上村不给水，我看咱们只好在汾河里打主意了。虽说水小、地高，总还可以想点办法。咱村里水井又不多，干瞪眼等雨、等水，要等到什么时候？"

　　老社长徐明礼却说：

　　"我看还是向上村要水。大渠是土改后咱们几个村合开的，开渠时，咱们村里没有少出一个工，天旱时，只管他们上头几个村子浇地，咱不能让他。"

郭春海说："天旱水小，上村都浇不过来，怎么能给咱村放水？"

"他们不给放水，咱就到县上告状。他们少也得匀给咱村半渠水。"徐明礼理直气壮地说。

郭春海说："就是官司打赢了，分上半渠水，还得等多少时候？十来天了，连半数村子的地都浇不过来，就算轮到咱们，还不是误了四月八？庄稼可是等不及了啊！我说还是咱们自家想办法。"

徐明礼说："有什么办法？我是除了要水再没有办法。要不，你问问乡长和元禄。"

乡长张月清一时也想不出什么办法，没有吭气。刘元禄呢，他早就谋算好一个主意：

"我说，不如等下了雨再抢种。趁这几天有空，跑几趟运输。"

郭春海问道："那么麦地呢？"

刘元禄说："麦地就按老社长的意见，分上半渠水也就差不离了。"

"要是再等几天还不下雨，误了安种呢？"郭春海又问。

刘元禄知道郭春海不同意自己跑运输的办法，因为前几天他就提议过。今天，他正要趁他们发愁，趁他们没有好办法时，好好地讲一下自己早已谋算好的主意：

"我这个跑运输的主意，不单是为天旱，我还想到社员们缺粮的困难。这几天，哪一天没有几个社员到社里闹缺粮！农业社又从哪里来粮呢？眼下，牲口耕过地，也安种不进去，从城里拉回粪来，没雨水也不顶事，倒不如把车马抽调出来跑几天运输，打上农业社的旗号，到城里又好揽生意。我算了一下，咱们社里有十二套车马，跑上一趟，就赚他一百来块钱，合粮食就是两千多斤，足顶几亩好地打的粮食。这不是又给社员们解决了缺粮困难，又给社员们谋了福利，也能显一下农业社组织起来的优越性！"

郭春海却摇摇头说：

"咱农业社又不是做买卖。冬天跑几趟运输我赞成，眼下春忙时候，怎么能抽出拉粪、耕地的车马来跑运输？到秋天打不下粮食，怎么向社员交代？拿什么卖给国家？办农业社为的是增产粮食，集体富裕，又不是为了合股做生意，单为赚钱。

刘元禄对郭春海的话向来听不入耳，这时，他只指望老社长支持他了，想不到老社长也说了一句：

"咱农业社还是以种地为根本……"

刘元禄便反问了一句：

"那社员们缺粮的问题怎么办？"

郭春海说："互借。年年春荒都是靠互借。今年咱们办农业社，互借工作怎么也比往年好办。只要咱们深入发动群众，仔细做一做政治思想工作，党、团员和干部带一下头，我看用互借的办法可以解决缺粮困难。"

刘元禄最讨厌互借。因为每年春天借粮，他都是干部当中的对象。今年，他正想用跑运输解决缺粮困难，赚几个钱，想不到郭春海又提出了"互借"。他又思谋了一会儿，才绕着弯说道：

"春海，我这可是一心为农业社打算啊！这几天，因为天旱，因为催着问他们要投资，要股份基金，有几户富裕中农就想出社了，你如今再要问他们借粮，这不是明往出撵他们吗？"

郭春海听了这话，立时想道："他想拿富裕中农出社来威胁自己呢，还是害怕借到他头上？"这几天，他也觉察到有几户富裕中农有些不稳当了，但不问他们借粮就能安住他们的心吗？郭春海就直截了当地说：

"他们要出社就出社。一定不行了，办个贫农合作社我也干。当然，李书记在时，教育咱们要尽量争取、团结他们。可总不能老迁就他们，他们有余粮，就是不肯借给缺粮户，有的把粮食囤积起来，有的搞粮食投机倒把。他们还说什么'要想富，庄稼带运输；要想快，庄稼带买卖'，这分明是想扭转农业社的方向，走资本主义道路，咱可不能跟上他们画下的道道走啊！就说投资吧，穷户都交了，越是有的越不肯交，这也是咱们撵他们？我看他们是本心就不想办农业社。"

最后这一句话，说得刘元禄不吭气了。他恨郭春海不听他的意见，动不动就搬出县委李书记来。但同时心里又一阵底虚，因为郭春海最后那句话正说中了他的心病：刘元禄确实是本心就不想办农业社啊！

刘元禄长到十岁的时候，他的父亲就因为给本村的大地主叶和庭当长工扛重活而病累死了。他那二十九岁的寡妇母亲就靠着给人家做针线活，一心盼着把他养大成人。那时候，他们还有一个有钱的亲戚，刘元禄妈妈的表妹嫁给了南村的地主曹林旺。曹林旺在南村和几户地主、富农伙办了一个"合成地庄"，还开着粮店。刘元禄长到十六岁，他妈妈便领他到他姨父家里磕了头，求他姨父收留下来，在粮店里学徒。在粮店里当了小伙计以后，他就真的向他那姨父掌柜学起来了。他羡慕他姨父这一份大产业，他也留心他姨父那生财之道。过了五年，积攒下一头牛的工资，他便回家来，租了二亩土地，开了二亩荒地，他要单独闹庄户了。又过了几年，他娶过女人，女人还给他生了一个女孩子，起名叫秀珍。他又积攒了几石粮食，刚想置买二亩土地，他女人却生了一场重病死去了。他只好把积攒下的粮食偿还了因为给女人吃药和买棺材欠下的债务。这时候，当他正发愁再拿什么置地买牲口时，忽然听到土地改革的风声，他就整天往村农会里跑起来。他盼望着土地改革会分给他一份十多年来挣不到的家业。

忽然，有一天夜晚，曹林旺拉了一头骡子，带了一个包袱，到他家里来了。他想把这头骡子和那一个包袱隐藏在刘元禄家里，或是让刘元禄把骡子拉去卖了，对半分款。刘元禄母子虽然留下了骡子和包袱，可是当他姨父走后，母子俩又害怕起来。万一让农会查出来，就要按包庇地主论罪，而且斗争果实也恐怕分不到了。母子俩一夜都没有睡好，说不定是报告农会好呢，还是给姨父隐藏着好。第二天一早，刘元禄又到农会去了，刚一进庙门，就听见屋里有人说道："八成是把骡子拉到刘元禄家了。旁的地方我们都去查过，也许是他以为没人怀疑这门穷亲戚。"他听了这话，真是心惊肉跳，当下拿定主意，就大声叫着农会主任的名字，装成刚刚跑来的样子，走进农会的屋门，报告了他姨父隐藏骡子的事情。

经过这件事情以后，当时的农会主任，就是现在的社长徐明礼就相信他了。以后，在土地改革运动中，他又愿意出力办事，他在他姨父家当小伙计时，还学了点算盘子和记账的本事，老农会主任徐明礼也就特别看得起他来。起先让他帮助算账，后来又让他当了村武装委员会副主任，照看斗争果实。土地改革胜利结束后，徐明礼又介绍他参加了共产党。

土地改革当中，刘元禄分到了一份土地，分到了一家逃亡地主的一个小独院，他还和贫农王连生伙分了一头骡子。第二年，王连生因为老婆又生了一场病，欠了一身债务，没有办法，只好和刘元禄商量卖那半条骡子。刘元禄自然想把这半条骡子买过来，他就去找赵玉昌兑粮食。赵玉昌呢，土地改革以后，正盼不得巴结一位干部；不但给他兑了一个好价钱，还借给他五十块钱。以后，他就不断到赵玉昌的小铺里喝两盅酒，而赵玉昌总是给他多打一些酒，少要一点钱。天长日久，刘元禄竟想起他小时候在他姨父铺子里当小伙计时的情景，想起曹林旺和赵玉昌发财敛富的门道了。于是他也就提了个小篮，捎带地卖起纸烟火柴来。遇到村里要他开会，他竟以开会、"生产"两不误为理由，到会场上来做生意。有一次开大会当中，纸烟卖完了，他就到赵玉昌小铺里去借，赵玉昌竟然照本让给他几条。以后，在进城贩货时，赵玉昌也给他帮忙，他的小买卖也就慢慢地发达起来，由纸烟、火柴而增加上瓜子、花生，增加上袜子、鞋带、香皂、毛巾等杂货。冬天，他就赶上他的牲口进城跑运输。不过两年，他已经拴起胶皮轮大车。光景日月扑闹起来了，就想到续妻成家的事。那天在赵玉昌铺子里喝酒，赵玉昌也就给他说起一门亲事。赵玉昌开头巴结他，也是试探他，进而拉拢他，很快就看中他了。赵玉昌高兴地说：

"我早就给你相看好了。我眼里过得去的，保你如意。"

第二天早起，刘元禄就和赵玉昌相跟上进了城，到了茂盛店里。老掌柜杨茂云原有两个女儿，都出嫁了。二女儿是嫁给城东镇上一家买卖人的，去年那男人病死了，因为没有留下儿女，所以又回到娘家来。这女人名叫杨二香，今年正是二十五六年纪，细眉大眼，逢人就歪着头笑。赵玉昌是这茂盛店的老主顾，他早看上这女人，只是一时还未上手，正害怕她嫁到远处，恰巧碰上刘元禄想娶亲，于是他就向店家提叙起这门亲事。

提亲时，赵玉昌自然在店家面前把刘元禄吹捧了一番。那杨二香本是好吃懒做的人，原先是不愿意嫁给庄户人的，但城里也没有遇上个好头主，听说刘元禄在村里当的干部，刚才见刘元禄出手也挺大方，而且眼前先有二百块钱的彩礼，一年半载嘴上也受不了制。又听说他以后还能闹起大庄户，开起大铺子来，店掌柜和杨二香也就一口应承下这门亲事。

刘元禄呢，已经听赵玉昌给他说过这女人许多好处，而且那女人的前方男人也没有儿女，一定会带些私囊过来。今日一见这女人，又觉得风流好看，自然早愿意了。

就这样，他们当日定了亲，十天头上就过了门。成亲以后，因为杨二香果真带了一些私囊过来，因此，光景日月一天比一天发迹。刘元禄整天和杨二香盘算着买地、开铺子的事，心想着："再过几年就会比我姨父还要阔气呢！"

不料想去年冬天村里要办农业社！他自然不愿意参加，他也不赞成办农业社。而县委李书记在这里领导办社，却偏偏首先召开党员干部会议，说是让党员过社会主义革命关。那几天，差不多是每天晚上开会，不是开党员会，就是开干部会。一开会，就要批评他，说他是走的资本主义道路。党支书郭春海竟然说他和富农赵玉昌勾勾搭搭。县委李书记也警告他："如果不收拾起小买卖，还要继续走资本主义道路，那就要考虑党籍和干部职务！"

一天晚上，党、团员和干部们开会，没有通知刘元禄。这一来，他倒心慌了，躺在炕上一夜也没有睡着，心里只想着："为甚要办农业社，为甚要办农业社呢？"多少年来向往的好日子，眼看着一步一步走近了，忽然间拦路出来个农业社，出来个社会主义革命。真是革命革到自己头上了。过去革命是分果实，而今革命竟要赔本钱。他一时想着："算啦，不革命就不革命，出党就出党吧，出了党还自由些，不当干部也少开几次会。"但一时又想："要是参加农业社的人多了，自己那如意算盘也怕打不成了。眼前，自己那互助组里已有好几户要报名入社，没有牲口的穷户都入了社，到春天自己再拿牲口和谁换人工呢？雇短工自然更不用想望。再说自己进城跑运输，还不是因为自己是党员、干部，沾了眼熟的光，要是不当党员、干部以后，城里那些主顾还会给自己那许多方便，还会像以前那样狠赚钱吗？不行了。听说城里也成立了运输公司，专意扶助农业社，看来，总路线一下来，再要像以前那样扑闹光景是不行了。

这时，他又忽然想起他姨父曹林旺曾办过的"合成地庄"。几家有钱人合股办了个地庄，雇了些长工、短工，倒也不少打粮。要是办上一个二三十户的农业社，找上几户有车马、有好地的富裕户，再找上几户中常户，配搭上几户精干的穷户，再借上农业社的势力，打上农业社的旗号，也许能再长起两只翅膀呢。一定不行的话，等农业社垮了，再出来，也不会受什么损伤。他翻来覆去盘算了一夜之后，竟决定先入社了。他害怕万一这一次倒了下去，便不容易往起扑闹了。

第二天，他到赵玉昌铺子里喝了壶酒，给赵玉昌说了他的打算。赵玉昌呢，自然最怕刘元禄出了党，不当干部。这几年来，他之所以能够重新爬起来，而且没有出什么事，全仗了刘元禄的保驾。要是刘元禄被开除出党、撤了干部职务，自己以前那些心血钱财不就白花了，以后的事务也费事了，所以也满口赞成道：

"老哥这算盘打得对。依我看，农业社是办不长的。你还看不出来，政策一时一个样，一时松，一时紧，一会儿反右倾，一会儿反冒进，今年办起社，明年又砍掉。西河村五二年冬天办起社，五三年春天还不是解散了？再说，办起来容易，巩固难啊！你先进去，让他们办不好，用不了一年半载，农业社垮了，你再和你那些互助组员们一齐出来，你依然还是党员、干部，就能稳稳实实地闹你的家务世事了。不过，看今年这阵势，比以往厉害，要是暂时出不来，我看你姨父办的'合成地庄'也是一条路。庄稼带上买卖，也能发大财。共产党的政策，你当然清楚，不能硬打，眼下，顶要紧的，是保住你那块党员干部的金字招牌。"

大事商定，刘元禄又提起他自己那小买卖。他家里还有一些零星杂货，怎么收拾呢？一下子三不值二地卖了，又舍不得。想不到赵玉昌又给他吃了个甜头。赵玉昌说：

"你要不嫌弃老弟，信得过老弟了，就拿来按卖价入到老弟柜上，给你做成股子，每年你只管伸手分红利就对了。你不用害怕。这事只有你知、我知，天知、地知，顶多加上你女人杨二香。你放心，万无一失。"

刘元禄从赵玉昌铺子里出来，就找到县委李书记报名入社，并且检讨了自己的自发思想。在发动群众入社时，他就积极动员那些有车马的富裕中农入社。当农业社刚刚成立起来，讨论冬季生产时，他又想在生产上露一手。果然，他到城里运输公司揽了一宗生意，赚了一笔钱。同时，因为他领导生产上有些办法，又是土地改革当中的老干部，办社以来，也做了几次思想检讨，选举社干部时，竟把他选为副社长，专管副业生产。

刘元禄经营了一冬副业生产，给农业社赚了一笔钱，他也就扬扬得意地像他姨父那样，摆起大掌柜的架势来了。但开春以后，社务委员会决定停止经营副业，全力投入农业生产，他就有些不乐意。特别是这几天，他思谋好想趁着天旱等雨再跑几天运输，想拿跑运输的钱解决缺粮，讨好那些富裕中农，郭春海却执意不同意他的意见，要引汾河水抗旱，用互借解决缺粮。这样一来，他不是又死等着让人家动员借粮了吗？他本想再和郭春海争论几句，但看着郭春海那坚定不移的态度，他知道郭春海是拿定主意就不肯反悔的人。又看看乡长和社长对他的意见也不热心，只是皱着眉头发愁，他便也长长地叹了一口气，落在他们后边，独自一个人低着头走起来。

就这样，四个人都不言声了。各人想着各人的心事。当他们快走到村跟前时，乡长张月清忽然看见麦地里有一头牛正在啃麦苗，他就大喊了一声：

"那是谁家的牛跑到麦地里了！"

刘元禄也在一旁说风凉话：

"嘿，这牛倒会找地方解决缺粮困难啊！"

郭春海、徐明礼看见果真有一头牛正在吃麦苗，就生气地一齐跑了过去，使劲把老黄牛拉到地边上来。

郭春海一见那牛更生气了，因为他一眼就认出了是自家的老牛。那么爹到哪里去了？他们几个人向四处吼叫了几遍，也没有一个人应声。

他们只好一面讨论着如何处置这件事情，一面拉上牛回到村里。走到郭守成的大门口，乡长和社长又狠声狠气地大叫了一声：

"郭守成！"

郭守成不在家里，他老伴出来了。当老伴知道这事后，真是又急又气。这时，郭守成家大门口已经围来了不少看热闹的人：有的是刚从地里回来，手里还拿着锄头、铁锹；有的是早回来吃饭的，手里端着饭碗。看热闹的人都想知道内中的情由，后来的人就向先来的人打听。东西越传越少，话越传越多。那些年轻的社员们就恼火地议论起来，非要斗争郭守成不可。郭守成的老伴听着人们议论，心里真难受。再看看她那气得话都说不出来的儿子春海，心里更是火急。这时，有一位好心的老婆婆凑到郭守成的老伴跟前问道：

"牛是自己跑出去的，还是春海他爹拉出去的？"

郭春海他妈告她说："一早起来他爹就给社里去送粪。谁知道这是出了什么事情啦！"随后她又问周围的女人：

"你们谁看见我们那死老头子上哪里去啦？"

这些看热闹的女人并不知道郭守成的下落，只有一位刚从地里回来的女人，影影糊糊地见过郭守成赶着牛车送粪，她就说了声：

"我看见他往汾河桥上走啦！"

这一说不要紧，郭守成的老伴有些害怕了。她真怕自己那老头子出了什么事情。就眼睁睁地望着儿子，郭春海便对生产队队长张虎蛮说：

"派两个人去寻一下吧！"

郭春海的话声刚落，就听得人群外面有一个人大叫了一声："不用派人寻啦！"大家回头看时，只见郝同喜把小胡子一摸，得意地向大家讲演似的说道：

"传人的事情，用不着别人，这么些年了，我是干甚的！我一出村，就看见柳树底下躺着一个瞌睡虫，我把他叫醒了，叫他跟上我回村，他还闹着要寻他的牛咧。我告他：牛吃饱了麦苗早叫干部们拉回来啦。他才软软地跟上我回来。你们看——"

众人顺着郝同喜的手指看去，果然看见郭守成用他那破草帽遮着半个脸，垂头丧气地站在一株槐树的后面。

第六章

郭守成的牛吃了麦苗的事情，引起了农业社社员们的议论。社务委员会当晚就召开了社员大会，想通过这件事，对全体社员进行一次爱社教育，同时还有几件当紧事要讨论一下：如抗旱、消灭红蜘蛛和部分社员缺粮的问题。

老社长徐明礼刚宣布开会，好多社员就接连着站起来批评郭守成。但是当生产队队长张虎蛮正说话时，忽然从会场后面站起一个人来，大声问道：

"牛吃了麦子你们管，人没有吃的你们管不管？"

"管！"郭春海一见是"酒鬼茂良"打岔，只怕他扰乱会场，就急忙说道，"你不要急，说了一件说一件，等一会儿咱们就讨论缺粮的事。"

孙茂良只好又坐下来。他对郭守成的牛吃了麦子的事，根本就不在意，而且他最讨厌开会。今后晌生产队队长叫他开会，他就不愿意来。后来老同喜再三劝他，说今晚上的会对他最有用处，这才好说歹说、连劝带拉地把他拖拽来了。老同喜说对他最有用处的意思，是让他来受受教育，而孙茂良竟以为是给他解决缺粮。他在庙门口坐了一会儿，不但没有听到说解决缺粮，而且人们批评郭守成时竟连带了些别的事情。

他想："既然牛吃了麦子不对，那就单说这码事吧，何必又拉扯上什么不好好劳动、不服从队长领导，还有什么和农业社两条心啦、资本主义自发思想啦、损害集体利益啦、自私自利啦，等等。真是一处不是，处处不是了。"孙茂良最讨厌听这些话，因为他就不服从生产队队长张虎蛮。"服从他？自由自在地活了多半辈子，临了倒请来个嘴碎的婆婆！"孙茂良正这么想着，生产队队长张虎蛮也正说到有些社员不守纪律、不服从领导的事。他越听越心烦，站起来拍了一把屁股就走出庙门。

孙茂良出了庙门，被冷风一吹，只觉得身上有些寒冷。他的棉袄破了好些窟窿，破得连他的十八岁的女儿也缝补不起来。唉，他忽然想起他早年下世的老伴，心里又添了一层烦闷。他就走到庙院斜对门赵玉昌的铺子里。

"来四两！"

赵玉昌一见孙茂良进来，就笑嘻嘻地让他坐下，一面打酒，一面问道：

"茂良哥，怎么你不去开会？"

孙茂良说："开什么会，墙倒众人推，鼓破万人捶！牛吃了几苗麦子，这就没个完、没个了啦！"

"你们农业社的规矩真严啊！"

孙茂良回头一看，才看见在他背后的小桌旁边还有两个人在喝酒。刚才说话的这人是周有富，对面坐着的是农业社社员姜玉牛。

孙茂良见姜玉牛早来到这里，就奇怪地问道：

"你甚时跑出来的，怎么我在庙门口坐着就没有看见你？"

姜玉牛不在意地喝了一口酒，说道：

"我起根就没有去。开会顶什么事？眼看天旱无雨，麦苗上爬满了红蜘蛛，今年的麦子收得了收不了，还得看看老天爷是什么主意哪。"

一说麦子没收成，孙茂良就心慌。他比不得光景富裕的姜玉牛，他是吃了上顿愁下顿的人。春粮接不上夏收，要是麦子收成不好，又拿什么接秋粮呢？

"反正是老天爷要人饿肚子吧！又是旱，又是红蜘蛛，还不如喂两条肥牛杀得吃些牛肉哪！"

孙茂良最后这两句话逗得人们笑起来了。姜玉牛笑了一阵，又慢悠悠地说道：

"还是让玉昌老哥给咱们念念报吧。看看是普天下都旱呢，还是单旱咱农业社！再看看人家有什么好办法。"

赵玉昌便从桌子上拿起一张报纸。翻看了半天，摇摇头说：

"这几天报上就没有说天旱的事。也不知道人家是不旱呢，还是没有办法，只有这一处提了这么一句：'担水点种。'"

孙茂良一听说担水点种，就叫喊起来：

"那么一大片地可怎么担水呀！你再给咱找找别的农业社，看看人家有什么好办法。"

"好吧。"赵玉昌又从柜子里拿出几张报纸来翻了一会儿，他一面翻报纸，一面皱着眉头说道：

"怎么好多天了，就老也不登农业社的消息呢？"

赵玉昌这样一说，周有富和姜玉牛也就摇摇头，叹口气，不吭声了。他们对农业社更怀疑了。

孙茂良一连喝了几大口闷酒，当他又要倒酒时，酒壶空了。

"赵掌柜，再来四两！"

赵玉昌却笑嘻嘻地回道："茂良老哥，不瞒你说，老弟这生意比不得往年了，往年可以一总等到收了夏、收了秋结算，如今老弟手头紧，到城里拿不出货来。看在老主顾的份儿上，赊给你四两还可以，要想再添四两，就帮老弟两个现钱吧。你入了社，总该有点办法啰！"

孙茂良只好在自己那几个破口袋里摸起来，但摸来摸去，竟摸得他心里起火了。

"农业社一春季也不发一个子儿，哪里来的现钱！往年，出去给人家干点零工，还能闹他三块五块零花，到了农业社算是绑死了。动员入社时，真是说得天花乱坠，我也以为真有什么楼上楼下，电灯电话；什么鸡蛋醪糟、牛奶面包，哼，而今连半斤酒钱都没有！"

赵玉昌听着这些话，自然高兴，便笑嘻嘻地拍着孙茂良的肩膀说道：

"你这话说得好，可是在这里说没有用。还是到农业社想办法去吧。"赵玉昌本想让他到农业社去闹，但看着他仍不走，只好又说："没有钱还想喝酒吗？看在老主顾的面上，那就用老办法，再拿二升粮食来，帮老弟凑点本钱。你知道，酒价又涨了，可是粮价没有涨。这就是让喝酒的人给国家贡献嘛。"

孙茂良是喝起酒来没命的人，他要喝就要喝个痛快过瘾，直到喝得烂醉如泥，不省人事。所以村里人都叫他"酒鬼茂良"。眼下，他刚喝到瘾头上，自然不肯罢休，便只好回家拿粮食去了。

孙茂良刚走，刘元禄就进来了，一进门，便叫了一声：

"来四两！"

姜玉牛一见刘元禄，也奇怪地问道：

"你怎么也跑来喝酒，开完会啦？"

刘元禄一连喝了两口闷酒，这才带气地说道：

"我开那会干啥！我原说单批评郭守成，看看郭春海怎么处置他老子！谁想只是批评了一气，也没有说下个长短，就那么轻易了啦。连老社长和乡长也都向着郭春海，说什么：'通过这事教育大家。'"

赵玉昌一面给刘元禄斟酒，一面劝说道：

"为这事还值当得生气？亲父子嘛，还能像两旁外人？在一块儿共事，可不要失了和气。"

"还说什么和气！"刘元禄接着又发起牢骚来，"批评罢郭守成，郭春海又要讨论缺粮和抗旱。我说还是跑几趟运输吧，郭春海却是硬咬住'互借'不松口。我说你不同意跑运输，让大家讨论讨论。他却把持住会场，一个劲儿讨论互借。"

一说互借，姜玉牛便是一阵心慌：

"咱们前几天说的跑运输不是挺好吗，怎么还要互借！元禄哥，向谁家借，借多少，你们讨论出个谱谱来没有？"

刘元禄摇摇头说："没有。"

周有富听说农业社要互借，又看见姜玉牛着慌的样子，便冷笑了几声，对姜玉牛说：

"你不用打听，也不用装穷，农业社要借粮，就跑不脱你。既然要互借，总不能让王连生向孙茂良互借，孙茂良向张虎蛮互借吧！"

"是啊！"姜玉牛接着说道，"我原就说农业社收的穷户太多了，怕受牵累，嘿，偏偏的前几天又收下个王连生。王连生是碌碡不转就没有粮吃的人家，拖带着一个老婆四个娃娃，单是他一家就得借几百斤！照这么办下去，咱可是入不起农业社了。先前的股份基金、生产底垫和投资都还没有交够，而今又要借粮。要是农业社不乘空跑运输，我敢不会自家出去跑！"

周有富一听说姜玉牛想退社，又得意地冷笑了几声，他想起去年冬天姜玉牛入社时说的话了。

"怎么，年前入社时，你不是说过：你先到社里去看一年。而今还不到半年你就撑不住了？好丑你看下今年来再说嘛！"

姜玉牛说："不是我撑不住，实在是看不起啦！你想，从眼下到收夏还有几个月，公家不给粮，社里又不出外头跑闹，咱有多少粮食吧，能吃住人家没底子的互借？收了夏呢，穷户们七手八脚的，轮到咱名下，又能分多少？因此，当着副社长的面，我得把话说在前头：实在不能在了，我可就要退社了。"

赵玉昌听见姜玉牛要退社，心里自是乐滋滋的。又见刘元禄一时为难不好开口，便对姜玉牛说：

"玉牛哥，你不要让元禄作难嘛，有意见就向当家作主的郭春海说去。依我看，农业社是非借粮不可的。不借粮，当下就稳不住那些缺粮户。你们没听见刚才孙茂良说的那些话？"

姜玉牛说："是啊，孙茂良倒是个炮筒子，可就是嘴上少个笼头。"

刘元禄听说姜玉牛要退社，虽然嘴上不说什么，心里却暗自高兴，他倒要看看按郭春海的办法会闹出什么结果来。但他听了一会儿之后，又害怕万一让党支部或社干部们知道了，说他和这些人在一起商量着闹退社不好，倒不如离开这里，让他们商量着办好了。于是，他连着喝完他的一壶酒，说了声："你们坐着，我再到会上去看看。"便站起来走了。

刘元禄走后，姜玉牛可就发开愁了。姜玉牛是杏园堡村里的富裕户，也是一个小心谨慎、老奸巨猾的人。遇事，他不肯强扭，也不愿意出头。他只怕"出头的椽子先烂"，他只想顺风扯帆，顺水行船。去年冬天办社时，就是因为他在的那个互助组全体入社，他的左邻右舍也都入了社，他的一双儿女又闹着入社，这才勉强随大流跟进来。可是眼下呢？他怎样才能逃过借粮，退出农业社？他虽愿意退社，可又怕单是他一个人孤孤地退社，那么怎样才能够使用那不牢靠的炮筒子，让那"酒鬼茂良"为自己开路退社呢？

周有富看着姜玉牛犯愁的样子，心里竟高兴起来。因为以前他们虽是两个好朋友，但自从去年冬天姜玉牛入社以后，他们就很少来往了。特别是在农业社成立大会上，县委李书记讲话当中，还提到姜玉牛入社，并带着几分鼓励的口气，而姜玉牛也乐呵呵地上台说了几句话。这以后，周有富心里竟有些嫉恨他了。

现在，周有富倒要看看这老鬼找什么梯子，怎么下台了！于是，他就高举酒杯，对着姜玉牛嘲弄地劝酒道：

"喝啊，老弟，愁什么啊，喝吧，酒能解愁啊！"

"喝，你喝！"

姜玉牛愁得连酒杯也举不动了，只是用他那长指甲搔着他那秃了顶的光脑壳。

周有富一见姜玉牛这样子，心里更乐了。他看见别人忧愁就觉得心里快活，看见别人倒霉就觉得心里高兴。何况他又看到农业社遇到天旱和缺粮的困难呢！看周有富现时是多么神气！而姜玉牛又是多么犯愁！他本来就长得高大的身子，现在更挺直了胸脯，对面矮小的姜玉牛却无精打采地弯着腰坐在那里。浓眉黑脸的周有富，由于喝了几盅酒，竟满脸红光，而长了满脸皱纹和几根稀疏的胡须，又掉了几颗门牙的姜玉牛，竟显得这样苍老无神。一个好比粪堆上的椿树，一个又似泥坑边的老蒿。周有富拿着一根玉石嘴子、乌木杆子烟袋，津津有味地抽着他家自制的"小兰花"烟叶，就连那喷出来的烟雾，也是那么得意地飘摇直上。姜玉牛呢，他的短小的铜烟袋好像被烟火烧疼了似的，呲呲呲地呻吟着，他吐出来的烟雾也好像没有力气似的，在他的脸前画了几个半圆的圈圈，然后又像一层愁云似的缠绕在他的头顶。

这时候，坐在一旁的赵玉昌，一面手里玩着两颗核桃，一面眼睁睁地看着他俩，见他俩老也不说话，心里竟有些发急了。因为他听说姜玉牛要退社，心里是多么高兴啊！不过他和周有富的幸灾乐祸不同，他是想着如何利用这一个大好的机会。但等了好一会儿工夫，只见姜玉牛老是喝闷酒、吐愁云，周有富也不帮着他出点主意，就忍不住了。

"玉牛哥，单发愁也没用，有富哥也该帮着玉牛哥想点办法啊！有富哥见多识广，心高志大，自己站在河岸上，总不能看着玉牛老哥掉到河里不管吧？来，再喝一壶，这一壶算老弟请你们二位！"

周有富听到赵玉昌夸奖自己，心里自是高兴，但听到说"自己站在河岸上"这句话，又猛然想到，他自己屁股底下的屎也还没有擦净呢！他的互助组里这几天也有人嚷吵着缺粮、借粮的事。于是，当他看着赵玉昌又去打酒时，就突然问了一声：

"赵掌柜，还有油吧，给咱灌上二斤。"

赵玉昌一面打酒，一面就顺口说道：

"要酒有，要油可是没有了。前几天我进城办货，跑了好几家也没有灌到一两油。听人们说，是叫'灯塔'耗干了，你想，那'灯塔'要能把全中国都照亮的话，该有多高多大，该要耗费多少油啊！"

周有富自然听出这话里的意思了，便开心地笑了几声。赵玉昌也就跟着大胆地笑起来。随后，周有富又接着说道：

"那么线呢？'线'都叫'总搂'了，以后怕连丝线、棉线也不好买了吧？"

"哈哈，还用说以后，眼下你就不能随便买了。"

"嘿，这年头，还有什么东西能让咱随便买呢？"

"酒！"

"好，那就给咱再灌上二斤酒！"

"灌这么多酒干甚？想给你儿子办喜事啊？"

"不，他们的事等收了麦子再办吧，我是想明天请我们互助组的人吃喝一顿。"

"请你们互助组？"

"是啊！"周有富听着赵玉昌那惊奇的问话，又看着姜玉牛那不解的神色，这才告他们说：

"那天下霜时，我迟起了一步，麦子受了点制，我想赶紧浇一遍水，过一遍锄。几年了，这杏园堡村里哪一年不数我姓周的庄稼好？今年还能落到农业社后头？明天锄地时，给我们互助组的人美美地吃喝上一顿，也叫农业社的人看看，给周有富动弹吃的甚，给农业社动弹落个甚？不过是白纸上空画了几根黑道道。"

赵玉昌一听这个好主意，就大声夸奖道：

"老哥，你真舍得下本钱啊！"

周有富说："账要来回算嘛！往年雇短工也要管饭。再说，你给他吃得好些，他多给你锄两亩地合算呢，还是省几个钱，少锄两亩地合算呢？"

"合算当然合算。可是，"赵玉昌又有些怀疑了，"这几天村里正闹缺粮，你就不怕露富，不怕村里向你借粮？"

周有富看着赵玉昌笑了笑，随后又喝了一盅酒，这才得意地说道：

"实告你说吧，赵掌柜，我就是怕村里借粮才想好这个主意。今后晌我们互助组商议给我锄地，有几户就提出缺粮的困难，他们看见王连生入了社，听见农业社互借，有的想入社，有的也想学农业社借粮。我想，不借给他们吧，他们不好好给你动弹；借给他们吧，叫他们吃饱肚子先到他们自家地里动弹？这么一盘算，我才想起这个主意：谁到我地里动弹，我管谁的饭，把吃了的饭算成借粮。酒不也是粮食做的？喝了酒也能合成借粮的数数，到麦秋再一一总算账。明天咱先美美地吃上一顿，后天就改成窝窝头，一个窝窝头四两粮，咱周有富用人就不怕大肚汉。"

"是啊，能吃就能干啊！"赵玉昌这才完全听清周有富的用意了。但赵玉昌又有赵玉昌的算盘，他就好像是为周有富担心地说道：

"老哥这主意虽高，只恐怕还有几分不牢靠。你的存粮别人不知底细，我可是有几分约莫。真的村里要向你借粮呢？你说互助组吃了，可是你会算账，人家也会算账！你们互助组几个人才能吃多少？就说你过了这一关吧，也不能不帮一下玉牛老哥脱过这一难呀！眼下我倒有个主意……"

说着，赵玉昌就站起来到门口看了看，这才又返回来，把他那一颗光脑袋钻在周有富和姜玉牛当中说道："依我说，这粮食虽是宝中宝，还要看你会存不会存，会粜不会粜，前日我进城到茂盛店里，听杨掌柜说，有人想用大价钱粜点粮食，我看……"

赵玉昌刚说到这里，正巧就听见铺门外有人走了过来。小心谨慎的姜玉牛就想到那不牢靠的炮筒子孙茂良了。孙茂良不是回家拿上粮食还要来喝酒吗？万一让他听见了，嚷出去可不得了，反而会耽误了自己退社的大事。于是，他就站起来，说了声："改日再谈吧。"便独自先走了。

孙茂良刚才从赵玉昌铺子里出来后，便一直回到自己家里。走到家门口，不用开大门就走进院里。他的两扇大门早已抵了酒债，他的屋门也从不关闭，他不怕丢失什么东西。他走进屋里正要拿粮食，忽然有人叫了他一声："爹！"

他愣怔了一下：他的女儿怎么也回来了？

他女儿孙玉兰刚才在庙上开会，听见他们的生产队队长张虎蛮批评郭守成以后，也捎带批评了她父亲孙茂良几句，孙玉兰知道父亲的毛躁脾气，只怕他在会场上发作起来，但当她看她父亲时，她父亲却不知跑到哪里去了。孙玉兰不放心，就回家来找。孙玉兰刚回家来，就看见她父亲带回来满脸的酒气。

"爹，你怎么又喝酒了！"

孙茂良只说了声："你少管闲事！"就进了屋里。孙玉兰也就跟着父亲进了屋里。她只当她父亲是听了生产队队长的批评，心里烦躁才去喝酒的。所以她想乘机劝说她父亲几句。

她母亲早年下世，就剩下他们父女二人，而父亲又是这样整天喝酒，只知道回来要吃饭，却不管家里光景如何。女儿劝他又不听，一个十八岁的姑娘，在这样的家庭里，竟变成一个多愁的懂事的女人了。

"爹，你也听听会上人家对你的意见，要服从领导，爱社，好好地劳动生产，不要只管喝酒。看看咱家这光景……"说到光景，女儿伤心地下泪了。漂亮的、正爱打扮的女儿，几年了都没有穿过一件新的花长衫。

孙茂良一听这话，火劲儿就来了：

"好吧，叫他们在会上丢我的人吧！我喝酒碍他们什么事？"

孙玉兰说："人家这都是好话，这都是为了咱家。"

孙茂良说："为了咱家？为甚不管管咱家吃喝够不够，也不给咱家几个零花钱！"

他一面说着气话，一面就走到柜子跟前。一间空荡荡的屋子里，就剩下那么一只破柜了。孙玉兰见她父亲又要挖粮食，就急忙跟过来问道：

"爹，你又要做甚？"

孙茂良说："你少多嘴！"

"爹！"孙玉兰看见她爹果然把剩下的一升小米拿出来，知道他又是去换酒喝，就抓住父亲的胳膊哭起来：

"就剩下这么一点米了，你换了酒喝，明天咱们吃甚呀！"

女儿这一声哭叫，倒也使孙茂良心里动了一下，手软了。看看他的女儿，跟上自己也真够可怜的。可是又有谁可怜孙茂良呢？而女儿总是外人，嫁出去的女，泼出去的水，到头来自己又有什么结果呢？想到这里，一阵心烦，就硬着心，把女儿推开，挖出那升小米，走了出去。

孙玉兰一阵伤心，就扑到柜子上哭号起来。

孙茂良走出院里，听着女儿哭着叫妈，心里又动了一下，停了一步。可是，一阵夜风吹来，使他打了一个哈欠，一股酒味从嘴里喷出来，他就顾不得许多了。明天再说明天吧，不行了出去打个短工，怎么样也闹他三块两块……

孙茂良又走进赵玉昌的小铺子里，把那一升小米往柜台上一放，就学着赵玉昌那话：

"来，再给国家贡献一下。

赵玉昌笑了，赶紧给他打来一壶酒，放在他面前。

孙茂良喝了几口酒发觉周有富和姜玉牛不在了：

"怎么，周有富和姜玉牛走了？"

赵玉昌说："走了好一会儿了。借酒浇愁更添愁，犯愁喝酒容易醉啊！茂良老哥，我劝你也少喝两盅吧。"

孙茂良却不服气地说道：

"我怕什么，我又不像他们人多口众，不行了我进城打几天短工，找点零活，怎么也闹他十块八块。"

赵玉昌说："你是农业社的社员，能随便进城打短工？不敢冒失啊，你可不像人家周有富，要进城，抬腿就走。你们社员呢，身不由主！"

孙茂良说："身不由主？农业社又没有把我拴住！"

赵玉昌又劝他道："老哥，办事可不能使性子。看人家姜玉牛，走路总要有个脚步。"

孙茂良问："什么脚步？"

赵玉昌说："我好意告你，你可不要出去瞎说啊！刚才姜玉牛是打算先退了社，再趁这几天地里不紧用牲口，到外头跑两趟买卖。他有牲口，他儿子有自行车，往西山贩一趟枣子就赚他二三十块。"

"啊！"孙茂良听说姜玉牛要退社，先吃了一惊。随后他想算了一下，觉得先退社再往出跑也是个办法，省得又挨一顿批评。于是他也好像主意已定，随后就一盅接一盅地喝起酒来，一直喝到身不由主地从凳子上溜到地下。

赵玉昌刚刚要把孙茂良拿来的一升粮食拿进里屋，他的外甥任保娃回来了。

赵玉昌走到后院里，任保娃把赶车的鞭子放下，先从身上掏出一个小包来递给他，又从车上拿下一包东西来给了他。随后，低声告他舅舅说：

"杨掌柜说，让咱们再送货时，走得再早些，最好是天不亮就赶到店里。"

赵玉昌担心地问道：

"今日没有出什么事吧？"

任保娃说："没有。"

赵玉昌解开那个小包，点了票子，装到身上，然后就提上那一包东西，走进柜房。

刘元禄刚才到庙院会场时，听到正讨论互借，他想躲避一下，所以又来到了赵玉昌铺子里，躺到柜房炕上。看到赵玉昌提着一包东西进来，便从炕上坐起来问道：

"保娃回来了？给我捎买的东西带回来了吧？"

赵玉昌笑眯眯地解开包袱说：

"带回来了。这是你要的圆口千层底鞋。还有，我给你捎了一顶帽子，看你的帽子旧成啥样了！当干部的，开会、办公、上台、进城，破旧了不像样。来，你试试看合适不合适。"

刘元禄下炕来，照着镜子试试新帽子，高兴地说："大小正好。"又试试鞋，满意地说："嗯，也合脚。"随后又问："这一共是多少钱？"

赵玉昌笑嘻嘻地说："这点小意思还提它干甚！"

"呃，还能老让你破费……"

"那就以后再说吧。"

刘元禄便把鞋、帽包起来，出了后门，回家去了。

赵玉昌送走刘元禄，又到马棚里问任保娃：

"牲口喂上了吧？"

任保娃说："喂上了。"

赵玉昌又吩咐道：

"喂好牲口早点休息吧，今晚上半夜就起货。"

任保娃应了一声，便返身走出去了。

任保娃是一个二十五岁的年轻人。十来岁上他的父母就双双下世了。他舅舅赵玉昌收养了他。土地改革以前，他就给他舅舅磨面、看牲口、踏面箩。土地改革时，村里也给他分了二亩地，因他立不起庄户，他舅舅也怕他这个不花钱的长工出走，便说怕他出去受制，一定要给他娶了媳妇，给他成家立业，那也就对得住他死去的妹妹了。老实的任保娃一则感谢舅舅从小把他收留养大，二则又想望舅舅给他成家立业，所以便勤勤恳恳地给赵玉昌干活。去年冬天实行统购统销，赵玉昌的磨坊开不成了，他就给赵玉昌赶上皮车跑运输，地里忙了就下地。今天又往城里给杨掌柜拉了一车粮食和一些杂货，回来交代了舅舅，舅舅只知道牲口跑了一天要喂，就不知道人走了一天也饿吗？看看后屋，灯已熄了，妗子早已睡了，他自然不敢惊动妗子，只好到厨房里去吃点冷汤剩饭。

当他临出门时，忽然脚底有一个东西绊了他一下，低头一看，是"酒鬼茂良"。他正想把茂良扶起来，他舅舅又催他道：

"早点歇着去吧，不要忘了半夜起货。"

任保娃说："你看茂良叔……"

赵玉昌却看也不待看地说道："你管他干甚！"

任保娃说："躺在地下，怕他凉坏身子。"

赵玉昌说："清凉能解酒。在凉地下躺一会儿就好了。"说着就拿起算盘回了柜房。

任保娃正要站起来走开，又见孙茂良难受得咕咕咕地叫了几声，在地上打了一个滚。任保娃不忍心就此走去，叫他又叫不醒，就只好把他背起来，送到他家里。孙玉兰一见自己的父亲醉成这样子，就赶紧把父亲安放在炕上，给摆好枕头，盖上被子。她回头又感谢任保娃道：

"多亏你了，保娃哥，喝口水吧。"

任保娃却推说："我不渴，天不早了，我回去还有事哪。"但实心实意的孙玉兰早已跳下炕来，走到灶火跟前去了。任保娃不愿意这么晚了麻烦她，见她去抱柴火，心里一急，便伸手拽住孙玉兰。孙玉兰见他使劲捏着自己的手腕，就害羞地扭头看了他一眼，这一看竟看得任保娃心慌了。他就急忙松开手，孙玉兰便闪手搂了一把柴火，给任保娃滚了一碗开水。

几口开水下肚，他只觉得肚里一阵滚热，额角上也冒出几颗亮晶晶的汗珠。看着这身强力壮、红光满面的年轻人，又想到他失去双亲，无依无靠，从小就失去母亲的孙玉兰，心里一动，竟对任保娃有些爱怜之意了。她浑身上下看了他一遍，真想再为他做点什么事情。正巧，当她从任保娃手里接过水碗来时，发现了他的破袖子。

"看你的袖子破了,我给你缝缝吧。"

任保娃摸摸袖子,确实挂破了三四寸长的一个口子。他正想推辞,孙玉兰已经紧紧地拉住了他的袖子。任保娃推辞不过,只好让她缝补。可是,怎么让她缝补呢?脱下来吧,自己就穿着这么一件夹袄,没有办法,就只好把胳膊伸过去,紧挨着孙玉兰站在那里。老实的年轻人心跳起来了。

孙玉兰把煤油灯移到炕沿边来,仔细地、一针一线地缝补起来。看她缝得多么仔细、多么认真,那针脚又多么紧密、多么均匀,好像要把她的一番情意都随着那针线传到任保娃身上一样。而任保娃呢,站在孙玉兰跟前,竟一动也不敢动,只是死盯着自己的破袖口。可是,心里却是热烘烘的。十几年了,他还从来没有遇见一个这么关心他的人,给他这么仔细地补过衣衫呢!他觉得孙玉兰真是一个热心人,真是一个好人。要是自己能娶上这么一个媳妇多好呢!

当孙玉兰给他缝好袖口,他还呆呆地站在那里,舍不得走开。可是,这老实人第一次和自己心爱的姑娘在一起,却老是觉得心跳,一时又不知道该说什么话好。他又不会说客套话,只是不住地看着她笑。孙玉兰呢,也是坐在任保娃跟前一动不动,心想让任保娃先开口。而他又老是不开口,急得她只是心跳、脸上发烧。她一时抬起头来看看任保娃,一时又低下头来看看那煤油灯。煤油灯里好像是油少了,灯苗跳动着,照着那红一下、暗一下的两张脸。两个人的影子也一上一下地在墙上跳动着。

就这样过了好一会儿,直到庙院里散会时,响起了一阵哄噪的人声,任保娃才说了声:

"不早了,你早些睡吧,我回去了。"

孙玉兰也说了声:"有空再来坐吧。"才恋恋不舍地把他送出门外。

第七章

任保娃从孙茂良家出来，正遇上开完会的人走出庙院。回到赵玉昌门口，他又看见郭春海一手提着马灯，一手扶着他父亲郭守成走过来，一边走，一边劝说父亲：

"不要生气了，大伙都是为你好啊。"

"为我好？当着那么多人，你也揭老子的短！到了人前你就认不得老子啦！"郭守成越想越伤心，越说越生气，便一手甩脱儿子。由于他用力过猛，郭春海失手把马灯掉在地下，灯也熄了。郭春海正要去提马灯，郭守成又骂了一句：

"你走你的，老子用不着你！"

郭春海看看父亲正在气头上，又想起还有几件事情要和干部们商量，便返回庙里去。任保娃见郭守成生气地一个人坐在台阶上，旁边放的一盏马灯也熄了，便走过去说了声："守成大爷，不要生气了。天不早啦，我给你点马灯去。"郭守成虽然生气，可是任保娃又没有惹他，所以便答应了一声："嗯。"

任保娃到赵玉昌铺里点马灯时，赵玉昌正在桌上算账。他一见任保娃进来，便生气地问道：

"怎么还没有睡？点上马灯干甚去？"

任保娃说："这是守成大爷的马灯，我给他点着灯，我就去睡。"

赵玉昌一听说郭守成，就想到今晚上农业社开会的事情：

"他在哪里？"

"在门口台阶上坐着。"

"就他一个人？"

任保娃"嗯"了一声。

赵玉昌又问："他儿哪？"

任保娃说："返回庙里去啦。"

赵玉昌听了这话，灵机一动，就从任保娃手里接过马灯，说了声："你睡去吧！"便提了马灯，走出门来。他一见郭守成一个人在台阶上坐着，便弯下腰来拍着他的肩膀说道：

"守成大爷，怎么你一个人坐在这里，不怕凉呀？快回家里来坐一会儿。来吧，喝口暖水再回。"

正在生气的郭守成看到赵玉昌，竟像看见一条蛇那样吓了一跳，慌忙站起来就要走。他怎么会坐到赵玉昌门口呢？

但是赵玉昌的一只手早已搀扶住他的胳膊，几句奉承话又说得他没有主意、身不自主了。赵玉昌便乘势连搀扶、带拉拽地把他引到自己的小铺里。

赵玉昌让郭守成坐在凳子上，一面给他倒了一碗开水让他喝，一面察颜观色。虽然他有一脸的愁闷和愤恨，但赵玉昌一时还摸不清底细，便谨慎地又像是随意地问了一句：

"刚开完会？"

郭守成只是闷声闷气地应了一声："嗯。"

赵玉昌又试探地问道：

"你们今晚上的会可开得有时分了。"

想不到这一句话竟引起了郭守成的火气：

"那叫开会？那是明损人嘛，活了这么大年纪，哼……"

赵玉昌心里有点高兴了，又问道：

"你儿没有去开会？"

郭守成说："快不用提他了！"

赵玉昌却紧跟着说道：

"你儿不是支部书记，那么一点点事，还不能稍微照护照护你？"

这一句话算是触到郭守成的伤心处了。这时，他竟忘记了面前这人是富农兼放高利贷者和投机商人；他就好像是受了委屈的人碰见老朋友一样，倾吐开自己的冤屈了：

"哼！照护我？不和别人一样损我就算是孝道了。"

刚才开会时，虽然别人批评郭守成的牛吃了麦子，批评他自私自利、损害了集体利益，他也生气，但是最使他伤心的却是自己的儿子也在大会上批评他，而且揭发了别人不晓得的几处弊病，比如把好粪都送到自留地里，等等。唉！自己苦熬了一辈子，为了甚，还不是为了给儿孙后代积攒一份家业！如今这亲生儿子都有了外心，这还有什么闹腾劲儿呢？他越想越伤心，而伤心之后就常是愤恨。他就突然拍了一下柜台，叫了一声：

"赵掌柜，来一壶酒！"

赵玉昌一听这话，真有些惊讶。郭守成是从来不喝酒的，而且是一个小钱都不舍得花的。今晚上大概是伤透心了。于是他就幸灾乐祸地问道：

"来几两？半斤，四两？"

这一问，郭守成又犹豫了：

"多少钱一两？"

赵玉昌这时候也放大胆了：

"你只管喝吧，咱们在一个村里住了多少年了，也算老相识、老交情了，还能多算你的？"

郭守成却仍是不放心地问道：

"少算一点是多少钱一两？"

赵玉昌说："照本算，一毛钱一两。"

一说到钱上头，赵守成就要盘算一下：一毛钱就是二斤高粱，有二斤高粱面就够全家人吃一顿。他想算了一会儿，这才下了个狠心，伸出一只手来。赵玉昌还惊喜地以为他是要五两呢，但是郭守成却紧接着喊了一声：

"半两。"

赵玉昌拿着酒壶笑道：

"按说是不卖半两的。你看，柜上就没有半两的酒提子。好吧，就算老弟请你喝两盅吧。"说着，就给他打了一提酒。

郭守成虽然客套了一句："这就不对了，你也是将本求利嘛。"但见赵玉昌笑嘻嘻地送过酒来，他也就高兴地应承了一句："那就扰你两盅吧。"

郭守成没有喝惯酒，一盅酒下肚，就咳嗽起来，眼里也流泪了。为了圆一下面子，就连声咳嗽地说着：

"好酒！好酒！"

赵玉昌却说：

"不瞒你说，比起往年来，这酒就差次了。你想，粮食少了，还能做出好酒来？"

"是啊！"郭守成也接口说道，"如今这光景也不好过了。刚才开会还不是尽闹缺粮的。还说要互借！"一提到互借粮食，郭守成又生气了，他儿子在会上竟说自家有余粮，愿意借给缺粮户。一想到忤逆子弟，郭守成又火恨恨地说道：

"互借？老子舍不得吃，舍不得喝，在碗边边、瓮底底上俭省下的几颗粮食，能轻易借给他们？说得倒好听：互借。哼！如今借上干的，打下来还上湿的，还不算利钱，这就是互借！"

赵玉昌听到这话，心里可算是十分高兴了。刚才那半两酒果然没有白费。于是，他就在郭守成身上打开主意了。他知道郭守成有余粮，但他正要开口，只见郭守成把酒壶倒过来，一滴一滴地往酒盅里滴了好一会儿，眼见再也滴不出酒来了，他就使劲摇了一下酒壶，这才算是滴下最后一滴来。郭守成用舌头舔完最后一滴酒后，就擦了擦眼睛，摸了摸胡子，到怀里掏钱。赵玉昌只怕他就此走掉，所以就跟着说道：

"再来二两吧？"

郭守成却摇摇头说："不了。"

赵玉昌说："再来二两，算我请你。"

"请我？"郭守成犹豫了。郭守成是最怕吃亏的人。那么谁又肯白白地让别人占便宜呢！说不定会记在账上的。他年轻时，就吃过这么一次亏。他去问地主叶和庭借粮，说借二斗，因为利钱大，他没有借。可是到秋收时，叶和庭却拿着账本来向他要账。他好说歹说都不行，他就到村公所喊冤，因为叶和庭有管账先生做证，村长就骂了他一顿，硬让他给叶和庭送去二斗半粮食。

赵玉昌也看出他有些怀疑，就说：

"你还信不过我？姓赵的从来没有哄过人。你放心，咱老弟兄们好不容易遇到一块儿，今晚上咱就痛痛快快地在一块儿喝几盅吧。"

赵玉昌一面说，一面就打来一壶酒，先给郭守成斟了一盅，又给自己倒了一杯。

郭守成这才放心地喝起来。他想："他和我一块儿喝，大概不敢算到我账上。"因此，又觉得赵玉昌在土地改革以后，真是改造好了。

赵玉昌就乘势说道：

"靠了共产党的宽大政策，这两年我总算是又爬闹起来了。可是和老哥比起来，又差远了。老哥有一个好儿子当干部，要是万一我有什么不到的地方，还望老哥在你儿面前多说几句好话啊！"

郭守成却摇头叹气地说道：

"快不要提我那忤逆儿子了，那是大门外挂的灯笼，给路人照明的。"

赵玉昌说："为众人办事嘛，当然就要带头。你看，别人还没有提你家有余粮哪，你儿倒先要互借给别人。"

一说到互借粮食，又惹恼郭守成了：

"他借我可不借。"

赵玉昌说："你家里有余粮，不互借行吗？"

郭守成就哭穷道：

"我哪来的余粮？"

赵玉昌说："你对别人可以这样说，可是你儿子知道啊！"

郭守成说："他不知道。"

"他不知道？"赵玉昌惊奇地、高兴地反问了一句，对这句话有了很大的兴趣。这不是等于说"此地无银三百两"吗？而重要的是这老鬼的余粮还瞒着他的干部儿子呢！于是，他又给郭守成斟了一盅酒，放大胆说道：

"你儿现在不知道，你能保住以后也不知道？况且你现在一口咬定没有余粮，以后那些余粮再怎么出世？你辛辛苦苦积攒了几颗粮食为了甚？既然不愿意互借，倒不如……"

赵玉昌说到这里，故意停了一下，但看看郭守成只是瞪起眼愣看自己，他就放大胆试探地说道：

"我冒说一句吧，合心事不合心事你不要见怪。不合心事了，就算没说。

看在咱们老交情的面子上，你可千万不要先告别人啊。我是怕你吃了亏，才为你想算的。再说，眼看着有点便宜，我总不能不给老哥通个信吧？"

郭守成一听说免吃亏、有便宜，就动心了：

"你说吧，咱老弟兄们谁还信不过谁！我郭守成可不是那号有恩不报反为仇的人。"

"对呀！我要信不过老哥，我连提也不提。"说着，赵玉昌就凑到郭守成的耳朵上低声说道，"你们农业社这几天正闹缺粮，你那几颗余粮能保住？迟早还不是叫农业社互借了去。我听说要是不自愿出借的话，农业社就搜查，搜出来可就保不住要没收。因此，我劝老哥不如趁早把那点余粮卖掉。城里正有一个人要出大价钱收点粮食哪！"

郭守成一听说大价钱就问：

"多少？"

赵玉昌伸出了两个指头：

"一斗算二斗的官价，看对半利。"

"啊！"郭守成一听说这么大的价钱，又有些疑心，"真的？"

赵玉昌说："姓赵的甚时哄过人！你想，春荒时候，缺粮的人正用粮，国家又是统购统销，谁又肯按官价卖粮？急用粮的人也就只好私出大价。你再想想，往年间，哪一年的粮价不是春涨秋落？"

"说得在理！"郭守成瞒着儿子积攒了几颗粮食，也不过是因为一怕遇上荒年，二怕儿子白白借给众人，他还想枭两个好价钱呢！如今这不正是个好机会吗！留在家里，万一农业社要搜查呢，就说不没收吧，按官价算才几个钱！谁又知道什么时候才还呢！

赵玉昌见郭守成还在思谋，就又斟了一盅酒。"来，再喝一盅！"接着就催问，"拿定主意了吧？误了这个村，可住不上这个店哪！老哥，咱们头一回打交道，保你吃不了亏！"

以往吃惯亏的郭守成老是怕逮不住小便宜，反倒吃个大亏，他又没有办过这种事情，所以他还是不放心地问了一句：

"买主是谁？"

赵玉昌说："这你不用管。你把粮食交给我，到时候拿你的大价钱就对了。一句话，枭多少？"

郭守成没有话说了。常说：吃了人家的嘴软，拿了人家的手软，何况又是常不喝酒的人多贪了几杯便宜酒！这时候，郭守成已经有些云云雾雾了。他刚伸出两个指头来说了声："一布袋麦子，一布袋高粱。"就觉得头昏眼花，浑身发软，眼看就要从桌子上溜下去了。

赵玉昌急忙过去扶住他，说了声："喝醉了吧？"

郭守成还说："没有，这么几盅酒还能……"

赵玉昌又说："可不敢酒后失言啊！"

郭守成就说："你放心，我郭守成不是那号人……"

赵玉昌刚把郭守成扶到门口，就看见从庙门口出来一个人。赵玉昌只怕是郭春海过来，便闪手把郭守成推出门外，回身紧闭了铺门。

赵玉昌给自己打了满满的一壶酒，又拿出他外甥刚从城里捎回来的一包熟驴肉，切了一半，另一半是等杨二香来吃的。然后就一面得意地喝酒吃肉，一面摇头晃脑地自言自语：

"等着瞧吧，郭春海！我把村里富裕户的余粮都倒腾到城里，连你家的瓮底也挖了，再让你搞互借！春荒又遇上春旱，解决不了缺粮困难，这台戏我看你怎么唱！"

郭守成从赵玉昌手里溜脱以后，就倒在赵玉昌铺门口台阶上。一只手拿着马灯，一只手摸着胸脯。一阵冷风吹来，他只觉得心里一阵阵恶心，一阵阵难受，接着就哇的一声吐起来。

郭春海从庙里出来，见他父亲坐在台阶上呕吐，就赶紧把他搀扶起来。郭守成的两眼已经睁不开了，任郭春海怎么问他，他连话也说不清楚，只是一口一口地喷着恶臭的酒气。郭春海扶着他摇摇晃晃地回到家里，他又哇哇地吐起来。一壶便宜酒不但使他把今后晌吃进去的饭菜全都吐倒出来，而且还吐脏了他身上的衣服和炕上的毡褥。老伴一面给他收拾，一面就臭骂他。好在他早已昏昏沉沉地入睡了，老伴那些难听的话，他一句也没有听见。

第八章

半夜里，郭春海开完会回到他的小东屋躺下好一会儿了，虽然浑身乏困，眼睛也熬红了，可是一想到眼下农业社的情况，却老是心跳得睡不着。

这些天来，由于天旱无雨，麦地里又起了红蜘蛛，秋地也干得不能下种。虽然社员们动员起来锄了几天麦地，利用现有的井水浇了几十亩地，但也不顶大事。有几户缺粮的社员就心慌地叫嚷起来。真正缺粮的社员喊缺粮，有余粮的人害怕农业社用互借的办法问他们借粮，也跟着凑起热闹来。他们又怕天旱减产，让穷户们沾了他们的光，在叫嚷缺粮的同时，就嚷着要退社。

针对当前的情况，农业社的党支部和社务委员会在一起开了一夜会。讨论到如何解决部分社员的缺粮困难时，大家对于刘元禄的跑运输计划和郭春海的"互借"办法，争吵了好一会儿。后来，还是赞成"互借"办法的人占了上风，因此就具体研究了几户真正的缺粮户当急需要多少粮食。有几个党、团员和干部便先带头报出了一些粮食，并决定了随后再全面发动"互借"。后来讨论抗旱办法时，已经半夜了。老社长徐明礼提出的向上村要水的办法，大家觉得虽然有道理，但又怕一时要不下来。对于郭春海提出的引汾河水的办法，又觉得困难太多，太费工，而且一时也想不出引水的好办法，因此就只好散会。

郭春海想到这些情况，想到缺粮户的困难，想到天旱对农业社增产的威胁，特别是想到有些富裕中农趁着天旱和缺粮困难嚷着要退社，心里真是着急。开天辟地以来第一次办农业社，要是办不好，要是失败了，社员的生活、党的政策在群众中的影响，就会遭到损失。怎么办呢？他当然不能同意刘元禄跑运输的计划。而发动"互借"、引汾河水抗旱，自然有很多困难。但是从困难中长大的郭春海，他就不相信克服不了这些困难。只要路子走得对，只要听党的指引，只要依靠群众，哪怕前面有千山万水，也能走过去的。在解放战争时代，他参加秘密民兵时，后来参加土改和组织互助组时，在党的培养下，他担任民兵队长、团支部书记、党支部书记时，不是也遇到过很多困难吗？后来又总是把那些困难克服了。正是因为有困难，才要人想办法克服困难呀！好办法多是在克服困难时逼出来的。在困难面前听天由命的人是懒汉，不敢克服困难的人是胆小鬼。这时，他又想起县委李书记常说的几句话："共产党员就不怕困难。要前进，就会遇到困难；克服一次困难，就前进一步。"对呀，要前进，就要想办法克服困难。

于是，他又翻来覆去地想着：如何才能把汾河水引上来浇地？河低、地高，用水斗子和吊杆往上打水确实太费工，能不能想一个又省工、又能多打上水的好办法呢？他由水斗、吊杆，想到水井、水车。"能不能在河畔地边修几个井台，把河水先引过来，再用水车车上来呢？"一想到这个引水的好办法，他立时就觉得心里一亮，又好像看见河水流到地里一样。

跟着，他又想到在河畔浅井上用什么水车呢？他想起在画报上看过的河畔或地边用的那种龙骨水车和木斗水车。如果在河畔安上一排龙骨水车，一天最少吧不浇二十亩地？想到这里，他就呼地坐起来，穿上衣服，点着灯，想赶紧画一个图样，明天一早好和大家商量。

郭春海刚刚趴在炕桌上画图，忽然听到他父亲在院里叫了一声：

"半夜三更的点着灯干甚？"

郭春海说："爹，我有一件要紧事，害怕到明天忘了。"

郭守成生气了。他半夜里起来给牲口添草料都舍不得点灯，儿子办公事倒要耗费家里的灯油！

"有公事不会到社里办去？"

郭守成这么一喊叫，把他老伴惊醒了。老伴听见老头子嫌儿子半夜里点灯耗油，知道儿子又有了要紧公事，便也穿上衣服起来，一面冲老头子嚷着："你就知道省油，就不知道你儿办的那事比你那点灯油值钱？"一面就走到郭春海的东屋里。

郭春海见母亲进来，便把他父亲也请进来。他想给老人们说说自己刚才想到的抗旱办法，听听老人们的意见。

老母亲一听这办法，就高兴地说：

"这可是个好办法，多安上些水车，多引上些水来，就能浇地了。"

郭守成却说："河里水少，水车再多吧顶甚用？"

郭春海就跟着问道：

"依爹说呢？"

郭守成也发愁天旱。天旱打不下粮食，而且他的自留地，又上了那许多粪，粪大怕天旱啊！他思谋了一会儿，忽然想起一宗往事，便对儿子说道：

"在河滩里挖泉嘛。我记得你奶奶死的那一年，天旱得比今年还厉害。井里、河里都干了，人们就在河滩里挖水，果然挖出几洼水来。有几家人手多的，还浇了几亩地；人手少的就不行了。那一年，天旱得五谷不收，村里饿死不少人。今年呢，就看农业社的能耐吧。"

郭春海听了这话，竟高兴得跳起来对他爹说：

"爹，你说的这个办法太好了。咱农业社人多力大，保准能行。旧社会遇上旱灾要饿死人，单干户、互助组也没那么大力量，这不就显出咱农业社的优越性了？刚才我正发愁河水太小，要是在河滩里挖出一排泉水，再加河水，安上一排龙骨水车，一天一夜少说也能浇四十亩地。爹，你今日可给咱社里出了个好主意，明天我给老社长说说，老社长也要表扬你哪。"

郭守成一听说表扬，倒想起前天晚上开大会批评他的事了：

"老子才不希图表扬，少在众人面前损老子几句，老子就够体面了。"

郭春海说："看爹又说到哪里去了，有好处要表扬，有缺点也不能不让批评啊！"

郭守成听着儿子说这些认死理话，忽然又想起前天晚上他答应赵玉昌籴粮的事。前半夜他乘着春海开会，刚把粮食悄悄地送到赵玉昌铺子里，这时，听着儿子说到有长处就要表扬，有短处就要批评，竟是一时羞愧，一时心虚，两腿只觉得有些发软，便慌忙溜出屋去。

郭春海还以为他爹是惦记着喂牲口，便跳下炕来说：

"爹回屋睡吧，让我去喂牲口。"

郭守成只说了声："你忙你的吧！"便一直走进牛圈里。

郭春海就回到他的炕桌旁边，画起图样来。老母亲呢，看着儿子那份高兴劲儿，也不想再睡了，就给儿子烧了一壶开水。老母亲是十分疼爱自己的儿子的，不管儿子长得多么高大，在村里、社里还是个头面人物，但在母亲心里、眼里，总还是个孩子。自从大女儿死后，她就一心盼望着这"十亩地里的一苗谷子"长成大树。郭春海小的时候，不论放牛、种庄稼、过光景，都挺精干、老实，一有空还思谋着认几个字。母亲自然越发疼爱自己的独根苗了。只是春海长到十八岁时，母亲发现他常瞒着父母和那些武工队的人来往，还参加了秘密民兵。她真放心不下，常哭着劝他不要做那些叫人提心吊胆的事情。以后，当她看见阎锡山尽在村里抓兵，糟害老百姓，母亲反而又赞成春海当民兵了。而且武工队到了她家里，她还瞒过郭守成，到门口给他们放哨。解放以后，她满心以为这下可以过安心日子了，给儿子成个家，抱抱孙子了，谁想春海又到了农会，又参加了共产党。母亲又心烦了一阵子。后来看见儿子在村里竟也成了头面人物，穷小子也管起村事了，她看见村里人那么敬爱自己的儿子，县委李书记又那么器重他，一心渴望儿子成人的老母亲，也就高兴了。特别是春海领头办起农业社，老母亲的一颗心就挂在儿子身上了。她一心一意盼望着把农业社办好，只怕儿子出上一丝一点差错，或是有什么不周到的地方。当她知道了儿子想出办法来抗旱时，为天旱愁闷了好几天的老母亲，也和她儿子一样地高兴起来。她给儿子滚了两碗开水，又给儿子拿了两个干饼。

郭春海喝了一碗开水，吃了一个干饼，劲头更大了。他就用铅笔在他的笔记本上画起图样来。他先在河滩里画了几眼泉子，把泉水和河水引到地边来，又在地边画了几个井台。老母亲看着他画河滩的地形，觉得还有些气势，又看他画龙骨水车时，总是觉得不得劲，更不用说水车的尺寸了。

老母亲就笑说："十八般武艺你全想学会呀？妈要知道你这雄心大志，小时候也让你学几天木匠。"

春海说："眼下也能学啊！明天我就找个老木匠师傅学一学！"

妈说："提起木匠师傅了，村西头的木匠程师傅可是好手艺啊。"

这时，忽听得村里有一只早醒的公鸡叫了一声，妈妈就劝儿子说：

"快睡一会儿吧，看累坏身子，明天再去找程师傅画水车的图样吧。"

郭春海因为对防旱的事已想出了个眉目，心里有了着落，就依了妈妈的话，他想赶紧睡上一会儿，好早些起来和干部们商议，找程师傅画图样。

他刚刚迷糊了一会儿，车轮滚动的声音，又惊醒了他。

他还以为是天亮了，人们赶上车马上地呢，但睁眼看时，窗纸还是黑乎乎的，哪里来的大车呢？又想："这几天村里、社里有些人心不安，莫不是有人捣什么鬼吧？"他就爬起来，披了一件衣衫，走出街里去。

待他走到街上，车轮声已经听不见了。他弯下腰来仔细察看了一下，只见地上有新压下的两道车轮辙印。他就跟着车轮辙印一直走出村去。走到村外大道上，车轮辙印分不清了，他向四外张望了一会儿，也没有看到车马的影子，他便顺着车辙印折回来。他想看看这车马是从谁家大门里出来的。当他走到十字路口，刚刚认出那车轮辙印是从东街过来的时候，忽见东街里正有一个人影，他便叫了一声：

"谁？"

"我！"

王连生担着一担水走过来了。

郭春海问道："这么早就起来担水？"

王连生说："睡不着嘛。"随后他也问郭春海："你这么早起来，有什么要紧事？"

郭春海说："刚才我听见有车马响动，想出来看看。"

王连生说："我看见了。"说着，便放下水担，对郭春海述说起来。

每天晚上，一到后半夜，王连生就饿得睡不安生了。他家早没有粮食了。李雪娥曾劝他："还是向社里开开口，先少借点口粮。"他总是说："再咬咬牙吧！春荒又遇上天旱，这些天已有不少人到社里闹缺粮，社里底子薄、有难处，咱不能去凑热闹。"可是，到地里劳动一天，回家来喝上两碗糊糊菜汤，怎么能不饿呢？昨晚上，他肚里又饿，心里又着急如何抗旱。半夜醒来后，他就想着抗旱的办法。想来想去，也还是只能从汾河里引水。怎么把水引上地里去呢？他想到城里醋坊里安的新式水车，用一头牲口拉着。忽然间，他怎么听到牲口走路的声音了？他仔细一听，果然是街里有车马响动的声音，心想："怪呀，谁家的车马走这么早干甚呢？"他想到这几天社里不太安稳，害怕会出什么事情，就慌忙起来。

但他刚赶到村口，忽然间刘元禄闪出来拦住了他：

"王连生啊，饿得头昏啦，这么早跑到村外去干甚？"

老实的王连生就以实告他：

"我是听见有车马的响动才赶来的。"随后他也问刘元禄："你起这么早到哪里去？"

刘元禄说："我也是听见有车马响动才起来的。"

王连生乘着月色，抬头往村外看去，只见通往城里的大道上有两辆大车的影子。他便手指大车，对刘元禄说：

"走，咱们追上去看看，看是谁家的车马，这么早进城干甚！"

刘元禄又拦住他道：

"我刚才赶到这里就看见啦。周有富的儿子进城拉粪去了。"

王连生疑惑地问：

"这么早就进城拉粪？"

刘元禄回道：

"要和咱们农业社比赛嘛！"

王连生又问："还有一辆车哪？好像是赵玉昌的。"

刘元禄说："是啊，赵玉昌的外甥赶着进城办货的。我还查看了一下，怕带走什么东西，翻了一阵，也没有查出什么私弊来。"

王连生把刚才这情况向郭春海述说以后，郭春海倒起了几分疑心。为什么刘元禄对抗旱、借粮那么冷淡，对这事倒这样热心？为甚和王连生碰得那么巧，又为甚要拦住王连生？那两辆车真像是刘元禄说的那样吗？郭春海就这么思谋了一会儿，一时也没有想出什么道理。

这时，他又想到他夜晚上想好的抗旱计划。他一有个什么好的想法，总想找人说说道道、商商议议。于是，他就和王连生一路说话，一路走到庙院里来。

王连生一听郭春海说的抗旱办法，立时高兴地叫了一声："好啊！"接着也说了城里醋坊里安的新式水车。随后就着急地对郭春海说：

"有了好办法，咱就立马行动吧。你没听见这两天村里起了谣言，说农业社没办法抗旱，也没有粮食接济春荒。还说农业社要没收粮食，没收了粮食就要解散。你听这谣言气人不气人！夜晚上我听老同喜说，你们开了半夜会，也没有定下抗旱的办法，我急得心直跳。而今有了好办法就不怕了。春海，你说吧，咱们怎么行动？"

郭春海听了王连生反映的那些谣言，听了王连生说的那种水车，又见王连生那着急的样子，自己也想赶快和干部们商量抗旱办法，便对王连生说："那就马上召开一个紧急的支部扩大会吧。我去叫党员和社务委员，连生哥，你让团支书去通知一下团员。"

郭春海的话音刚落，想不到老同喜已走过来了。老同喜手勤、腿勤、嘴勤，天不亮就起来把庙院打扫干净。他听说郭春海要召集人开会，便放下扫帚说道：

"传人的事情，用不着你们跑腿。春海，快躺到我铺上睡一会儿。这几天看把你熬累成甚啦。你可千万不敢累倒啊！连生哪，我知道你睡不着，就在椅子上坐一会儿吧。"

王连生哪里能坐住，不顾老同喜再三拦挡，他还是帮着老同喜到他住的那一片地方通知了开会的人。这时，天刚闪亮，他又顺腿走到他们生产队的马棚里去。生产队的马棚，简直成了王连生的第二个家。每天天不亮饿醒以后，他就到马棚里来。看见槽里空了，他就给牲口添些草料；看着饲养员李二拐腿脚不灵便，就帮着他担水。

当他担了一担水，正要进马棚院时，忽然闪过一个人来，叫了一声：

"连生叔！"

王连生一见杜红莲那焦急的脸色，就放下桶担，奇怪地问道：

"这么早跑出来干甚？"

好像阴了天一样，平时常见的一张笑脸上，现在浮上了一层愁云。杜红莲皱着眉头，低声说道：

"连生叔，我有个要紧事求你！"

王连生问："什么事？"

"你给我……"性情爽朗的杜红莲这时候也免不了有些害羞地说，"叫一下春海。"

王连生自然知道她和春海的事，可是为什么要大清早去叫他呢？王连生就笑着问道：

"有什么要紧事？你们自个的事情，还用我去叫他？"

杜红莲说:"我不愿意到他家去!"

王连生笑道:"怕甚,他家娘老子又吃不了你!"

"不要说笑了,连生叔。"杜红莲又着急又认真地说道,"你去叫他快点来一趟,我有要紧事告他。不是我们两个人的私事,是咱们村里的要紧事。"

王连生听说是村里的要紧事,就急问:

"出了什么事啦?"

杜红莲知道王连生是农业社的积极分子,又是春海的好朋友,为人忠厚可靠。她正想把那件事情告诉王连生,忽然又想起春海在防霜时给她说的:村里有什么情况时要向组织上反映,先不要乱说。于是,她就咽了一口唾沫央告道:

"好连生叔叔,你快叫他来吧,我到庙上去等他。"说着,转身就跑。

王连生看着杜红莲的背影,笑了。他用不着去告郭春海了,郭春海正在庙里。可是,万一郭春海有什么事走了呢?这么一想,他便急忙把那担水担到马棚里,赶紧跑到庙上去了。

第九章

　　郭春海利用开会前等人的时间，正在农业社的阅览室里一面翻阅有关水利的书刊，一面继续画他的抗旱图。突然听到杜红莲在院里叫他，他刚答应着出来，杜红莲就气呼呼地告他：

　　"有人把粮食偷运走啦！"

　　一听这消息，郭春海便急忙把杜红莲引进阅览室来，杜红莲接着说道：

　　"夜晚上，赵玉昌到我家里去了一趟，我听见他和我后爹说起桌粮的事，还听见说到你爹的名字。今早晨起来，我哥不在了，车马也不见了，我问我妈：'我和尚哥到哪里去了？'我妈不叫我多管闲事，还说：'天旱是因为农业社得罪了老天爷，得罪了河神爷，还说要农业社腾出大庙来，让众人祈雨哪！'我看这一定是赵玉昌造的谣言。"

　　郭春海听了这话，立时想到刚才王连生说的那两辆大车，并怀疑到刘元禄是不是给他们放哨，自己那眼小糊涂的老爹竟也上了赵玉昌的当吗？他又着急地问了红莲一句：

　　"还听到什么消息？"

　　红莲说："没有啦。"

　　他真感激杜红莲在这时候报告了这个重要情况，这时，正好老同喜回来了，他就让老同喜去通知民兵队长李生贵，让他带上民兵去追查。

　　郭春海又回到阅览室里，杜红莲还没有走，正在翻看着郭春海画的抗旱图。郭春海就一面给她讲解，一面征求她的意见。

杜红莲仰起头想了想，然后说：

"挖泉，利用地下水，这当然好嘛！我看过一本书，在干河滩里截潜流。挖一道壕，水量可能更大，然后引到地边，如果有电，可以用电动机抽水，或者用机器提水。"

郭春海说："那是以后的事。现在还没有电，没有机器，还只能用水车。"

"是啊，什么时候实现了机械化就好了。"

"我看也快。农业社巩固了，生产发展了，就有力量买机器了。到时候还要请你来开机器哪！"

"快不要说请了。我倒是真想学会开机器。海子哥，快让我入社吧！在家里憋闷死了！"

"下次扩社时一定帮助你入社。现在你也可以参加我们一些活动嘛。你帮我画画这张图好不好？"

"当然好。我的三角板、米达尺都还在哪。不过你可不要嫌我画得不好啊！"

"总比我画得好吧！"

这时，院子里人们说话的声音多了，来开会的人陆续到了，郭春海便走到会议室去。会议一开始，郭春海先说了有人偷运粮食的事和那些谣言。大多数人一听这话，便气恨地叫嚷起来。昨天晚上开会时不赞成"互借"办法的那几个干部自然也不好说话了。刘元禄呢，听到郭春海说"还有人给放哨"，就猜想是王连生报告了他，还有民兵队长李生贵。刚才李生贵带着两个民兵要出村去追查，刘元禄又在村口拦挡住了。李生贵说是郭春海让他去追查，刘元禄就瞪起眼睛训斥他：

"怎么，我这武委会主任还管不着你这民兵队长？我查过了还不行？"他虽然挡住了，但总是心慌底虚，便靠在墙角里抽起烟来。这样，就顺利地通过了用"互借"办法解决缺粮困难，并决定今晚上召开动员大会。随后，郭春海就提出了抗旱办法。当他把夜晚上想好的计划和他爹说的挖泉办法、杜红莲说的截潜流、王连生说的新式水车详细说明以后，立时就有多一半人赞成。有几个年老的干部也说起了那年天旱时在河滩里挖泉的事。接着就讨论开在河畔修井台、安水车的办法。有人说挖上三处泉水，加上那点河水，能凑起三股水，安上三部水车就可以救急了；有人却主张截潜流，多安几部水车，不单为抗旱，还要多浇几遍水，多打些粮食，显显农业社的优越性。

在这一片哄吵声中，也有几个人在一起低声议论着，只嫌这办法太费工、太费料。刘元禄就不赞成这办法，只是因为偷运粮食的事，心里一直不踏实，所以没有敢大声反对，也无心再提他的跑运输计划了。他只是低声问了老社长两句：

"年时冬天跑运输赚下的那几个钱，如今还有没有啦？眼下社里还有多少资金？"

老社长徐明礼也正在发愁所用的材料和资金怎么筹划呢！他听着大家嚷吵了一顿，还没有仔细计划工、料就要通过这办法，便站起来说道：

"我看还是先计算一下工、料再说。春海说的这办法，我也说好，就是费工、费料。费工不用说了，为了抗旱、为了多打粮嘛！可是材料呢，咱们社里的水车不够用，何况你们说的那水车又是新样子。不要说多安几部，少说三五部吧，要多少木料、铁器？修几个井台又要多少砖和石灰？满共得多少资金？咱们是刚办起来的社，底子薄，看看能不能再想个省钱省料的办法。"

老社长这么一说，有几个人又犹豫了。因为徐明礼是村里有名的精细、稳成的人，可是一时又想不起什么省钱省料的办法。郭春海就着急地说道：

"老社长，能想出更省钱、省料、省工的办法，当然好，可是不能再等了。庄稼不等咱们，社员也不等咱们。你看不见这几天有些社员人心不安，有些人就乘着天旱、缺粮，闹退社！再说，咱们办农业社就是因为集体力量大嘛！单干户、互助组当然办不到，咱们农业社虽说底子浅薄，我看只要发动起群众，就能办到。我同意你说的再仔细计划一下工、料，要精打细算，能俭省的就俭省；如果还没有更省钱、省料、省工的好办法，我说还是马上按这办法行动，哪怕先少修几处井台，少安几部水车呢，老社长，你说行不行？"

还没有等到徐明礼答话，突然在屋门口有谁叫了一声：

"行！这办法就挺好。"人们往门口看时，原来是老木匠程贵林叫嚷着闯进来了。后边还跟着铁匠张云星和王连生。

刚才，王连生碰到郭春海，听了郭春海说的抗旱办法，就恨不得马上按这办法干起来。他给生产队马棚里担了水，到庙上看见杜红莲找到了郭春海，又见郭春海忙着开会，就想到郭春海要找木匠的事。他跑到老木匠程贵林家里，说了郭春海的抗旱办法，也说了城里醋坊安的新式水车。老木匠当下就说这是个好办法，而且说他也见过那种水车。说到水车，老木匠说还要用铁匠。王连生又去找到铁匠张云星，随后就把他们一齐请到庙上来。

开会的人听老木匠夸了郭春海、王连生想出的抗旱办法，信心更大了。徐明礼听了老木匠的话，心里也有底了。因为他知道老木匠心细手巧，说话牢靠，办不成的事，轻易不肯应承。这时候，开会的人正高兴地嚷着要赶快动手，老社长也就下了决心："那就定了这办法吧。"接着，他就对木匠和铁匠说：

"程师、张师，你们看用些什么材料，要多少资金，我好给咱们筹划。"

说到材料，热心的老木匠又站起来说道："社长，材料你不用发愁，我家里还有几副木板，修成了，算成我给社里的投资，修不成了，就算我自愿捐献，行不行？"

徐明礼显然被老木匠这话感动了：

"程师，说到这里了，成不成都给你折价，算成你给社里的投资。要是大家都像你这么热心、积极，我当社长的就有信心啦。好吧，材料的事就分给我负责支预，全盘安排了，由春海说吧。"

还没有等郭春海说话，人们就热烈地嚷叫起出工出料的事。铁匠张云星说：

"所用的铁器材料和铁器活都包给我吧！"

青年团支书许来庆也热情地站起来说道：

"我们青年团负责截潜流工程，我们再组织一个青年突击队，保证提前完成任务！"

会场里人们的情绪立刻活跃起来，沸腾起来。一阵鼓掌，一阵叫好。妇女副社长张秋英也站起来大声叫道：

"我们女社员也包挖一条渠吧，我们也要组织一个青年妇女突击队。"

"……"

散会以后，郭春海就和木匠程贵林、铁匠张云星到阅览室里，杜红莲已经画好了一部分图样。当郭春海正在满怀信心、情绪高涨地和他们一起研究图样时，忽然老社长生气地走了进来。

老社长告他说：他父亲郭守成在办公室里闹着要退社。郭春海听到这话，真像是正出热汗时猛不防浇来一瓢凉水。刚刚想出了抗旱的办法，还没有喘过气来，农业社还没有渡过这个难关，退社的问题就爆发了吗？为什么又是自己的父亲挑头呢？他心里一时纳闷，只好让程师、张师和杜红莲留在这里画图，他就出去找他父亲。

那天晚上，郭守成在赵玉昌铺子里听说姜玉牛和孙茂良要退社，心里就不安稳了。今天早晨，他一听见孙茂良在马棚吵闹着要退社，就赶着跑到庙上来退社。他就怕别人先退了社，而自己却落在后边。他再不能等着吃亏了。他就跑来找到社长，借口怕天旱收不下粮，要退社。

老社长刚开完会出来，就劝他："我们刚定了抗旱的办法。你儿还说你出了个好主意呢，怎么你倒要退社？你儿是支书，你和他商量过没有？你想你儿能让你退社？"郭守成却说："我不管他，他不退，我一个人退。"老社长又劝他："你退了社，天就不旱了？你一个人出去又有什么办法？"他说："我那几亩秋地是下湿地。"老社长说："要是今年秋天遇上雨涝呢？"郭守成知道自己说不过社长，就干脆立逼社长给他算出投资来出社。老社长怎么劝他他都不听，便只好去告诉了郭春海。

郭春海开头也是劝说了他父亲几句，又讲了许多道理，但郭守成仍当是耳边风。不论他儿说什么，他还是一口咬定要退社。郭春海见他忽然间这样坚决带头退社，也就猛然想起今早晨杜红莲来报告的事了。夜晚上赵玉昌和周有富议论枭粮时，还提到他爹的名字。同时，他也想起那天晚上他爹在赵玉昌铺子里喝醉酒的事情，也许是上了赵玉昌的当了。会不会是赵玉昌哄着他枭了粮又挑唆他来挑头闹退社呢？这时，就听到院里有谁嚷了一句："有人在队里闹着拉牲口，嚷着要退社呢！"郭春海心里一阵着急，就想先试探一下他爹的虚实，赶紧把他爹的事平下来。他知道他爹眼小怕吃亏，也知道他爹胆小怕事，于是，他就突然问了一句：

"爹，我先问你一件事，你枭给私商多少粮食？，

这一问，果真把郭守成吓了一大跳，心慌得半天说不上说来。他害怕

籴粮的事情败露了，又要开大会整治自己。他就哆哆嗦嗦地说：

"没，没有的事啊！这，这是谁说的？"

郭春海说："有人报告你把粮食籴给私商了。这可是犯法的大事！我知道你是上了人家的当，要是你先说出来，就可以宽大处理。"

郭守成虽然心惊胆战，但又怕是儿子诈唬他，就吞吞吐吐地说：

"爹哪敢办这种事，再说咱家吃的粮食还不富裕，哪有余粮籴给外人？"

郭春海见一时追问不出，就接着又问：

"那你为甚要退社？是哪个坏人挑唆你来挑头闹退社的？"

郭守成听到"坏人挑唆""挑头闹退社"这些话，心里也有几分害怕，便慌忙说道：

"没有坏人挑唆，是爹自己要退社的。"

"咱家为甚要退社？爹，你也不好好地想算想算，咱家在农业社有什么不好，退出社去又能比以前强多少？我是认定了社好，才办社的，我是坚决不退社。"

郭守成见他儿子还是那么认死理，就劝他儿子道：

"傻孩子，咱不退社，可有人要退社呀！你整天价开口闭口就是个社，可你也不替自家想算一下？你不知道社里底子薄，要是别人先退社，把投资全算走，再把工分也折成东西拿走，轮到咱家退社，还有什么东西呢？你就没见过以前买卖字号家倒塌关门时，还不是哪家要账的先去了，就先刁刁抢上些东西，迟去的也不过白生一肚子气！"

郭春海听出他父亲要抢先退社的意思了，就劝他爹说：

"咱们是共产党领导的农业社，不是旧社会买卖人开的铺子。你不要害怕，咱们农业社倒不了，塌不了。爹，你不是还给农业社出了个挖泉抗旱的好办法吗？咱农业社解决了抗旱、缺粮的困难，不是就没有人退社了吗？郭守成知道，他和儿子讲道理是讲不过的，就又拉开硬弓嚷开了：

"人家可等不上你那抗旱的好办法！单是你说社倒塌不了，社就倒塌不了啦？嘿，真要到倒塌的时候，可就迟了！你要一定不愿意先退社，那就先把老子的那一份投资算出来吧，也省下农业社散了以后，咱父子们连一半种子也拿不回来！"

郭春海看看他爹不听他的劝告，又怕他父子们在这里嚷嚷的时间长了，再引来几户退社的人凑热闹。他就立刻决定用他父亲提出来的算账办法，来解决他父亲的退社问题了。因为他家给农业社的投资和劳动工分，他是心中有数的，而对于这种怕吃亏的人，也必须使用一下讲道理结合算细账的办法。

郭春海到会计室里拿了两本账，用算盘大概算了一下，除了他父子的投工数，倒短下农业社一百来个工。因为农业社今春在土地加工方面，花的劳动力很多，而郭守成又没有多赚下劳动日。至于他家投资的草料和种子呢，还顶不上欠社里的工数。如果郭守成要当下退社的话，还得倒找农业社几十个人工或几斗粮食。郭守成一听这话，可就瞪起眼了。他在地头评分时，为了争工分，可以和人家吵得脸红脖子粗，眼前对着工分账簿，他又能说什么呢！他两眼死盯着算盘子，半天也说不出话来。想了一会儿，他又怕是他儿子诈唬他，就独自找到会计那里，让会计再给他仔细算一算。经会计仔细一算，他欠社里的工数竟和他儿子算的一样。这一算可就把郭守成给算倒了，也把郭守成退社的心给算凉了。他又害怕现在退社要吃亏了。

郭春海眼见自己用算账的办法把老父亲算得动摇了，就紧接着又劝了父亲几句，随后又问道：

"怎么样？爹，你看到底是你亏社呀，还是社亏你？还闹着要退社吗？"

这时候，郭守成的心早已给算盘子拨乱了。人在没有主意时，就只好跟上有主意的人走了：

"好吧，你要一定不退了，咱就在着！"

郭春海又叮咛他道：

"爹，那你就拿定主意，不论再有什么情况，不管谁再提出退社，咱家也坚决不退社啊！"

"好吧！"

郭守成虽然答应不退社了，但郭春海却还是奇怪他为什么今早晨突然要来退社。他是听说有人要退社呢，还是看见谁来退社了？刚才院里有人嚷着：队里有人拉牲口闹退社的，又是谁呢？于是，他一面把他父亲送出办公室，一面又问道：

"爹，夜晚上你不是还给社里出了个抗旱的好主意，怎么今早晨又忽然要退社？你听说谁们要退社？"

他爹刚说了句："孙茂良和姜玉牛……"郭春海就听到从庙门外突然传来一阵嚷吵的声音。当他听到正是孙茂良和老社长嚷叫着要退社时，立时心里一怔：难道几天来所担心的事情，竟连今晚上的动员抗旱和"互借"的大会也等不到，就由"酒鬼茂良"开头闹起来了吗？

第十章

孙茂良那天晚上在赵玉昌铺子里喝醉酒以后，一直睡到第二天半前晌还没有起来。生产队队长张虎蛮来叫他上地，他不但不说他喝醉酒，也不说他拿粮食换了酒喝，却一口咬住说："因为没有粮吃，饿得不能上地。"并且闹着问队长要粮。队长和他讲道理，他当耳旁风；队长催撵他上地，他只是躺在炕上不动。队长叫不动他，以为他又是撒赖不想上地，便只好分派了他一件营生，独自走去。孙茂良呢，这时候却果真是没有米下锅了。队长走后，他又在炕上躺了一会儿，也等不回挖野菜的女儿来，便只好到赵玉昌那里借粮去了。

孙茂良是赵玉昌酒铺里的老主顾，也是老债户。每年春天，他总要问赵玉昌借几斗粮食，到收秋打夏以后，连本带利，再加上酒债，又把自己打下的那几颗粮食差不多都送到赵玉昌的酒铺里。就这样，年年背上粮食口袋在赵玉昌的手心里转圈圈，老也转不出来。可是今天呢，赵玉昌却迟疑了一下。赵玉昌倒不是不愿意借给他粮食，这几天他正巴不得有农业社的社员来问他借粮呢。只是他想起那晚上姜玉牛在他铺子里喝酒时说过的话，便让孙茂良先去找姜玉牛借粮。

孙茂良走进姜玉牛家院里，姜玉牛正在打扫他的仓棚。这几天来，他已经不到农业社地里劳动了。他先在仓棚底下修整了一下那几件隐瞒下来，没有拿到社里的马鞍、笼头，然后就拿起扫帚，打扫开他的仓棚。在姜玉牛这一溜五间仓棚底下，原先也是摆满了马车、粪桶、扇车、铡草刀和犁、耧、权、耙等农事家具的，而今却只剩下那几件没有拿到社里的家具和散堆着的一些碎柴杂草了。姜玉牛正在一面收拾仓棚，一面思谋着怎么退社，恰好孙茂良就找上门来。若在往常年间，姜玉牛是不肯借给他粮食的，而今想到自己要退社，就想利用孙茂良给垫一下刀背了。精灵灵、奸滑滑的姜玉牛，凡是他自己要办什么见不得人的事时，总想找个替死鬼，让别人探探路。要是路险，他也闪不了腰腿；要是走得通呢，他再顺腿跟着走过去，不是既不担风险又很省事吗？于是，他就故意问了孙茂良一句：

"怎么你也没粮了？前几天你不是说要出去打几天短工，抓几个现成钱吗？"

孙茂良叹口气说：

"眼下庄稼活不忙，谁肯雇人？进城跑运输吧，咱又没牲口、没车子。"

姜玉牛就顺着孙茂良的话说：

"你要愿意了，我那骡子可以借给你使唤两天。反正我也不想在社里了。你赚了钱呢，就看得分给我两个；要是出了什么事，可与我无关啊！"

孙茂良听说姜玉牛愿意借给自己骡子，就高兴得甚也不顾了：

"你放心，只要你老哥帮忙，我也不在社里受制了。"

孙茂良和姜玉牛商量好以后，就借了一辆自行车，急赶着进城到杨二香她父亲杨掌柜的店里，揽好一宗生意。

今天早上，他便到马棚里拉牲口来了。饲养员李二拐见孙茂良不吭声拉牲口，就问他：

"你拉牲口干甚？"

孙茂良顺口回道：

"进城。"

李二拐还以为社里又分派了他新的差事，便又问他：

"进城干甚？社里叫你跟牲口？"

孙茂良一面解缰绳，一面说：

"社里，社里，我从今日起可不由社里管啦！这是姜玉牛的骡子，他答应借给我，让我到城里跑两天运输，抓几个现钱花！"

李二拐一听这话不对，就上前拦挡：

“这可不行，姜玉牛的骡子入社了，由社里喂养，归社里使唤，怎么能私自借给你！”

孙茂良这时已把拴骡子的缰绳解开了，他就得意地说道：

“二拐老头，少管闲事吧！姜玉牛要是今日退了社哪？”

李二拐一听这话就发火道：

“你们退社不退社我不管，反正社干部不放话，我不放牲口。社里把牲口交给我，我就要负责任！”孙茂良一见饲养员跑过来抓住缰绳，也生气了，他圆瞪两眼，大声喝道：

“你放开不放开？”

饲养员说：“不放！社干部不放话，谁也拉不走！”

两个人就这么一面使劲夺缰绳，一面吵起来。一个叫：“放开！”一个就是：“不放！”手里的缰绳越拉越紧，自然就拉痛了骡子的嚼口，那骡子一阵嘶叫，一阵踢跳，又踢破了饮牲口的水瓮。这时候，身粗力大的孙茂良乘势发狠猛一拉，就从老饲养员的手里夺过缰绳来，把饲养员李二拐也闪了一跤。李二拐着急了，就一面往起爬，一面大声吼叫起来：

“抢人啦！孙茂良大天白日来抢牲口啦！快来人啊……”

孙茂良正急急忙忙拉着骡子往外走，忽然生产队队长张虎蛮进来了。他一进来，就拽住缰绳，大叫一声：

“孙茂良，你要干什么？”

孙茂良见是队长，先怔了一下，随后，他就瞪起一双凶眼，也大叫了一声：

“你管不着！”

张虎蛮说：“你在社就得由社管，你要出社也得有个手续。农业社又不是开店的，想来就来，想走就走。好几天了，你不下地劳动，到哪里去啦？今日我寻了你一早上也寻不见你，不想你私自跑到这里拉牲口，真是没有王法啦！”

这时候，邻近的人听到老饲养员李二拐的呼救声，都急急忙忙跑了进来。有些跟牲口的人吃罢早饭，也进来要拉牲口上地。院子里挤了一大堆人。李二拐就向众人叙述刚才孙茂良不讲理拉牲口的情形，一面揉着他跌疼的腿胯。

众人听李二拐说罢，都愤愤不平，就和孙茂良讲理。孙茂良却一口咬住：

"我要退社，我不受你们管教！"

队长张虎蛮说："退社也可以，咱们到社里说去。"

孙茂良不愿意到社里。他怕误了进城跑运输，昨天已经把生意揽好，上午赶不到，就耽误了。所以他仍是死死地握着骡子缰绳叫着：

"你到社里说去吧，我还怕误了我的买卖哪！"

孙茂良正要走，忽然王连生从人堆里挤过来，伸手用劲一闪，猛不防把缰绳夺了过去。刚才王连生领上木匠和铁匠到庙上开罢会，就到铁匠院里收拾炉火，听到这里吵闹，便赶了来。他从孙茂良手里夺到缰绳以后，才说道：

"孙茂良，你怕耽误了你的买卖，我们还怕耽误了给社里耕地哪！"这时，人堆里又冒出一个年轻小伙子来，乘机嚷道：

"孙茂良，你还有脸借大家的东西，昨天你借上我的自行车进城，给我碰断一根辐丝，你也不吭气。你赔不赔？不赔的话，咱们就到社里、乡里讲理去。"

众人也乘势一哇声吼道：

"走！到社里讲理去！"

孙茂良没有办法，只好叫道：

"走就走，到社里、到乡里、到县里老子也不怕。如今是民主政府，农业社又不是衙门！"

就这样，一伙人围着孙茂良，推推攘攘地来到庙上。众人拥着孙茂良走到庙门前，正好碰见徐明礼从庙里出来。张虎蛮就一口气把刚才的事情告了老社长。老社长因为刚才和郭守成嚷了一顿退社的事，正没好气，听了张虎蛮的报告，就立时教训孙茂良道：

"这还了得，一点规矩都没有了！家有家规，社有社章，你无理取闹，私拉社里的牲口，先得给你个处分，还得赔一个水瓮。"

孙茂良眼看着牲口拉不成，误了今天说好的买卖，到手的一笔钱丢了不算，还要赔水瓮，还要受处分，这才是没请来财神，倒贴了些香表纸银。他就一跳三尺高地叫道：

"赔水瓮、处分我？我不受你管啦！我给你们动弹了一冬一春，你们给过我什么？就给我一个处分？哼！谁不知我孙茂良是穷小子一名，我坐上锅连下的米都没有，拿什么赔水瓮？我一冬一春没粮吃，你管过我？吃不上

080

盐、倒不来醋、抽不上烟、点不上油，你管过我？把处分给你留下，先让我退社吧！"

孙茂良这一串话可把老社长徐明礼气炸了。真是"老好人不恼，恼了可不得了"。徐明礼就破开嗓子喊道：

"你今日在社就得由社管！先处分了你再说退社！"

这时，郭春海已经从庙院里走出来，问明了孙茂良吵闹的原因，又想起刚才他父亲也提到姜玉牛要退社，他就怀疑这事情绝不像孙茂良或别人说得那么简单。因为他知道孙茂良这人漂流浪荡惯了，是个没底子麦秸火性子，又没有个定主意，精灵灵的姜玉牛为什么肯私自借给他骡子跑运输？郭春海又抬眼在人群中一扫，果然看见姜玉牛也杂在人群当中，正和几户不安稳的富裕中农悄悄地说话哩。郭春海断定这内中必有情由，便拉开发火的徐明礼，冷静地对孙茂良说：

"茂良哥，退社可以，只是要退了社才能进城跑运输吧？再说，你也不能随便拉社里的牲口。你拉牲口通过谁来？姜玉牛是社员，他把牲口入了社，就由社里使唤。我看姜玉牛是个明白人，总不能把嫁出去的闺女再许给别人吧？"

郭春海后两句话自然是试探姜玉牛的。因此他就盯了姜玉牛一眼。姜玉牛一听这话问得厉害，又见郭春海那一双逼人的眼睛，便含含糊糊地回了一句：

"茂良倒是给我说过，也不过是一句闲话。"

孙茂良一见姜玉牛闪脱身子，倒把自己填了进去，火劲儿又上来了。他是冒了火就不认人的，这时便冲着姜玉牛叫道：

"闲话？你倒说得轻巧。那天你说得清清楚楚，把牲口先借给我使唤两天，然后你也要退社。怎么你说话不算话？"

姜玉牛一见那嘴上不戴笼头的孙茂良果然抖搂了真情，看来不出头是不行了，他便咬咬牙，唾了口唾沫，板起脸来说：

"好，既然茂良把话说明了，咱就这么办吧。本来我的意思是叫茂良和社里商量商量再说，要是违了社里的规章，那我就先退社吧。"

郭春海一听这话，立时就认清姜玉牛的用意了。可见姜玉牛为了退社，是用过一番苦心的。想到这一层，郭春海也就更着急了。他只怕孙茂良把事情弄僵，当下不好转弯，更担心那几户本来就动摇的富裕户，也趁机跟上退社，便想先把姜玉牛和孙茂良叫进庙里去，暂先按下这场风波。

"好吧，那么姜玉牛和孙茂良到院里来，咱们商量一下再说，其他人也该去上地了。"

孙茂良听说郭春海要他到庙里去商量，心里又是一阵火急。他害怕郭春海要和他讲道理，不让他退社，他一个人又说不过郭春海。好容易今天揽好的一宗生意也丢了，留在社里再饿肚子吗？一不做二不休，打了葫芦洒了油！他就跳下台阶来嚷道：

"我既要退社，就不到社里去。眼看我连今晌午的饭还没有扒闹下，要不你们就先退还我的种子。你们有一亩地就收二亩地的种子，把种子存在仓库里，叫人的肚子受制，眼看天旱无雨，又种不进去，把人饿死了，种下庄稼叫谁吃？"

想不到孙茂良的这一席撒赖话，竟引动了在场的一些余粮户和缺粮户。有几户余粮户是害怕社里实行互借；那几个缺粮户呢，刚才还反对孙茂良私拉牲口闹退社，而眼前一提到缺粮，他们反倒跟着嚷嚷起来了：

"是啊，种子是收的不少，哪能种了那么多？"

"眼看天旱得种不进去，不如把种子拿出来，分得吃上些。"

"反正不能放着粮食叫人饿着！"

"活人不能让尿憋死！"

众人越嚷越凶。郭春海正想解释一下，忽然人堆里跳起一个人来，大喊了一声：

"我也是一个缺粮户！"

众人一听是缺粮户说话，都转过脸来。郭春海一见是王连生，心里一时纳闷，但随后就听见王连生叫道：

"论缺粮，我是社里的首户。社里多收种子为甚？为密植增产呀！我宁肯咬住牙熬过春荒，也不同意把种子分得吃了。"

王连生刚说完，他的邻家周林祥老汉就举起拐棍来，指着王连生吼叫道：

"连生，少说两句硬话吧！你能咬住牙、勒紧裤带，你就不心疼你那几个孩子？"

王连生也高声叫道：

"我就是心疼我那几个孩子，才不同意分了种子。分了种子，打不下粮食，明年又要挨饿。以前咱们年年打不下粮食，年年春荒挨饿，好容易办起社来，咱们咬住牙熬过今年春荒，往后就不用挨饿了。"

等不得王连生说完，孙茂良又喊了一声：

"熬过今年春荒？我连今日都熬不过去了。当下就给我退社吧！"

众人又乱吵起来了。郭春海眼见众人越嚷越凶，便大喊了一声。当他正要张口说话时，人们又忽然一哇声嚷叫起来。有的人嚷着分种子，有的人要退社。郭春海举目一看，在场的二三十个人中间，闹缺粮、闹退社的人竟一时占了上风。真、假缺粮户搅在一起，缺粮、退社混到一处。在一旁看热闹、起哄的那些人，又是一些迟迟不愿上地的、觉悟不高的社员，或是一些趁机跟着吵闹的动摇分子。而在他们背后，一股资本主义的恶势力，正趁着天旱、缺粮兴风作浪。

怎么办？答应分种子？不能！同意姜玉牛和孙茂良退社？不行！那将会引起其他动摇分子也要退社。在这样紧张的斗争中能往后退吗？不！可是，众人一哇声哄吵，又不听自己讲话，就是再用解释、说服教育的办法，也恐怕是压不住这阵势了。这时候，他觉得自己一个人的力量不够了。再加上站在他跟前的徐明礼和王连生几个党员、干部和积极分子也觉得不够了，而王连生和徐明礼又是那样焦急地眼睁睁地看着他。怎么办？郭春海真是心慌着急。他只好劝自己不要慌，要沉住气。

一想到这里，他又忽然想起县委李书记对他说过的："遇到什么紧急情况时，不要慌，要冷静，要沉住气，要想办法争取主动，要依靠党员和群众。"这时候，郭春海是多么想望那些共产党员、青年团员和积极分子们啊！可是，党、团员和干部们开罢会就上地去了，大多数积极的社员们也都上地去了，要是他们都在跟前多好啊！那就可以跟眼前这股歪风斗打一个回合了。对！应当立刻组织力量主动进攻！原来决定今晚上召开社员大会已经迟了，当下就应当召开，而且应当把党、团员和积极分子，把全体社员，把社外的群众也一齐召集来。

主意一定，他便和老社长商量了一下，并让王连生去请乡长来。随后，他就跳上台阶，双手在空中一扬，大声喊了起来：

"大家不要吵了……咱们立刻召开群众大会，给大家解决缺粮困难，还有退社问题。你们还有什么问题，都可以等一会儿在大会上讨论。"

听说要立刻召开群众大会，人们竟愣怔了一下，奇怪为什么要在白天开会。可是愣怔了一下以后，有些人就好像明白过来似的，有些心慌了，因为那些假缺粮户就怕开大会。所以又吵嚷起来：

"用不着开大会！"

"开会能顶屁用！"

"开会能开出粮来？"

那些真正缺粮和发愁天早的穷苦人们，倒觉得开开会也好。于是也叫嚷道：

"开会就开会，怕甚！"

"开不出粮食来，也能商量个办法。"

"没有粮，没有办法，也得说下个长短。"

躲在庙里看热闹的刘元禄，听到郭春海要召开大会，也是一阵心跳。刚才他正高兴地听着庙门外人们的吵闹，得意地看着郭春海的笑话，看他如何收拾这场面，想不到郭春海却要立刻召开大会。而那手急腿快的郝同喜也已经拿起大锣要往庙外走了。刘元禄一时心慌着急，不舍得放过这个机会，便一步上来叫住郝同喜："老同喜，你先等一等。"随着便走到郭春海跟前说道：

"白天开会，不怕耽误生产？"

郭春海一听这话不善，便立时飞起剑眉，圆瞪双眼问道：

"那你说怎么办？同意姜玉牛、孙茂良退社？"

刘元禄自然希望姜玉牛和孙茂良在这时候，立逼着郭春海退了社，他更盼着农业社就此垮台呢！于是，他便干脆回道：

"我看留下也是祸害。眼前这场乱子还不是孙茂良闹起来的！"

郭春海紧接着又问：

"要是还有人趁机要退社呢，都叫退了？"

刘元禄自然还不敢明说这话，便犹疑地看看老社长。这时，庙门外的人又吵嚷起来，不等开会就要分种子，要退社。郭春海也更怀疑刘元禄有了二心。这几天，正是因为刘元禄处处拦挡，才耽误到如今，现在是一刻也不能再拖延了。他便闪开刘元禄，对郝同喜大喊了一声：

"同喜伯，敲锣开会！"

郝同喜当下就举起锣锤，鼓气使劲地敲了三声，随着就走出庙门，像发生了紧急大事那样，站在庙门前一连声敲起锣来。一阵震天动地的锣声，立刻就盖住了人们的吵嚷声。

郝同喜一面敲锣，一面又根据郭春海告他的意思，编了一段快板：

全村开大会，
男女都要到。
有人不上地，
无理来取闹。
有人闹退社，
有人乱造谣。
真假缺粮户，
搅成一团糟。
大家来开会，
邪气要压倒。
办社闹生产，
抗旱最重要。

噔！噔！噔……

郝同喜在庙门前人堆里转着圈大声喊了一遍，又敲着锣沿街走了。想不到他的这么一阵锣声和一气叫喊，果然压住了人们的吵嚷。有些人便坐下来静等着开会，有些人则低声地商议着，或是心里盘算着：开了会再怎么闹腾。

郝同喜走了不大一会儿工夫，庙门前就黑压压来了一大群人。已经上了地的人不一会儿也都回来了。郭春海就把早来的几个党员、团员、干部和积极分子叫到庙院里，简单地商量了一下开会的办法，随后就走出庙门来，站到台阶上大声喊道：

"大家不要嚷了，现在就开大会！"

随着郭春海从庙里出来的农业社的积极分子们，也立时插进人群中去，同时威严地叫喊着：

"开会啦！"

"不要吵！"

庙门前又在吵嚷的人立时便安静下来。郭春海左手压住庙门旁那石狮子的凶威的大头，右手解开了蓝布褂子上的布扣子，先用双眼扫了一下开会的人，心想：先讲什么话才得劲儿呢？因为眼下是一个不平常的大会。看看会场里那么多眼睛，虽然有不少人是眼热地看着自己，希望自己能平息这场风波，但也有不少人在替自己担心，而且他也看出了有一些人的眼光是那么扎人！看，赵玉昌来了，他躲在姜玉牛背后，闪着一双蛇眼；周有富也来了，他好像是满不在意地坐在人群当中，眼神里流露着一股傲气；还有一些人则瞪着一双逼人的眼睛；孙茂良立竖竖地站在人群前面，好像一包火药似的，就等着要爆炸了。

郭春海看着这阵势，更觉得不能先点这包炸药了。那么，先讲什么话好呢？这时，他忽然看见老木匠程贵林、铁匠张云星和杜红莲从庙里出来了，他就忽然想起应该先讲他们早晨商量好的抗旱办法，先给大家一个抗旱度荒的信心，把那些基本上拥护办社，只是在困难面前一时动摇的、心里慌乱不实的人争取过来，然后再一起对付那几个闹事生非的人就好办了。

主意一定，郭春海就高声说道：

"本来决定今晚上召开大会，现在提前召开也好，可以早动手。我要先说一下抗旱的事情。大家不要急，随后就解决刚才的那些缺粮和退社的问题。大家不要插话，问题一个一个都要解决。我先宣布：今早上我们开了党、团员和干部会，咱们抗旱的事情有办法啦！"

接着他就讲了引河水抗旱的计划和具体办法。

这个讲法果然奏效，真正老实种地的人，眼下最关心的还是天旱。不过以前他们是没有办法而干着急，一着急，一心烦，就什么也不如意了。现在听了这个好办法，有几个刚才还叫嚷缺粮的老汉也点头称是了。郭春海果真一下子把很多人的思想引到齐心协力抗旱上来了。眼见这个讲法灵验，他就接着说道：

"老木匠程师自动拿出他存的几副板子，社里给他作了价。谁愿意多打粮食，谁愿意出料出工的，一会儿还可以报名。天旱单是旱农业社的庄稼吗？退了社天就不旱了？有人说天旱是因为农业社得罪了老天爷，要农业社腾出大庙来，叫大家耽误上生产祈雨，大家想想，这是什么人造的谣言！互助组和单干户的地里不是一样旱吗？祈雨就能有雨了吗？还是大伙齐心协力抗旱吧，人定胜天！互助组愿意入股和我们一块儿抗旱的也可以讨论，咱农业社不保守。人多力大，多打下粮食对农业社也没有坏处。农业社的优越性我们说过不少了，远的不说，单说前几天防霜，农业社受冻的庄稼不到十分之一，要是社员们都齐心出力，我看就连十分之一的灾害也能免了。可是互助组、单干户呢，少说也有一半遭了霜冻！对于眼下这旱灾呢，单干户和互助组力量小，很难抗住它，可是组织起来的农业社的力量就大得多了，要是农业社员们齐心出力，不但能战胜旱灾，保险还要增产。这事大家先盘算一下，等一会儿再讨论。咱们现在就开始解决刚才大家提出的缺粮问题。"

郭春海一口气说完这段话，就看见有不少人的眼光变得柔和一些了，可是孙茂良还是红着两眼，站起来要说话。为了防止孙茂良再引起一场吵闹，他就紧接着说道：

"孙茂良等一下，听我说完你再说。我们夜晚上把缺粮的事也讨论过了。有些人是真缺粮，我们一定解决。可是粮从哪里来呢？种子，刚才王连生说得好，要适当密植才能增产。大家不要愁，我们已凑了千数斤，这是党、团员和干部先带头报出来的，还有几户余粮户也报了一些。不愿意出借的余粮户不要害怕，也不要装穷，不强迫你。咱们有了千数斤粮，再加上政府救济的千数斤，就可以救急了。现在咱们就宣布缺粮户借粮的数字。昨晚上我们干部们讨论的可能不够仔细，我宣布以后大家再讨论吧。"接着，他就拿出一张纸单来大声念道："周林祥，借给你二斗半；王连生，借给你三斗；张虎蛮，借给你一斗；张二货，借给你二斗……"

郭春海这么一户一户地念着缺粮户的名字和借粮的数字。念到一个名字，就有一个人立时心里一热，舒心地出一口气，立刻又觉得他到底是农业社社员了。要不是农业社，他能这么顺当地借到救济粮吗！于是，他又忍不住地低声对着坐在他身旁人说着："还是入了社有靠啊。有这些粮，就能接济到收夏了。"

当郭春海念完了二十一个名字之后，再问大家谁还缺粮可以提出来让大家讨论时，会场里一时竟鸦雀无声。因为农业社的缺粮户的确是都提到了，那几户假缺粮户呢，这时候自然不敢出头。假缺粮户私下吵嚷有劲，可就是怕开大会讨论。

但是，这当中，郭春海却漏了一个真正的缺粮户孙茂良。孙茂良等到最后还没有听到念自己的名字，就着急地站起来，不过他这一回站起来说话好像和气一点了：

　　"春海，你是把我忘啦，还是打成余粮户啦？"

　　郭春海是故意把孙茂良的名字漏掉，留到最后议论，所以孙茂良再叫嚷他也不怕了，他的心情也不像开头那么紧张了。最后剩下孙茂良一个人，他就是火性再烈，没有人给他添柴扇风，他也烧不成什么样子，何况郭春海还想利用一下孙茂良这股火呢。于是，他就朝着孙茂良笑道：

　　"我把你算成也不余粮、也不缺粮的户了！"

　　"怎么？我不是缺粮户？"孙茂良又火了。他站起来拍着胸脯喊道："你真会冤枉我！我早一个月就坐上锅没下的米，左邻右舍谁人不知、谁人不晓？"

　　郭春海说："不用问左邻右舍，我也知道。我问你，你年时打了多少粮食？"

　　孙茂良答道："五布袋！"

　　郭春海说："是啊！你又没有卖余粮，五布袋粮还不够你父女俩吃到接上夏粮？你把粮食做了甚啦？"

　　孙茂良一时答不上话来，就焦急地喊道：

　　"反正我是没粮吃了！我女子每天坐上锅就哭着问我要粮，邻居们又不是不知道。"

　　孙茂良一面叫喊，一面就回头看了看他的那些邻居们，他眼巴巴地盼望邻居们帮他说句话，可是邻居们却不愿意给他帮腔，有的仰头望天，有的低头看地，好一会儿工夫，也不见有人说话。他更急了，就生气地叫他女儿：

　　"玉兰子，你也变成哑巴啦？你就不会替爹说句话？"

　　孙玉兰和杜红莲坐在一起，心里一阵难受，就把头靠在杜红莲肩上，哭起来了。

　　杜红莲就鼓励孙玉兰：

　　"不要哭，玉兰子，你就以实说实，你们家的粮食究竟跑到哪里去啦？"

　　孙玉兰再也忍不住了，就连哭带说道：

　　"全叫我爹到赵玉昌铺子里换了酒喝啦！"

"哈哈……"会场里一下子有好些人笑起来了。显然，真正的好庄户人，是不同情孙茂良把粮食换了酒喝，又来闹缺粮的。

有些开头还和孙茂良一齐吵嚷缺粮而刚才得到救济的人，现在也嘲笑开孙茂良了：

"哈哈，说了半天，你是把粮食换了酒喝啦！"

"啊，原来你是个不算真缺粮，也不算假缺粮的庄户啊！"

"我看倒是个假缺粮，真缺酒户啊！"

"要是喝酒能顶了吃饭的话，你为甚要到社里闹粮，你该到酒铺里去闹酒啊！"

农业社的积极分子们也就乘势批评开孙茂良了。

张虎蛮说："喝酒我们不干涉你，可你也不该把口粮换了喝酒啊！"

许来庆说："把口粮换了酒喝不歇心，还想把种子也换了酒喝！"

饲养员李二拐也说："动不动你就要退社，没入社以前你敢发了财啦？"

王连生看到孙茂良的缺粮问题还没解决，他知道社里有困难，又担心孙茂良再闹，便站起来说道：

"春海，把借给我的那些粮食分给别人一些吧。"

没等郭春海说话，王连生的左邻右舍和一些社员就叫喊起来：

"王连生可是真缺粮啊！"

"连生，你都要下我看也不够，你还要让给别人？"

"王连生的困难谁不知道！全收下也不多。"

王连生又大声说道：

"我是有困难，可是，困难再大，生活再苦，也苦不过当年给地主扛长工的时候吧？咱是从苦日子过来的，眼下这点困难算不了啥！再说，咱们农业社刚办起不久，又遇上春荒、春旱，也有困难。虽说党员、团员、干部、社员们拿出了一些互借粮，但人家也不都是余粮户啊！也有的是自己节省下帮助别人的。春海，还是少借给我一些吧！"

不少社员显然被王连生的话感动了，会场里静悄悄的。郭春海自然不能减少王连生的借粮，他就乘势转过来，对孙茂良说道：

"孙茂良，你看看王连生，再想想你自己。你不要以为社里离了你不行，你也不要以为你出了社就能行。我是害怕别人把你推到崖底，你还当是跳高高哪！"

孙茂良听到这些批评，自是心里火躁，脸上发烧。看着在场的人都在数落他，也不敢犟嘴。郭春海看看孙茂良已经孤立起来，低下头去，便又想到在孙茂良背后煽风点火的人，想到往崖底推孙茂良的人了。他就把刚才已想好的办法告了乡长和社长，又和乡长、社长商量了一下，便大声说道：

"孙茂良！哪里丢了你不到哪里去找，却到农业社来无理取闹。社里念你一时糊涂，可以不追究，可以缓后慢慢地帮助你，可是你私枭粮食就触及国家政策了。现在就让乡政府处理吧！"

乡长张月清站出台阶上来，先咳嗽了一声，又用手扶了一下他的老花镜，然后就威严地说道：

"拿粮食换酒，就等于变相买卖粮食。私自买卖粮食是违反国家统购统销政策的。乡政府的意见是：念其数小，又带点旧习惯，这一回不处罚了。就让赵玉昌把孙茂良枭出来的粮食如数还给孙茂良；孙茂良欠下赵玉昌的酒账等收了夏一并还钱。赵玉昌、孙茂良，你们有什么意见？"

孙茂良一听口粮有了着落，就急忙高兴地应道：

"我服从乡政府的领导。"

赵玉昌听了这种判决，牙都咬得发痒了，可是又想到郭春海和乡长分明是要整点自己，所以他就立刻点头说道：

"我也服从乡政府的领导！"

郭春海一听赵玉昌这话，觉得这家伙真狠毒而狡猾。他原想：如果他不服乡长的判决，自然会引起公愤，那就发动群众向他展开一场斗争。可是这老狐狸大概也想到这一层了，所以他竟然爽快地答应了。怎么办，郭春海立刻又想到杜红莲告他的事，他便决定把偷运粮进城的事点一下，敲他一闷棍，免得一会儿讨论退社时他再兴风作浪。

"缺粮的问题现在就算解决了。可是大家要注意，还有少数坏人破坏国家统购统销政策，私贩粮食！夜晚上我们就发现有人把粮食偷运进城里去啦！咱们村里的缺粮户没吃的，他们却到城里去枭大价钱！"

人们听了这话，当下都愣怔住了，眼睁睁地看着郭春海，只想听他再讲下去，好知道是谁人干的这种坏事。但郭春海却不说了。因为派去追赶的民兵队长李生贵又被刘元禄拦挡回来。所以，在没有真凭实据以前，他不能贸然行事。眼下，他不过是想点破这个秘密罢了。那些偷做坏事的人，一旦知道他们的秘密勾当被人发现，自然就底虚了。

这时，郭春海扫了赵玉昌一眼，随着又看了看周有富和姜玉牛，他们果真恼凶凶地低下头了；他再看看刘元禄，只见刘元禄不安地拧着胸前的一颗纽扣；他的父亲郭守成则哆嗦着双手，揉擦着他的流泪的眼睛；只有在杨树下坐着的杜红莲，这时却仰起头来，笑嘻嘻地望着他，望着王连生，望着会场里的人。她是那么骄傲，她知道这事是她一早告了春海的，她总算是为农业社，为村里群众做了一点事情。郭春海也微笑着向她点了点头，这使她更高兴了。她把一双长辫子往身后一扬，又拉了一下她那鲜亮的花布衣衫，挺起她那高高的胸脯来。看她这时候是多么得意啊！漂亮的人在得意的时候，就格外漂亮了；格外漂亮的闺女，在稠人广众之下，是多么愿意显示一下自己呀！又是多么愿意让自己心爱的人多看几眼呀！

可是除了郭春海、王连生，几个党、团员和干部以外，还没有人知道她的功劳呢！所以也没有人注意她。人们都在气恨地互相发问：

"这是谁人干的这种缺德事？"

"查出来非没收了他的粮不可！"

"一定要重重地整治一下！"

郭春海一见会场里的风势完全转了过来，他就想紧接着讨论退社的事了。

"大家不要吵，我们一定要追查清楚，查出来一定要重办，今天时间也不早了，咱们就讨论退社的事吧。"

一说到退社的事，会场里的人立刻就静悄悄地坐下来了。等人们安静下来，郭春海就接着说道：

"今天早晨，我听见有人说：农业社要解散。我相信大家也能认清楚这是谣言。我想，绝大多数社员是爱社的，当然不会退社。至于有些动摇的社员，也不过是因为发愁缺粮，害怕旱灾，一时想不开；现在，既然缺粮的问题解决了，抗旱也有了办法，我看这些动摇的社员也就不会再退社了吧？大家说对不对？"

"对！"

农业社的积极分子和大部分社员们，几乎是异口同声地这样回答。他们自然不要退社。去年冬天，正是由于他们的积极和热心，才办起社来，眼下的这么一点困难当然吓不倒他们。就连那些开会前还有些动摇的社员们，经过了刚才的一场斗争之后，竟好像他们并没有动摇过一样，反倒理直气壮地高声嚷嚷道：

"谁要退社谁说嘛，反正咱是不退社。"

"咱起根就不想退社。"

"好容易入了社，有了个靠……"

"出了社谁给咱们救济粮哪！"

"出了社天就不旱了？"

……

郭春海一见那些曾有些动摇的社员已经坚定下来，便想针对那几户闹退社的人说话了：

"社员们！只要大家齐心合力办社，我敢说：咱们农业社一定能办好。眼下只要咱们引上汾河水来，战胜旱灾，农业社的收成一定要胜过互助组和单干户，一定要比往年强几分。我想社员们也会有这个信心吧？好了，愿意在社的人就不说了，现在我再问一声：谁还要退社？"

这么一问，会场上竟是鸦雀无声。好些社员也瞪起两眼，他们倒要看看有哪个不识时务的人，在这时候还提退社。郭春海虽然看见姜玉牛和赵玉昌都躲在人们背后，不敢再动了，但他还有点担心那冒失的"酒鬼茂良"再挑头说话。他便想到不如先问问自己的父亲郭守成，因为村里有些人也知道郭守成今早晨到社里来挑头退社，要是自己的父亲在眼下再带一下头，说不退社了，其他几户想退社的人大约也就不会再提退社了。这么想算了一下，他便低声和老社长商量了几句，老社长徐明礼便大声问道：

"守成伯，今早晨是你先提的退社，而今还是你先说吧，你是在社呀，还是退社？"

郭守成因为先和他儿子郭春海、会计算过账，他儿子又劝说过他，经过这场大会，他早已拿定主意不退社了，就站起来反而有理地大声说道：

"我为甚要退社，刚才我就说不退了！"

徐明礼听了这话，真是又生气又好笑，就说：

"刚才你就说不退了？刚才你不是吵着要退社吗？是现在又不想退了吧！"

"嗯！"郭守成又擦了一下他的风泪眼，"现在就现在。现在我不退社了！"

这时候郝同喜也乘空打趣道：

"怎么，你现在不退社，以后还想退社吗？"

这两句问话把全场的人引逗得笑了，杨树叶子也被风吹得哗啦啦响起来。

郭春海看着他父亲低头不言声了，便接着说道：

"好，只要现在不退社就好。农业社绝对不强迫人在社。以后有谁觉得在社不如出社了，再退社，我们决不强留。好啦，天气不早了，还有谁要退社吗？"

这时，好些社员已经有点不耐烦了，便大声喊着："没有啦！"而那些曾经动摇过的社员们一旦决定不退社了，也就不想再讨论这码事了。有些社员甚至忌讳别人再提这件事了，他们就叫嚷着："快讨论抗旱的办法吧！"姜玉牛呢，也不愿意在这种场合再提退社了。他反倒害怕人们会提起孙茂良借牲口的事来，想到自己没有退成社，倒给社里留下了个把柄，竟觉得浑身发软，直想赶快钻回家里去了。刘元禄呢，这时候实在心烦啊！看看再没人敢提退社，看看郭春海已经完全平息了这场风波，真可惜这么好的一个机会又完蛋了，便灰心丧气地坐在一旁抽起烟来。挑头闹事的孙茂良呢，火劲儿早已过去了，火劲儿一过，就觉到他那空空的肚里饿了，也就盘算开怎么问赵玉昌把他换了酒喝的粮食要回来了。

缺粮、退社的事就这么圆满地解决了。接着，老社长徐明礼就宣布了抗旱引水的具体计划，并动员大家投工投料。想不到社长刚报告完计划，社员们就站起来报工报料。有的说他家里还有二百块砖，自愿作价投资到社里；有的说他家里还闲着一副门板，愿意卖给社里。一个紧接一个，报下一大堆材料。最后，有一个互助组长也提出愿意入股，并提出投多少工、料，分多少水，由乡政府和农业社定个规程。他还说："农业社不会亏互助组的，说不定明年我们的地也入到农业社里，就省下那时候再拨渠了。"

接着是报名参加抗旱队伍。虽然社长再三说明抗旱队比生产队在地里动弹下苦，还是有不少人报了名。郭守成听见身后有人说了句："水利上工分大！"也就急着报了个名字。

在讨论组织抗旱队伍时，青年团支书许来庆刚提出组织一个青年突击队，农业社的一伙男女青年就一齐站起来，一个接一个地报起名来。女社员们也就拥到妇女副队长张秋英周围，嚷着要成立妇女突击队。一时，会场上竟是热气腾腾，喊声震天。站在后边的社员们，便一个个跑前来，冲着老社长嚷叫着：

"我还会烧石灰！"

"记上我，张二货会给铁匠抡大锤！"

老社长徐明礼真没有想到群众情绪这么高，今早上他盘算材料和投工问题时，还觉得有许多困难，而现在经过了一场胜利的阶级斗争，通过充分发动群众之后，大部分困难都解决了。看来，凭大伙这股干劲儿，很快就会把汾河里的水引到干旱的地里来了！

第十一章

开罢大会的第二天，杏园堡曙光农业社的社员们就动员起来，参加了热火朝天的引水抗旱斗争。在老木匠程贵林和铁匠张云星院里，真像开了木工厂和铁工厂。为了赶制水车，农业社抽调了十多个心灵手巧、力气又大的社员来当助手。原来的地方不够用，就在院里、门外干起活来。铁匠院里炉火通红，叮叮当当的打铁声，和木匠院里那拉锯、刨木头的声音，响彻了全村。村里的人也就被这空前的热闹情景吸引来了。有的是围在那里看热闹，有的就自动地插手帮忙。

杜红莲也不顾她后爹的反对，跑到木匠房里来。她还把她在学校里用过的米达尺、三角板、铅笔、圆规等绘图用具都带了来。虽然有些小学生的用具在这里没有什么用处，但她还是全部带来了。她最高兴的就是参加这种集体劳动，她最欢喜的就是这种热闹的环境。她一会儿帮着木匠程师画画水车图样，一会儿又拉起大锯来。

在河滩里的抗旱工地上，农业社组织了两支队伍，一支由郭春海和青年团支书许来庆带领，在河滩里截潜流，一支由妇女副社长张秋英和王连生带领，在河岸边五处地方挖了河井，修了井台，开了水渠。简直像摆开了五龙阵。青年突击队和妇女突击队又包了两处工程，真是人多手快好干活，组织起来力量大。老社长徐明礼又到县委会、县水利局跑了一趟，在器材方面得到不少的支援，水利局还派了一位技术员来住了几天，在技术方面给了他们很大帮助。

就这样，在农业社全体社员的齐心努力和县级领导上的帮助下，不到半月工夫，就完成了引水抗旱的全部工程。看吧，在那汾河岸边，人们把河里的几股水引到岸边，再在岸边打一眼水井，在修好的井台上安上一架水车，然后就把水车上岸去，顺渠流到地里。老木匠割的那几架水车呢，有的是用牛、驴拉的木轮水车，有的是用骡、马拉的铁斗水车。有的地方是一部水车供一道渠水，有的地方就联合几部水车供一道渠水。看吧，在河畔上从北到南五里长的战线上，十几部水车一齐开动着，哗哗哗的汾河水就通过那五道水渠流到农业社的地里，干渴的麦苗喝饱了水，就抖起精神来了。

这几天，虽然还是连日无雨，而农业社的社员们却像那干渴的麦苗喝饱河水，一个个精神抖擞，欢天喜地。

郭春海这几天自然更是快活。虽说他一直忙活了好多天，可是他看着河水引上岸来，流到地里，浑身的疲累也好像被渠水洗干净了。白天，他在河畔上上下下跑了一天，傍晚，回家吃了夜饭，就又到河畔上来了。

今晚上轮到郭春海家的老牛上夜班。郭春海家的老牛要上夜班，郭守成自然也要上夜班，因为他的牛没有交给社里集体喂养，而是由他自己喂养，自己跟着使唤。吃罢晚饭，郭春海要走了，郭守成却仍是一动不动。他自从入社以后，吃饭的时间也变得长了，饭后抽烟的工夫也久了。虽然在挖井、修渠、引水抗旱那几天，因为他也真心盼望着引上水来浇地，所以还积极干了一阵子。但自从引上水来以后，由于社里决定：先浇社里的地，后浇自留地，郭守成就又像抗旱以前那样，懒得动了。吃完夜饭好一会儿了，他还是懒懒散散、磨磨蹭蹭地不想动身。

郭春海就催促道：

"爹，该动身了。"

郭守成只是待理不理地说了声：

"你走你的吧！"

郭春海着急地说：

"人家上白班的人还没有吃饭哪！"

郭守成却说：

"一顿不吃也饿不死！"

郭春海怕误事，就想了个办法：

"你要不想上夜班了，我就让别人来拉牛。"

郭守成瞪起眼睛了：

"叫别人使唤我的牛？今辈子你也不用想。"

郭春海只好又劝他爹：

"爹，快点走吧。水利上工分大，纪律也严。到时候你不去接班，上白班的人自然不让你。告到社里，就要扣你的工分。要是耽误了浇地呢，社里受了损失，咱自家也不沾光。再说，赶紧浇完社里的地，也好浇浇自留地啊！爹，还是赶紧走吧。"

听说去迟了要扣工分，郭守成心上也动了一下，又想到他儿说的"赶紧浇完社里的地，也好浇浇自留地"，便跳下炕来，对儿子说了声：

"你先走你的吧，老子随后就到。"

但郭守成走出院里，看看天色还没有大黑，看看他的老黄牛还没有吃完草料，便又迟迟疑疑地回到屋里来。他心想：社里没有定死是天刚黑接班，还是天大黑接班，又没有规定下早去一步多赚点工分，何必早去替他们动弹。又想：什么时候才能轮上浇自留地呢？这几天来，他每天都要到自留地里看看，南瓜蔓子快干了，玉茭叶子也能捻麻绳了，旱得实在是支架不住了，可就是干着急没办法。这要等到何年何月才能浇上自留地呢？他只怕等浇完社里的地，自留地里的庄稼也就早死了。这么一想，他便又心烦意乱地躺到炕上，足足地抽了一顿旱烟，竟然云云雾雾、迷迷糊糊地睡着了。

他老伴在厨房里收拾完碗筷，回到屋里来，还以为老头子早相随上儿子走了。不想她刚刚上炕去，正要摸着火柴点灯，突然郭守成响了一声呼噜，竟吓了她一大跳。她就生气地推了老头子一把，大声嚷道：

"就知道挺尸睡觉，甚时分了，还不赶紧浇地去！"

郭守成一骨碌爬起来，看看天色果然大黑了，这才到牛圈里拉出老牛来，往河畔井台上走去。

走到河畔上，天色早已墨黑了。他的眼睛不好使，可巧一弯明月又钻进了云里，他好容易摸着黑路，找到了分配他上夜班的那个井台。不料刚走到井台上，那里早有一个人跳过来，拉住他的牛吼道：

"你死到哪里去啦？为甚这时候才来？"

郭守成没有防着这一手，一时愣在那里答不上话来。

上白班的孙茂良饿了一天，又等了半夜，自然是肚里发急，浑身冒火。他就咬牙切齿地恨声骂道：

"好你个懒骨头，你就不知道老爷爷还没有吃饭，你马爷爷也没喂料？水利上的纪律严，你不来换班，老爷爷不敢回去，耽误下浇地老爷爷吃罪不起！嘿，老爷爷怕纪律，你就不怕纪律？"

郭守成愣怔了一下之后，也就明白过来了。自己也不过是迟来了一会儿，孙茂良就发了这么大的脾气。谁吃他这一套！他就壮了壮胆，一把夺过牛缰绳来说：

"你不知道老爷的眼不好使？"

孙茂良说："你的眼不好使，你的腿也拐啦？这几步路闭住眼爬也早爬来了！你不心疼我的肚子，你也不心疼社里的牲口？"

郭守成说："老爷爷就是走得慢了几步，来得迟了一会儿，看你张开口能把老爷爷吃了！"

孙茂良一听这话，立时气得火冒钻天，好像他真要张开口把郭守成吞下去那样，一把抓住郭守成的衣领，大声吼叫道：

"好，你倒做下有理的了，走，咱们到社里评理去！"

一说要到社里评理，郭守成自然胆虚，他就用力挣脱孙茂良的手说：

"要去你去，老爷爷眼不好使，走不惯这黑路。"

"你倒说得好听，非到社里评评理不行！"

孙茂良硬拉郭守成，郭守成就是不去。这一个是因为自己多干了一会儿，那一个是只怕自己早来一会儿，真所谓：针尖对麦芒，谁也不让谁。何况孙茂良又觉得自己有理，就一个劲儿抓着郭守成的衣领往前拖。由于用力过猛，只听得"嘶——"地响了一声，郭守成的早已糟了的衣衫就被扯破了。郭守成一阵心疼，举起牛鞭来就打，孙茂良夺过牛鞭来，咔嚓就折成两截。

两个人正打在一处，突然一个黑影跳上井台，好像从天上掉下来一样，大喝了一声："停手！"两人这才松开手。瞪眼看时，郭春海已经站在他们中间了。

郭春海正在拨渠浇地，听到这里有吵闹声，就急忙赶来，等不得他发问，孙茂良就高声急口把刚才打架的缘由说了一遍。

听孙茂良说完，郭春海又问他爹道：

"爹，你怎么这时候才来？"

郭守成自知理缺，但又不愿认错，就背转脸去，没有言声。郭春海见他爹无话可说，自然就证明孙茂良说的完全是实，又想起他爹从家里起身时那磨蹭劲儿，便当面批评他爹道：

"这就是爹的不对了。规定天黑交接班，你到二更天才来。多亏孙茂良守纪律，要不然耽误社里浇几亩地，损失多大！好吧，既然已经来迟了，咱就按规定的纪律办事，扣你二分工，添到孙茂良名下。"

"啊！"郭守成听见他儿子真要扣他二分工，就像割了他一块肉一样地疼叫了一声。原想水利上工分大，不想还没有挣到多少哪，倒给扣了二分。

孙茂良吵闹了一场，总算有了个满意的结果，便解下水车上的马来，走下井台，摸黑路回村里去了。

孙茂良走后，郭春海就一面帮着他爹把老黄牛套在水车上，一面劝说了他爹一会儿，然后又拨渠浇地去了。

郭守成见儿子走后，狠狠地打了老牛一鞭，就气得坐在井台旁边的一个背风圪崂里，点起他的小烟袋来。今晚上真是怄气！叫人家扯破衣衫，还罚了二分工，真是人走时气马走膘，倒运人一步一跌跤。他恨孙茂良，也恨他儿子。反正不管是谁，只要让他吃了亏，他就恨他。一想到他又吃了二分工的亏，心里就流开血了："怎么我郭守成怕吃亏、怕吃亏，偏偏的老是吃亏呢！瞎了眼的老天爷啊！"想到这里，他连老天爷也恨起来了。真是人心不顺，怨天尤人。这时候，那老黄牛忽然停了一下，郭守成正要举鞭吆喝，猛然又想起一个主意。好吧，少二分工就少干二分活计吧，老牛歇一阵也少吃二斤草料。那老黄牛呢，也好像摸透了郭守成的脾气，不催撵它，它也就站在那里不动了。随后，郭守成就紧靠在背风圪崂里，用棉袄紧裹着身子，把头缩进去，闭起他那一双见风就流泪的眼睛，也要打二分瞌睡了。

第十二章

孙茂良从河畔井台上往回走时，一路上只觉得满心痛快，浑身舒坦。心想："郭春海这后生办事就是公道。对待亲老子也不讲私情，还给我奖了二分工。最重要的是春海还夸奖我守纪律，没有早收工，没有耽误了浇地。"

孙茂良长了这么大，他记得别人夸奖他的时候还确实不多呢！不是说他好喝酒，就是说他嘴不稳，不是说他不会过光景，就是说他手大脚短、嘴勤腿懒。入社以后，他们生产队队长又常是批评他不守纪律。今晚上呢，支部书记郭春海竟然说自己守纪律！嗯，今天他们才知道孙茂良守纪律了，明天，说不定孙茂良还要上黑板报受表扬哪！他越想越高兴，越想越得意，半路上碰见正在拨渠浇地的王连生，等不得王连生先问他，他就开腔了。这人肚里没有仓库，嘴上没有门扇，脑子不转圈，肠子不打弯，他先大叫了一声："连生哥！"接着就故意问道：

"你知道我因为甚这时候了才回去？"

王连生也故意取笑道：

"约莫是下了班，又拉上社里的牲口跑了趟买卖吧？"

"哈哈，你真是老眼看新人，死眼看活人，今天连咱支书春海都表扬我了。"

接着，他就把刚才和郭守成闹架，郭春海表扬他的事说了一遍，王连生听他说完，也夸奖了他几句，他就更得意了。郭春海表扬他，王连生又夸奖他；郭春海是党支书，王连生也不是平常人啊！社里谁不说王连生劳动好，思想好，忠厚老实，爱社如家，又常当模范。嗯，说不定浇完地评模范时，孙茂良也要戴一朵大红花呢！对呀，郭春海在大会上说过，抗旱总结大会上要评比模范。有郭春海、王连生赞成，还不是十拿九稳？多时喝不上酒的孙茂良，今晚上又像喝多了酒一样，神神雾雾地唱着秧歌，拉着牲口，走回村里去了。

王连生见孙茂良走后，就拿起铁锹拨渠口，但他低头看时，怎么渠里没有水了？他还以为是哪里漏水，就沿着水渠查上来，一直查到井台上，才看到是那里的牲口停下，人也睡觉了。他就大声叫道：

"守成伯！"

郭守成睁眼一看，知道不好，就赶紧站起来吆喝牲口。

王连生生气地问道：

"你怎么到这里睡觉来了？"

郭守成自然无言对答，就用鞭杆在老黄牛背上打了几下，一面大声吼喊道：

"嘿，我刚说眼疼哪，闭闭眼吧，你倒歇了。还不给老爷爷快走？打！"

王连生看着郭守成那样子，又想起刚才孙茂良告他的话，只怕自己走后，他又打瞌睡，便劝了他几句：

"守成伯，上回因为你的牛吃了麦苗，刚批评过你，你倒忘了？今日误了接班，接了班又打瞌睡，这可都是犯纪律的事啊！守成伯，你不想想你耽误了浇地，犯了纪律，给社里受了损失，对你自己又有什么好处？扣了工分，挨上批评，还要生气。人常说：锅里有了，碗里就有了。你却只看碗里，不想锅里。好吧，我走后你可再不敢打瞌睡了！只要你以后再不犯纪律，这一回我也不愿意给你老脸上抹灰了。你自己不顾你的老脸，也不想想你那好儿子？你不给他增光吧，也不能尽让他因为你作难呀！"

郭守成虽然因为王连生惊了他的懒觉，身上一阵不痛快，可是总因为王连生这一次饶了他，他却觉得王连生果是厚道人，不像孙茂良那样嘴尖、咬牙不让人。王连生劝自己的那些话虽然不顺耳，但却句句在理。所以也就没有回话，只是应了一声。

王连生看着渠里又流起水来，便拿上铁锹，赶着拨渠浇地去了。

王连生走后，郭守成伸了一下懒腰，打了一个哈欠，那老黄牛竟以为是又叫它休息呢，便立时停站下来。牛一停脚，水又断了。郭守成看见断了水，又想起刚才王连生说的话，只怕王连生再查上来就不让了，再要惊动来那不讲情面的儿子，说不定又要扣工分。还是让老牛慢慢地转吧。于是，他就响了一声牛鞭，吆喝了一声老牛，见老牛匀匀地转起来之后，他便坐到井台上抽起烟来。

　　春天的汾河水，仍是一条小溪。夜里看去，就像在宽阔的河槽里爬着一条细长的白蛇。在这静静的夜里，河水发着细言碎语，轻轻地流到河边的井台下，随着又欢欢喜喜地让水车车上井台，然后就兴冲冲地顺着水渠，流到那干旱的田地里去了。

　　郭守成看着河边这些井台，看着渠里的流水，又觉得自己儿子想的这个主意果然不赖。农业社的庄稼约莫能脱过这场旱灾了。

　　想到这里，他竟又高兴地响了一声牛鞭，站到井台上看了一下河滩里那抗旱的阵势。当他正从上河滩往下河滩看时，忽然听到下河滩里有几声响动。仔细一听，好像是有人在那里挖泉。是农业社又搭夜班挖泉吗？没有听说呀！他就疑疑惑惑地往底下走了几步，这才看见在杏园跟前的河滩里，有盏马灯，仔细一看，果真有三四个人在那里挖泉。可是又不像农业社的人，农业社不会只派三四个人来呀。他又往前走了几步，这才看清楚是周有富和他的一双儿女，还有他们互助组里最老实的组员吴老六。

　　周有富原依仗他地里有一眼水井，在这天旱的年月，还要和农业社较量较量。前些时，他果真也神气了几天。他看见农业社的人因为天旱发愁，有些社员闹缺粮、闹退社，他是多么得意！他用管饭顶借粮的办法，让他的互助组里的几户缺粮户给他锄苗、浇地，他又仗凭他的地里有一眼水井，就自以为可以赛过农业社了。于是，一清早起来，他就坐在他的井台上，压制不住他心里的欢喜，同时也想招引人们来看看他的麦地，他就大声吆喝着拉水车的骡子，响亮地摔着他手里的鞭子，逢人过来，他都要请他们抽一袋烟，听听人们对他的庄稼的夸耀。他最高兴的就是：他的庄稼比农业社的好，比村里任何人的都好。他生在这世上的最大的盼望，最大的快活，就是他要比别人强。

　　可是，这一回他却高兴得太早了。没过几天，他的脸色就变了。脸上的红光喜气消失了，响亮的鞭声也听不到了。因为他水井里的水一天比一天浅了，到后来，等上好半天，才能打起半桶泥糊糊来。眼看着他的麦苗旱得软瘫了，秋庄稼也干旱得种不进去，种进去的又出不了苗。他的互助组里那几户缺粮户，除了最老实、最困难的吴老六被他团弄住以外，其他的几户都因为发愁天旱，宁可勒紧裤带到自己地里担水点种，也不给他动弹了。而农业社呢，解决了缺粮困难，平息了退社风波，轰轰烈烈地进行了一场抗旱斗争，就把汾河水引了上来。几天光景，就给麦地、秋地浇过头遍水，而且还给几个互助组浇了不少地。周有富自然不会去求告农业社，甚至连农业社想出来的办法他都不想跟上干。忧愁烦闷了几天之后，老天爷还是没有下雨的意思，他的那眼宝贝井里也打不出多少水来。实在没有办法，他才下了狠心，暗暗地学着农业社的办法，连夜到河滩里挖河井来了。白天他还抹不下脸来。他想着：白天仍在他自己的井上车水，到晚上再把自己井上的水车搬来，就可以急救一下河畔上那几亩麦地和秋地了。

"嗯，这老东西也着急了。"郭守成幸灾乐祸地想着，反倒有些得意了。他又觉得自己加入农业社这一步走对了；第二步没有退社也对了。要不，像周有富那样的大户人家都没有办法，自己这小家小户的就更抗不过这旱灾了。

郭守成一面这么得意地想着，一面就返身向井台走回来。这时候，他才忽然从心里觉得他是农业社的社员了。于是，他就顺手拿来渠堰上插的一把铁锹，那原是预备渠上漏水或井台上有什么事时用的。他拿上铁锹就沿渠往井台上走去，看到哪里漏水，他就堵上两锹土，看到渠里有什么东西阻挡，他就开拨几锹。可是，他走了好一段路了，怎么竟没有碰到一个人呢！竟没有一个人看见他这么细心，这么出力地为社里多干活呢！刚才来得迟了一步，就有人看见了，打了一会儿瞌睡就有人看见了，还挨了批评，扣了工分。而现时又有谁会知道自己多干了这么多活计呢？想到这里，他又泄气了。他就把铁锹往渠堰上一插，由于他没有捉稳锹把，那锹片竟滑到渠水里，泥水飞溅起来，溅了他一脸。他生气地唾了一口："呸！"便返身走了。

走着走着，郭守成怎么竟然顺腿走到他的自留地里来了！他的自留地离他值夜的井台不远，他就蹲下来，想看看他早已种下的南瓜、玉菱子。他反对社里密植，可自己倒植得不稀。不过他清楚：他的粪多。春季农业社要各家投资粪时，他把自己的圈粪和一冬天积攒下的粪，全上到自留地里，铺了足有一尺厚。他想着，要是有年时那样多雨水，就是农业社倒了霉，凭他自留地的那几分好玉茭子，也够他吃半年了。可巧偏遇上了这倒霉的天旱年景。南瓜、玉茭子都黄苗干叶得快烧旱死了。

嗯，还是周有富这老鬼精灵，我怎么这几天就忘了自己的自留地呢？他对自己生气了。当他站起来要回井台上时，又想起他并没有忘记他的自留地，刚引上汾河水来，他就向社里提出过先浇一下自留地，但他儿郭春海却说："先浇完社里的地才能轮上浇自留地。"可是，他的自留地又不比别人的自留地，他的自留地粪大，粪大怕天旱呀！

他正这么盘算着返身往井台上走去，不小心什么东西绊了他一下，几乎把他绊倒。他心里直冒火，低头一看，是他自己刚才撂在那里的一把铁锹。锹片掉到渠里，锹把正歪斜在渠堰上。

一看见是一把铁锹，他的满肚子火气又好像被这把铁锹给铲掉了。因为他忽然从这把锹上想到一个好主意：到渠上拨开一个小口子，浇浇自己的自留地不是正好吗？对，拨个小口子，大渠里还是照样有水，就是水小点，黑夜里也看不出来。

郭守成越想越觉得这是个好主意，他就走到井台上，使劲在牛背上打了几下，看着老牛快转了几圈以后，他才拿起铁锹，沿着渠道走了下去。走到离他的自留地不远的地方，他看看左近无人，便拨开一个小口子。随后，他就顺渠往他的自留地走去。这工夫，他真是又高兴，又着急。高兴的是那就要流来的渠水，着急的也是那流的太慢的渠水。他已经走到他的自留地里来了，怎么还不见渠水流过来呢？唉，渠口拨得太小了。

当他正要在自己的自留地边拨渠口时，猛听到大渠那边有人喊了一声："大渠漏水啦！"他一阵心跳，就抬头往大渠那面看了一下，这一看竟把他吓出一身冷汗来。怎么正好在这时候过来两个人呢！而且看那身影又好像是自己那铁面无私的儿子郭春海和王连生。要是他们看见自己在这里，知道那渠口是自己拨开的，可就坏了事了。自留地浇不成不要说起，说不定又要扣工分，还得受处分。水利上的规矩向来是顶严的。怎么办？这时候，那老天爷好像也和他作对似的，一弯明月正钻出云层，把地上洒了一片银白。他焦急地四面一看，又没有个藏身之处，慌急之下，就只得跳下水渠，躺在水渠里面。

这时，他又听得王连生喊了一声：

"哈，这儿开了这么大个口子，怪不得底下水不多了。"

郭春海也接着说道：

"怪呀！怎么正好在这渠闸口上开了个口子？你等等再堵，这好像是有人拨开的。"

王连生也奇怪地说：

"没有看见谁走过来呀！左近都是农业社的地，社员们偷水干甚？"

郭春海仍是疑惑地说：

"那面有几块自留地，还有我家一块。走，咱们过去看看。"

郭守成一听这话，心里就擂开鼓了。老天爷，可不敢沿渠查过来呀！而郭春海和王连生又偏偏沿渠查过来了。他们两个走一步，郭守成的心就跳一下，真像步步踏在他的心上。亏了渠堰上还有防霜时剩的半堆高粱秆，遮着他的身子，老天爷也不和他作对了，一弯明月又躲入云里，这才算熬脱了这一关。

郭春海和王连生看看四处无人，渠水还没有流下去，几块自留地里也都没有拨开的渠口。便返回去了。

老天爷照顾，憋闷了多时的郭守成这才出了一口气。听到那两人用铁锹铲土堵渠口的声音，心想虽然没有浇成地，可也没有叫查出来，这场乱子算是躲过去了。

他刚刚放心地长出了一口气，忽然觉得脖子里一阵森凉。用手摸时，才知道是渠水下来了。他急忙抬起头来，看见他儿子和王连生还在那里堵渠口，他又不敢起来，就伸出两只手去，想拥起一堆土来，挡住流水。他死气败力地拥起一堆土来，果然也拦挡了一会儿，不想水存得多了，一下子竟冲开他拥起的那堆泥土，灌了他满满的两袖筒泥水。他焦急生气也没有办法，便只好用两手撑住地，让渠水从身底下流过去。

郭守成两手撑住地，撑得他胳膊都麻了。老天爷，多亏自己那儿子和王连生堵住了渠口，渠水才算不流了，要不然那渠水还要灌满他的两只裤腿呢！他就这么两手撑住地，焦躁地等他儿子和王连生走后，才爬出渠来。水没有流到自留地里，倒灌了自己一身。真倒霉！可是，当他刚刚站起来，心里又是一跳，偏巧在这时候，在井台那边，王连生又高声喊起来：

"郭守成又跑到哪里去啦？"

他就赶紧绕个弯子，从河滩里跑上井台来。

郭春海看见他爹那慌张的模样，就急忙问道：

"爹到哪儿去啦？"

"到河滩里跑肚子去了。唉，爹出来忘了多披件衣衫，着了凉啦……"郭守成只好编造了这么一段。

郭春海见他浑身水湿，又关切地问道：

"爹的衣衫鞋袜怎么都湿了？"

郭守成只好又编了一句：

"唉，眼不好使，跌到河里去了。"

想不到他这几句谎话竟然救了他这一场大难。不但躲过了他儿子和王连生对他的批评，逃脱了难免的处分，而且还早下了夜班——当他儿子看着他浑身湿透的衣衫，看着他站在那里冷得打哆嗦时，就让他回家换衣衫去了。

第十三章

　　郭守成刚回到村里，正巧碰上赵玉昌的外甥任保娃赶着大车从城里回来。郭守成也就忽然想起托赵玉昌祟的那两布袋粮食。好几天了，怎么还不给自己钱呢？他就走过去，趴到任保娃耳朵上问道：

　　"那些粮食都祟了吧？"

　　任保娃也对着他的耳朵说：

　　"我都交给茂盛店杨掌柜了，听他说，有的祟了，有的叫没收了！"

　　"啊！"郭守成一听这话不妙，就慌急追问，"我那两布袋粮哪？"

　　任保娃说："这我就不知道了，你问我舅舅去吧！"

　　"有的祟了，有的没收了。总不能把自己那两布袋没收了吧？"郭守成心慌了。这时候，他也顾不得身上冷湿，顾不得回家换衣衫了，几步就走进赵玉昌的铺子里。

　　赵玉昌正在柜台里的煤油灯下看账簿，看见是郭守成进来，就低下头打起算盘来。他猜想郭守成来没有好事，一定是要粮钱的。因为自从农业社开渠引水成功之后，那些动摇的农业社员们根本不来他这里了。就连"酒鬼茂良"也和他翻了脸，按乡政府的鬼办法，硬把换了酒喝的粮食算回去，记了一笔空账。赵玉情的买卖冷落了不用说起，最使他恼火的还是那些粮食。

　　村里发动互借时，问他借去二百斤粮食也在其次，要紧的是城里没收了他一车粮食。那天开大会前，郭春海派的民兵队长李生贵倒没有追上，因为一是有刘元禄拦挡，二是赵玉昌吩咐他外甥任保娃走了两个岔路，快进城时，又有茂盛店杨掌柜派人来接应，三是当下就转了手，所以没有败露。可是，后来运进城去的一车粮食却叫城里的干部查住了，约莫是郭春海报告了县上，干部追查得非常严细，幸亏茂盛店杨掌柜一口咬定是他自己的存粮，这才按官价收购了去。而那一车粮食却是用高价买来的，事后，他还谢了杨掌柜五十块钱。这一里一外，不要说赚一笔大钱，算下来少赔几个钱，也就算这一跤没有跌伤筋骨了。眼下他就是算这笔账呢！郭守成的那两布袋粮食虽然袅了好价钱，但他本人又不知道，难道还能让他赚大钱，反让自己赔本吗？

郭守成虽然怕吃亏，可是胆小怕事，就是告诉他全让没收了，估计他也不敢张扬，不会告诉他儿子的。反正杀不了别人就肥不了自己，菩萨心肠是发不了财的。主意一定，他就又低下头打起算盘来。

郭守成见赵玉昌老是打算盘，就叫了一声：

"赵掌柜！"

赵玉昌只好抬起头来，应酬了一句：

"噢，是你来了，坐吧。"

郭守成坐在柜台旁边的一张板凳上，想了一下，也没有什么别的话好说，就照直问道：

"赵掌柜，我那两布袋粮食……"

赵玉昌一听他果然问起袅粮的事，就干脆回道：

"全叫没收啦！"

"啊！"郭守成好像坐上一根朝天钉一样，猛然大叫一声，立跳起来。

"叫什么？"赵玉昌只害怕外人听见，就瞪了郭守成一眼。然后又压低嗓子对他说：

"嚷出去，你也想和我一道上法院，坐监狱？实告你说吧，那天开大会时，村里派去的人倒是没有追上，不料想却让城里头的干部查住了。多亏茂盛店杨掌柜一手给咱们遮掩过去，说是他店里的存粮未报，才没有暴露咱们的名字。这种事，我原先就给你说得清清楚楚，要不就抓一只大母鸡，要不就丢了手里的米。叫人家抓住了，还要住监狱。你才不过丢了两布袋，我呢？唉！"说着，他就长叹一声，推开算盘，随手拿起两颗核桃，然后就靠在椅背上，玩弄开那两颗核桃了。

郭守成却似一尊泥像一样，立在那里，动弹不得。这突然的事故出得太大了。他刚才害怕的事情，果然落到了自己头上。多年来，他是一把米一把面地积攒起来，谁想一下子两布袋粮食都叫没收了。唉！老天爷真的要亏待我郭守成吗？不能吧？在旧社会常受骗、老吃亏的郭守成，忽然又想："是不是赵玉昌安心骗我呢？"

那天晚上他虽说答应了赵玉昌籴粮，但第二天酒醒后他就后悔了。人常说：酒能成事，酒也能败事。他只怕是赵玉昌把他灌迷昏了捉哄他。"和这种狼、狐、豹子共事，自己又斗不过他。"因此，当他路过赵玉昌门口，被赵玉昌叫进去催问这事时，他便推说："粮食不够了。"赵玉昌一听他变了卦，心里一阵生气。但他也知道郭守成的脾气：你越催他，他越犯疑。赵玉昌就说："你不籴了正好，刚才周有富还想让我给他找个主儿籴几石粮食哪。我原想有这么一疙瘩肥肉，不能不给老哥通个信，不想老哥疑心不散，那你就留着借给农业社吧。我再找周有富去。"说着他就往外走。郭守成果真又动摇了。他想："精明的周有富都找他籴粮，也许这里头真有一疙瘩肥肉哪！"因此，他又怕由于自己的迟疑，耽误了这宗好事。以往，由于自己老是迟迟疑疑，曾耽误过多少好事！他便赶紧叫住赵玉昌："赵掌柜，你先等一步。"赵玉昌就乘势说道："不籴了拉倒，要籴了天黑就送来，半夜就得起货。"这样，郭守成才悄悄地把粮食背到赵玉昌铺子里。

那天开大会前，当他儿郭春海问到他私籴粮食，又在大会上说有人偷贩粮食，并说派人进城追查时，他也心慌了一阵，后来听说民兵队长没有追上，这才又放了心。可是他万想不到今夜晚赵玉昌却说全没收了。不能，他不相信会全没收了，任保娃不是说：有的籴了，有的叫没收了？就是没收也不能单没收了我那两布袋粮食啊！准是赵玉昌存心要骗人。

郭守成就走到赵玉昌面前质问道：

"赵掌柜，你不能骗我，我那两布袋粮食是早几天就交给你来了的。"

"谁骗你！"赵玉昌狠声说了这么一句。随后又编了几句话，想打消一下郭守成的疑心：

"我姓赵的甚时骗过你？我就是真有心骗人的话，也不忍心骗老哥啊！再说，我也不敢骗你这支部书记的老子啊！你一定不相信，就进城到茂盛店问问杨掌柜。按官价给算的那几个钱，还不够罚款哪！杨掌柜给咱们忙活一场，担上风险、顶上罪名也罢了，还能再让人家给咱们垫罚款？我本想把装粮食的布袋折了价，补上罚款，又想你老哥积攒一点粮食不容易，粮食没收了吧，好歹也给你留两条布袋。所以说，你还占了点小便宜哪。空下的罚款就全塌在我一个人身上了。这不是你的布袋？"说着，就从柜里拿出两条布袋来，放到郭守成面前。

"啊！"郭守成一见他那两条空布袋，又失声叫了起来。不过这一次却不像第一次那样，单是惊怕了。刚才是好比把两布袋粮食掉进河里，他还想拼上命捞回来，眼见那两布袋粮食漂远了，看不见了，再也没法捞回来了，他就心疼地哭起来。哭着哭着，他又央告赵掌柜：

"可不能单亏我一个人呀！赵掌柜，你赚了那么多钱，还能单亏我一个人吗？"

赵玉昌却冷冷地说：

"不单亏你一个人，咱们都亏了。我亏得更厉害。把我的老本都赔进去了。"

郭守成总是不相信赵玉昌会赔了老本，更不忍心他那两布袋粮食就这样白白丢掉。但他怎么和赵玉昌说，赵玉昌也不可怜他，苦苦央告也不行。郭守成哭着哭着，就冒起火来，就像他遭到莫大的冤枉，而后又看见他的仇人似的，一步扑到赵玉昌跟前，伸出哆嗦的两手，好像要抓住赵玉昌的胸脯那样恶吼道：

"你骗我！我不信可巧把我的两布袋粮食全没收了。你不给钱，我就告你去！"

赵玉昌也站起来了。起先，他以为这小气鬼要拼命了，后来听说他要告状，他反而冷笑道：

"好吧，你告我去吧。你要告我骗你，我不怕，有杨掌柜做证；你要告我私贩粮食呢，那不连你也告下了？你要弄明白，你也是私贩粮食，高抬市价，扰乱市场，破坏统购统销；你也犯法呀！咱俩相跟上坐监狱，我就不信熬不过你。说不定你还得连累上你那支书儿子。再说，政府知道了原是你、我的粮食，自然还要罚款，还得罚你一布袋粮食。好吧，你既然把话说到这里了，我也给你一句痛快话：公断、私了由你挑。要么，就是刀割两清，谁也不要再提这码事，也不用叫外人知道；要不，咱俩就背上两布袋粮食去打

110

官司，省下再跑回来拿罚款。"

这一布袋粮食的罚款，真像一瓢凉水，把郭守成的怒火给浇熄了。郭守成怎么舍得再让罚一布袋粮食？他坐在凳子上，像得了软瘫病，他的心疼啊！心里疼得像丢了两根筋骨。好容易积攒下那两布袋粮食，原初怕农业社白白借去，他才指望让赵玉昌给他槑两个好价钱，可是谁能想到落了这么个下场！他的火劲儿一落，就觉得浑身又湿、又冷，冷得竟哆嗦起来了。于是，他又一狠心，这才又举起手来，叫了一声：

"来！"

赵玉昌又吓了一跳，以为他又要发作了，不想郭守成却接着说道：

"来二两烧酒。"

一听他要酒，赵玉昌就松了一口气，瞟了他一眼，冷冷地问道：

"带得现成钱吗？"

郭守成摸摸空口袋说：

"给我记上吧！"

赵玉昌看看那出尽血水的空布袋，说道：

"记上？老本都赔光了，你让我再拿什么去办货？你要实在没钱了，看在老交情的面上，就把你那两条空布袋留下。"

"啊！"郭守成急忙抓住他的那两条空布袋，狠狠地看了赵玉昌一眼，心里说："今天我才算认清你了！"可是已经迟了，而认清了又有什么办法呢？他如今还不如哑子吃黄连，哑子吃了黄连，虽然说不出口，还可以张嘴叫喊几声，还可以皱眉瞪眼。而郭守成呢？他却是喊也不敢喊，而皱眉又给谁看？他真好比偷吃桃的人，吃了个青杏，只有自己心痛牙酸。

看看赵玉昌，早又趴在那里算起账来。他听着那算盘响，心里更是烦乱，就站起来。赵玉昌呢，竟连一句话也没有了。郭守成也就只好拿起那两条空麻布口袋来，藏在他那被渠水灌湿的破衣襟里，费力地抬起一双又湿又冷的沉重的腿脚，一步一声唉，一步一跌拐地回家换衣服去了。

第十四章

经过半个多月的抗旱斗争，经过半年多的精心作务，农业社的庄稼真比往年风调雨顺时还长得好。农历的五月初，麦梢就黄了。社员们紧赶着把秋苗锄过，到时候就好集中全力开镰割麦。

互助组和单干户的庄稼虽然遭受了旱灾，赶不上农业社的，可是靠了农业社后来给他们浇了一遍水，总算是抢救过来了。这几天，在地里锄苗的人，看着那绿油油的秋苗，看着那快要到口的麦子，心里踏实了，就高兴地提起他们村里五月端午的庙会来。

杏园堡每年五月端午要赶庙会，每年庙会上总要唱一台戏。今年呢，农业社为了庆祝抗旱的胜利，为了宣传农业合作化，宣传社会主义的优越性，同时为了在庙会上及早准备夏收工具，过了端午好开镰割麦，就和乡公所到城里写了一台戏来。

端阳节前一天，杏园堡就热闹起来了。杏园堡供销社在村当中撑起了一顶大帐篷，摆出了各色各样的货物。周围各村的供销社也来赶庙会，在庙院两旁搭起了许多帐篷，百货布匹、文具、副食、日用杂货、各种农具，五颜六色，应有尽有。远近各村的小摊贩们，也早早地赶了来，在大街小巷里摆满了五花八门的地摊。吃过早饭，周围村里的人就从四面八方陆陆续续地赶会来了。三个一群，五人一伙。有的骑着一匹红马，有的拉了一头奶羊，有的担一担扫帚，有的抱了一只母鸡。不一会儿，杏园堡的集市上就拥挤不动了。

杏园堡村里的人自然早已在会上游串开了。就是那些在家里招待亲戚朋友的人，听着街巷里各种各样的叫卖声和越来越响的喧嚷声，也坐不安生了，就一起拥挤到街上来。王连生挤到供销社的农具摊前买了一把镰刀，生产队队长张虎蛮和几个队干部们在木货摊前为他们的生产队挑选着木锨、水杈。在布匹百货摊跟前，妇女副社长张秋英正相跟着一群妇女围在那里，为她们自己，也为她们的孩子们挑选着花布、手巾、头发卡和红头绳。杜红莲和孙茂良的女儿孙玉兰，还有青年团支书许来庆、民兵队长李生贵等几个年轻人，也围着书摊和文具摊，一本一本地翻着他们想要的书籍，或是水笔、铅笔和各色的笔记本子。随后，再买上一个好看的、心爱的，不论是什么五角星或和平鸽之类的小纪念章别到胸前，然后就高高兴兴地逛开庙会了。

在村口的骡马市场旁边，周有富给他的骡子钉了掌以后，又牵上他的骡子和他的大黄牛，走进那挤挤嚷嚷的骡马市场里来了。他到这里来并不为买牲口，也不想卖他的骡子，他只不过是想显耀一下他那身高膘肥的骡子，得意地听着那些牲口伢子和想买牲口的人们的赞赏。至于他那条老牛呢，如果碰到什么好茬口的话，他倒想换成一条岁口小一些的壮牛。

在这热闹的骡马市场上，姜玉牛也拿着他的小铜烟袋来转游了一遭。往年赶会时，姜玉牛也算是骡马市场上的活跃人物，而今却没人注意他了。他看着牲口伢子和买主、卖主们神秘地用手捏着价钱，又看着周有富牵着他的高头大骡和老黄牛走来，竟想起他入了社的那头骡子和大黄牛了。开头，他还心痒、手痒了一阵，盘算了一下牲口行情和农业社的租价，随后又觉得什么都没有意思了。自从农业社引水抗旱成功以后，虽然他也看到了农业社的一点好处，抗旱时，周有富穷忙了一阵子，都没有浇足一遍水，所以他不再提退社了。但这几天他看到周有富又是那么神气，心里又有些不安了。谁又知道收下麦子来，究竟能分到多少呢？于是，他又决定还是看看走走，走走看看，过上一年半载，等收秋打夏以后再说吧。不过他已经再没有心思倒换牲口，置买什么农事家具，也没有心思扑闹家务世事了。他也不存粮，不存钱了。以前，他一心想着存下粮，存上钱，置买房、地、牲口、家具，或是为儿女们预备婚嫁之事；而今呢，存下钱、粮干甚？专等人家互借吗？而自己那一双青年团员儿女，又是只知道社里，不光顾家里的傻孩子。因此，他连儿女们以后的事情也不愿意操心了。这倒好，将来也省下分家时麻烦。这么想着想着，他就走进卖吃喝的饭棚里去。要了一壶酒、一碟牛肉、几块豆腐干，又要了一盘过油肉、四十个水饺，把身上带的钱全掏给那招待殷勤的饭棚的掌柜子兼跑堂了。

赵玉昌没有工夫也不敢到集市上闲逛，他就把他的杂货和酒坛子摆到庙院门口那些卖吃食的摊贩中间。刘元禄的婆姨杨二香遇到这种好日子，自然不待起火做饭，便从赵玉昌摊子上拿了几个枣泥馅饼子，坐到另一个卖粉汤、油糕的摊子跟前吃喝起来。

在一辆卖牛肉、驴肉的手推车旁边，在一个酒摊上，"酒鬼茂良"又喝起酒来。在农村里，赶会、看戏，就是喜庆大事，所以人们都穿戴得齐齐楚楚，打扮得漂漂亮亮。孙茂良虽然没有新缝下的单衣衫，他却有一件黑油闪亮的夹马褂子。那是土地改革时分下的。因为赵玉昌不要那马褂子，这才算没有换了酒喝。而孙茂良也就只好在夏天穿起这春、秋用的夹衣衫。为了不使汗水流湿那马褂子的前襟，他就解开了扣子，裸露出他那紫红色的毛茸茸的胸膛。

在这些忙乱的赶集的人当中，最忙的又要算郭春海、徐明礼、郝同喜几个人了。但也有最消闲的一个人，那便是郭春海的父亲郭守成。郭春海、徐明礼、郝同喜和几个乡、社干部们，一早起来就忙着招待了几拨由外村来参观的干部和群众。当他们引上客人们到他们的河畔井台和庄稼地里参观以后，就又忙着帮助剧团的人收拾好了戏台。而郭守成呢，却整整地在一个卖估衣的地摊跟前蹲了一天。

每逢赶集逛庙会，他是最喜欢到这些卖旧货的摊子上来转一转的。运气好的话，他会寻摸上一件又便宜又实用的东西。这时他先到卖破烂的杂货摊上转了一会儿，然后又转到卖估衣的摊子跟前。他看看这件东西的成色，又问问那样东西的价钱。他原以为这些破烂东西格外便宜，不料问了几次价钱，却是那样昂贵。后来他看中了一条半新半旧的棉套裤，就是那种没有裤腰，只用两条带子把两条裤腿系在腰里的那种套裤。因为他腿寒，要是买上这么一条半新旧的棉套裤的话，又能护住腿寒，也省下多穿棉裤了。

可是他和那卖估衣的争了几次价钱，也没有争出个长短来。卖估衣的开口要六元，他只出三元。他知道买卖人是漫天要价，专捉哄老实人，而

114

怕吃亏的郭守成也便来个就地还钱。果然，那卖估衣的就减了一角钱，说："那就五块九吧。"郭守成也便加了一角："那就三块一吧。"卖估衣的说："再让你一步，算五块八吧。"郭守成却说："那我也再添一毛，给你三块二吧。"就这样，一个说"八成新的货，不能再少了"；一个说"顶多只有三成新，不能再多了"。就这样，一个一次减一角；一个一次加一角。争到最后，那卖估衣的减到五块钱时，便说："一句话，要了拿上，再少就亏本了。"而郭守成呢，听着他每次往下减一角，加到四块钱时，也不肯再加了。

两家顶牛以后，卖估衣的人便去招揽新的主顾去了，而郭守成还不肯离开。他知道这些买卖人的毛病，当他看出你是实心要买时，他是不肯多让价的，你越是着急，他就越不肯让价。他便装出一副满不在意的样子，坐在一旁抽起烟来。他想：等到天黑收摊子，那买卖人卖不了，一定还会让价的。

那买卖人呢，自然也有他的打算。人常说：会买的哄不了会卖的。他早看出郭守成的心思了。如果他真嫌价高不想买的话，争过几次价以后，他早该走了。于是，那买卖人也装出一副满不在意的样子，招揽着新来的主顾，而且还故意在新主顾面前夸耀几句这条棉套裤的好处，想再有人来要时，郭守成就会加价的。但想买好东西又不想多花钱、以往和买卖人打交道时吃惯亏的郭守成，却决不肯再轻易上当了，任那买卖人说得天花乱坠，他仍是蹲在那里不动声色。

一直等到天黑收摊子时，那买卖人实在熬不过他了，便一面收摊子，一面又问了他一次。郭守成也便站起来，声明他最后只加两角，那买卖人也就只好一下子减了八角。这才以四元二角钱成了交。这时，郭守成自然乐了，他总算没有在这里白等一天，而买到那条又便宜又实用的半新旧的棉套裤了。于是他便一手交钱，一手拿货，而且急忙离开了估衣摊。因为他还怕那卖估衣的后悔了，再叫住他要加价。

郭守成刚回到家里，便高兴地告诉了他老伴这个好消息。并且立刻脱了鞋，他想在他老伴面前试一试这条刚买来的便宜的棉套裤。但他刚刚把左腿伸进去，就听到那套裤里嘶地响了一声，他心慌手抖地赶紧翻开那棉套裤一看，只见套裤的里子已经破开一条长长的裂缝……

天黑了，当集会上的大部分杂货摊都收拾起来，当大街小巷都随着黑夜降临而逐渐安静下来，当戏台上亮起了四盏明晃晃的汽灯，锣鼓声震天动地地响起来以后，人们就涌进庙院里看戏去了。

开戏了，庙院当中挤满了年轻的和上了年纪的男人，一个紧挨一个站着，严严实实，密密层层，谁想动一动也费劲。那些打扮得漂漂亮亮的姑娘、媳妇子们，还有那些老太婆们，就站在庙院的后边和左右两廊的台阶上，好像一个半圆形的花花绿绿的包围圈。看他们是多么高兴啊！紧忙了一春季，渡过了春荒，战胜了天旱，他们正该快快活活地看看戏啊！特别是那些相互间刚刚有了点意思，或是正在谈情说爱的青年男女，赶会和看戏又是他们最好的相会的机会。因为平时的劳动生产和家务事，占去了他们绝大部分时间，村里一部分老年人的闲言风语和眉高眼低，又妨碍他们自由自在地往来接近。农业社的人还能经常在一起劳动，或是开会、学习和娱乐；而没有参加农业社的青年男女们，就连照面的机会也很难得到。因而在赶会、看戏时，他们就怀着一颗火热的跳动的心，挤在戏场里，或是待在人群后面。

杜红莲今天穿了一件新缝好的白底红花衣衫，前响又在百货摊上买了一副粉白色的辫子绸带，她那两根长长的黑油油的辫子上，就好像飞起了两只粉蝶。她的脸虽是朝着台上，好像在看戏，但两眼却正往中间的人堆里瞅摸。说也奇怪，她一眼就看见了她的郭春海。真好像那些心爱的人之间经常有根无形的红线牵着一般，任你在多少人的场合里，一下子就看见了。看见以后，那两只眼睛里除了那心爱的人以外，就再也看不进什么东西了。

郭春海呢，今天穿了一身崭新的雪白衣衫，头上用两条白底蓝道的毛巾围了一个圆圈，更显出他那英俊的风度。他站在男人堆里，虽然不好意思回过头去往女人们那里看，可是一回头，他就碰上了杜红莲的热热的眼光。红莲笑了，还向他点了点头，春海心跳起来了，他就往后挤了一下，想挤过她跟前去，可是人们站得那样紧密严实，真费劲啊！他用力一挤，就摇动了身边的好几个人。这时候，站在戏台上维持秩序的武委会副主任刘元禄就大喊一声："不要挤！"他便不动了。但当他又回头看红莲时，红莲又笑了。春海就朝着庙院门口摆了一下头，红莲就笑着点了点头。

于是，春海就往外面挤。往戏场外面挤，要稍微容易一些，因为只要你说声"让让路，我要出去"，旁边的人就会高兴地让你过去，而他也好向戏场里前进一步。就这样，郭春海一面往戏场外边挤，一面回头看着跟他出来的杜红莲。他们又怕失掉联系，又不愿意让村里的熟人看出来。就一面慢慢地往出挤着，一前一后地互相看着。遇到人们拥挤得互相看不见时，心里就急得恨不能让眼里伸出两只看不见的长手来握着。

郭春海好容易先挤出庙门来，庙院门口也堆拥着不少人。在那些卖水饺的，卖馅饼、锅贴的，卖凉糕、粽子、凉粉的，卖肉丸子的，卖烧酒带牛肉的，或是熟驴肉的，还有许许多多的摊贩周围，一群一伙的人，正在那里一边吃喝一边说话呢！他站在庙院门口刚要回头找杜红莲，忽然听到酒摊子上有人叫了他一声：

"春海！"

郭春海回头一看，却是"酒鬼茂良"。孙茂良穿着那件黑油闪亮的夹马褂子，敞开着胸怀，一手提着一把酒壶，一手拿着一个酒盅，看来，他又喝得不少，脸也红了，满口喷着酒气。人常说：一人不喝酒，二人不赌钱。他也正觉得一个人喝闷酒没意思，恰巧就看见郭春海出来了。

"春海老弟，来，喝两盅，我请你喝。一春季，多亏咱农业社把我拉扯过来，也多亏你老弟帮忙。眼看过了端午就要开镰割麦，多日没闻见酒香了，今日可让咱们痛痛快快地喝一顿吧。"

郭春海真是心焦啊！为什么偏在这时候碰上"酒鬼茂良"呢？他就说：

"不行，茂良哥，我有事，再说我也不会喝酒。"

孙茂良还以为春海客气，就站起来叫道：

"来吧，自古烟酒不分家，不能多喝就少喝两盅。有什么事？今晚上又不开会，又不浇地。来，快过来，喝两盅。"

郭春海哪有心思听他胡缠，眼见杜红莲已经出了庙门，而且她也没有往这边看，就一直往村西走去。他就对孙茂良说："今日我真有事。"便急忙往村西去了。

孙茂良没有叫住郭春海，便又回到酒摊上来。他刚转身，忽然有一只手碰了他一下，他回头一看，只见赵玉昌笑嘻嘻地对他说：

"不要叫了，人家今晚上有好事，哪顾得上和你喝酒！来，老哥陪你喝两盅吧。"

一见是赵玉昌，孙茂良心里就冒火。自从他和赵玉昌算了酒账，让赵玉昌退给他换了酒喝的粮食，赵玉昌就再也不赊给他酒喝了。孙茂良一直困了一个多月，好容易等到如今，农业社因为过节赶会给预支了几个零花钱，才算又痛痛快快地解了一下酒瘾，还能让你来讨便宜？哼！没有钱赊酒的时候，孙茂良会低声下气地求你，如今有了钱、有了酒，孙茂良还怕甚！他就拍着胸脯说：

"我这酒也不是赊的，现钱交易，先给钱后喝酒。"

赵玉昌一听这话，就咬牙说道：

"好，有了新投主就忘了旧靠山啦！往后有现钱也不卖给你酒了。"

孙茂良也气恨地说：

"老子有钱也不买你的酒啦！要是世界上就剩下你一家卖酒的，老子这一辈子也不喝了。"

赵玉昌还想耍耍旧威风，就指着他叫道：

"孙茂良，你小子不要嘴硬！"

孙茂良可不吃他这一套，把酒壶往小桌上一摞，就挽起袖子来。赵玉昌一看不妙，知道这酒鬼喝醉酒什么事都干得出来，便说声："好，算你厉害！"赶紧溜走了。

赵玉昌原来并不打算和孙茂良喝酒。他收拾了摊子以后，就买了一包牛肉，带了几个枣泥馅饼子，又到戏场里来绕了一遭。看见刘元禄在戏台上维持秩序，一时不会回去，他就想到刘元禄家里找他的杨二香了。但他刚出庙门，恰巧看见郭春海也出来了。赵玉昌平时最恨他，也最怕他，便在庙门口躲了一下，随后看见杜红莲也出来了。赵玉昌见他俩一前一后地往村西走去，就想起防霜时刘元禄说的话，想起村里的风言风语了。他本想引逗一下孙茂良，让这冒失鬼往村西去追赶郭春海和杜红莲，不想却受了孙茂良几句顶撞，就只好亲自往村西走去。

但他刚走了几步，看见郭春海和杜红莲两个黑影往河畔杏园那面走去，又不敢追了。他怕郭春海看见他，或是万一遇上别人，那就连自己的身子也护不住了。当他返回身来，偷偷摸摸、挨墙擦壁地走到刘元禄家门口时，他已想好了一个主意。看看左右无人，他便推门进去，溜进杨二香的住屋后，回手就关住屋门，妖婆杨二香也就立刻吹灭了灯。

第十五章

郭春海和杜红莲离开戏场，出了村子，就沿着田间小路，相跟着往汾河岸旁的杏园走去。

戏场里的锣鼓声步步远去，听不见了；村里的点点灯光也渐渐模糊，看不清了。那一片高高低低的房屋和一丛丛树木的影子，也不知不觉地为夜色吞溶，最后，就剩下村当中大庙里的那一对钟、鼓楼的黑影，还高高地衬在黑蓝色的天幕上。在村庄的西面，在那遥远的西天边缘，隐隐约约可以看见一条吕梁山峰的起伏不平的黑线。在那无边无际的黑蓝黑蓝的天空中，一弯新月和无数眨眼的星星，正把一片光华铺洒下来。有时候，你看见她们是那么高、那么远；有时候，你又会觉得她们是这样亲近，好像她们正在笑眯眯地看着你，也为你高兴一样。

初夏的田野里，麦子快熟了，高粱和玉茭子的嫩绿的苗子，正在发着沙沙沙的声响，抽叶拔节地生长。在那宽阔的汾河岸旁，在那弯弯曲曲的渠堰上，一丛丛、一行行的杏树、果木和杨柳，也安详地垂下她们的枝叶来，让那眉月在河渠的水面上画下条条的影子。初夏的夜晚，在这晋中平川的田野里是多么舒爽！一阵轻风吹来，那快熟的麦穗和那麦黄杏、夏沙果的清香就融合在一起，轻盈地在空气中飘动。一会儿飘到河东，一会儿飞到河西，一会儿又扑进杏园，流到了郭春海和杜红莲的心里。

这一对年轻人的心里是多么清爽，多么快活！郭春海经过一场紧张的解决缺粮、退社和抗旱斗争之后，刚才又从那嘈杂烘热的戏场里出来，和他心爱的人走在一起，就好像在炎热的夏天刚刚割完麦子，跳到清凉的汾河里游水一样。杜红莲呢，自从防霜那夜和郭春海在一起摆了一阵火堆，又向郭春海报告过一次偷运粮食的消息以后，还没有好好地和他在一起说说话哪！在家里憋闷了多少天的杜红莲，也就像困在干滩上的鱼儿游到河里，游到大海里那样。他们两个人便无拘无束、自由自在、没天没地、没边没缘地说起话来。想到哪里就说到哪里，一会儿从看戏说到赶会，一会儿又从村里的事情说到农业社的优越性。轻风笑语，伴随着他们走进了香甜幽静的杏园里。

但是，当他们坐到一株杏树底下，深情火热地相互看了一眼之后，刚才那些快活的闲话竟忽然间没有了。他们都觉得应该说说他们自己的事情了。但当他们觉察到这一层时，竟反而谁也不言语了，一时仰面望望头顶的杏树，一时又低头看看脚下的青草。他们突然间又感到杏园里寂静得有些沉闷了。这时候，风也停了，眉月隐入了云层，汾水的欢笑的浪花也好像休息下来一样，变得柔声细气了，连青蛙也不知躲到哪里去了。在这宁静的杏园里，他们只能听到自己的心跳声。

郭春海见杜红莲好一会儿了还不言声，自是着急，可是更着急的却是他自己也一时想不起先说什么话来。忽然，他觉得嘴里有一股苦咸味，用手一摸，才发现是一条汗水流了下来，他就解开头上围的毛巾，擦了擦汗水，两手又用劲拧起那块毛巾来。过了一会儿，他看见杜红莲也用手搓揉起她的两条辫梢，便心急胆大地用肩膀碰了她一下。红莲虽然没有躲闪，可也没有言声，只是把一双长辫子往身后一扬，抬起头来看了他一眼。当她看见郭春海那深情的眼睛和那真情着急的样子，心里就像烧起火来。可是，当她一想到她后爹和她母亲要把她嫁给周和尚，她又突然低下了头，把一双长辫子垂到胸前，恰似一朵看不见的愁云，飘浮在她的脸上眉间。

杜红莲的后爹和她妈妈虽然早已给她和周和尚暗定了终身，但从来还没有对她明说过。她虽然也影影糊糊地觉察到他们有意撺掇成全他们，但她却从不在意，她以前也还没有认真地想过这事。可是今日早晨，当她刚吃完饭，正要进上房告诉她妈去赶会时，忽听见她后爹在上房里对她妈说："……给红莲扯两身衣衫，收完夏也好跟和尚成亲。"

一听这话，她立时便气得跑出家门。想不到他们真要她嫁给周和尚，而且也不和她商量，便定了收完夏就成亲。一想到周和尚，她就想到周和尚那老实到有些呆气的样子。和他在一起时，痛快话没有一句，总主意没有一个，着急时，是呆呆地发愁，高兴了，就会看着她憨笑。生性活泼的杜红莲怎么能和一根榆木疙瘩生活在一处呢？和他在一起时，只觉得心头压了一块东西，窝闷得透不过气来，真是气他不是，可怜他又不是。而她最看不起他的，是他从来不问村里的事情，更不用说国家大事了。除了跟着他爹到地里种地、锄草、收秋、打夏，就是回到家里担水、铡草、垫圈、出粪，好像他爹手里的一头小牛和一件农具。嫁给他，整天地拴到锅台上，拴到猪圈、牛圈、"人圈"里，单知道吃、喝、睡觉、死受苦吗？一个青年团员，还要为村里、为社会主义事业做一些事情呢！反正政府有婚姻法，不兴父母包办婚姻，自己死不愿意的话，他们也不能把自己硬填到他屋里。

杜红莲对于她那顽固厉害的后爹并不害怕，她倒是有些可怜她那软弱无能的妈妈。可是，妈妈苦了一辈子，难道也要自己苦一辈子吗？新社会比不得旧社会了。女人不由他们任意摆布了，自己爱谁就嫁给谁。主意一定，她就立刻想到郭春海。自从那年正月十五闹红火以后，这些年来，她总是常常想到他。虽然她心里还不敢断定是不是就爱上他，但不见他时，却老是想见他；而和他在一起时，心里就觉得快活。今春防霜的那天夜里，她就想过：和他在一搭儿动弹多痛快啊！要是能常这样在一块儿就好了。特别是那天解决缺粮、退社和动员抗旱的大会上，她真觉得他就是顶天立地的英雄好汉，一霎时就把那么悬心的大事解决了，而那高高大大的郭春海也就立马走到她的心里来，重重地沉在她的心底，牢牢地拴在她的心上了。同时，她也觉到郭春海对自己好，可是，眼前他又为什么老是不开口呢？谁晓得他心里到底是什么主意呢！

郭春海一见她这犯愁的样子，便猜想到是因为她和周和尚的事。防霜以后的一天夜里，老社长徐明礼突然找他谈了一次话。开头，徐明礼转弯抹角地劝他要注意自己的威信，要顾及农业社的影响，后来就直告他说："周有富从娶红莲妈过门时，就打好的这主意，恐怕不会轻易打消，小心闹出事来。"郭春海听了这话，心里只觉得一时慌乱虚空，一时又憋闷得难受，半天也说不出一句话来。徐明礼见他那样子，便劝他另找一个对象，还要帮助他介绍，他当下就拒绝了。几年来，有好几个亲戚朋友到他家来说媒提亲，他都没有应承。他妈曾着急地为他寻问了好几个漂亮的姑娘，他却连相看都不去相看。他眼里只要看准了一个人，心里只要有了一个人，就再也不去想另外的人，哪怕那个人再好，也钻不到他心里来了。

有时他也想过：杜红莲的后爹周有富会不会轻易打消那多年来谋好的主意？他也担心杜红莲在这顽固厉害的后爹和可怜的妈妈跟前到底会怎么样。想到红莲虽然对自己有些意思，可她是念过书的女学生，谁晓得她心里究竟是什么主意呢？但不到最后他是绝不死心的，就是最终不成，他也绝不后悔伤心。

于是，他便决定等办好农业社，等收了夏扩大农业社时再说。而当时，在那紧张的抗旱斗争和春耕播种时期，也不允许他谈论这事。今天晚上呢，这不是一个最好的机会吗？但他正想提出他们的婚事，突然又想到老社长徐明礼劝过他的话：要注意农业社的影响，不要闹出事来。因而他又想不如先让她入社，可是她后爹不入社，要她一个人出来到哪里停站呢？光明正大的自由恋爱究竟对农业社有什么不好的影响？难道就因为周有富不是农业社员，就应该向旧势力低头吗？他想应当把自己的心事告诉她了。特别是当他看到杜红莲那犯愁的样子，更觉得不能再等了。他不忍心让自己心爱的人难受，而自己憋了满肚子的话，也实在是憋不住了。他就咳嗽了一声问道：

"听说你后爹要你跟周和尚成亲，是真的？"

杜红莲说："真的。我后爹说，收完夏就要……"

郭春海一听这话，先是心里一慌，随后又心跳地问道：

"那，你的意见呢？"

想不到杜红莲也反问他道：

"你说呢？"

他怎么回答呢，只好说：

"这是你自己的事情，要你自己拿主意。"

杜红莲因为自己虽有了主意，但还不知道他是什么主意，所以就这样说道：

"你这支部书记就不能帮助人家出个主意？"

郭春海说："我说了，也简单。你愿意，就嫁给他，也省下许多麻烦；你要不愿意了，咱们再想旁的办法。"

"想什么办法呢？"杜红莲又紧接着问道。

一听她这问话，郭春海心里只觉得有希望，有信心了。真正的爱情会使人更加聪明，任何一点暗示，都会给人以莫大的勇气。他便抬起头来看了她一眼，当他看见杜红莲也看了他一眼时，他的心立马就热腾腾地跳动起来，紧接着就用力把手里的毛巾揉作一团，出口叫了一声：

"红莲！"

杜红莲听他突然叫了一声自己的名字，也是一阵心跳，两只手便更紧地抓住自己的两只辫梢。

春海也是两眼直直地看着她那两只辫梢，心急口快地说道：

"我想和你说一下咱们俩的事情……"

"你说吧，我听你的……"红莲只是轻声应道。

春海说："论文化，我比不上你……"

"论工作，论人品呢？"

"我也有不如你的地方。要是你愿意了，收了夏咱们就……"

听到这里，杜红莲便急忙闭住眼睛，点了点头。她早盼不得他说这句话呢！这时候，她只觉得心里一阵轻快、一阵火热，随后就觉到双手被两只滚烫的大手紧紧地握住了。

宁静的杏园里又飘起一阵轻风，杏树的叶子因互相挨擦而发出簌簌的响声，汾河的流水也轻声地唱起歌来。在那黑蓝黑蓝的天空中，一弯眉月和那几朵白云也好像在互相依恋着行进似的。一会儿，白云追上眉月，把她拥抱在怀中；一会儿，眉月又挣脱白云，露出她那妩媚的笑容；一会儿，那眉月娇羞地钻入云层，让那白云把她裹紧；一会儿，她又快活地游出云层，把她那银色的光亮从飘动的杏树叶子的缝隙里洒漏下来，就好像树上熟透了的杏儿，一颗一颗、花花点点地飘落下来一样。

这时两人的心里是多么轻松、多么舒畅、多么香甜、多么幸福啊！他们一时紧紧地靠在一起，一时又眼睁睁地互相对看起来。郭春海看着杜红莲，好像他第一次看见她的眉毛是这样秀气，眼睛是这样大而明亮，那一双长长的辫子又是这样惹人喜欢。今夜晚，在这银色的月光下，在郭春海的眼睛里，她是多么漂亮，多么动人！杜红莲呢，也好像才看到郭春海的眉毛是那么浓黑，眼睛是那么火热，肩膀又是那么宽厚有力，她怎么也舍不得离开他了。

如果离开他，她就会觉得失掉了依靠，没有了力量。

他们就这样互相看着，好像是今夜晚初次相见，又好像永远看不够一样。好一会儿了，杜红莲才突然说了一句：

"我们早点认识多好，我要是现在还在南村多好。我听我妈说，我那亲爹才是个好人哪！"

"你妈也不赖呀！"

"我妈当然好，就是有一样，她为甚要嫁给周有富呢？"

"不要怪怨你妈。在旧社会里，一个寡妇又能有什么更好的路子？找个好人家，不愁吃穿罢了。再说，你妈也是为了你呀！"

"为我？我才不稀罕这种有钱人家哪！我要是生在王连生家多好，多痛快，多自由！"

"不要说那些没用的话了，我看现在我们这样就挺好。只是我多么想让你早点入社，快点入社啊！我早就谋划上：社里成立个农业技术改革小组，那时你能参加进来该多好！你有文化，咱们又能常在一块研究。种上块试验田，咱们一块儿到地里……"

"我也恨不得咱们早些到一块儿动弹，要是咱们社里有了拖拉机才更好哪！咱们俩一块儿学习开拖拉机，一搭儿坐在拖拉机上，开上拖拉机耕起地来，呼呼呼一溜风，割麦子，沙沙沙一大片，叫他们在后面拾麦子，追都追不上，那有多美气、多痛快！"说着说着杜红莲就仰面笑起来了。

"好，县委李书记说过，只要咱们把农业办好，麦收以后把农业社扩大了，土地连成大片，就给咱们拖拉机。到夏收扩社时，如果你爹愿意入社，答应咱们的事了，更好；要是他不答应了，我看你就干脆到我家，咱们就……"

杜红莲听到郭春海最后那几句话，先是心跳地看了他一眼，随后就急忙低下头来，不等他说出那两个幸福的字来，就一头靠在他那宽厚火热的胸膛上，郭春海也就突然使劲地抱住她，在她脸上亲了一下。

正在这时候，汾河桥上突然有谁叫了一声：

"你怎么快半夜了才回来？"

另外一个人就接着说道：

"快不用说了，你当我心里不急？今前晌我刚从庙会上回去，我舅舅就硬叫我进城办货，来回四十里，我怎么赶也赶不回来呀！"

"明天可不要再给他进城去了，好容易碰上一回庙会……"

"我听你的，明天我是说成甚也不去了。"

"快回村里去吧，看把你累得，饿得，唉，今晚上是看不成戏了，约莫戏也快散了。

他俩听出这是孙玉兰和任保娃说话的声音了。自从那天晚上任保娃把孙茂良背回他家去以后，他们俩就好起来了。今天上午赶会时，他们约好晚上一块儿看戏，不料晌午吃饭时，赵玉昌却硬要任保娃进城办一趟货。孙玉兰在戏场里找不到他，打听到他进城去还没有回来，便直直地在汾河桥上从天黑一直等到半夜三更。

郭春海和杜红莲看看天色也不早了，该是散戏的时候了，便站起来，相跟着走出杏园，顺渠堰往村里走去。离开杏园时，他们又约好明天晚上看完第一出戏后，还到杏园去说话。春海和红莲刚走到村口，忽然碰到一个人。他俩抬头看时，才发现是王连生。

王连生笑着问道：

"啊，是你们俩，到哪里去来？"

红莲一扭头：

"不告你。"

"你不告我，我就去告你后老子啊！"

"告我亲妈也不怕。"

"你不告我，我可不管你们的事啦！"

郭春海说："刚才我俩在杏园说话时，还说要请你帮忙哪！"

王连生又笑了：

"这不对了。你不告给老哥，老哥也看见了。"

郭春海想岔开话题，就问他：

"没有看戏去？"

满心欢喜的王连生还想和他俩耍笑一下：

"我没有看大戏，却看了一出小戏。"

红莲有些害羞了：

"连生叔就爱逗笑。"

王连生这才收住笑说道：

"好，说正经话，我哪有心思看戏，眼看咱社里的麦子长得那么喜人，要是有坏人乘机破坏一下，咱们可受不住。我就到村外巡查了一遍。不想没有在杏园里碰见你们，倒在村口遇上你们了。怎么样，甚时候请老哥喝喜酒哪？"

郭春海说："到时候短不了你就是了。我们想等到麦收后扩社时再说。最好是好商好议，先动员她后爹入社，然后再劝他答应这门亲事。要是他死不入社，硬要拦挡我们的事情，那就干脆到乡政府登记。反正红莲又不是他家人，她妈后嫁时，也没有说成把她随带给周家，改了杜家的姓。"

王连生也帮着他出主意道：

"要是周有富死不入社，不答应你们的亲事，我看就干脆先让红莲带上她的那份土地入社。她出来没地方住了，就先到我家住着，再从我家嫁到你家，这不就对了？如果你不嫌弃老哥，我还可以当个媒人带送客，喝你双份喜酒。"

郭春海心里一阵滚热，真感激王连生这么实心实意帮助自己。

"好，收完夏扩社时再商量着办吧。到时候一定请老哥帮忙。"

王连生和郭春海、杜红莲分手以后，心里也是一阵高兴。王连生虽然人穷，却有一副热心肠，别人的事情就和他自己的一样。别人有什么好事时，他也一样高兴。他回到村里，走在街巷里还低头思谋着麦收以后怎么办这事，忽然间，一脚碰在墙拐角上，抬头一看，这正是个拐弯处。他一转身，又见一个黑影一闪，黑影刚要闪身往大门里躲避，他就大喝一声：

"站住！"

那黑影听到喊声，只好停站下来。

"什么人？"

"我。"

"谁？"

"赵玉昌。"

一听是赵玉昌，王连生立刻靠住墙，握紧他巡田时带的那根棍子叫道：

"举起手来，往前走五步！"

赵玉昌只好从大门洞里出来，像乌龟爬一样，向前移了五步。

王连生见他没有带什么家伙，这才又向前走了两步问道：

"黑天半夜你到这里来干甚？"

赵玉昌一阵窝火，心想真是冤家路窄。他原是刚从杨二香那里出来的，刚才杨二香出来开门看时，只说巷里没人，不想一转眼从拐弯处冒出个王连生来。他一见有人，又想急忙再躲进去，不想人家已看到自己。于是，他就顺口说了一段他早就编好的口供：

"刘元禄让我在赶会时给他汇报我的情况。他怕我趁赶会又投机倒把，不过我早就改造好了。"

王连生又厉声问道：

"为甚白天不汇报，要等到黑天半夜？"

赵玉昌说："白天找不到他呀，干部们为人民服务，真够忙，真辛苦啊……"

王连生虽然疑心未解，可是眼下也没有抓到什么把柄，便训诫他道：

"快回去吧，以后再不许晚上乱串了！"

赵玉昌一听王连生放了话，就连连点头哈腰，嘴里应着"是，是，是"，两腿早往后退了几步，然后便闪身转过墙拐角，一面慌忙往自己铺子里走去，一面发恨地想道：

"哼！真是翻了天了，穷小子也训开大掌柜了。好，今晚上先让你神气一会儿，到明天晚上再看你们还神气不神气！"

第十六章

　　第二天后晌，还没有开戏，刘元禄就早早地走进戏场。他腰里吊了一串绳子，脸上的气色也和往常不同。他迈开大步，摇晃着肩膀，先在戏场里转了一遭。陆续进来看戏的人，都是有说有笑的，各自找着看戏的好地方，独有刘元禄瞪着圆眼在戏场里转来转去。本村的人们看见他那架势，虽然觉得有点异样，但总是见惯了，也不以为然。外村的人还当他喝多了酒，到戏场来耍酒疯呢，所以见他走过来，就躲让一步；别人一给他让路，他就更神气了。

　　刘元禄为什么今天这样神气呢？因为昨晚上他看完戏回家后，他女人杨二香就按照赵玉昌告她说的意思，把郭春海和杜红莲到野外的事，添油加醋地对他说了一番。他当时也认为是一个整治郭春海的好机会。"这一回总可以拿他一手。给他抹一脸灰了。"后来，两口子又商量好办法。今后晌他就带着绳子来到了戏场。吃晌午饭时，他女人杨二香又到赵玉昌那里打来半斤烧酒，给他壮了壮胆子，借着酒兴，他也就更加洋洋武武了。他一心想着今晚上要把郭春海和杜红莲捉住，捉住以后，一定要大闹一场，乘着麦收时节，耽误几天，就会影响夏收，影响扩社。刘元禄最怕农业社扩大，他只想着农业社如何垮了台，或是退社的人多了，他才好顺水漂船出了社，走自己的生财之道。就是这一回农业社还跨不了，那么郭春海的支部书记也就当不成了，农业社的事也就再不由他作主了，单剩下老社长也就好摆调了。

他在戏场里转了一遭，就大摇大摆地走上戏台去。

刘元禄是杏园堡乡的武委会副主任，原确定他负责维持戏场的秩序，于是他也就摆出一副认真负责的架势来，眼睁睁地注视着台下。一会儿看看郭春海，一会儿又看看杜红莲。可是第一出戏快要唱完了，还看不出他俩有什么动静，正在他心急火燎、无可奈何时，忽见杜红莲往戏场门口走过去了，又看郭春海时，也从人堆里挤出来了。他心里叫了一声"好"，立刻就跳下台来，跟出戏场。

他到了戏场门口一看，郭春海和杜红莲已经走出戏场，往村西南走去。他正想瞅摸个合适的人去捉住他们，恰巧就看到了戏场门口酒摊旁边的孙茂良。他就高叫一声：

"茂良哥，快去跑一趟吧，今晚上可有个好差事！"

孙茂良这时又喝得有些云云雾雾、晕晕乎乎了。要是平常时候，别人说有个什么好差事，他总要抢着去凑热闹的，但只要有了酒，那就什么好差事也吸引不动他了。他左手举起酒盅，右手提上酒壶，睁开一只眼睛说道：

"什么好差事？再好的差事还有这东西好？来，元禄哥，你也来一盅吧！"

刘元禄一面叫孙茂良，一面眼望着郭春海和杜红莲的背影，眼看着就看不见了，他心里真是着急，就大声喝道：

"孙茂良，快走！你又是社员，又是老民兵。我是武委会主任，又是副社长，现在有要紧事，要你立马走一趟！快走！"

不想孙茂良却不吃他这一套。孙茂良这人，有个叫驴脾气：顺毛摸了，怎也行；戗着他了，翻脸不认人。听着刘元禄拿大帽子唬他，他便把酒壶往地下一摔，破口骂道：

"我见过个主任、社长！你诈唬谁！你不要在老子跟前摆你那臭架子，抖你那狗威风。有什么要紧差事老子也不去。不要说你还是个芝麻官，就是天王老子来也不能耽误了老子喝酒！"

刘元禄一听这话，自然是火上加火，本想再骂他几句，又怕耽误了捉人。这时，郭春海和杜红莲的身影已经看不见了，他只好决定亲自出马。但他正要动身追去时，忽又想道："自己一个人去了，要是捆不了他俩，叫他俩跑了呢，连个人证也没有。要是他俩再反咬一口，说自己诬赖他俩的话，这场官司可就打不清了。"

刚才,他就是想让孙茂良去捉奸,他再装着去巡田碰上他们。可是那该死的孙茂良却偏是不听他的话。他便急急忙忙往戏场口走了几步,正焦急着想找一个帮手,刚巧又碰上一个人要进戏场,刘元禄一看是杜红莲的隔山哥哥周和尚,便一把拉住他说:

"周和尚,快跟我走一趟,有件要紧公事!"

周和尚一听说要派他出差,心里就犯愁,便嘟嘟囔囔地央告起来:

"你重派个别人吧,或是我改天再去。今晚上好容易我爹放了话,让我来看一会儿戏……"

刘元禄心里急得恨不得立马追上郭春海,哪里肯听他啰唆,好在周和尚为人老实怕事,刘元禄就拉下脸来咬着牙说:

"我是武委会主任,你是民兵,你要服从我的命令。眼下有一趟要紧公事,你耽搁了公事该当何罪!"

周和尚只得在嗓门儿里咕噜了一句:"算我今晚上倒霉就是了。"便跟着刘元禄往村西走去。

出了村子,刘元禄看不见郭春海和杜红莲到了哪里,心里非常焦急。站在三岔路口四处张望,眼睛瞪大也望不见哪里有人。村外是黑乎乎的一片,在那一片麦田中间,间或有一丛丛的树林,再往河边看去,是一片黑密密的杏树林子。

一看见杏园,刘元禄好像一下子找到郭春海似的,他猛然想起防霜时他们到过杏园里,今晚上也有八成又是到那里去了,便照直向杏园走去。

周和尚见刘元禄在三岔路口犹豫了半天才往杏园走,就问他:

"咱们这是到哪里去,到底有什么要紧公事?"

刘元禄怕说漏了,周和尚不去,就哄他说:

"有人报告说杏园里有人偷杏,杏园里不是还有你家的几苗杏树?咱们民兵的任务就是保卫生产。今晚上抓住小偷,一定给你记功。"

周和尚却说:"我也不要功,我也不怕丢杏。要是这么点小事,元禄哥,我求你还是让我去看戏吧。你知道我爹管得我挺严紧,夜晚上,我就没看成戏,叫我紧铡了一夜草,我爹要把收麦那些天的草都铡便宜。好容易今天才放我出来看戏……"

刘元禄一面往前走，一面不耐烦地说：

"就知道看戏，要看戏，明日不是还有一天一夜戏嘛！"

周和尚说："明天还不知道我爹又叫我干甚呢！"

刘元禄生气地说：

"老是你爹长你爹短，你爹的话就是圣旨，我的命令就当耳边风！"

周和尚说不过他，就低声发牢骚：

"捉偷杏的小偷也算什么要紧公事……"

刘元禄听着他发牢骚，自然心烦；又想，一会儿就到杏园了，到那时，又再怎么对他说呢？忽然间他想起周有富曾有意把杜红莲嫁给周和尚，倒不如老实告了他，激激他的醋劲儿，于是就拍了一下他的肩膀，笑了一声说：

"周和尚，老实告诉你吧，我是有意派你出这趟差的，也是有心替你打抱不平，为了成全你的。郭春海把你妹子杜红莲拐到杏园里丢人败兴去了。"

周和尚一听这话，只叫了一声："真的？"就呆愣在那里了。心里一阵冰凉，一阵难过。

对于他和红莲的亲事，他原初就没有信心。他记得还是红莲刚到他家来的时候，听说他名叫和尚，便笑着说："倒是个道士！"因为红莲不喜欢他的名字，他竟难受了几天。为此，他还给红莲解释过，说这是因为父母生下他来，怕不好管，才起名叫和尚的，但杜红莲却不在意。自此以后，周和尚就觉得这个新来的妹妹虽好，只是和自己没有缘分，而且性情也不合。杜红莲常好到杏园或河滩里玩耍，而周和尚却常是窝在家里。后来，他父亲告诉他，要他和杜红莲成亲，并要他多和他妹妹亲近，他就只害怕弄不成，但是父亲的话不能不听，他便常常寻找着机会帮助红莲干活。杜红莲见他虽然忠厚老实，对自己也是一片好心，但总觉得和他在一起别别扭扭的，还不如一个人自在痛快，所以有时竟躲着他。

今后晌周和尚的父亲让他找红莲一起去赶会、看戏，杜红莲就不愿意和他相随。周和尚原以为她只是不愿意和自己在一起，不想她早有了别人。

刘元禄见他只是站在那里发愣，便催促他道：

"还愣怔什么，快走吧！捉住他们，叫他们弄不成，还不就成了你的了？

你怕什么，你就是弄不成，也解解气呀！"

周和尚一听说要他去捉妹子，又作难了。总是整天碰面，一个锅儿吃饭的人呀，这怎么下得了手呢！再说，这事情抖搂开了，将来怎么办？要是叫父亲知道了，又会怎么说？想到他父亲对这事还不定是什么态度，他就不敢再走了。

"元禄哥，你饶了我吧，我，我……"

刘元禄见他连点醋劲儿都没有，心想："真是个窝囊废。"但眼下又再找不到旁人来做证，心里一时着急，一时发恨，便瞪起圆碌碌的凶眼，咬牙切齿地问道：

"怎么，你当民兵不服从命令？讲私情，要包庇，胆小怕事，你这罪就不轻。好，你不去了我就先捆起你来，送到你庙上。抬起手来！"

周和尚一听这话，又害怕起来。他也不说走，也不愿意束手就绑，真是进退两难，前后不得。刘元禄看见他害怕了，就推了他一把，低声恨气地吆喝了一声：

"快走！"

走到杏园跟前，刘元禄躲到一株杏树后面察看了一下，看见靠汾河岸旁的一株杏树下坐着一男一女。他就拉上周和尚，弯下腰往汾河畔紧走了几步。周和尚看到那一对青年男女的背影，心里一阵紧张，由不得就咳嗽了两声。一听周和尚咳嗽，刘元禄只怕坏了自己的大事，便踢了周和尚一脚，伸手拿出绳子来，冲着河畔大叫一声：

"不准动！"

可是，当那一对青年男女站起来，回过头，瞪起两眼看他时，刘元禄才惊奇地看清楚，怎么是任保娃和孙玉兰？

也就在这时候，猛然间，像从地下冒出两个人来似的，对着他叫了一声："你也不准动！"跟着就有两只手抓住了他握绳子的右手。刘元禄慌得倒退了一步，定睛看时，却做梦也没有料到是王连生和老社长徐明礼站在他的面前。

昨夜王连生碰见赵玉昌从刘元禄家出来以后，跟着就报告了郭春海和徐明礼。他们研究了一会儿，除了赵玉昌勾搭杨二香这些肮脏事以外，一时也想不出还有什么其他名堂，今天白天也没有看出赵玉昌、杨二香和刘元禄有什么动静。晚上看戏时，他们也都在戏场里，就是刘元禄跳下台来，出了庙院，王连生也还不敢断定刘元禄要干什么去。后来听见刘元禄和孙茂良吵架，又看到他威逼上周和尚到了村外，王连生就犯疑了。他又想起那天早晨他在村口看见那两辆大车进城时，刘元禄曾拦挡过他的事，那一次自己过分相信了他，这一次可不能大意了。他便急忙叫上老社长，暗地里跟了上来。快到杏园跟前，两人就猜到几分了，直到刘元禄拿出绳子来要捉人，王连生和徐明礼才算是完全明白了。他们就一齐大声喝住刘元禄：

"你要干什么？"

刘元禄起先被这突如其来的闷棍打得愣怔了一下，但随后一想，既然已经走到这步田地，那就只好硬着头皮顶他们几句：

"他们不在庙院里好好看戏，跑到野地里勾引社外的群众，破坏咱农业社的名誉，怎么，不该拿办他们？"

王连生一听这话，便生气地质问他：

"人家光明正大地自由恋爱，怎么是勾引群众？怎么就破坏了农业社的名誉？要是别人反过来说你破坏《婚姻法》，生硬往好人脸上抹灰，趁着赶会、唱戏，趁着开镰割麦，故意挑事生非呢？"

这几句话虽把刘元禄问了个目瞪口呆，但他既不肯认错，又不服王连生，便赌气问道：

"我怎么故意挑事生非？丑事明摆到那里，你们都不过问，反过来倒要说我。怎么样，这事你们倒是管不管？"

徐明礼只怕他俩争吵起来，反把事情闹大、闹坏，便一手拉住一个人，想按下这场风波。

"算了。王连生少说两句，刘元禄也不要嘴硬了。你不正经在戏场里维持秩序，你管人家这事干甚！好啦，谁也不要再说了！"

这时，正巧郭春海和杜红莲还有青年团支书许来庆也一齐走过来了。今天后晌在庙院里看戏时，郭春海想到昨夜王连生巡田的事，以及王连生报告了赵玉昌从刘元禄家出来的事，他就告诉杜红莲，今晚上他要和许来庆巡田。杜红莲也一定要跟上他们巡田。于是，他们三个人在麦地里巡查了一遍，听到杏园里有人说话，就一齐走过来了。一看这阵势，听了他们刚才说的话，自然也就明白了。徐明礼看见他们三个人相跟着走过来，又奇怪、又高兴地问道：

"你们到哪里去来？"

郭春海说："巡田。听到这里有响动，就巡过来了。"

老社长高兴得连声说：

"好、好，这就好。这就什么事也没有了，都回村看戏去吧。"

郭春海和杜红莲瞪了刘元禄一眼，又瞟了周和尚一眼。自然猜疑到他们原是冲着他俩来的。既然如此，他俩就理直气壮、光明磊落地紧紧相跟上，从他们面前走过去。若是平时，他们在熟人面前，不但不好意思紧紧相随，甚至羞于走在一起。眼前，他们竟好像故意和刘元禄、周和尚挑战似的，紧紧相随着，并且叫了声"来庆"，又叫了声"保娃、玉兰"，随着大声说道："走，回村看戏去吧！"说着，就大大方方地走出了杏园，沿着悠悠流水的汾河畔，走回村里去了。

刘元禄看见他们双双对对大摇大摆地走去，心里恨得直想长出牙来；周和尚见杜红莲瞟了自己一眼，真想低下头去钻到地缝里，心想：往后可怎么见面？叫父亲知道了又怎么办呢？

徐明礼见他们走后，眼看这件事总算平平安安过去，没有闹起来，便想最后了却这桩公案了。

"我看这事情就这么算了。就当没有这回事罢了。以后谁也不能再提，更不许张扬出去，要是张扬出去，我想对他们倒正好，说不定提早成全了他们的好事；可是对你们，对咱农业社又有什么好处呢？好吧，都快回去看戏去吧。"

刘元禄像吹圆的猪尿泡被戳了一刀，泄气了，只是无可奈何地唉了一声；周和尚一听说不让张扬出去，这才把一颗慌蹦乱跳的心安顿在原位上，随后就慌急问了一声："没我的事了吧？"老社长说了一声"没有了"，他扭头便跳下渠里，三步并成两步，顺渠往村里跑去。

周和尚回到村里，听见庙院里的锣鼓声正响得热闹，他就走进戏场里看起戏来。但他两眼看着台上，怎么忽然间竟觉得那台上的演员好像是杜红莲呢？而且刚才杜红莲那一双恼怒的眼睛又怎么老是看着自己呢？他就急忙低下头来；可是，再一抬头，又好像看见了杜红莲那一双眼睛，那眼睛里除了恼怒，还有几分小看自己。他只觉得一阵心跳，随后又是一阵伤心，再好的戏也看不下去了，就离开戏场，走回自家院里。一见杜红莲住的东屋，心里又乱跳起来，他便慌忙跑进自己住的西屋，连灯也没有点，便蒙住头睡在炕上了。

第十七章

　　周和尚从戏场回到家里，只觉得杜红莲那一双又恼恨他、又小看他的眼睛，一直在看他似的，因而心惊肉跳得一夜都没有睡着，好容易天快亮时，刚迷糊了一会儿，就听见窗外一声吼喊：

　　"什么时候了，还睡死觉！"

　　周和尚一听是他爹在叫喊，立时又想到昨夜的事，便一骨碌爬起来，心里直是扑腾腾乱跳。推门出屋后，见他爹已在牲口圈里喂饮牲口，他便慌忙挑起桶担去担水。

　　他担回水来，天已大亮了。他前脚刚踏进大门，正巧就看见杜红莲在扫院。周和尚一阵心慌，前边那只水桶一扬，后边那只水桶就落碰在门槛上，把半桶水洒泼在门洞里了。杜红莲听见响声，只是瞟了他一眼，仍又低下头扫起院来。

　　自此以后，周和尚老是躲着杜红莲。吃饭时，他就端上一大碗饭趷蹴到大门上去吃，不得已碰上杜红莲，就低下头来，脸红心跳地慌忙闪过；杜红莲呢，看起来倒满不在乎，心不慌，脸不烧，只是再也不愿意搭理他，再也不愿看他一眼了。

　　兄妹俩这种突然的变化，这股不好意思的劲儿，自然被周有富老两口看出来了，而最先觉察的还是红莲她妈。红莲妈只以为是儿女们大了，懂得害羞了，虽然她以前也担心他们合不到一处，可是前兄后妹地如常在一块儿动弹，说不定这几天一下子就好起来了呢。她真是一心盼望着这一对隔山兄妹成就了亲事，亲上加亲，就是一家好人家了。所以这天晚上，她又在周有富跟前高兴地提起这事来。

"我看和尚和红莲这几天有点不对劲，你也看出来了吧？"

周有富自然也看出来了，便"嗯"了一声。

红莲妈又往炕桌跟前移了一下，说：

"儿女们都大了，也许是一下子好了，就这么在一搭儿动弹不方便了。"

不料周有富却说：

"怕不是这么回事吧！"

"怎么不是！"说到这里，红莲妈就想起她自己小时候的一段心事了。她娘家家寒，十岁上就把她童养到南村婆家。她丈夫虽然比她大两岁，也不过是十二三岁的大小孩。两个人小时不懂事，常在一处玩耍嬉闹。到她十七岁那年，有一天晚上，她正关住门脱了衣衫在屋里擦洗身上，她男人拍叫着门要进来拿东西，她不让他进来，他非要进来不行，她就慌忙披上衣衫开了门。她男人一见她那红喷喷的刚擦洗过的胸脯，一下就脸红了；她低头一看，也红了脸。自那以后，他两个人就再也不在一起耍闹了，在人面前也不说话了。有一天夜里，她正要给公婆屋里送水，忽听见她婆婆在屋里对她公爹说：

"儿女们都大了，就这么在一搭儿不好动弹，早些办喜事吧。"果不然，收完秋就给她梳起头，办了喜事。

红莲妈想到这里，想到自己的亲事，竟也心动了几下。可是，一想到她那男人已经去世，自然不敢把这段心事告给她后嫁的丈夫。而且她也老了，不愿意再提那些往事。她只是也像她的公婆那样直截了当地说道：

"你不是说收了夏就给他们办喜事？那就趁早定个好日子，也好早些备办点东西。"

但周有富却和红莲妈的看法不一样，他把铜烟袋锅子往炕沿砖上一磕，冷冷地说：

"你整天躲在屋里知道个甚？你就没有听见人们风言风语的，说红莲在外头……"

红莲妈说："那是早先的事了。红莲生性爱红火，不一定就真有什么事。那你说这几天他们为甚忽然间就别别扭扭的……"

"为甚？"周有富想起昨天晚上赵玉昌含含糊糊地告他说的，春海勾引上红莲到杏园里的事。他本想把这些话告诉他女人，但又想到赵玉昌再三吩咐他不要告诉别人，他自己又何尝愿意张扬出去呢？女人家婆婆妈妈的好翻嘴舌，而且又是后续的老伴随带来的女儿。所以他就暂先压了这些话，只对他女人说了句：

"那你就先去问问你闺女，看她到底是甚心事。"

红莲妈想道："是啊！儿女们大了，应该说明道开了。"她就下了炕，走到红莲住的东屋里。

红莲正坐在桌子跟前看书，一见她妈进来，就急忙站起来，亲热地叫了一声"妈"，拉住妈的手挨排坐在炕沿上。开头，母女俩说了几句家常话，停了一会儿，大约是红莲妈想算了一下怎么开口吧，这才突然拉住女儿的手问道：

"莲子，你和你和尚哥到底是怎么……"

红莲一听这话，心里一阵发急发冷，便嗖地抽回手来，背转脸去。

红莲妈一见女儿这样子，心里便觉一阵寒噤，知道不妙，可是又想："女儿大了，也说不定是害羞。"便又用手爱抚地摸着红莲的那双长辫子，说：

"你也大了，你和尚哥也不小了，也该……"

红莲不等妈说下去，就急躁地抖抖肩膀，闪脱她妈的手，背着脸说道：

"妈，快不要再说了。我不愿意！"

红莲妈一听这话，心里一阵冰凉，愣愣怔怔坐了一会儿，想了一阵，这才又问了一句：

"那你这几天和你和尚哥是怎么啦？"

红莲不愿意把那天晚上的事情告诉她妈，便说了声：

"怎也不。"

红莲妈一时只觉得心虚得脚不着地似的，两手放脱红莲的双辫，再也没个抓握处了。原初和周有富商量好的，这多年来，他们满心盼望的一桩大事，最近几天来她几乎是觉得就要盖顶的房子，突然间从根基上倒了。

这时，她又想起周有富娶她过门后，就拉着九岁的红莲和十二岁的和尚说过这话，以后也断不了提起这事。那时她也是满心欢喜：这样一来，女儿成了后爹的儿媳妇，前家儿成了后妈的女婿，这不就过成一家亲上加亲的人家了！可是，天大的好事却被一阵风吹了。当她想到要是周有富知道了红莲不愿意时，她竟有些害怕起来。于是，她又定了定心神，劝了女儿几句：

"你不要单看和尚少说没道，可是老实忠厚。再说咱们这一家人两片子不就合到一搭儿了？"

红莲早已拿定主意，自然再也听不进这些话去，她就对她妈说：

"妈，你就死了这份心吧！"

红莲妈心里又是一阵烦乱，随后又问：

"莫非你真的在外头有了人，真的和……"说到这里，忽然心跳得说不下去了。

红莲停了一会儿，心里正想着该怎么告诉她妈呢，她妈却一阵阵心里发冷。想不到自己亲生的女儿这时竟和她离了这么远，一想到自己这唯一的亲人，从小娇她、疼她，她爹死后就更是把她顶到头上，暖在心里，而今却把妈当成外人，她一阵伤心就含着两眼泪水说道：

"心里连妈都没有了，连什么话也不和妈说了。自你爹死后，妈还有什么亲人，妈哪一点难为过你？不是为了你，妈还能来了周家？可是你倒忍心把妈扔到脊背后头……"

红莲妈说着说着就抽抽噎噎说不出来了。红莲一听她妈这话，也想起了她爹死后，妈的难处、苦处，她又何尝不想把心里话告诉妈呢？一个女孩儿家遇上这事，谁又不想把心里话全告自己最贴心的亲妈呢？她心里一般滚热，就像一泉温水由心底涌起来一样，她猛地扭过身来叫了一声"妈"，就一头钻在妈的怀里，两手使劲抱住她妈的后腰，哭了起来。

红莲妈一手抱着她的脖子，一手用手帕给她擦干眼泪。听着女儿有根有梢地说着和春海的自由恋爱，听着听着，她心里也一阵阵为女儿自己寻找了这么一个合心的人高兴起来。论人品，按女儿的喜爱，红莲妈也觉得春海合适。她倒不是嫌弃前家儿子周和尚，有时她也觉得他没出息，配不上自己的女儿。可是，和尚要是两旁外人也就不用说了，要是周有富性情柔和、好说话也好办了，偏偏这是厉害的周有富谋算了十来年的事情。一想到周有富，红莲妈又有些担心害怕了。

"你和春海好，妈也不怪你，春海在村里名声好，人也好，他家里又没有哥儿兄弟，省下和妯娌拌嘴。可是，你知道你爹为了你跟和尚的事，谋划

139

了多少年？原当初叫咱母女到他家来时，他就想算上一个儿媳妇和咱那五亩地了，你也知道他那脾气。"

红莲听说她后爹早就谋算上她，心里又是生气，又有些发愁。但坚定的红莲还能因为她后爹厉害就低头顺从吗？

"妈，我不怕他，他要一定不依了，我就带上咱那五亩地入社。"

红莲妈苦笑了一声：

"你倒想得好，那五亩地带上带不上，妈先不管，可你就不替妈想想，你走了叫妈在这家里可怎么过！"

红莲一想到她这可怜的和善的妈妈，竟有些心软了。从小娇她疼她的亲妈，自从嫁到周家以后，就没有好活过一天。她看不到她妈的笑脸，倒常见她妈在那厉害的后爹面前忍让受屈。要是自己违了她后爹多年来谋好的主意，竟自闹出去以后，她妈还不定怎么受制呢！可是，她翻过来又想：要是她后爹不改变那旧思想、恶性情的话，就是自己受屈留在这家里吧，她母女们又能好活几天？不！她绝不能向她后爹屈服，她绝不能向旧势力妥协，而且她也不忍她妈再这样下去了。她就对她妈说：

"妈，不要怕他，新社会男女平等，和他说理斗争。"红莲妈却叹口气说：

"唉，年轻人尽说傻话，妈老了，气还受不过呢，还能斗过他？"

红莲听了她妈说的这些可怜话，心里又动了一下。但随后一想：她再不能顺着她妈委曲求全了，况且委屈也不可能求全。既有一方委屈，这一方已经有失；那一方又必定得寸进尺。何况根本就不应当向旧思想、恶势力屈服！她就劝慰和鼓励她妈说：

"妈不用发愁，实在过不下去了，就跟上我走。凭我一个人劳动也能养活了你，春海也不能不管你。往后，咱们村里的人都参加了农业社，再实行了机械化、电气化，妈，到那时我还要叫你好活几天哪！我爹呢，不用他以为他是个富裕中农就美气得不行，到那时候，我们强过他几番几折。要是他等到那时候才入社的话，说不定社里还要他申请三回，再讲两个条件，才能批准他哪！"

红莲这一番话竟把老人家心里说得活动了。还是自己这精明俊巧、胆大心细的女儿有主意啊！但她自己倒不是想按女儿的主意行事，她不过是再不愿意为了自己，让女儿受委屈，再不忍心拦挡女儿的婚事了。

"说得倒好听，就是真像你说得那么好，妈这半截身子入土的人，也没甚想望了。再说，到了人家居舍，也由不得自己了。你就不用管妈了，谁叫妈是个受苦命呢！只要你心上好活，妈也就歇心了。"

说到这里，红莲她妈也就再不愿意提女儿跟和尚的事情了，她也不管和尚他爹会怎么样了，怎么样就怎么样吧。自从她的第一个男人死后，她也就再没有什么更好的想望了，也再不怕什么更大的打击了。她是那么相信命运，也那么温顺地听由命运的摆布。她胆战心惊地回到北屋，刚把红莲的事情说了三言两语，想不到周有富却一扭头，说了声："不要说了！"就狠狠地把铜烟袋锅子在炕沿上磕打了几下，脱了衣服，蒙着头睡了。

红莲妈也就不敢再说了。后半夜了，她还听见周有富粗声重气地咳了一声；她自己呢，自然也是一夜没有睡着。

第十八章

周有富虽然一夜没有睡好觉，但是第二天天刚闪亮，他就起身来，催撵上儿子和尚、女儿红莲和她妈妈，下地割麦子去了。周有富家麦地就在河畔杏园的东面。一家四口人还没有走到地头，就已看见杏园南面农业社的麦地里，早有一伙人割开麦子了。

周有富是一见农业社的人就有气，一见了农业社的庄稼就冒火。因为去年办社时，他曾经夸过海口，论作务庄稼，他看不起农业社里的那伙人。他一心要和农业社较量较量，收一季好麦子，再收一季好秋。收秋以后，他计划再添一头骡子，好让入了社的人也眼红一下，特别是去年和他在一个互助组里的那几户。

可是，眼前摆的事实，却全然不像他想的那样。春天遇到霜冻时，农业社动员了全社的人熏烟防霜，麦子没有遭受霜冻；春旱时，农业社又开渠引水，把麦地灌了个饱，随后又饱饱地追了一次肥。因此，每逢他走过农业社的麦地，看见那一片籽饱穗满的麦子，看见那重甸甸摇头晃脑的麦子，心里就生气。而他自己的麦子呢，今春霜冻时虽然也防备了一下，没有受了大害，可是到干旱时，终因为水没有浇足，又没赶及追肥，到如今，那麦子就显得有些干瘦，显得轻飘飘的不够分量了。

于是，农业社的好庄稼也好像碍着他的事似的，他路过农业社的麦地时，竟生气地往麦地里唾一口，有时还要骂一句："扶胜不扶败的贱东西！"

到开镰割麦的时候，他领导的互助组又有好几家合不来了。谁也争着要先给自己割麦，他却一定要大家先给他割麦。他说割完他的麦子，也好用他的车马给组员们拉麦子、碾场、翻地。组员们呢，因为迁就他的车马，一春季都是按节令先给他安种、锄搂。眼看到了这"龙口夺食"的麦收季节，他的麦地又多，错一天，就怕把他们到口的麦子耽误了。因此，周有富再用管饭顶借粮，再用喝酒、吃油糕的办法，也糊弄不来他们了。就是那老实的吴老六，也一早晚躲到自己麦地里，怕见他的面了。结果只好大家散伙，各家先给各家割麦。

　　昨天晚上，周有富又听说红莲不愿意嫁给自己的儿子和尚，心里自然更不痛快了。庄稼不如意，发家立业不顺心，互助组合不来，儿女的亲事办不成，真是事事不如意，件件不顺心。因此到了麦地头上，他二话不说，弯下腰就沙沙沙割起麦子来。好像麦子也和他过不去似的，一会儿又发恨地往镰刀上唾一口，镰刀也不快了。

　　杜红莲也是一句话不说，只是弯下腰割麦。反正她心里已经有了老主意，这个家是待不下去了。主意一定，她也就不怕什么、不犹疑什么、不想什么了。她也再不愿意看见这家里的人了。她不愿意看见周和尚那可怜的呆愣相，不愿意看见周有富那凶煞恶脸，也不愿意看见她妈那一副无可奈何的样子。她这时唯一的思想，就是千万不要因为同情妈妈而动摇了自己的决心。

　　可是，杏园南面那一阵阵的农业社社员们的说笑声和唱歌声，却老是往她耳朵里钻。特别是在那快活的歌声当中，她老是觉得有郭春海的声音。"唱什么呢，人家在这里憋闷死，他倒那么高兴！"但回头又想："这能怨他吗？"她一想到这家庭里的苦闷，看到农业社那伙年轻人的快活劲儿，心上就是一阵烦躁。心里一烦，什么也觉得不对劲了，连她心爱的那两条长辫子也觉得拨拦人了。她刚把这根辫子摔到背后，那根辫子又掉到脸前，碰在镰把上，她一生气，就把两根辫子捆盘在头上。可是，一抬头，却看见她妈和周有富父子早跑到前面，心里一急，又是一头一身汗水。

　　红莲妈见红莲落在后面，出了满头汗，心里真是疼怜。周和尚是个小伙子，自然割得快，早跑到头前去了；她自己因为割的是单垄，所以也能和周有富相跟上；而红莲呢，大热天，心上又不痛快，她只怕女儿上了火闹病，有心说歇一阵吧，一看周有富那凶眉恶眼的脸色，又不敢开口。割到地头上，又回头看了看落在后面的红莲，心里实在过意不去了，这才使了个大胆，对周有富说了句："歇一阵吧。"但周有富抬起头来往南看了看，大约是看见农业社割麦子的人还没有休息，或是看见农业社的车马过来了吧，所以他就说了一声：

"再割一阵再歇。"

这时，农业社往村里运送麦子的牛车、马车已经走过来了。赶车的郭守成、张二货等几个社员路过周有富地边，很想显耀一下农业社的优越性。周有富再富裕，再有车马，能有这么多车马往回运送这么多麦子吗？他们得意地连声响着鞭子，高兴地大声吆喝着牲口。跟车的郝同喜也不甘沉默，就笑着和周有富打招呼：

"有富哥，看把你们累成甚了，歇一会儿吧！"

周有富没好气地回道：

"没有工夫！"

郝同喜故意问道：

"呃，这大忙时候，怎么还是你自家割麦子？你们互助组的人呢，我看也成了鸭子过河——咯咕咯（各顾各）了吧！哈哈……"

周有富更生气了：

"种庄稼是靠粪土、凭本事，依仗人多顶什么事！"

"啊，说了半天，你还是不服气农业社吧？有富哥，你看农业社的麦子怎么样？"郝同喜指指车上的麦子，又指指地里的麦子，周有富自然是不愿意看，也不愿意回话。郝同喜就接着说道：

"农业社不单是麦子收得好，嘿，好的还在后头哪！收完夏我们就扩社，社大了我们就要使唤拖拉机啦！怎么样，有富哥，我看你就认了输，收完夏入社吧！"

周有富恼悻悻地不吭声。杜红莲听说要使唤拖拉机，就高兴地问道：

"同喜叔，拖拉机什么时候来呀？"

"收完夏就来。"

"真的？"

"当然是真的。郭春海就是为拖拉机的事进城去了，今日就回来。"

周有富听不下去了。看看他的一家人，却站在那儿听得入了迷，他就大声叫道：

"只管站着等甚，还不赶紧割麦！"

周有富气狠狠地往手掌上唾了一口，弯下腰割开麦子。接着，周和尚也弯下腰割开麦子。随后，红莲妈也只好弯下腰割开麦子。最后，杜红莲才把辫子往身后一甩，弯下腰割起麦子来。

又割了一会儿，周有富看见农业社的人到杏园里休息去了，他也实在是累了，这才展起腰来，恨声闷气地放了话：

"歇一阵吧！"

周有富和红莲妈就到放着茶壶茶碗的地头上休息去了。他们上地时，只带了一把铜茶壶，上面扣了一个碗。周有富先倒了一碗水，咕咕咕一口气喝完，把碗放在地上，背过身抽起烟来。红莲妈喝了一碗水，也就坐在那里，用罩头的毛巾当扇子，在脸前扇起风来。红莲和周和尚呢，他们没有到放茶壶的地头上休息，就在他们近处的地头上坐下了。红莲在麦地东头，周和尚在麦地西头，老两口在麦地北头。一家四口人倒坐了三边地头。

四口人就这么不言不语地坐着，各人想着各人的心事。周有富谋算的是家业光景；红莲妈操心的是女儿的婚事；红莲向往着加入农业社，盼望着来拖拉机，她想的是自己的前途；周和尚害怕父亲硬让他和红莲成亲，还不如花钱娶一个老老实实做饭、生孩子的媳妇，可他自己又拿不了主意。就这样，红莲看天，和尚看地，周有富抽烟，红莲妈用毛巾扇风。闷热啊！

坐了一会儿，周和尚实在觉得口渴了，就想去爹妈那边地头上喝水，但他又怕碰上红莲也去喝水。又坐了一会儿，他斜眼瞟见红莲坐着不动，他就站起来，可是，他刚要往那边走时，只见红莲也站起来，走过去喝水去了，他就只好又坐下来。等红莲喝了一碗水，又回到地东头坐好，周和尚才又站起来，走到地北头他爹妈跟前赶紧喝了一碗水。红莲妈看到一家人过成这般光景，说不来是伤心还是忧虑，不过，她也不愿再想了，只好听天由命吧。周有富看到和尚和红莲那般样子，心里真像滚油浇、猫爪挖一样，低头一看，脚下正有几只蟋蟀奔了过来，心里一时烦躁，一阵生气，就照着蟋蟀跺了一脚，随即站起来，恶狠狠地向他的一家人发出了命令：

"割吧！"

先是周有富和周和尚开了镰，随后，红莲和她妈也只好又弯下腰割起麦子来。

从天闪亮出来，割了半上午麦子，刚歇了一会儿，也不过是周有富抽了一袋烟的工夫，就又起来割麦子，红莲还有些手疼腰困，心想："真像赶在地里的一头牛。"

她越不满意这苦闷的受苦，就越是向往农业社那些快活的劳动。这时，农业社的人还在休息呢，又是说笑，又是耍闹，忽然，一阵鼓掌声传来，接着又是一阵歌声。红莲也是好唱歌的人呀！在小学里，在夜校里，哪一次唱歌不叫好呢！可是，现在她却只能闷着头、憋着气，听着人家唱歌。

在农业社的麦地旁边，在杏园里，农业社第二生产队的社员们正在这里休息，男社员们有的躺在杏树底下的草地上歇凉、抽烟，有的就靠着杏树坐在那里看书、看报，或是围在一起下象棋、打扑克。女社员们都围坐在一棵大杏树底下，她们刚唱完了一支歌，男社员们又要欢迎她们再唱一个。这一来，女社员们就一齐向男社员们进攻了：

"欢迎男社员也唱一个！"

男社员们却不想唱，有的还在欢迎女社员再唱一个，有的就说"我们不会唱"，看那女副社长张秋英多厉害，她就站起来大叫一声：

"男社员不会唱歌羞不羞？"

"羞！"

女社员们就一哇声喊了起来。这一下可真使男社员们害羞了，于是只好互相推起来，你推他唱，他推他出个洋相也算。后来孙茂良看见跟车的郝同喜来了，就叫了一声："叫同喜哥来一段吧。"这一叫好像提醒了大家似的，男女社员们便齐声叫起来：

"同喜叔来一段！"

"老同喜快唱吧！"

郝同喜是个红火人，一听大家这么热心欢迎他，他就得意地问了一声：

"唱甚？"

孙茂良就接口说道：

"还用问，就唱你的《玉堂春》吧。"

"好吧，《玉堂春》就《玉堂春》。"

于是，郝同喜顺手从孙茂良手上拿过他正抽的半截纸烟来，足足地吸了两口，然后就站起来了。

一提起唱《玉堂春》，郝同喜的劲儿就来了。为什么郝同喜好唱《玉堂春》呢？说起来就话长了。

郝同喜的父母下世早，而且上无兄下无弟，留下他一个人，小小的就给本村大地主叶和庭当了长工。年轻时他心灵手巧，村里唱秧歌、闹自乐班，以至闹背棍、抬阁，都是全把式。场子上缺什么角色，他就能装扮什么角色上场，锣鼓家具也样样拿得起来。而且他长得一表人才，不是装英雄好汉，就是扮小姐、丫鬟。那时候，村里的姑娘媳妇子们，哪个不在心里暗暗地叫好呢？但因他人穷无家，娶不起女人，竟一直打了二十多年光棍。

有一年大地主叶和庭家里的一个名叫小春的丫头看中了他，他们就暗里有了来往。每年，那小春丫头总要给他做几双鞋，做几件衣衫。有一回，郝同喜得了重病，叶和庭把他赶出门外，他无处安身，只好爬到庙里。小春知道后，就偷偷地给他熬来汤药，送来茶饭。可是，不过几天，就叫叶和庭发觉了，把小春打了个半死。自此，小春就带伤带气，一病不起。叶和庭原来就对小春存心不良，这以后，他竟硬逼着小春行事，小春不从，叶和庭就断了她的茶饭，更不用说给她求医吃药了。不过几天，就把她折磨死了。郝同喜病好后，自然再不回叶和庭家去了，他痛痛地趴在小春的坟上哭了几天，以后就给照庙的老和尚磕了头，留在庙里帮着老和尚种上那十来亩庙地。老和尚死后，他就接过老和尚照庙的差事。解放前，村公所扎在庙里，常使唤他敲锣传令，跑腿叫人。在晋中平川里，都叫这种人是庙上的工友。

解放后，庙上又住下乡村人民政府，乡村干部们见他为人忠厚、热心，在土地改革中还是积极分子，所以又留他给乡公所当了通讯员。去年冬天他入社后，又兼上了农业社的通讯员。郝同喜不但敲锣传令是老把式，而且又懂得戏文。有一回他看了《玉堂春》这出戏，回来几夜睡不着，以后他就每天唱这出戏，把戏的词句都背会了。后来人们知道了，一遇个热闹，就叫他唱这一段。开头几回，他唱完后还有一阵伤心，以后唱得多了，倒觉得可以散心解闷。所以，当农业社的人欢迎他唱这出戏时，他就毫不忸怩地站起来，先是咳嗽了一声，清了清嗓子，又学着玉堂春走了几步，随后就唱起来了。

他唱一段，大家叫一阵好，唱完两段，当大家又要欢迎他唱时，忽听王连生站起来高叫了一声：

"看，春海回来了！"

大家扭头一看，正是郭春海喜笑盈盈地跑回来了，老远地里就大喊了一声：

"报告大家一个好消息！"

大家一听说有好消息，一下都站起来迎向郭春海，把他围在当中。

昨天，县委召集几个先进农业社的支部书记和社长开了座谈会。县里要来几台拖拉机，县委想先拨给一个各方面条件较好的农业社，以迎接拖拉机促进扩社。座谈会上，几个农业社的支部书记都谈了自己社的情况，谈了迎接拖拉机的决心和措施。县委号召大家回去以实际行动积极准备。

今天一早，县委李书记又找郭春海、徐明礼详细了解他们社内外干部、群众的思想情况、麦收情况，谈了扩社和迎接拖拉机应注意的事情。吃过早饭，郭春海和徐明礼就赶回村里来。他俩商量好，先分头到地里向群众宣传，晚上再开会研究。于是，郭春海先把这个好消息写到农业社门口的黑板报上，随后就跑到地里来告大家说：

"咱县里要来几台拖拉机，昨天我和老社长到县委开了会，今早上李书记又找我们谈了话，李书记问了咱们麦收的情况，叫咱们用丰收的事实，好好地宣传农业社的优越性，收完麦就扩社。要是咱们社先扩大了，土地连成一大片，就先把拖拉机调拨给咱们。大家欢迎不欢迎拖拉机？"

人们一听说拖拉机，就一齐声叫道：

"欢迎！"

"盼的就是拖拉机！"

"那才叫耕地不用牛哪。甚时再加上点灯不用油，就更美啦！"

郭春海见大家情绪很高，就接着说："那咱们就要做好麦收和扩社工作啊！"

大家又一哇声叫道：

"保证收好麦子，一颗也不丢！"

"扩社更容易，这几天村里人谁不说农业社的庄稼好？"

"有好些人早就想参加咱们农业社了，还问询过咱们甚时扩大哪。"

……

社员们一面高兴地谈论着拖拉机和扩社的事情，一面又各自找地方休息去了。

郭春海趁着社员们休息的空儿，便把刘元禄、张秋英、许来庆等在这个队里劳动的几个社干部叫到一边商量道：

"今早上，李书记问我们估计能扩大多少户，我们说了个百十来户，在原来的基础上增加一倍，约占全村农户的五六成。你们估计怎么样？"

妇女副社长张秋英说：

"我看能行。"

青年团支书徐来庆说：

"我看比五六成也多。要是单说青年群众的话，我敢保证八九成。"

刘元禄一听说扩社就不高兴，但在郭春海面前又不敢吐露真心。他就冷冷地说道：

"我看还是等收完麦子，或是等今年下来再说吧。群众是最讲究实际的，耳听为虚，眼见是实。他们没有亲眼看见农业社的优越性，是不会进来的。咱们现在空说下多少数字也是白搭！"

许来庆一听他这话头不善，就不服气地质问道：

"怎么是空说数字？咱们是根据群众的要求以实估计嘛。"

"群众要求？"刘元禄也反问了许来庆一句，随后又倚老卖老地教训他道，"你不要单听你们那几个冒失后生说那些好听话。年轻人有什么准主意？再说，他们既不当家，又不作主，说了也不算数。要说群众要求的话，还要猜测一下群众的真心。我看还是等到把今年熬下来，到秋后或明年再说。"

郭春海里也觉着刘元禄的话不顺耳，但还是耐心地和他争辩道：

"可是群众不等咱们呀！好些互助组和单干户眼见咱们收成好，都嚷着要求入社。你说群众最讲实际是对的，咱们春季防霜、抗旱，那还不是最好的事实？眼下麦子的收成也胜过互助组和单干户，这还不是农业社的优越性？本来，我也想过秋后扩社，可是县上要来几台拖拉机，李书记说哪个社有基础，哪个社先扩大了，就先调拨给哪个社。县委对咱们希望很大，咱们为什么不趁此机会赶前一步呢？再说，拖拉机一来，也会促进扩社。眼前，好多地方又都在准备着办社和扩社，咱们就甘心落到别人后头？眼看着群众的劲头那么高，咱们不带领群众往前奔，还能让群众推上、拉上咱们往前走？你说要猜测一下群众的真心，我看大部分群众的真心是想入社的。积极要求入社的不用说了，就说周有富互助组的吴老六和曹吉荣吧，他们也看出来只有入社才能多打粮食，过好光景，只是一时还有些顾虑。你说这些人算是真心想入社呢，还是真心不想入社？我看只能说咱们的工作还做得不够。咱们总不能只管农业社增产，只管社员们提高了生活，就忍心看着他们在社外受熬煎吧？"

说到周有富互助组，刘元禄竟带几分自负地说道：

"周有富组里那几户我清楚。他们顾虑什么，你不先把周有富动员进来，他们还想使唤周有富的车马哪。"

提到周有富，郭春海自然也希望他早些入社。但他却不同意刘元禄这种颠倒黑白的说法，而且也是行不通、办不到的。他就说：

"周有富当然要动员。我看还是先把他那儿个组员动员进来，没人拿劳力和他换畜工了，说不定他才会跟进来的。咱们去年办社时已有些经验了。姜玉牛互助组不就是这么进来的？开头，你和老社长给姜玉牛说了多少好话都不行，后来他那个组里的组员们都报了名，他才勉强跟上进来。党的阶级路线就是正确，顶事啊！"

一说到路线，刘元禄就心虚，便带点赌气地说：

"那就动员贫雇农吧，正好，有了拖拉机，也省下动员那些有牲口的庄户。我是怕那些富裕中农地多，要是土地不能连片，怎么能耍开拖拉机呢？"

郭春海说："是啊，所以咱们要加劲动员。只要有半数的庄户入了社，土地就能连片了。"

刘元禄听见郭春海还是要坚决扩社，而且还是坚持扩大那么多户数，就又找了一条理由：

"我就怕百十多户人家一齐进来，不好领导。"

郭春海仍是耐心地对他说道：

"咱们领导能力差，可以锻炼。要锻炼就得从实际工作中锻炼。再说，办了多半年社，多少也有点经验了。"

刘元禄看看这许多理由都说不住他，便只好又说：

"我看还是慢点好。现时咱们农业社底子薄，不如等到秋后或明年再说。"

"那么拖拉机的事哪？"许来庆忍不住了。

"拖拉机？"

刘元禄想到拖拉机就更是发愁。拖拉机真的开来以后，那就更不好办了。

"拖拉机好是好，就怕成本小不了。虽说能腾出些牲口来跑运输，可是咱们总是没有使唤过那东西，不知道到底怎么样。我看还是先让别的农业社使唤使唤再说吧。"

郭春海和许来庆听见他不但反对扩社，而且连拖拉机都不欢迎，心里便一阵阵冒起火来。许来庆出口就问他：

"怎么，你连拖拉机都不相信？"

"我没有见过就不相信！怎么？"

刘元禄怒狠狠地顶了许来庆一句，随着就站了起来，握紧草帽，圆瞪双眼，准备和他们干一场去。在这个关键问题上，他再不能表面敷衍，而且也敷衍不过去。他非常清楚：农业社扩大、拖拉机来了以后，一切事情就更难办了。那么就这样怄上气、破上财，要等到什么时候才能走自己的路呢？这时，他看到郭春海那发火的眼睛，突然又想到端午夜里的事情。他猜想郭春海一定要狠狠地批评自己了。好，让他报复吧！正好老社长也不在跟前，他倒恨不得郭春海大动肝火，那就正好和他大吵一顿，大不了他批评自己是保守思想或是自发思想、富裕中农思想，那么自己就好说他是私人报复了。他相信社内社外还是有不少人拥护他的。

郭春海看见刘元禄和许来庆吵起来，而且看到刘元禄也凶狠地看着自己，准备和自己吵闹，他就咽了一口唾沫，冷静下来。一方面，他觉得吵嘴解决不了问题，同时，他对刘元禄已存有戒心了。刚刚讨论扩社，就给群众一种干部不团结的印象吗？虽然他早就怀疑刘元禄对党、对农业社有了二心，现在果然在扩社的问题上暴露出来了。但是，他也知道刘元禄在一部分人当中还有一定影响，在开始讨论扩社时，决不能让他钻了空子。一想到这一层，他就不想在这里再和刘元禄争辩了。同时，他也想到为了准备扩社，为了迎接拖拉机，应当首先在党内进行几次讨论，并在群众中开展一次政治思想工作。于是，他便尽力克制着自己，又伸手拦住了还想上前和刘元禄争吵的许来庆，冷静地说道：

"咱们不用在这里争吵了，意见不一，还可以开会讨论。我看还是先征求一下群众的意见，和社员们商量商量再说吧。"

刘元禄看着郭春海和许来庆、张秋英扔下自己走后，反倒有些泄气了，便靠住一株杏树坐下来，用他那顶新买来的草帽遮住他那张恼恨忧愁的长脸。

这时候，在杏园里休息的社员们，还在热烈地谈论着扩大农业社和欢迎拖拉机的事哪。郭春海走过来坐在社员中间，和社员们谈了几句，便接着问社员们：

"大家估量一下，这回咱们扩社，能有多少户参加？约莫能占几成？"

生产队队长张虎蛮说：

"我看这一回就八九不离十了。人们都亲眼看见了农业社的好处，又有拖拉机来，除了那些地主、富农、反革命，我看总有七八成庄户要求入社。"

周林祥老汉也说：

"我看也剩不下几个顽固疙瘩了。"

王连生听说要来拖拉机，眼看好日子越来越有盼头，就高兴地说：

"我看只要咱们做好工作，总能动员进八九成来。我就敢保证动员五户。"

张虎蛮也兴奋地说：

"我动员十户！"

于是，这个提出要动员几户，那个又保证要扩大几户。临了，郝同喜竟高叫一声：

"我动员全村！"

孙茂良就瞪了他一眼：

"又吹牛腿，你怎么能动员全村？"

郝同喜眯住眼说：

"我沿村敲锣，全村人不就都听见了？"

这一说，竟把大家逗笑了。这时，王连生已站了起来，心里一阵高兴，浑身的热劲儿就上来了，他脱掉身上那件破衫子，举起镰刀高声叫道：

"咱们以实欢迎拖拉机，赶紧割麦吧！"

郝同喜也接口说道：

"我看咱们干脆来一场比赛吧！我不去跟车了，我要和你们比赛割麦。看谁割得快，看谁欢迎拖拉机的劲儿大，看谁往社会主义的大路上跑得欢！"

"好啊！"

众人立时响应了郝同喜的提议。孙茂良也不服气地说：

"赛就赛，我让你同喜十步，也保准要跑到你前头。"

郭春海听说大家要开展竞赛，就提出了竞赛的条件：

"咱们不能单比赛快，还要看谁割得干净。"

"好！"

众人又答应了一声，便一齐举起镰来，排成一行，站到麦地头上。一声号令，人们就争先恐后地割向前面去了。

郭春海一鼓作气就跑到众人前面。脑子里想着拖拉机在田野里飞驶，心里就像长起了翅膀。他只觉得在建设社会主义的大路上，已经不是一步一步地慢慢地走了，简直像在飞跑。纵然在跑道上还有困难，还有刘元禄等人阻挡，但是，他相信那绊脚石是绊不倒他们的，也挡不住他们的。于是，他就用力握紧镰刀，那镰刀也就像长起了翅膀一样，沙沙沙一阵风似的飞跑到前面去了。

王连生虽然没有郭春海割得那样快，但他却割得仔细。而且竟好像一个检查员一样，顺手把别人丢掉的麦穗捡起来，放入麦铺堆里。当他拣了几次以后，就发觉他右手的刘元禄割得太潦草，丢得太多了。起先，他还顾虑到刘元禄是副社长，是领导干部，不愿意当着众社员叫喊，便咽了一口唾沫，不言声地把刘元禄丢遗下的麦子割净，把掉在地上的麦穗捡起来。后来，他看看刘元禄越丢越多，而丢一穗麦子，王连生就心疼一下。他实在看不下去，也替他捡不过来了，便叫了一声：

"元禄哥，割净点！"

刘元禄斜了他一眼，没有吭声，又低下头割起麦子来。刘元禄心里真恼气。这几天他见社里的麦子长得这么好，甚至连互助组和单干户们都说好，他心里已经很不自在；而且刚才郭春海又不听他的意见，坚持要立马扩大农业社，欢迎拖拉机。像这么闹下去，这要熬到什么时候才能走自己的路，闹自己的家业呢？要是果真来了拖拉机，那东西要大片土地，而他在土地改革时分的几亩好地，还有前几年新置买的半亩地，都是在村东那一大片好地当中啊！就这么将就留在社里吧，一切事情又都由着郭春海作主，老社长也一步一步地靠近郭春海了。出社出不去，在社里又没有什么油性，真是越想越心烦，越想越恼气，哪会有心劲儿参加割麦比赛呢？

这几年来，他在互助组里，凭自己有两头牲口和别人变工，他自己尽拣轻巧的干，割麦、锄地尽用别人还工，手上也没工夫了。听见王连生叫喊，便只好放慢了步子，割得仔细些，见王连生赶过自己去不再回头时，竟又丢三落四地放开野马了。

王连生一见刘元禄落在自己后边，还以为他割得仔细。当他割到地头上又返回来，见刘元禄身后又丢掉了不少麦穗，心里就冒火了：

"刘元禄，你还是副社长，你回头看看，看你丢了多少麦子！"

刘元禄一听这话也冒火了。刚才和郭春海争论时没有吵起来，现在，他倒真想和王连生吵闹一阵，出出心里的毒气了：

"狗咬耗子，要你多管闲事！你既不是社长，又不是队长，你管我干甚！"

王连生一听这话，气得脸红筋暴，连鬓胡也炸开了：

"我不是社长、队长也要管！当社员就要管社里的事！"

"你倒管得宽！又不是给你家割麦子！"

王连生对刘元禄这种损害农业社的行为再也忍受不住了，他也管不得他是副社长了，就痛痛地数说他道：

"给我家割麦子当然不能让你这样乱丢，给农业社割麦子更不能让你这样乱丢。不要说比赛割麦，就是平常割麦吧，还能让你这样丢野？你倒是割麦子来了，还是抢工分来了，还是不满意农业社，不欢迎拖拉机，故意丢野麦子来了？"

刘元禄一听王连生这话中带话，而且正刺痛自己的心病，也就口出恶语道：

"我倒是留给你老婆多拾几根麦子哪！"

这一句话更把王连生惹恼了，他就一把抓住刘元禄的胸脯问道：

"你说甚？"

刘元禄也抓住王连生的胳膊，瞪起眼睥嘴：

"你要怎么样？"

郝同喜看见他俩吵闹起来，便大声叫道：

"副社长和王连生吵架啰，要打起来了！"

郭春海、张虎蛮等几个社队干部听到这边吵架，都急忙赶过来。

郭春海先拉开他俩，随即问道：

"为甚吵架？"

王连生指着地里丢的麦子说：

"你们看吧！"

郭春海、张虎蛮等干部、社员们一看地里还横七竖八地站着、躺着许多麦子，都生气地问：

"怎么丢了这么多麦子？"

"割得太不干净了！"

"谁在这里割麦？是刘元禄？"

刘元禄不吭气。王连生说：

"我怎么说他都不听，反倒恶语伤人！"

刘元禄瞪着眼问：

"我怎么恶语伤人？你不要胡说八道！"

郭春海伸开双手，大声阻止他们吵闹：

"不要吵啦！有理不在高言，山高遮不住太阳。事情明摆在这里，这几垄麦子是分给元禄哥割的，割得太不干净，社员批评还不接受，这就是元禄哥的不对了。一会儿休息时咱们还可以再讨论。现在就让元禄哥返回去把麦子割干净吧！"

社员们齐声说：

"对，让他返工！"

队长张虎蛮说：

"不返工就扣他的工分！"

郭春海又扬起镰刀，对社员们说道：

"赶紧割麦子吧！大家都注意割干净啊！"

社员们又都返回去割麦子去了。

刘元禄真是眼里冒火，心里长牙。他本想再和郭春海吵一顿，但他看到围上来的社员也都跟着郭春海批评自己，又害怕在众人面前犟嘴争辩对自己不利，他便忍了这口气，恼恨恨地返回去，把丢在地下的麦穗捡起来。手里捡着麦穗，嘴里却不干不净地骂了起来。

郭春海和大伙割到地头又返回来了，刘元禄还在那儿磨蹭。割得不干净，还掉了队，而且落得大家很远。郭春海就走过来帮助他割麦，虽然郭春海对他很生气，而且怀疑他对农业社的根本态度，但还是想在关键时候拉他一把。一面割麦，一面劝他：

"元禄哥，我劝你还是好好想想扩社的事。这是县委的指示，群众的要求，我希望你不要抵触，更不要走岔路。"

刘元禄早已想好了，他不能和郭春海走一条路。但又不愿挑明，只说：

"刚才我就说过了，我担心社大了办不好。"

"担心办不好，就应该积极想办法往好办啊！"

刘元禄发开牢骚了：

"我想的办法你们又不听，还说我走的是资本主义道路。哼，今天王连生、许来庆说我是不欢迎拖拉机，那天支部会上有人还想把我和赵玉昌拉扯到一起哪！"

那是在麦收前：党支部开了几夜会，总结春耕抗旱，布置夏收工作。会上，有人批评刘元禄抗旱春播时，要跑运输是走资本主义道路；有人对他开大会那天早晨拦挡王连生、李生贵去追查大车提出怀疑；有人就提出怀疑他和赵玉昌的关系。党支部对他帮助了几夜，他一直不回头。这时，郭春海又劝告他：

"赵玉昌是富农、投机商，阴险毒辣，又很狡猾，你又不是不清楚！可你为甚和他划不清界限，老要来往？"

"他开的小铺子，我去吃点、喝点，这算得了什么？那革命又是为了什么？"

"你入党宣誓时说的什么？为了共产主义，为了解放全人类。可你都忘了，只顾自己生活好，不管贫苦农民的困难。你应该想想自己的立场、感情。你再想想，土改前他也是开的小铺子，他请你吃过、喝过？现在为什么要对你这样？你们就是吃点、喝点，再没有什么吗？"

"没有。组织上不信任我，我有什么办法。"

"你对组织又是什么态度，我劝你还是好好想一想。"

刘元禄虽然嘴硬，可是心虚，所以低头不言语了。他好像也在想，但他早就清楚：赵玉昌对他好是靠着他这把大红伞遮风避雨，而他则是利用赵玉昌的车马、铺子为自家招财进宝、发家致富。赵玉昌虽然是富农，可又是小商，只要自己入股、粜粮的事不露馅就不怕。

晌午时分，送饭的来了，队长张虎蛮宣布收工以后，社员们又回到杏园里，一面评工分，一面总结刚才的竞赛。评比结果，一致表扬了王连生、郝同喜、许来庆、孙茂良等人，有些社员对刘元禄提出了批评，刘元禄硬着头皮听完那些批评，就恼恨恨地独自一个人先回家吃饭去了。

家里没有人手送饭的社员们，评比完以后，也都相跟着回家吃饭去了。独有郝同喜却还迟迟等等地坐在那里不想走，是因为刚才比赛时出了力，累乏了？还是因为回去也得自己动手做饭，不如在这里多歇一会儿呢？他只是连着抽了几袋烟，才慢慢地站了起来。临走时又重重地叹了一口气，对着和善的春海的妈妈说道：

"老婶子，我以前曾发誓这一辈子不成家，可是入了社，看到眼下这样子，又觉得还是有个做饭的、送饭的好。"

郝同喜这几句伤感话，却把大伙引逗得笑起来了。

孙茂良一面吃馍，一面说道：

"你不会也来个自由结婚？"

郝同喜说："年轻时耽误了，如今老也老了，谁还要我哪！"

春海妈说："农业社要你啊！你们不是常说以社为家吗！入了社，你还发愁老了没人管你？来，我这罐里就多带的馍馍哪，我就支预着谁家没人送饭，或是谁家吃的不够了，好有个添补。"

郝同喜一听这话，就咧开嘴笑了：

"还是我们老婶子，真不愧是支书家妈妈。"

郝同喜因为没有家，又肯帮助别人做活或办事，所以在村里也常肯吃别人家的饭。他不论是因为公事或是到别人家闲串，一见人家正在干什么活，他就插手帮忙，而且竟像给自己干活那样认真、卖力。有时还热心地给人家出主意、想办法。有些人家遇上什么事，也肯去找他商量、帮忙，特别是谁家闹家务事闹得不可开交时，就去找他来了。因为有许多家务事是既不值得去找乡长、找乡秘书，又是亲戚、邻居们解劝不开的。而他们一找来这位最恰当的老同喜以后，他就这么三劝两说地把一宗家务事给和解了，而且经他解决以后，那一家人还不伤和气，而他也得罪不了人。因为他平常对各家各户都有个了解，杏园堡村里的大大小小，男男女女的脾气、经历，以及相互之间有些什么瓜葛之类的事，他差不多是都知道的。因此，村里谁家要娶媳妇嫁闺女时，又觉得少不得他了。因他常常给人家当说客和媒人，事成之后，他又会采办东西，又会下厨做饭，又会当鼓乐手，又会当唱礼人。就这样，杏园堡村里的多数人家，一遇到个什么节日或婚、丧大事，总要请他去连帮忙带吃饭的，就是平常日子见他来了，也会留他吃饭的。郝同喜自然也不客气，他还怕别人说他作假，他更怕别人因他见外而不高兴呢！有时候，他不想做饭了，也就干脆打上几两酒，割上一刀子肉，或是提上一颗南瓜，到朋友家去搭伙吃饭去了。他还有个道理，就是："吃百家饭，得百家福。"

所以今晌午春海妈一让他吃饭，他就坐在春海身旁，和春海一起吃起来。他吃别人家的饭时，还有一个习惯，就是不管人家的饭是真好还是不一定好，他总要连声夸好。而今他也是喝一口米汤，就夸一声"这绿豆米汤真熬得好喝"，咬一口馍也要说一句"这馍蒸得就是好，暄不腾腾的"。

春海妈听到他的夸奖，心里自是热乎，就笑说：

"快吃你的吧，赶明日，我一准给你挑个会蒸馍、会熬米汤的好对象。"

郝同喜说："你看老婶子又提对象啦。我老也老啦，还要那干甚。你不说以社为家？只要社里有我的一份吃喝，我这一辈子是没心思成家啦，我觉得我一人就活得痛快利落。"

郭春海听着人们和郝同喜说笑，看着郝同喜吃起蒸馍来，忽然又想到王连生。在这紧忙收夏的时候，王连生家有没有白面蒸馍吃呢？他就四下里看了看。但是，在这些吃饭的人中间，他怎么看不到王连生呢？王连生的女人不是也给他送来饭了？他就站起来，往背静处看了一下，这才看见王连生正躲在一株杏树背后啃谷面窝头呢。他就叫了一声：

"来，连生哥，咱弟兄们也搁伙一搭儿吃吧。"

春海妈和郝同喜也叫道："快过来吧。"

郭春海一面叫他，一面就过去把王连生的饭罐、小篮提过来。

麦收时节，一般人家都吃白面馍馍，可是王连生因家穷口多，就是这谷面窝窝，还是他那贤惠的女人自己勒紧裤带，喝上稀的，给他节省下来的呢。

王连生不愿意过来和春海一起吃，就说：

"你快吃你的吧，我吃饱了。"

春海说："一家人不吃两家饭，来吧。"说着，就给王连生篮里放进一个馍馍，随手又拿起一个窝窝吃起来。

王连生心里一阵烘热，觉得社里的人真比亲哥弟兄们还要亲热，也就不再推让了。但他刚咬了一口白馍，忽又停了一下，趁别人又说笑时，便悄悄地掰下多半个馍馍来，放在小篮底，用手巾盖上，并且瞟了他女人一眼。他女人早明白了，他们的四女儿，也是他们家最小、最疼爱的两岁半的小女儿，几天来一直哭叫着要吃馍馍，特别是一见别人家小孩吃馍，就更是哭闹得厉害。王连生的女人一见有了这半个馍，心里高兴得一时竟涌出两滴泪来。她就急忙背转身去用袖子擦了，可是，已经让春海妈看见了。好心而细致的春海妈，也就乘着收拾小篮时，把剩的一个馍悄悄地塞在王连生的那只小篮里。

送饭的女人们走了以后，社员们就在杏园里歇晌了。炎热的夏天的晌午，躺在杏树的阴凉下休息多么美气啊！但年轻社员们一想到要扩大农业社、欢迎拖拉机，就高兴得忘掉疲累了。几个年轻的女社员就到河边洗起衣衫、手绢来。郭春海等一伙年轻人，也就相跟着下河游水去了。

夏天，汾河涨水，杏园旁边的河湾里正是一弯深水。郝同喜一见年轻人们都跑下河滩，他也就高高兴兴地跑了下来。郭春海见他赶来也要下水，就劝了他一句：

"同喜哥，你上年纪了，还是躺到杏园里歇一会儿吧。"郝同喜却不服气地说：

"春海老弟，不要看我老了，不中用了。论耍水，我还敢和你们比试比试哪！"说着，他又看着一伙年轻人挤了挤眼睛，挑战似的加了一句：

"河神爷可和我有点缘分啊！"

许来庆、李生贵等一伙年轻人听说老同喜要和他们比赛游泳，就一齐嚷道：

"比就比，怎么样吧还比不过老同喜？"

"老同喜可不敢吹了牛腿啊。"

郭春海看见大家情绪很高，老同喜也不服气地解开衣服，便又问了老同喜一声：

"咱们是比赛游一出子呢，还是游一个来回？"

老同喜说："当然是游一个来回。"接着他就往河对岸指了一下，好像是画了一条路线那样："就从这里游到对岸那株倒栽柳那里，再接着游回来。"

"好吧！"许来庆叫了一声，便要下水，老同喜便急忙拦住他说：

"既要比赛，咱们就得划个公证人，让公证人说话，咱们好一齐下水。"

159

这时，正好孙茂良和几个上点岁数的人走来看热闹，许来庆就叫了一声；

"那就请茂良哥给咱们当公证人吧。"

郝同喜却说："不请他这个冒失鬼，他不会耍水，还能看中当？"接着他就叫了一声孙茂良身后的王连生："还是让王连生给咱们当公证人吧，王连生办事公道，眼力又好。"

"好啊！"青年人都齐声喊道，王连生也就只好笑着走到河岸上来。

孙茂良见郝同喜小看自己，自然不服气，就冲着郝同喜叫喊道：

"你不要门缝里看人，把人看扁了，老子今天也要和你比试比试哪！"

"好，要的就是你和我比赛。"

郝同喜一面高兴地叫喊着，一面就脱衣服。在杏园里休息的女社员们听见他们嚷吵着比赛游泳，也就露出头来。

老同喜看见妇女们也想看热闹，又想和她们说笑两句了。老光棍汉是最爱撩逗一下妇女们的，即使撩来一瓢凉水也是爽快的。他就高兴地喊道：

"女人家可不敢看我们啊！"

妇女副社长张秋英就回敬他道：

"谁还愿意着你那一把老骨头哪！叫我们当柴烧还嫌没油性哩！"

"我骨头老心可不老啊！到了水里你们就知道我老同喜不老了。"

老同喜想在妇女们面前露一手，因此他刚刚听到王连生的一声号令，就扑腾腾跳下水去。

参加比赛的男社员们跳下水去以后，在杏园里休息的女社员们就走出杏园来。在杏园南边洗衣服的女社员们，也走了过来。她们真想看看男人们游泳啊！以前见男人们耍水，自然是要躲开的，有时谁想偷看几眼，要是叫别人知道了，定会惹出一番闲话。如今她们可不管那一套了。不过有些妇女开头总还有点不好意思，她们就站在杏园里边，伴着一株杏树，从那杏树枝干的缝里，一直好奇地眼睁睁地往河里看着。

站在河岸上的人，一面看热闹，一面吆叫助威：

"春海加油！"

"老同喜加劲！"

"许来庆快游啊！"

"孙茂良快追啊！"

在参加比赛的十几个人中,自然要数郝同喜是老把式。他在汾河里耍过多少趟水啊!真比年轻庄稼人在地里动弹的时候都多。所以他一下水就游到了最前头。但他游到河当中时,就觉得有两个年轻人紧紧地跟上来了。他回头一看,正是郭春海和许来庆。但他终究是个老把式,就在游到河对岸,刚要往回返时,就在郭春海和许来庆刚刚追上他,眼看着就要赶上他时,他就用力一蹬河岸那株倒栽柳,一口气蹿了前去。当他得意地回头看时,果然看见那两个小伙子就因为回返绕弯而落在他后边了。

"嘿,当年的工夫还在啊!"郝同喜得意地想起当年来了。

还在年轻的时候,郝同喜就练就一手好水。他给地主当长工时,每到夏天歇晌的工夫,不是地主家那几个少爷羔子打闹得他睡不好,就是地主老太婆支使他多干点活。等到他刚刚睡着,地主又催撺他上地了。所以他一吃了晌午饭,就躲到杏园里歇晌来了。当他走到杏园,一看见那滚滚的欢笑嬉闹的汾水,他又不想睡了。一个满身精力,自觉有一身本事的小伙子,一个生长在汾河岸旁的庄稼人,怎么能不学会耍水呢?因此,他每天都要在河里游几趟水。遇到汾河发大水时,他可就有干的了。不是从河里捞上几颗西瓜,就是给岸旁等着捞柴的女人们捞起一些木柴来。那时,他听过多少女人们对他的赞赏和感谢,听到过多少甜滋滋的毫无用处的话语啊!当汾河桥被冲坏,当河两岸有过往行人,或是转运东西时,他就更有干头了。背过人去,或是送过什么东西之后,人家都要给他几个"送河钱",这笔乐意的收入,可以填补一下酒钱和烟钱的不足。那时候,年轻小伙子们也常常比赛游泳,而哪一回不都是他夺得第一呢?

郝同喜一想起这些往事,就高兴得忘记自己的年纪了,他就接连变换了几种姿势要在这些年轻人面前显露一下他的本事。但当他刚刚玩了两个花样,听到河岸上一声喝彩,忽然就看见郭春海和许来庆趁机游到他前头去了。开头在河岸上夸过海口的老手,而今怎甘落后!心里一急,忽又想起潜游取胜这一着来,便猛吸一口气,往水里一钻,就像一条鱼似的蹿到前头去了。

河岸上又是一阵喝彩声。女社员们虽然没有那样高声喊叫,可是她们也真快乐啊!有些妇女还根本没有见过这么精彩的游泳比赛呢!但其中有一个人却是愁眉苦脸的,那就是孙玉兰。因为孙茂良水性不好,又因为他刚下水时出力太猛,在从河对岸返回来时,就落在后面了。孙玉兰真替她爹着急啊！更使她担心的是孙茂良连着喝了几口水，孙玉兰就着急地跺开脚了。但当她看见她爹刚刚缓过一口气来，正要往前追赶时，怎么忽然觉到身旁有谁惊叫了一声："啊呀！"而且竟用拳头在她背上打了两下，她回头看时，才看到杜红莲什么时候已经坐在她身旁了。一见杜红莲那怕人的脸色，她想一定是出了什么事情，便又赶紧往河里看去，只见老同喜被一个浪花打下水去，郭春海也一下子看不见了……

杜红莲回家吃过晌午饭以后，因嫌她的小东屋闷热，便拿了一把镰刀，告了她妈一声，到杏园里歇晌来了。她想在杏园里躺一会儿，在河边洗洗脚，要是碰到农业社的社员，她就打听一下拖拉机的事情。因为她回到村里，又看到黑板报上写着拖拉机要来了。等起晌以后，她爹、妈出来后，再一起下地割麦。

临出来时，她还洗了洗脸，梳了梳那双长辫子，穿上了那件她心爱的淡绿色的短袖上衣。杜红莲是爱干净、爱漂亮的，就是下地劳动，她也要把自己弄得整整齐齐的。而且一想到杏园，就想起春海。要是在杏园里碰上春海呢？这些天来，她是时时刻刻想念着，也时时刻刻想看见春海了。自从端午夜里他们谈定他们的婚事，自从那天晚上她把他们的事全部告诉她妈，又听到村里人也嚷开她和春海的事情以后，她反倒歇心了，反正就是这样了。她再也不担心什么，再也不顾虑什么了。

她刚走到杏园跟前，正好听见社员们高兴地吵嚷着看比赛游泳，她就急忙跑到杏园边沿，紧挨住孙玉兰坐下来。这时，社员们因为都在眼睁睁地看着游泳比赛，所以没有人注意到她来。她也没有和别人打招呼。她一来，就被那紧张、热烈的比赛吸引住了，她的一双眼睛也好像飞到郭春海的头上和那两只划水的手臂上去了。当她看到郭春海落在郝同喜后面时，她是多么着急，两条眉毛紧皱在一起；当她看到郭春海赶上郝同喜，超过郝同喜时，她是多么兴奋！心里叫着："快！快！"眼里闪耀着快乐的光辉。但是，突然间郝同喜被一个浪花打下去了，一眨眼工夫，郭春海也看不见。她就失口叫了一声"啊呀！"当她正想下河岸去时，突然看到郭春海从水里钻出来，而且远远地游到郝同喜和许来庆前面去了。

刚才郝同喜见郭春海他们追上来，便把头钻进水里，一口气蹿到前头。

162

但当他游到河当中，刚刚从水里抬起头来，正好有一股浪花迎面泼来，他究竟是上了年纪的人，一口气上不来，一下子就被那股浪花冲得东倒西歪，支持不住了，河当中浪大水急，眼看就要被水推下去了。刚刚追上来的郭春海一见这情景，便立即钻下水去，把他拽了起来，又托了他一把，郝同喜这才换了一口气，又使尽力气追赶前去。但许来庆已乘着这空儿赶了上去。郭春海一见许来庆抢上前去，便也学着刚才郝同喜那一手，一头钻进水里，一口气就蹿了好远。就在快到河岸、许来庆骄傲地回头看时，郭春海却已在他头前钻出水面，然后就甩开手臂，像水面上的一只飞鸟那样，飞游到岸边去了。

在杏园里和河岸上看热闹的人，一见郭春海第一个跳上岸来，就一哇声叫了一声："好！"紧接着许来庆和郝同喜等也一个个跳上岸来。河边的男社员们便跑过去围住他们，有的夸奖郭春海游得快，有的说他能沉住气、会使力，还有几个社员特别称赞他扶了老同喜一把。

"要不是春海拽了老同喜一把，老同喜这回可真要到河神爷那里安家去了。"

"河神爷和他有缘分，河神爷想招他这个老女婿了。"

老同喜虽然有点不服气，但也不大在乎：

"唉，到底是上了年纪了，真是年纪不饶人。要是再年轻十年的话，就是让他俩十步，也落不到他俩后头。"

郭春海见老同喜那气喘的样子，就鼓励他道：

"论水性，还要数同喜哥是老把式。"

老同喜这才又得意地叫道：

"这才是句正经话啦！"

说着，郝同喜又回头看了看杏园里的人，看他们是否也听见了郭春海的这句话呢？

坐在杏园边沿的孙玉兰，一直等到她爹最后从河里爬上来，穿好衣服回到杏园里，她才站起来。但她刚要走时，只见坐在她身旁的杜红莲仍是呆呆地坐在那里，看着河水出神，她便在杜红莲的肩膀上拍了一下：

"还往河里看甚哪？你的那头名状元早回到杏园去了，不赶快走还等甚哪？"

杜红莲摇了摇头，让飞起来的长辫子轻轻地打了她一下，接着又挤了挤

163

眉眼说道：

"我就不走，我还想今晚上再到汾河桥上等他半夜哪！"

孙玉兰一听这话，猛然想起了端午夜里，她在汾河桥上等任保娃的事，但杜红莲怎么知道的呢？她一时羞臊，就闪手到杜红莲腰里拧了一把，杜红莲也就一下子抱住她，两个人就这么紧紧地搂抱着，两张羞红的发烧的脸紧紧地贴着，在草地上打了一个滚，而后就快活地在一株杏树下面，轻声而甜蜜地谈起她们各自的心事来了。

杏园里，男女社员们大都躺在杏树的荫凉里睡着了。夏天的晌午，杏园里是多么凉爽、多么安静！杏树的叶子被太阳晒得疲累地低下头来，即使有一阵轻风吹来，它们也不愿意动一动了，树荫下的青草也弯下它们的身子，互相依靠着躺倒了。那黄色、白色和各色的野花，也好像闭住它们那美丽的眼睛，低下头睡着了，偶尔有一只蜜蜂和一只蝴蝶从花丛上飞起来，又像怕惊动了歇晌人们，打扰了这寂静的杏园似的，悄悄地飞出杏园，飞向那广阔的原野上去了。

夏天的晌午，在原野上也是这么宁静。火红的太阳好像停在空中，散发着她那无穷无尽的光和热。碧蓝的天空里，朵朵白云也不知道是躲到哪里去了。一团团、一层层的暑气笼罩着原野。而原野上那一丛丛枝叶繁茂的树木，和那一片片翠绿、茁壮的高粱和玉蜀黍的苗子，也就懒洋洋地在原地休息了。割倒了的金黄的麦子，一铺一铺地躺在那里，早已沉睡了。原野上，万物都休息了，一切都是这样安静，唯有那川流不息的汾水，仍在轻声地唱着歌，永远不知疲倦地向前流去……

第十九章

　　刘元禄在麦地里挨了一顿批评，就独自先回家吃饭来了。但他走进厨房里揭开锅看时，锅里竟没有一丝热气。低头看时，灶火也还没有生着。他就气呼呼地走出院里来。院当中那棵花红李子树上的李子，也早被他那嘴馋的女人给吃光了，但掉落在地下的树枝、树叶，却没有人收拾。一见这光景，他心里更觉烦躁，心里便埋怨他女人："只会打扮你自己，就不知道早起扫院，晌午做饭！"他正要到上房找他女人，刚巧看见他女儿刘秀珍背着一捆柴火走进院里来，心烦肚饿的刘元禄便一步走过去，啪地打了她一巴掌，骂了一句：

　　"甚时分了，才给老子拾火做饭！"

　　秀珍委屈地说了一句："我也是刚下学回来。"便捂住火辣辣的半边脸，哭吼着到东屋里找她奶奶去了。

　　刘元禄也知道他女儿是刚下学回来，便只好又去他们住的上房里找他女人杨二香。杨二香呢，恰巧也是刚从外面回来，嘴里还恋着一块枣泥馅饼子没有咽下去。一见刘元禄已经回来，便问了一句：

　　"这么早就回来了？"

　　刘元禄也没好气地问道：

　　"你到哪里去来？怎么连饭都没有做下？"

　　杨二香见他问话的气色不对，就回了一句：

"我今日身子不舒坦。"

刘元禄知道她又是装病，便说了两句气话：

"就知道你自己吃，也不想想人家割了一前晌麦子饿不饿！"

杨二香却瞟了他一眼：

"你嫌饿了不会也到赵掌柜那里吃饼子去？你一回来就知道要吃，也不管人家身上舒坦不舒坦！"

说着，她就干脆躺在炕上了。其实她哪里是身上不舒坦呢！看她打扮得那妖艳样子，穿了花红柳绿的一身衣衫，衣衫底下还露出一截水红裤腰带的穗梢。脸上搽了一层白粉，真像黄葫芦上下了一层白霜，额头上还拔了一个火罐印子，一来是她以为额头上有这么一个圆圆的紫色火罐印子风流好看，二来是挂了幌子，碰上农业社的人来动员她上地或做其他劳动时，她也好推说有病。

今天一清早妇女副队长来叫她上地割麦，她就推说有病不能去，叫她到场上翻晒麦子她也不肯。妇女副队长自然不信，说得紧了，她就干脆躺到炕上蒙着头睡了。顶走了妇女副队长，止想睡一会儿懒觉，不想又听见她那病瘫在炕上的婆婆在东屋里叫唤："元禄家的，给我端口水来。"她起先装听不见，不想去伺候婆婆，而她婆婆却是隔一会儿就要叫唤一阵："秀珍家妈，把我渴死了……"叫得她心烦得睡不成了，她才不耐烦地跳下炕来。但她走到厨房里看时，灶火早已熄了，水瓮也干了。她既不想动手生火，又不肯抬腿担水，心想：在家里也睡不安生。便索性咔叭一声锁上屋门，到赵玉昌小铺里和他鬼混了半天。到晌午时，约莫上地割麦的人要来了，她才咬了一个饼子，走回家来。

刘元禄一见她躺到炕上，也真有点生气了。社干部们批评他女人不上地劳动，他虽然嘴上承认他女人懒，并答应回去尽量动员她上地，但他心里的老主意却是"不上地正好，自己从地里间来也能吃口应时热饭"，他女人高兴了，还变着花样给他吃。可是，今天却连热开水都没有喝到一口，他肚里一股饿火上升，就想教训他女人一顿了：

"你装病哄别人可以，今日哄到老子头上来了！娶过你来要你干甚，就为了你来踢腾我的家当，给我家当祖奶奶？"

杨二香可不怕他这一套，就尖声高叫道：

"哟！你倒管得我严紧，你还想把死我，把我踩到你脚底下哪？哼，你当我愿意到你们这死人地方？还不是你左一回托媒，右一回祷告，亏了赵掌柜的帮忙，才把老娘请到你家炕上！我来了敢是享了你家什么清福了？伺候上老不死的病人、小不懂事的闺女，外头又挨上农业社的批评，我这倒成了猪八戒照镜子，里外不是人啦！好吧，你要是不想要老娘了，不会从哪儿请来再送回哪儿去？"

听着她这一套话，刘元禄心里虽然窝火，可是又怕闹崩了，所以也就没有搭腔，只是坐在椅子上狠狠地抽起烟来。

杨二香见他不搭腔，又说：

"你整天地说，农业社散了，咱们好独立门户，跟上你过好日月。哼！你就不看看，眼见得农业社收成那么好，像个要垮台的样子？今前晌我耳风里还听见人们说，农业社要来拖拉机哪！"

刘元禄一听农业社的事就心烦，心烦加上肚饿，就跺了一脚，气呼呼地走出屋门。

东屋里他的老母亲听到他出来了，就叫了一声：

"元禄！"

刘元禄听见他妈叫唤，只好停了一步，问道：

"怎啦？"

他妈妈挣扎着，费气败力地叫道；

"你就不会到妈屋里……走动走动……"

刘元禄只得走进东屋里来。进门以后，既没有问他妈饥渴，也没有看他妈的病体，一见秀珍还依在她奶奶跟前啼哭，便瞪了她一眼，训了一句：

"你还哭！再哭老子不揍死你！"

他妈妈一见这光景，原想为孙女抱屈的满腹言语也就说不出来了，真是"有了后娘就有了后爹"了。她只怕再说反给孙女招祸，便哆哆嗦嗦、咳嗽气喘地说道：

"半天了，我还没有进一口汤水……你女子刚下学回来…也还没有……"

刘元禄一听这话，就不耐烦地打断她道："她没有吃饭不会自己做去？我割了一前晌麦子还饿着哪！"说着，便返身走了出去。

他妈妈一见她那孝道的儿子走去，竟气得好一会儿没有出上气来。可怜的秀珍还当是奶奶断了气呢，便扑到奶奶身上哭号起来：

"奶奶可不敢死了啊，奶奶死了我就不能活了啊！奶奶啊……"

秀珍的奶奶听着秀珍那恓惶的哭号，这才心跳了几下，咳嗽了一声，缓过一口气来。但她睁眼看时，怎么趴在她身旁的竟变成她的儿子刘元禄呢？是儿子动了孝心，又返回来了？可是他为什么又变成小时候的模样，怎么留下辫子，而且也叫自己奶奶呢？她就伸出一只黄蜡蜡的干柴一样的手来，哆哆嗦嗦地揉擦了一下眼睛。当她再睁眼定睛看时，趴在她身旁的，仍是她的孙女秀珍。她和她爹小时候的模样是多么相像啊！

这时候，她忽然又想起二十年以前的事情了。那时候，刘元禄的父亲刚刚下世，她也是害病躺在炕上，十来岁的刘元禄倒也像个懂事的孝子啊，不是东院里烧香，就是西院里磕头，每天为她的病祷告，每天也像秀珍这样趴在自己身旁哭吼着说："妈妈可不敢死了，妈死了我可怎么活呀！"还说："妈不用愁，我长大了一定要赚钱养活妈，叫妈过几天好活日子。"那时候，她可是真心疼她那孝道的儿子啊！为了不让儿子受制，她便下决心永世不再改嫁，不论日子多么寒苦沉重，她都承受下来，实指望她儿子长大成人，发家立业，生儿养女，养老送终，也不枉自己白守一场苦寡。那时候，刘元禄也真是聪明、能干，又听话，又孝道，邻居们也常常在她面前夸奖她那好儿子，她还以为自己可算是守了个好儿子，要享几天老来福呢！

谁料想自从土地改革以后，日子好过起来了，那没良心的儿子竟然全忘了根本。妈妈劝他不要常喝酒，他不听；劝他不要和赵玉昌来往，他也不听；劝他参加农业社，他不爱听；劝他不要娶店家女儿，他更不高兴。真是财迷心窍，唯利是图，有钱就变心，认钱不认亲了。而自从娶过秀珍家后妈以后，更是"吃娘奶，见娘亲，娶过女人忘娘恩"了。妈妈虽然心里怄气，但还不愿意在人前数说儿子和媳妇的不是。她唯恐儿子、媳妇听见生气，更怕人们笑话她守了一场苦寡，临了落下这么个下场。就这样伤心怄气地怄成了心病。

生病以后，她儿子也不像小时候那样孝顺，连医生也懒得给她请，药也舍不得给她吃；媳妇呢，就连汤水也不给她送。唯有她的孙女孝心重，可她人小不顶事，处处反要累自己。想到这里，她又伤心地看了一眼小孙女，心想："大概儿女侄孙们都是这样，他们小时候离不开你时，是那样亲热孝道，等到把他们的翅膀养硬了，会飞了，就觉得你是累赘了。自己那亲生的、守寡养大的儿子还是这样，谁又晓得这孙女将来长大了，又是怎样的心肠？"想到这里，她一阵伤心，便松开秀珍的手，有气无力地说道：

"只管哭什么……还不赶紧做饭去。"

秀珍到厨房里生着火，一看水瓮里没有水，便只得担起水桶去担水。水井离她家倒不远，井也不深，她站在井台上往下看了一眼，只见井里照着自己的面影一动一动的，心里不觉有些害怕，便急忙打了两个半桶水，担回家来。坐上锅、烧上水以后，她就到上房里问她妈做什么饭。杨二香因为在赵玉昌那里吃饱了，便指给她一个小碗，让她舀上米去熬米汤。知道她妈又不让吃干饭了，她便满满地舀起一小碗米来。杨二香一见她舀了那么多米，便凶声恶气地骂道：

"舀那么多米想吃一辈子呀！想一顿撑死你呀！你是安心吃塌这家当，不想过光景了？"

秀珍是饿怕了的人，先还不肯把米再倒进米罐里，杨二香便拿起扫炕笤帚打了过来，不料那笤帚正打在秀珍端米的手上，把那一碗米也打落在地下了。杨二香一股无名火起，便跳下炕来，一手抓住秀珍的头发，一手就在她身上乱打起来。

"十几岁的人啦，连饭都不会做，赶明日给你寻个厉害的婆家，看你婆婆不打死你！"

杨二香一时乱骂，一时乱打，一时又拧她的大腿，一时又一绺一绺地揪掉她的头发。秀珍疼痛难忍还不敢哭叫，苦苦央告也不顶事。当看见她后妈又举起那擀面杖时，她吓得尖叫了一声，便想夺门逃跑。不料杨二香早已一步抢进，横在门口，并且关了屋门，一手按倒她，一手就举起擀面杖来，照着她身上一阵乱打。

"你哭，你再敢哭我就打死你……"

刘元禄从家里出来，想到赵玉昌铺子里吃几个饼子。走到小铺门口，忽然想到郭春海刚才在麦地里对他的劝告，他犹豫了一下，但肚里饿得阵阵发火，家里没有做下饭，不到小铺里吃点，又能到哪里去吃？又想："人生在世为什么？吃几个饼子也能算资本主义？"他走进小铺子去了。赵玉昌听见有人进来，慌忙把酒壶和一盘豆腐干、一盘炒鸡蛋放在抽屉里，又急忙拿起一张报纸。当他看见进来的是刘元禄时，便站起来笑呵呵地说道：

"哈，是元禄老弟啊，吃饭了没有？"

刘元禄摇摇头，叹了口气说：

"秀珍她妈身上不舒坦，没有做饭，柜上还有饼子吧？"

赵玉昌笑着说：

"没有别人吃的吧，还没有你吃的几个？来，进屋里喝两盅酒，吃点菜。"

说着，两个人就进了里屋。赵玉昌又把酒壶和鸡蛋、豆腐干盘子拿到桌上来，又添了一个酒盅，一双筷子，拿出几个饼子来。

刘元禄先是狼吞虎咽地吃了几个饼子，喝了几盅酒。然后就一面吃喝，一面拉起话来。

赵玉昌问："今前晌又割麦子去啦？"

刘元禄"嗯"了一声，叹了一口气，猛喝了一口酒。

赵玉昌见刘元禄气色不对，就急问：

"有什么不顺心的事吗？"

刘元禄这才又"唉"了一声，说：

"不用提啦，王连生那小子，狗咬耗子多管闲事，就显他穷积极，专门和我过不去。"

随即就把前晌割麦时，王连生说他割得不干净，郭春海要他返工，大伙又批评他一顿的事说了一遍。赵玉昌听后，猛然又联想到五月端午那晚上在刘元禄家门碰见王连生的事，因而赵玉昌反倒高兴了。他怎么不高兴呢，这两天他正发愁没有什么好办法对付农业社，正想着怎么整治一下王连生呢！这不正是一个碴口吗？于是他就好像为刘元禄抱不平说：

"哼，王连生凭什么也欺侮你？带着一群饿狼进了农业社，也还这么有理霸道的。你不会顶他两句？"

刘元禄说："顶啦！我说'留给你老婆来拾哪'！"

赵玉昌竖起大拇指说：

"这话顶得好！他老婆哪一年不出来拾麦子，拾麦子的人还能短了到人家麦铺堆里抽几把？这话当下就顶住他了吧？"

刘元禄又叹了口气说：

"不想郭春海和张虎蛮赶过来，木匠斧子一面子砍，都帮着王连生说话，又叫我返工把麦子都割净。真叫人窝火。"

赵玉昌一听这话，心想这倒是个火苗苗，有人愿意出柴，有人愿意点火，还怕火烧不起来？思谋了一阵，就拿起小蒲扇来扇风了：

"王连生这穷子可是一步一步爬上来了啊！"

"眼看就骑到我脖子上了。他入社以后，事事和我作对，时时踩我的脚后跟：我要跑运输，他要引水抗旱；我要给郭春海、杜红莲脸上抹灰，他就出来保驾；今天割麦子，他又专门跟在我后头，让我丢人败兴。"

赵玉昌一面用小蒲扇给刘元禄扇风，一面问道：

"要是农业社再扩大了，王连生当上干部呢？"

"那就更不好办了！现在农业社就让郭春海把住了，动不动就批评我资本主义自发思想。大事我做不了主，小事起不了大作用。要是王连生当上干部，和郭春海拧到一起，农业社还有我的份吗？"

"说得对。那得想点办法啊！"

"是啊！是得想点办法，今日这口气我就咽不下去！"

赵玉昌紧接着催问：

"想点什么办法哪？"

刘元禄只是生气，一时还想不出什么办法。赵玉昌眼睁睁地看着他，只想让他说出什么好办法来。但等了一会儿，刘元禄还不说话，赵玉昌便给他斟了一盅酒：

"喝吧，老弟，一面喝，一面想啊！"

刘元禄喝了一盅酒，皱着眉低下头来想了一会儿，也想不起郭春海和王连生有什么漏洞或把柄。想着想着，反而想起郭春海刚才在麦地里和他的谈话了。是啊，自己要找郭春海的漏洞，郭春海自然也要抓自己的把柄。刚才他不就提到自己和赵玉昌的关系，又是什么立场、感情问题。而最使他担心的，就是在赵玉昌铺子里入股的事。别的什么吃点、喝点，他不在乎。两个人说过什么话，他也不怕，到时候不认账，也没有旁证。籴粮的事虽然是错误，但万一败露了，检讨得深刻点也不要紧。唯有入股分红利的事，性质严重。所以，他就想先抽了股再说。于是，他也给赵玉昌斟了一盅酒，说道：

"赵掌柜,我想自己先站稳身子,再想办法和他们斗。今前晌郭春海又提到我常来你这儿,到你这儿吃点、喝点我不怕,我就是顾虑入股的事。我想不如抽了股,消免了这事再说。"

赵玉昌一面听着,一面使劲玩弄着手里的两颗核桃,脸色由黄变灰、由白变青了:

"抽股,消免这码事?说得倒轻巧!抽股可以,那个账本我可不敢烧了它!你知道,这半年来你走的是一条什么路?一个共产党员入了资本主义的股子,一个农业社干部和富农、商人投机倒把、倒卖粮食、破坏统购统销,这些你并不是不知道。我是死猪不怕开水烫了,大不了管制起来,再不就蹲监狱,你可是知法犯法,罪加一等。怎么样,前半辈子享够福了,后半辈子想受点罪吗?咱们既然坐到一辆车上,坐到一条船上,就不好半路分开,半路上跳车是要摔跤的,半道上跳船是要淹死的。老弟,要想消免以往的事恐怕是消免不了啰。要想不让人知道可以,只要你还让我开这个铺子,我那个账本就不会露。我早就给你说过,除了天知、地知、你知、我知,谁也不会知道。怎么,是郭春海给你上了堂政治课,诈唬了几句,就害怕了?"

刘元禄看着赵玉昌不给他退股,分明是想握着这个把柄,而自己也不是真心想退。既然入了股退不出来,既然上了船下不来,那就只好搭伙一块儿闯吧!只要入股的事赵玉昌不露就不怕。于是,他便挺挺胸脯说:

"不怕,我怕什么!"

"这就对了。老弟,我这里用不着你担心害怕,我倒是担心你们农业社扩大了,你怎么办?"

"是啊,是得想点办法。"

赵玉昌看看又把刘元禄拉回到原来的话题上,而他一时又想不出什么好办法。于是他便故意问了一句:

"你们农业社在哪个场上打麦子?"

刘元禄说:"有好几面场。我们生产队就在王连生家门前那面大场上,那还是郭春海挑定的。"

赵玉昌早已知道这情况,便接着说道:

"郭春海为甚要挑选王连生家门前那面场?谁不知道王连生家穷得收完

夏就没有麦面吃，收完秋就没有秋粮吃了？年年靠他老婆到地里、场里乱捡人家的粮食。你敢保险王连生家趁人不见时，不往他家里收拾几捆麦子？这两天你们农业社不是也吵嚷着丢麦子的事吗？我就听见孙茂良嚷过，说场上丢过麦子。因为丢麦子的事，孙茂良还和李生贵吵过一架呢！要是你能在他院里找到两捆麦子，老弟，你这口气就能出了。"

赵玉昌一面说，一面思谋了这条妙计。只是他还不好干脆说明，让刘元禄往王连生院里窝藏两个麦捆，于是，他又绕着弯说道：

"元禄老弟，这是咱老弟兄们说哪，你不听见今前晌又有人风传农业社要扩社，还要来拖拉机？眼看着农业社的收成不赖，有些单干户倒眼热心动啦！要是农业社真的扩大了，真的拖拉机开来了，你可甚时才能出来啊？"

这一番话，又说到刘元禄的心病上了。农业社有一分发展，他就增加几分不安；农业社越好，他就越不高兴。他也正思谋该怎么办呢！

赵玉昌又说：

"老弟，我可全是为你啊！我嘛，一来成分不对，二来也没那雄心大志了，一心盼望你有个好时候，老哥到后来也好沾你点光。要是农业社扩大了，你出不了社，不要说你立不起大庄户，开不了铺子，就是老哥把这座铺子全让给你，你也进不来、坐不稳呀！眼下，只有叫农业社乱一阵子，叫王连生抬不起头来，叫人们埋怨郭春海在王连生门前安场。只要人们都说农业社尽丢麦子，在这个节骨眼儿上乱一阵，只要农业社扩大不了，拖拉机也来不了，以后咱再想出来的路子。眼前这一步可挺要紧啊！"

刘元禄听了赵玉昌的话，自然早明白了。眼下也只有这个办法了，他也豁出来了。反正不管怎样，他是不能在农业社了。那天制订预分方案时，他也算了一下他自己的收入：粮食数数倒差不离，只是把一辆皮车白贴进来了，一冬一春，他要是赶上他的皮车跑运输，能赚多少钱啊！

赵玉昌见他一时低头不语，便又担心地催问道：

"老弟，话虽那么说，主意可要你自己拿啊！我不过是一心为你打算，不管事成事败，你可不敢把老哥也卖了。"

刘元禄把胸脯一拍，接口回道：

"看你说到哪里去了，刘元禄再败兴也不是那种人。"

赵玉昌也就立刻笑呵呵地提起酒壶，一面给刘元禄斟酒，一面说：

"我也不过是这么说一说。来，再来一盅。"

后晌，郭春海和张虎蛮因刘元禄割麦子不行，就让他跟车。刘元禄到了麦场上，往王连生家院里仔细看了一阵。说来也奇怪，王连生的女人和小孩子们就是一个也不露面，既不出外拾麦子，也不到场面上来，自然也没有给他露出什么空子，更没有做下什么他盼望的事情。麦场上呢，不是人来车去地往场上送麦，就是经常有两个人、两个牲口在碾场。几天来，他真是苦思苦想，也没有想出什么好办法。

一天晚上，刘元禄又到麦场上去察看，恰巧看见守夜的孙茂良正躺在麦秸上睡觉。他一时高兴，便往麦场上走去，但刚走到麦场边沿那棵大槐树下，忽然又看见对面也走来一个人影，而且也是要到麦场上去的。他心里一慌，就急忙装作解手的样子，躲进了大槐树后面的土围墙厕所里，然后才慢慢地伸出半个脑袋来，偷眼观看着刚来的那个黑影。当他看到那个黑影刚走到孙茂良跟前时，忽然间，他又听到麦秸垛后面有人叫了一声：

"谁？"

"我。郭春海。你是谁？"

"王连生。"

他真没有想到刚来的人正是郭春海，更没有想到藏在麦秸垛后面的是王连生。只见王连生一面从麦秸垛后面跳出来，一面对郭春海说道：

"你不要怪罪孙茂良，是我刚才出来，见他有些瞌睡，我就说替他看一会儿，叫他打个盹儿吧。不想他竟睡得这么死。"

刘元禄听着他们的谈话，想到他刚才差点冒失地走到场上来，真有些后怕。看到孙茂良醒来，他们三个人坐在麦秸上低声说话，他便想趁机溜走，但他刚站起来，忽然看到郭春海也站起来了。只听到郭春海对王连生说"咱们再到一队场上看看"，便相跟着走过来。看见他俩走过来，他又慌忙蹲在厕所里。过了一会儿，当他抬头看到孙茂良还是躺在麦秸上时，他又不想走了。又等了一会儿，看见孙茂良老是躺着不动，猜想他又是睡着了，他便走出厕所来，先咳嗽了一声，见孙茂良仍是一动不动地躺在那里，他就大胆地走到王连生的大门跟前。他先用脚踢过来一捆麦子，但又进不了王连生院里，挖空心思也想不出更好的办法，心一横，便提起一捆麦子。但他刚走了一步，就突然听到有人喊了一声：

"谁？"

"我！"

"干什么？"

刘元禄先是一阵心跳，急忙放下手里的麦捆，回头来看到场上只有孙茂良一个人，便又咳嗽了一声，压了压心慌，不自然地笑了一笑说：

"我就是来试试你，看你睡着了没有。场上堆着社里这么多麦子，你可不敢睡着啊！"说着，就走过来，掏出两支香烟，递给了他一支。

孙茂良看见是副社长，又是武装委员会的副主任，以为刘元禄也像刚才郭春海来检查一样。刚才郭春海问他为什么睡觉，他有理由，那是王连生要主动替他守一会儿场的；而这一次呢，他更有理由。他就走到场外来，一边吸着那支喷喷香的纸烟，一边告诉刘元禄道：

"你当我是真睡着了？刚才郭春海来的时候我倒是睡了一会儿，那是王连生要替我守一会儿场的。这一回我可不能真睡着了。这还是春海教给我的办法，让我假装睡着，要是有什么坏人来的话，他以为我睡着了，哼，等他要干什么坏事，我可就冷不防逮住他了。"

刘元禄一听这话，心里真是扑腾腾乱跳，幸好今晚上遇见了这冒失鬼孙茂良，要是遇上王连生或许来庆，就坏事了。

回到家里，他越想越后怕，也越想越着急。眼看麦子就要收完了，就这么干瞪眼看着农业社麦子丰收，静等着扩社、迎接拖拉机吗？不行，怎么办？蒙着头想了一夜，还是没有想出什么别的好办法。第二天，他只得又到麦场上来了。

这一天下午，刘元禄仍是跟车送麦。他来到麦场上，只见又是孙茂良一个人牵着一头牛在那里碾场，另一头牛却在场边歇着。他一看那歇着的牛是郭守成的，就问道：

"茂良哥，是轮你和郭守成碾场吧，他到哪里去了？"孙茂良和郭守成已经在这里碾了半天场了，他肚里正惬着郭守成的气呢。

"到哪里去了？回家里吃死食去了。嘴上说的是赶紧吃一顿饭就来，可是走了有十顿饭的工夫了，还不见那鬼影子。"

刘元禄一听见别人说郭守成的不是就高兴，因为郭守成是郭春海的亲老子啊。心里一高兴，他便拿出两根纸烟来：

"来，抽根烟，歇一阵吧。"

孙茂良却摆了一下手说：

"场里不让抽烟，再说我可不像郭守成那么耍奸偷巧，都像他那么磨磨蹭蹭，这场麦赶明天也碾不出来，这任务怎么交代？唉，跟这种人在一块儿干活，真能怄死人！"

刘元禄听到这里，不想跟车走了，就随手拉起郭守成的牛，碾起场来。

孙茂良见郭守成那牛到了他手里走得风快，就说：

"你看那牛走得多欢，牲口全凭人使唤。一前晌，郭守成就怕他的牛出了力，死奄慢气，这会儿可叫它好好地把积攒了半天的力气出一出吧。打啾，快！"

孙茂良单吆喝还觉不过瘾，啪地照着牛背就是一鞭。

说也凑巧，郭守成迟不来早不到，却在这时候赶来了。一见孙茂良打他的牛，不用提他有多么生气。他就直起脖子嚷道：

"牛不是你的，你不心疼啊！你把老爷的牛砸捣了算啦！"

孙茂良虽然有一肚子气，但眼下也不好再说什么。刘元禄原想看着他俩吵闹一场的，但一看孙茂良忍住这口气，他忽又想起夜晚上在这里碰到孙茂良的事了。夜晚上自己一时糊弄住了他，万一他以后再想算过来，起了疑心可不得了。这么一寻思，便故意向护着孙茂良解劝道：

"守成大爷，你不要只听见鞭梢响，其实没打着牛。"

郭守成赶忙跑到牛跟前，又是看头，又是摸背，一看牛背上还背着一条鞭印，好像打在自己身上一样，掉转头来指着孙茂良就骂：

"好狠心的狼不啃的孙子！看把老爷的牛打成甚啦！你是存心想吃老爷的牛肉啦！老爷的牛死了，把肉都喂了狼也不给你吃！你把老爷的牛打死，你两个孙茂良吧，能赔起？"

郭守成一面骂，一面从刘元禄手里接过牛缰绳来。他想起一前晌和孙茂良在一搭儿碾场，不是常说他的牛走得慢，就是老说他的牛偷吃了麦子。他想，偷吃了社里的麦子，与你孙茂良甚相干？好，这一来，他正要出一出窝了一前晌的一肚子气了：

"哪一辈子没有做好事，今日和狼不啃的配搭到一搭儿了。"

孙茂良刚才听着他叫骂，心里就一阵阵冒火，只因为自己打了他的牛，一时理不直、气不壮，只想压住自己的火气。可是听到郭守成说今日倒了霉和自己搭配到一块儿干活，他可就憋不住了：

"哪个瞎了眼的想和你配在一搭儿！我怄的气还不待说哪，你倒有理了。尿泡尿照照你自己是什么厚道疙瘩！把你说成香油饼子，扔到地下狗还不闻哪！"

不吃亏的郭守成也不让人：

"怎么，你打了老爷的牛倒打出理来了？走，咱到社里讲理去！老爷的牛要病了、死了，今日就和你过不去！"

刘元禄见郭守成真的过去要拖孙茂良，就拉住他解劝道：

"算了，成天价在一搭里动弹的几个人，好了多搭几回伙计，不好了少见几回面，也犯不着生闲气，大热天上了火还要花钱吃药。"

一说花钱吃药，郭守成真的停手了。孙茂良却气得脸红脖子粗地说道：

"副社长，我不和他在一搭儿干活了，你重派我个活计吧。"

刘元禄也正想留在这里，便装作是照顾孙茂良，又有些为难似的说道：

"活计是你们队长分派的，我虽是副社长，也不好随便再给你重派。我看这样吧，既然你一定不愿意和他搭伙碾场了，那就只好咱们俩换换活计，我替你碾场，你替我跟车去吧。"

孙茂良一听这话，心里一阵松快：

"罢、罢、罢！元禄哥这回可是给老弟办了一宗好事！只要不和他搭伴，凭我孙茂良这一身力气，谁敢说半个不字。"说着就把牛缰绳交给刘元禄，并交代了几句场面上的事情；刘元禄也告诉了他跟哪辆车，到哪个地段拉麦。

孙茂良走后，郭守成心里虽然还有几分气，但一想到自己刚才吃了饭睡了一觉，路上还只怕孙茂良嫌自己来得迟呢！不想孙茂良一鞭子倒给自己送过一个理来，而牛背上挨一鞭两鞭也是常事，所以刚才那几分火气也就一转弯烟消云散了，就拉着老牛和刘元禄碾起场来。

那老牛一到了郭守成手里，果然又慢腾腾地摆开八字步了，他就看了一眼刘元禄，猜测着这个新来的搭伴对自己又会怎么样。虽说刘元禄是副社长，是党员干部，但依他看来，也算不得社里的积极分子，他的私心比自己还重呢。不过眼下究竟怎么样，他还有些不摸底。当他看见刘元禄只是一会儿看看王连生家的大门，一会儿皱起眉头不知道想什么心事，并不过问他的牛走得快慢时，郭守成才放心了。他手里的缰绳一松，那黄牛也就停下来，低下头去用舌头把麦穗卷到嘴里，他又慌忙看刘元禄时，刘元禄仍是刚才那样子，不知道他看见没有，反正没有说话郭守成便放心大胆让那老牛慢腾腾地转起来，老牛也就不时低下头去，用舌头卷起几穗麦子来填进嘴里……

直到太阳偏西，刘元禄才对郭守成说：

"天气不早了，麦子也碾得差不离了，咱们歇一阵就收场吧！"

一说休息，他自然赞成。就从牛身上卸了碌碡套，把牛拉到场边上。刘元禄也把牛拴到王连生大门上的那一个石狮子腿上，坐在大门上抽起烟来。郭守成坐在场边的大槐树下，手握着牛的缰绳。那老牛在场上动弹了一后晌，有些饿了，老想伸出脖子，把嘴探到麦堆里吃麦子。看看刘元禄并不看他，郭守成就放大胆松开了牛缰绳，让牛吃了几口麦子。那老黄牛也像他一样：人心没尽，吃了一口，还想再吃一口。他就再放松一下缰绳，但他又一看刘元禄，见刘元禄也正在直直地看他，他就闭起眼来，假装睡着了，想装作是睡着不提防牛吃几口麦子。可是过了一会儿，并没有听见刘元禄吆喝吃麦的老牛，倒是听见他叫了一声"守成伯"，他一想要装睡就干脆装得像一些吧，便打了几声呼噜。果然，刘元禄又叫了他两声，也就不再叫了。

但他总是不放心，便半睁开眼睛看着刘元禄，只见刘元禄呼地站起来，提了两个麦捆子进了王连生的院子，随即就空手出来了。他看见这事，自然也不言语，也没有多想，只以为刘元禄私心重。怨不得他不管我的牛吃麦，牛吃得再多也吃不了两捆呀！他能拿两捆麦子，我就不能让老牛多吃两口吗？他占了那么大的便宜，我也不能吃亏啊！这么一想，他就十分放心了，干脆把牛缰绳放开，让老牛任意在场边上吃起麦子来。

刘元禄从王连生的大门里出来，就心慌地走过郭守成跟前来。他早就看到了郭守成的牛在吃麦，这时，一来为压压他的心慌肉跳，二来也想拿郭守成一手，就叫了一声：

"醒醒吧，守成大爷，小心牛的肚子啊！来，抽根纸烟提提精神。"

郭守成睁开眼睛来，并没有看牛，因为他心里有底，刘元禄再说什么他已经不害怕了。于是，就笑眯眯地支吾了一句："看你把话说到哪里去啦。"随手接过纸烟来，对着火，也就转了话题：

"这纸烟就是比旱烟好抽啊！一股喷喷香的味气。"说着，他就狠狠地吸了一口，闭着嘴猛咽到肚里，好像怕走漏了一丝烟味似的。过了一会儿，这才呼地慢慢吐出一口气来。

太阳落山了。几道火红的霞光从那太阳落山的地方，从那远远的吕梁山的峰端喷射出来，好像大火烧了半边天空，又好像给满天的浮云镀了一层黄金。可是一会儿，一阵黑云从东南涌来，一霎时就把满天的霞光遮去，好像黑色的海水正在淹熄西天的大火一样。天色立刻显得昏暗了。

郭守成一看天气不对，只怕夜里要落雨，又看见好些拉车的和上地的人回来了，就急忙站起来，拿起木杈、木锨收场。一着急，又忘记他那贪吃的牛了。偏巧正遇上拉车回来的孙茂良。孙茂良一见他的老牛松了缰绳在场里自由自在地吃麦，就上前一把拉住牛缰绳，高声喊道：

"这是谁的牛在这里吃麦子？没人答应，我就拉到社里去啦！"

郭守成一看不好，就急忙走过来说：

"怨我一时没操心，这挨刀鬼就挣脱缰绳了。松松手，来我把它拴到树上。"

"你说得比唱得还好听！"孙茂良可不让他了，"你松手吧！这一回老子可抓住你了。走，到社里讲理去！"

孙茂良拉上牛缰绳就要走，郭守成自然也是拉着牛缰绳不放。刘元禄本不想管这事，但他忽然想到要是那两捆麦子让炮筒子孙茂良看见就好办了。于是，他就拉开孙茂良说道：

"算啦，茂良哥，确实是牛刚刚挣脱缰绳。走，到场外边歇一会儿，抽根纸烟。"一面劝架，一面又拉又推地把他引到王连生大门上坐下来。

刘元禄递给孙茂良一根纸烟，又拿出火柴来，说了句：

"来，背转脸，院里风小。"便把脸转向院里，划着火柴。孙茂良正转过脸来吸着纸烟，忽然一眼看到院角里那两捆麦子，便站起来问道：

"怎么院里放了两捆麦子？"

一听这话，不用提刘元禄心里有多么高兴了。这件事能让孙茂良先看见，这话能先从孙茂良嘴里说出来，事情可就万无一失了。于是，他也装模作样地朝院角里看了一眼，然后也惊讶地说道：

"是呀，怎么平白无故地能跑到院角里两捆麦子？麦子又不长着腿，谁又存心往那里放两捆麦子干甚？"

这时候，郭守成一见刘元禄把孙茂良拖拉过去，又见他们转了话题，一想再在这里待下去也不会有什么好处，天也半黑了，便急忙拉上牛走了。

地里回来的人路过场上，都要到场上来看看。今后晌因为人们看到天气不对，所以从地里回来，就都到麦场上来了。这时，郝同喜也来了。孙茂良一见郝同喜就叫："老同喜，你快来看！"老同喜一看，可就有点纳闷了。人们见孙茂良和老同喜在那里说说道道，好像出了什么事，也就凑过来了。大门口的人越来越多，凡是从地里回来路过场边的人都聚集来了，连一些多事的互助组和单干户的人也凑到一块儿来了。

人们看到王连生院角里那两捆麦子，听到孙茂良报功似的嚷叫着他发现了那两捆麦子，竟忘记了傍晚的乌云，各种猜疑和难听话，各种讽言刺语，就一齐嚷出来了：

"怎么场里的麦子能跑到院里？"

"农业社的优越性再大吧，麦子还能长上腿？"

"拾一夏天麦子吧，能拾下齐刷刷的两大捆？"

"我也奇怪，怎么王连生家女人今后晌到我家磨上推新麦子来了，而且不走大门，走的是后门。"

"唉，也难说，人饿急了嘛，甚的法不会想？"

"真是'人穷志短，马瘦毛长'，再穷再饿吧，只可以明借，怎么能暗偷呢？"

"怪不得农业社这几天尽丢麦子，照这么下去，还能少丢了？"

"农业社打得再多吧，还能撑架住这么又偷、又丢？"

"就说农业社人多手多吧，两只手动弹下也不够三只手拿呀！"

"嘿，原初就不该在这里安场。"

……

人们正这么围在大门口议论，王连生也从地里回来了。他手里拿着一把他在沿路上拣下的麦穗，走到场上，就把那一把麦穗丢进场里。孙茂良见他把麦穗丢进场里，竟说了一句："装什么样子！"王连生一听这话不对，又见人们围在大门口那架势，觉得好像出了什么事情，便急忙走过去问道："怎么啦？"可是谁也不言声。他一时又着急，又纳闷，就问老同喜：

"同喜哥，到底出了什么事啦？"

老同喜看着王连生，心里也是又难过、又犹疑。他便摇了摇头，叹了口气。

孙茂良憋不住了，就叫道：

"你不说我说。王连生，你过来看看这是谁做的好事！"

王连生一看院角里那两捆麦子，顿时脑子里轰地响了一声，两眼一时发黑，身子像根钉子钉在那里一样，动不得了。

他耳朵里只觉得嗡嗡的，也听不清人们那些不入耳的话了。只是咬着牙，费力地抬起两条腿来，一步一晃地走进自己院里去。

说话中间，郭春海和张虎蛮回来了，徐明礼等几个社干部也来了。众人见社干部来了，就嚷得更凶了，孙茂良把这事给干部们一说，郭春海和徐明礼就进院里仔细察看了现场。郭春海看着那两捆麦子明摆在那里，心里一阵疑惑，又和社长、队长商量了几句，就高声对大家说：

"大家不要嚷了，事情是明摆到那里了。可是究竟是怎么回事，社里还要调查清楚才能处治。"

孙茂良接口就叫：

"事情既然明摆到那里了，为甚还要调查？"

郭春海说："事情虽然明摆着，可也不能贸然断定是谁拿进去的。大家想想，如果真是王连生家要偷两捆麦子的话，他为了甚？就为了摆在院里给大家看？他为甚不拿回家里去？"

孙茂良很不服气郭春海这几句话，因为这件事情是他亲眼发现的，而且他今天发现了两件损害集体利益的事情。一件是郭守成的牛偷吃麦子，他逮住了，刘元禄又劝开，这一次他可不能让郭春海把这件大事情随便拉倒了，他就说：

"那是他没有顾上拿回去！"

郭春海又问："那么谁见来？"

孙茂良说："我见来！"

郭春海又问："你见是谁拿进去的？"

孙茂良说："我没见人，只是刚才看见那里有两捆麦子。"

郭春海说："是呀，那么究竟是什么人拿进去的，现在还没有人证。同时，大家也可以再想一想王连生两口子平素的为人。所以我们还要调查一下。孙茂良发现了这事，为了保护集体利益，这是好的。要是调查出来，确是王连生家干出这种事来，大家放心，一定要重重处治。要是有旁的缘故呢，社里也会调查清楚。总归一定要给大家个交代。我看天气不对，大家还是赶快回家吃点饭，快来收场要紧。"

众人听郭春海这么一说，又看见天气果真不对，有的人便先回家吃饭去了。但也有些人还围在那里乱骂：

"这还像个农业社？大天白日就能把麦子丢了！"

"谁还有心劲儿收场？收的还不够丢的！"

姜玉牛也杂在人群中不满意地说道：

"要是穷户们就这么大捆大捆地把麦子偷去，轮到分麦子的时候，每户要少分多少啊！"

周林祥老汉也伤心地说：

"真是众人的东西没人疼，丢了麦子也没人管！"孙茂良听到周林祥这话，又冒火了。他自以为他是维护公共利益的人，就大声叫道：

"怎么没人管？是捉住了都不办嘛！"

刘元禄正担心郭春海把这场风波压下去，听到孙茂良这句话，又看见姜玉牛和周林祥老汉也在那里愤愤不平地乱骂，他就好像是个群众代表似的从人堆里走出来：

"春海，我看还是按照群众意见处理这事吧。你看群众不服，孙茂良也不依。孙茂良发现了这事，这本来是给社里立了一大功，我看不能就这么马马虎虎地拉倒了事！"

孙茂良听说他立了一大功，就随声应道：

"对啊！当场捉住，就得当下办理！"

郭春海看出了刘元禄在那里挑事，而且利用了孙茂良这门大炮，他也就

只好先调摆一下这门大炮了:

"孙茂良发现了这事,这当然是为农业社立了一功。我建议社务委员会讨论一下,给他奖励。可是,孙茂良如果真是为了保护集体利益,为了爱护农业社,为了立一个大功的话,我看还应该更进一步帮助农业社把这件事情调查清楚。我想,他既不愿意马虎了事,也不会愿意还没有查清楚就处理一个人吧?"

郭春海看见孙茂良果然没有再叫嚷,便又接着对刘元禄说:

"今后晌天气不对,社员们还没有吃饭,你要是还有意见的话,咱们就和老社长到社里去商议吧。"

郭春海一面对刘元禄说,一面又看了看老社长。老社长也害怕变天,说了声"好",就拉了一把刘元禄。刘元禄自然也看见天气不对,但他却正希望这场麦子遭了雨,受了损失,那么社员们就会埋怨郭春海不当下处理这两捆麦子,就会对农业社更不满意了。这时他看出郭春海是想调虎离山,暂时平息这场风波了,他岂肯被调开!心想:"你可以用好话捂住孙茂良的嘴,可不能调开我刘元禄。"他好容易才造成这个事件,又怎肯轻易放过这个难得再来的好机会呢?他看看还有一部分社员一直不散,看看郭春海那为难、棘手的样子,就紧逼着郭春海说道:

"场里发现了事情,为甚要回社里商议?既然发现了问题,就应该当下处理。要是当下不处理的话,群众哪有心劲儿收场?"

老社长看看刘元禄和郭春海又顶了牛,看看天气越来越不对,心里一时着急,便想先了结一下这事。他就站在他俩中间说道:

"那就先叫出王连生两口子来,把原告、被告都叫来问一问。要是他两口子承认了,当下就处治;要是不承认,咱们再做调查。"

刘元禄一听这话,正合他的心意,就立即叫道:

"对,老同喜,先去把王连生两口子叫出来。"

郭春海一想不对,便立即说道:

"找他两口子调查一下我赞成。可是现在不能叫出米,因为事情还没有弄明白。要是他俩果真做下这事,承认了,自然好办;要是没有办下这事,不承认的话,那不形成斗争会了?王连生的为人大家又不是不清楚,要是万一激出什么事来,对咱农业社有什么好处?"

刘元禄要的就是这样。如果王连生两口子在物证面前，在众人的压力下承认了，王连生那性情刘元禄自然也知道，他就是不寻死上吊，也再也抬不起头来了；如果他不承认的话，那也会大闹一场，把他气个半死。因此，他就紧接着叫道：

"斗争就斗争，今晚上就开会斗争他。他偷了社里的麦子还不应该斗争？斗争小偷对农业社有什么不好？社里除了这种坏人才能平民愤，要不处理就不收场！要不然收起场也是丢了，农业社的优越性还在哪里？"

听了他这一套煽动群众的话，郭春海已经完全清楚他是想利用这两捆麦子的事挑事生非，故意闹事了。因此也就更怀疑那两捆麦子怎么会到了王连生院里了。但眼下怎么办呢？一部分群众已被他煽动起来，在看着他的态度，想调开他压下这事已不可能，而且那样就等于掩护他了。既然他不愿意回头，而一部分群众还没有认识清楚，那就只好一面揭发他，一面让他自己暴露他自己吧！

"没有查明就斗争当然不好。你为什么不允许调查清楚？既然两捆麦子在那里摆着，王连生两口子也跑不了，你着急甚？你就不怕冤枉了真正的好人，跑脱了真正的坏人？"

这几句话虽然厉害，但刘元禄却不害怕，他知道这事情是查不出来的，因为后半晌只有他和郭守成两人在这里，再没有第三个人看见。那时郭守成又明明地睡着了，他绝不会像孙茂良守场时那样假装睡着，他为什么要假装睡着？他既不是守场，又不会负责监视自己。而且这事又是孙茂良最先发现、最先嚷出来的，因此这事可以说和自己毫无相干和万无一失了，他还怕什么？他看见郭春海也和他翻了脸，就想煽动群众，咬郭春海一口，让他也缓不过气来，甚至趁机把他打下去了：

"你为甚要包庇王连生，你为甚要包庇小偷？"

郭春海听他这样说，便带些生气地回道：

"如果人证、物证都弄清了，我还护着，那算包庇；现在还不能肯定，怎么能叫作包庇？"

刘元禄又进而质问道：

"你为甚老是一口咬定不是他偷的？"

郭春海也针锋相对地问他：

"你为甚老是一口咬定是他偷的？"

"那你为什么拦住众人不让当下处理？"

"那你为甚要煽动大家，为甚要立逼着我们当下处理？你明知天气不对，你就不怕下来雨，使这场麦子受了损失？你说说你到底安的什么心，打的什么主意？"

这时，忽然天空中电光一闪，一阵凉风吹来，一滴雨点正落在郭春海烘热的脸上，他忽然更清醒地认识到刘元禄的阴谋了。他看看在场的那一部分群众不再跟上他叫嚷，看看大雨就要到来，一想群众眼前最关心的还是收场，便一步跳上碌碡，大声向众人问道：

"眼看着大雨就要来了，咱们是收场要紧，还是闹那两捆麦子要紧？为了那两捆麦子就让咱们这一场麦子遭雨吗？"

在场的社员们眼看大雨就要到来，自然更关心收场。特别是他们看见刚才先回家吃饭的社员们已经转来，竟着急地喊起来了：

"快收场吧！"

"当然是收场要紧！"

"眼看雨就来了，不收场还等甚！"

"嘿！把一顿饭也给耽误了，再闹一会儿，就把这一场麦子也耽误了！"

郭春海听到他的提议得到社员们的拥护，便紧接着问了徐明礼一句：

"老社长，你看哪？"

徐明礼早就焦急着收场了。刚才他不过是想先劝他们停止了争吵再收场，现在看来是只好先收场了。他就走前一步举起手来，面对着社员们喊道：

"大家注意！现在就动手收场。收完场再说那两捆麦子。李生贵、许来庆，快到社里找保管员拿几张席子来，老同喜快去寻两盏马灯，其余的社员们都一齐动手收场！"

众人听老社长宣布分工以后，便立即拿起木锨、木杈、扫帚、刮板动手收起场来。

这时，天空中又是几道耀眼的闪电，接着便是一阵隆隆的雷声、一阵大风。霎时间，场边的那株大槐树也吼起来了，麦秸也飞起来了。随后便是一阵急雨，哗啦啦地洒在麦场上。

在这疾风暴雨中，谁也不再提那两捆麦子的事了。社员们三个一组、五个一伙地分散在麦场四周，冒着风雨把摊在场上的一大片麦子，收集成一个一个的麦堆。

刘元禄眼看这场就要烧起来的大火又被大雨扑灭，心里自是丧气。他哪有心情在雨地里收场呢！他刚拿起木锨，弯下腰来往起铲麦子，忽然电光一闪，他正看到他脚上穿的那一双新鞋，那是昨天后晌赵玉昌从城里给他捎回来的。他便急忙放下木锨，把新鞋脱下来，挟在胳肢窝里，对孙茂良说了句"我也去找张席子吧"，孙茂良也正急需席子遮盖收起的麦子，便认真地叮咛了他几句："你可快回来啊，这堆麦子就等你的席子了！"刘元禄只是含糊地应了一声，便从麦场上逃跑了。

刘元禄赤着脚往家里跑去，突然间一道闪电像一把蓝色的亮闪闪的宝剑一样，从天上向他迎面刺来，他一时心慌，脚下一滑，竟摔了一跤，一骨碌滚到一洼泥水里去了。

他带着一肚子怨恨回到家里，点着灯，就坐到炕上换衣服。他女人看见他那浑身水湿、泥糊花脸的样子，竟吓得吼叫了一声，从被窝里跳起来。

"啊哟！看你那鬼样子，那是怎么啦？淋了雨你也不先换了衣衫就上炕，看把我的炕也弄脏了！"

杨二香一面吼叫，一面就推了他一把。她的热手刚挨住刘元禄的脊背，就觉得手心里一阵冰凉，原来已糊上了一片泥水。

"看把我的手掌心也弄脏了，还不快给我拿块手巾来擦干净！"

刘元禄只得下炕给杨二香拿来一条毛巾，让她擦净手，他才擦了一下自己的脸。一面擦，一面带气地说道：

"你就知道睡死觉，人家淋成这样，也不说起来帮我换换衣衫。我这么风里来雨里去的是为了甚？"

"为甚？我才不管你为甚不为甚！你糊了我的被子，脏了我的炕，我就不让你。你又没有摔断手，你敢不会擦净手自己换去？"

刘元禄只好从衣柜里拿出两件衣衫来，待他换好以后，看看杨二香又翻过身睡去，他便走到门口，雨依然在下着。他点燃了一支香烟，一面看着那不停的大雨，一面又想起了刚才在麦场上的事情。怎么办呢？难道就让郭春海把这事压下去，就让老天爷把这场大火浇熄吗？不行！他只怕再拖几天，拖出什么事来。他倒不怕查出他自己，他只害怕再找不到什么证据，不了了之。他已经和郭春海翻了脸，他也知道郭春海不是好惹的。如果这一次扳不倒王连生，压不住郭春海，那么郭春海依然是支书，王连生依然是积极分子，人家还是照样扩社、迎接拖拉机！那么以后又怎么办呢？刘元禄很清楚：如果这一遭弄不成功，他也就再没有什么希望了。

于是，当他看到一阵疾风暴雨即将过去，看着雨越下越小，听见雷声渐渐远去时，便穿了一双雨鞋，提了一盏马灯，打起一把雨伞，焦急地往麦场上走去了。

第二十章

　　王连生刚才在大门上听到人们的闲言闲语，当下就愣在那里。两只眼睛只是痴呆呆地看着他家院角里的那两捆麦子，一时不相信他女人会做出这种事来，一时又心惊肉跳地只怕真是她做的。

　　一春季、一夏天，为了办好农业社而费尽心血、出尽力气的王连生，今晌午刚在麦地里高兴地听到要扩大农业社，要欢迎拖拉机的王连生，突然碰到这种事情，心里怎么能不难受呢？就好像暑伏天下来冰雹那样，他只觉得浑身发冷、头晕目眩。大门外人们那些难听的话语再也听不下去了，他就心慌脑涨地咬紧牙关，抬起他那发软的、颤抖的两腿，走进了二门。

　　王连生住的这座院子，是土地改革时分的。原是一家破落地主的庭院，虽然是三进的院子，但早已倒塌得只剩下两三间小房子了。

　　他走进二门以后，正好听见厨房里他的小女儿说："妈，我还要吃面！"这句话可真像把刀子，刺到他心上。心里一急，他三脚两步就走进厨房。

　　一进房门，四个小孩子就一齐欢蹦乱跳地扑到他跟前。这个拉手，那个抱腿，再不像以前那样见他回来，就伸出八只小手，张开四张大口，哭叫着喊饿了。而且大女儿还说："爹，快吃面吧，妈给你留下一大碗。"王连生往锅台那边一看，果然就见他女人李雪娥端起一大碗白面片来，而且还笑盈盈地说道：

　　"你今日怎么到这时分了才回来？我今日可给你做了一顿新麦子

白面……"

她的话还没有说完，王连生早气得两手握成两个拳头了。他就恨恨地、冷冷地问了一句：

"哪来的白面？"

李雪娥见他脸上气色不对，只当是饿坏了，就说：

"快吃吧，吃了我再告诉你。"说着就把一大碗白面片给他递过来。王连生一见那一大碗新麦子白面，一听他女人不肯告他是哪里来的，就再也忍不住那满腔的怒火了，啪的一声，就把那一大碗白面片打落在地下。

四个小儿女一见爹生了气、打了碗，立时就吓得扑到他们妈跟前，"妈啊！妈啊"地哭号起来。

李雪娥真像暖烘烘的身上给突然泼了一瓢冷水，心里一凉，也愣在那里了，心跳得气都喘不上来，浑身只觉得一阵发冷，忍不住地只是哆嗦。心想：

"老天爷，这是出了什么事啦？"

王连生一见那白面，真想先打他女人一顿，再到社里去报告。可是，看她母子们那般可怜的情景，想到他们往日的恩情，又不忍心伸手了。他就闭着眼，低下头，心灰意冷地说道：

"还有脸给我吃？穷，咱要有个穷志气。"

李雪娥听了这话，也听不明白是出了什么事，她就胆怯地试探道：

"到底出了什么事啦？"

王连生见她还要明知故问，就瞪起眼问她：

"老实告诉我，这白面究竟是从哪儿来的？"

她这才明白了一半似的，忙说：

"春海家妈给的。"

王连生一听这话，又急问一声：

"谁给的？"

李雪娥起根有源地说道：

"今后晌，春海家妈端来二升新麦子，她说是春海舅舅家社里麦子分得早，先借给他们一斗。春海妈那天送饭时见咱家没有白面，就借给咱家二升。她还不让我告诉别人，为的是怕她那小屁眼郭守成知道了要叨叨她。接过麦子来，我就赶紧去磨成面，做了几碗面片。孩们饿急了，等不得你回来，哭闹得不行，我就先给他们一人吃了一碗。我一见你回来，只见你饿得眼睛仁子都快滚出来了，又怕把面凉了，心想让你赶紧吃两口压压饥再告诉你，谁想你……"说着说着，她眼圈就红了，嗓子也发干、发痒，再也说不下去了。

王连生听说这白面是春海妈给的，又看见柜子上放着一个升，升上写着一个"郭"字，他自然相信他女人不会说谎，而原本他也知道她不是做那种事的人。可是，又想到院角里那两捆麦子，想到众人那难听的闲话，他就仍带几分疑心地问道：

"那么咱前院里那两捆麦子是怎么来的？"

她也问他："哪里有两捆麦子？"

王连生说："二门外院角里。"

李雪娥这时才好像完全明白过来了。可是，这一明白过来，可就更觉得冤枉，也更伤心了。窝在肚里的一股冤气也就憋不住了，涌满两眼的泪水也控制不住了，她就一口气、一连声地连哭带说道：

"我知道是哪里来的？你问我，我又问谁去？原来你是因为那里有两捆麦子就断定是我做下见不得人的事了？人家捉住贼，有了人证、物证还要问三句哪，我好心好意想等你压压饥再告诉你，你就等不得了？咱们人穷、家穷，可我跟了你十来年，说过你穷，还是嫌过你穷？过门时，没有穿你一身新衣衫，没有缝一床新铺盖，就是那一升白面、二斗半玉茭子，我嫌你穷来没有？跟上你多少年，不知道盐怎么咸、醋怎么酸，不知道吃饱了肚子胀不胀，我说过你一个穷字没有？今春季，你把打短工的钱都入了社，一个也不留，全家人都快饿死了，你也不叫我到社里借粮，你说：'社里也有困难，咬咬牙，熬过难关就好过了。'我听了你的话，到野地里挖苦菜时，晕倒几番几折，都没有说过一句。你说：'咱入了社，就不能给社里丢脸。'我也听你的。赵玉昌碰见我要借给我二斗玉茭子，我都咬住牙没有借。收夏时，社里把麦场安在咱家大门口，你不叫我和孩子们到场上去，怕人说闲话，你说：'人穷志不穷。'我听上你的话，守住孩子们，就连二门也不出去。今后晌我出去磨那二升麦子，还是走的后门。我饿了一后晌，为了等你，还没有舍得吃一口白面，想不到你倒反过来诬害好人，把我按到黑窟窿里了。"她越说越伤心，越说越生气，索性就说开气话了：

"你这是不想和我过了。你要是累得养活不了我们母子五口人，你要是不想要我们了，我也不赖在你家。以前我离了你没个去处，而今有了农业社，我也会劳动，我也能上地、能喂猪。我就不信我养活不了我们这五口人！"说着，拖起她的两双儿女就要往外走，王连生就急忙站到门口，好像把门的将军一样。不过，那神气可不像将军，他真想给他女人跪下来求情；他女人呢，又何尝忍心、何尝愿意丢下他，领上两双儿女出去呢？便把她的四个孩子抱上炕去，母子们就滚在炕上哭开了。

王连生仍像泥胎一样站在门口，心里乱麻麻的。愣了一会儿，这才劝他女人道：

"不用哭号了，碰上这种事，你当我心里好受？"

她仍是一面哭，一面说着气话：

"你不好受我好受？你有气就知道往我母子们身上出，我哪，受穷受累我也受够了，我有气又往哪里出呢？今儿这气我可受不下了。"

王连生的女人李雪娥确是一个好女人，自从嫁给王连生以后，十多年来，受穷、受罪、受苦、受累，她从没有说过一句抱怨的话。可是到如今，眼看着刚刚有个盼头了，不想熬出个受气来。她就紧紧地搂着她的两双儿女，伤心地哭号起来了。

李雪娥的娘家也是一个贫寒人家。家里只有爹妈和她三口人，还有一个姐姐，已经出嫁了。她十七岁的那年秋天，忽然一场大水，把他们的村庄和田地漂了个一干二净。当下就没个停站处，只好投奔到她姐姐家。她姐姐家呢，一来是家穷，二来也遭了水灾，不能长待下去，又遇上他爹因为在水里打捞东西，闹下一身病痛。怎么办呢？人们劝她娘把她卖了，换二斗粮食。可是那一带遭了水灾，当年的秋粮没有收成，又有谁愿意买一张饿嘴呢？卖给人贩子吧，她妈又不忍心。没有办法，就把生病的爹爹留在姐姐家里，她母女二人拉了根棍子，讨吃要饭出来。哪里饿了哪里要得吃，哪里黑了倒在哪里睡，就这么沿门乞讨，从河北逃到晋中平川的杏园堡来。

一天晌午，她母女正到大地主叶和庭家门上讨饭，那地主老婆不给也罢，还放出她家的恶狗来，扑上去咬叫。她妈紧躲慢躲，早被那恶狗扑倒，把原来就破烂的衣衫又扯咬了个稀巴烂。王连生那时候正给这家地主当长工，在后院里听见狗咬人号，就赶快把恶狗吆喝开，扶起她母女二人，还悄悄地把自己正吃的一块窝窝给了她妈。

她妈出了地主家大门，就觉得浑身难受，走不动了。李雪娥好容易才把她妈搀扶到庙里，虽说遇上了好心的照庙的郝同喜，但又碰上郝同喜也在闹病，郝同喜只能指给她们一间破房子，算是有了个落脚处。

十冬腊月，母女俩住在破房子里，又饿又冻，睡了一夜，第二天她妈就起不来了，她就只好每天出去讨半碗剩汤剩饭，回来给妈吃。

村里的年轻人听说来了个年轻的讨饭女子，都到庙上来看，李雪娥虽然身上穿的是破衣烂衫，脸上也是黄皮寡瘦，可是模样倒长得端正清秀。一些穷人家的子弟看看那可怜样子，就赶紧走了；那些有钱人家的子弟来，还要调笑一顿，说些不三不四的难听话。李雪娥虽然心里恨死了那些有钱人，但是一个漂流在外乡地面讨饭的女孩子，又敢怎么样呢？

有几家地主羔子想买她去做丫头，可是又不肯管她妈，母女俩自然不答应。过了几天，眼看着老母亲病得话也不会说了，那些有钱人家的子弟就急等着她妈死了，好把她抢了去。

有一天，王连生也到庙上来了。他听说那天晌午要饭的那母女俩住到庙上，就抽空来看了一下。李雪娥一见他来，就认出他是那天晌午赶狗的好心人，于是，竟好像见了多年不见的家乡人一样。王连生问了她们一些家庭情况，李雪娥说着说着就哭起来。王连生知道穷人的苦处，真是穷苦人贴念穷苦人，便向照庙的郝同喜借了一个破罐子，每天把自己省下来的半碗饭装到破罐里，送给她母女吃。可是，她母亲的病一天一天加重，连水饭也不能下咽了。正好那天王连生领了工钱，就请了个医生来，医生给看了病以后，却摇了摇头，甚话也没说就走了。李雪娥和王连生知道不好，便一直守在那里。果然，太阳快落山时，她妈就咽气了。好心的郝同喜，又让王连生在庙里找了一张破席，把她妈卷起来，埋到野地里。

王连生掩埋了她妈，又把她送回庙里，看看天色已黑，便要走了。李雪娥一想，自己一个十七大八的闺女，在这外乡地面，怎么活呢？那些有钱人家的子弟不是说过要等她妈死了，抢她去做丫头吗？她宁死也不愿意投那火坑。一看天黑了，她就害怕起来，只怕她连今晚上也好过不去，就一把拉住王连生的衣衫哭起来。

王连生自然也猜到她的几分心事，劝了她几句，就去找郝同喜商量。郝同喜虽是病着，但还是挣扎着，拄了根拐棍过来，给他二人当面一说合，当下就让王连生到村里租赁了一间小房子。王连生便从地主家长工房里把那一副烂铺盖搬来，门头上贴了一块红纸，郝同喜又当媒人，又当主家，他们当夜就这样成了亲，安了家。

结婚后的头一年，两口子的光景虽说穷，但是夫妻恩爱，日子倒也过得痛快。王连生虽然在地主家里苦重气多挣不下钱，可是每天晚上回到这小家里来，身上是个暖和的，心里是个欢喜的。他从小死了父母，上无兄下无弟，他什么时候敢大胆地想过成家立业！那时候，就是他把半辈子的工钱都一文不花地积攒起来吧，能娶起一房媳妇？万想不到忽然间老同喜给他领来了一个心好、手巧、模样俊的媳妇子来。"年长二十五，裤子破了没人补"的王连生，怎能不快活呢？李雪娥呢，出门在外，两眼墨黑，无依无靠，遇上这么个好心实意的救命恩人，而且待她又是那么爱怜厚道，"十七大八，女大当嫁"的李雪娥，也就真是称心合意了。以后，她给老家通了几回书信，知道她爹也死了，她就再不想老家了，就安心实意地和王连生过活起来了。穷苦出身的李雪娥，一时一刻也不肯闲着，夏天、秋天到地里拾粮食，春天、冬天就给人家洗衣、做鞋。

可是，到了第二年秋天就不好过了。她生了第一个孩子，地主叶和庭说秋天活计忙，不让王连生回家来伺候女人坐月子，而且还说不到年关，不能支工钱。李雪娥呢，也就只好一个人守在家里，亏了郭春海的妈妈送来二升小米，照护她几天，还没有满月，她就只得下地、出门，又干这，又干那，结果受凉、着风，生了病。坐一回月子，就是那二升小米，每天喝清水米汤，奶水都是清淡的，大人病，小孩哭号，王连生这才知道穷人成家真是难！要不是没有钱娶媳妇，要不是娶下媳妇生了孩子又养活不起。

可是，就在这时候，杏园堡这一带解放了。人民政府给王连生救济了二斗粮食、一斤棉花、六尺布，这才算缓了一口气。

那时，他还在地主叶和庭家扛长工；李雪娥呢，有一个小女子拖累，就不好动弹了，接着又添了一个男孩。眼看又过活不下去了，恰好就遇上了村上实行土地改革。

这一次，王连生可真是大翻身了。打倒了地主，千年的冤恨也解了，他再不用当长工受人剥削了。在土地改革运动中，你看他那欢劲儿吧，不论开会诉苦，或是巡查放哨，他都是走在前头，而且还主动积极地串连上贫雇农去参加斗争。每天，他不是在村农会，就是在民兵队伍里；不是在村里照看地主，就是到村外丈量土地。那时候，他真算得一个积极分子啊！

土地改革胜利以后，就分给他现在住的那两间房子，又按四口人分给他十亩土地，还和刘元禄伙分了一头骡子。这一下他可是大翻身、顶门立户了，算得一家人家了。在庆祝土地改革胜利时，他就买了一张毛主席像，贴在墙上，整天地给他小女儿、小儿子说："记住，毛主席，共产党。"他的小女儿、小儿子都是刚刚学会说话，就会说"毛主席、共产党"了。

土地改革以后的头两年当中，王连生真是一派大翻身景象，走起路来腿也硬了，见了人也有说有笑了。白天，他就参加互助组，大闹生产；晚间，他还要到村里看看有什么公事。他有房有地，有牲口，有吃有穿，还断不了几个零花钱。家里的光景和土改以前比起来，真是天上地下。

可是，不过三年，他女人又接连养了两个孩子，而且头次坐月子得了病，以后每次坐月子都要犯病。大人有了病缺奶，小孩缺奶肯生病，生病就要请医生，吃药又要花银钱，王连生不但祟干了粮食，还变卖尽了家具。小孩子缺奶、生病长不大，欠债加利倒像夹板打土墙，一翻一折层层高。没有办法，他只好卖掉了土地改革时分的半头牲口。庄稼人没有牲口，就好比人没有手，耕种驮运都要求旁人。

开头，互助组对他倒也帮忙不小，可就是他的地里一年比一年打的粮食少了。因为用人家一个畜工，就要还人家三个人工，而且，你要用人家的牲口耕地，人家只是对空到你地里划破地皮皮，要你还工，却是挑的赶节令锄苗、割麦紧要三关用人时。这样，他就是没明没夜地死受上，就是把一身的力气都出尽，就是把他受死、累死吧，地里还能多打下粮食？打不下粮食，又拿什么去偿还债务呢？债务压在头上，女人、小孩病在炕上，他哪里还有心劲儿和时间再像以前那样去开会和参加村里的活动呢？因此，刘元禄就说他自私、落后、忘了本，村里有什么救济、借贷，也很少照顾他了。

人常说："一步赶不上，步步赶不上。"何况王连生兑下了几年的饥荒！于是，他只得年年还了利钱再欠债，还了欠粮再借粮。就这样，年年推磨，年年换不转磨底，老是缓不过气来转不过身。前年腊月里，债务逼得紧了，口粮也断了，他的小女儿又得了重病，没有粮，债主不让；没钱，救不了小女儿，他实在是万般无奈、走投无路了，这才走了庄稼人最不忍心走的最后一步：咬牙狠心卖了二亩地。卖了地回来的那晚上，他一进家门，一眼看到墙上的毛主席像，心里一阵难受，只说了声："毛主席，我对不住你啊！"就趴在地下呜呜地哭吼起来。他只觉得是自己没出息，给毛主席、共产党丢了人。

他女人把他扶到炕上，他又伤心地说：

"我原想你跟上我过个好日月，虽穷落个肚饱身暖，谁想我连老婆孩子都养活不了……"

李雪娥却温顺地说：

"不要说这些了。我就是病死、累死、饿死、冻死，也不嫌你穷。就是讨吃要饭我也跟上你走。新社会总比旧社会强，就是讨吃也碰不上恶狗啦。我就不信有共产党、毛主席，真能把咱穷人饿死！"说着，夫妻俩就抱着哭起来。

夫妻二人和四个孩子都睡下了。一盘土炕上只铺了一张破席子，一家人也只有一床烂被子。冬天的夜里，冷风一阵阵从破窗孔里吹进来，四个孩子挤着妈妈，蜷曲成一团。半夜里，王连生冻醒了，趁着从破窗里照进来的淡淡的月光，他看见被子那头，他女人也只是盖着半边身子，他就把被子边边往那头拉了一下，给他女人和孩子们盖好，把破棉袄搭在自己身上，两条腿伸到孩子们空下的那下半截被子窝里。

度过了几年贫病、饥饿、冷冻的日月，好容易盼到成立农业社了，王连生怎能不高兴呢？这一回，他可真正觉得要斩断穷根了。他只盼望办好农业社，自己也过几天好光景，就是再遇个生灾害病、天灾人祸，也不害怕了；他女人也知道这个道理，也听他的话，她虽然有病，还是把全家的活计都包揽起来，她只想让王连生多到农业社动弹一阵。家里再穷、再饿，她也不向赵玉昌借粮，也不到农业社叫喊，他们怕问赵玉昌借粮给农业社丢人，也怕给自家又栽上穷根；他们更不愿意趁着社里有人闹缺粮再去凑热闹。王连生入社时，刘元禄不是再三说过，怕他给社里增加累赘添麻烦吗？而且有些人竟也说"王连生是两个肩膀担了十二张嘴巴吃社来了"，因此他两口子就勒紧裤带咬住牙，每天出去收拾些糠皮，挖些苦菜。妈妈吃不饱，自然没奶，小女儿把她的左奶头咬疼，她就让小女儿咬她的右奶头……

就这样，好容易熬过了春荒，好容易盼得农业社麦子长成了，上场了，而且社里还公布了预分方案：王连生能分到五百斤麦子。他一家人从生下来到如今吧，吃过五百斤麦子？而农业社头一年就要分给他家五百斤麦子了。再熬几天就能到手、到口的五百斤麦子啊！可是，谁想今晚上因为那两捆麦子，竟闹成这样子呢？

王连生思前想后的，想起他女人到自己家里这十多年来的好处，心里一阵难受，两手就紧抱住头。他真想打自己几下，可是打几下又有什么用处？他又想上她跟前说几句好话，可是说什么呢？他一时又想不起来。低头一看，泼了一地的那碗与面片还在那里摊着，他就走过去把碎碗片一块一块地捡起来，轻轻地放在灶台旁边，又拿了一个大碗，把面片一片一片地拾起来放到大碗里，先用凉水洗了一遍，又用滚水冲了一次。这时他肚里再饿也不想吃了，想到他女人还没有吃饭，便调了一些盐、醋，双手端到她跟前说："吃吧，看哭得上了火。"李雪娥一见那碗面片，哭得更伤心了。

王连生端着那碗面片愣在那里。给她，她不要；放，又放不下。正没有办法，忽然想起了春海妈，他知道他女人最听春海妈的话，便只有找春海妈来劝她了。

他的大女儿见她爹要出走，就哇的一声哭着跑过来，抱住他的腿。他弯腰给女儿擦了泪，摸着她的头说：

"不哭，爹是到春海家，请春海奶奶来劝劝妈。你大啦，听爹的话，好好地看着妈，给妈熬口滚水。"

大女儿这才懂事地回到妈妈身边。李雪娥看见天这么晚了，王连生还是穿着个汗背心，就赶紧递给大女儿一件破衫子，让女儿给她爹送过去。

王连生从大女儿手里接过了那件破衫子，那件破衫子就好像一把镢头刨开他心底的泉眼子一样，泪水一下子就涌满了两眼。他急忙闭上眼走出屋门，让泪水流了他一脸、一胸脯，这才像松了一口气似的。然后，他又用破衫子把眼泪擦干，把破衫子披在身上，疾步从后门走出院子，走向郭春海家里去。

王连生走出院子，突然觉得天色异样的黑暗阴沉。一阵凉风吹来，他才忽然想到今后晌他从地里回来，就觉察到天气不对，但他走到场上还没有顾得上说收场的事，那两捆麦子就把他弄得头昏了。这时，他正走到周有富的麦场跟前，只见周有富的麦场上挂起了两盏马灯，周有富那精灵鬼已经在收场了。他是那样神气，因为他家的麦场上盖有几间仓棚，而农业社的仓棚还没有盖起。那么农业社的麦场收拾好了没有呢？

王连生只担心麦子遭了雨，社里受损失，又害怕农业社落在周有富后面，反被人笑话。于是，他又不想去找春海妈了，眼前还是收场要紧。他知道就是不请春海妈来，他的好女人也不会离开这个穷家的，她不过是说几句气话罢了。可是，那两捆麦子的事呢？一想到刚才场上的那些难听的话，他又觉得一阵心烦头痛。这时，忽然眼前一亮，一道闪电之后，跟着便是一阵阵的响雷。他看到大雨就要到来，看到周有富已经收起场，骄傲地站在他的仓棚底下，他就顾不得许多了。心想："由他们先这么说去吧，反正'真金不怕火'，'肚里没病死不了人'，社里一定会弄清楚的。"于是，他就立即返回身来，好像和大雨赛跑似的，一口气跑到他门前的麦场上来。

他跑到麦场上，只见郝同喜迎风举着两盏马灯，社员们正在冒雨赶着收场。雷声隆隆，电光闪闪，雨越下越大，社员们也越干越有精神。在场边上大槐树旁，郭春海和张虎蛮等社员们，把没有摊开的一捆捆的麦子堆在一起，好像垒起了一座金屋。李生贵和许来庆又爬上去，用席子盖上了屋顶。麦场四周和麦场当中，徐明礼和孙茂良等社员们，正拿着木杈、木锨和扫帚，把摊在场上的麦子收起来，堆成了五座金山。社员们把麦子收成堆，又急忙到李生贵、许来庆和保管员那里拿席子，把麦堆盖好。

孙茂良原是和刘元禄、周林祥老汉分在一起收场的，当他们快要把麦子收成一堆时，孙茂良就让周林祥老汉先到门洞里或房檐下避雨去了，他自己一面在收着剩下不多的一点麦子，一面等着刘元禄拿来席子。当他收拾好麦堆，看看其他几堆麦子上都盖上席子了，但刘元禄为甚还不拿来席子呢？他不是说得清清楚楚去拿席子的吗？看着麦堆被雨淋着，他一时心里焦急，便只好跑到大槐树下，向李生贵、许来庆，向保管员要席子，但席子已经用完了。他正在发急时，忽然电光一闪，见正有一个人拿着一张席子跑到他收起的那堆麦子跟前。他以为是刘元禄来了，这才放了心，高兴地帮着盖麦堆。但他伸手拉席子时，怎么只有半片席子？就埋怨道："你怎么不拿一张整席？"那人还没有回话，忽然又是一道闪电，他看到拿席子来的人不是刘元禄，竟是他刚才嚷过的偷了两捆麦子的王连生时，他大吃了一惊。

王连生刚才回到麦场上，先忙着和社员们收了一会儿场。在黑夜里，在风雨中，在十分紧张的时候，自然谁也没有注意他。他也没有和别人打招呼，他只是拿起木锨来，一个劲儿把场上的麦子铲成一堆。当大伙刚刚收起场，当他看到李生贵和许来庆拿来的席子不够用时，便跑回自己屋里，一进屋就跳上炕去，把那一条破被子先卷起来。他女人一见他水湿淋淋、气喘吁吁地跑进来，先是吃了一惊，见他上炕卷铺盖，更吓了一跳，便问他：

"你要干甚？"

他一面卷席子一面说：

"遮盖场里的麦子！"

李雪娥看看那半片烂席子，又看看那仅有的一条破棉被和那光炕板，就心酸地说了一句：

"就那半片烂席子了，孩子们晚上……"

王连生一听这话，心里也动了一下，但想到场里的麦子被雨淋着，就又动手卷起来：

"社里的麦子要紧。"

李雪娥见他对农业社还是那么热心，心里一阵激动，便也哆嗦着双手，帮着卷好那半片席子。看到丈夫那浑身水湿的样子，又急忙从墙上摘下他那顶旧草帽来，但还来不及给他戴上，王连生已经跳下炕来，冒着大雨，跑到场上去了。

雷声渐渐远去，雨点越来越小。炎夏时节，风云无常，雷阵雨来得容易，去得也快。一会儿，满天的乌云也退开了，好像容易发怒的天公咆哮了一阵以后，疲倦了，无力地驾着轻风休息去了。那些被天公吓得躲藏起来的调皮的小星星，也就越来越多地露出了她们的小眼睛。月亮也好像梳洗以后，从那云幕后面走出来，露出了她那妩媚的笑颜。

雨后的夏天的夜晚，是多么明净、多么清爽啊！

在麦场上，农业社的社员们冒雨抢着收起场，用席子盖好麦堆，便暂时到王连生家大门洞底和房檐下避了一会儿雨。等暴风雨刚刚过去，他们又说说笑笑地跑到场上来，用扫帚清扫了场面上的几处积水，又修整了一下用席子遮盖着的麦堆。他们正要回家吃饭，忽见刘元禄提着一盏马灯，拿着一把雨伞赶来了。

孙茂良一见到刘元禄这时候才来，就生气地唾了一口：

"呸！"

刘元禄自然早把拿席子的事忘光了，因此就奇怪地问道：

"怎么？"

孙茂良就问他：

"你不是找席子去了？"

刘元禄这才想起拿席子的事。但一见场上的麦堆都盖好了，他便举起马灯来说道：

"席子不是都找来了，都盖好了？我怕你们看不见，又找来盏马灯。"

孙茂良听他说得这么轻巧，直气得咬牙切齿手痒痒。今晚上，他算是把刘元禄看透了。以前，只以为他是个党员、干部，跑运输、领导副业生产方面又有些本事，所以常听他的话。经过这次冒雨收场，他就再也不信他的话了。

"你说得好听，下雨时跑了，雨住了才来，叫你找席子，你才提来盏马灯。别人淋了个水湿，你却站在干岸上说风凉话。"

徐明礼一见他俩吵起来，就拦住说道：

"好了，不要吵了，忙累了一阵，该回去换换衣衫，吃点饭了。"

刘元禄却追问老社长说：

"那两捆麦子的事哪？我看还是当紧先处理了再散。"

经过这场暴风雨，孙茂良反倒不依他当下处理那事了：

"我看还是先按春海的意见，调查调查再说吧！王连生穷得就剩下半片席子，还拿出来盖了社里的麦子，他为甚反要偷社里的两捆麦子？"

刘元禄真没有料到孙茂良会变了卦、翻了脸，就拍了拍他的肩膀说道：

"茂良哥，你真是直人直性、直心直眼，你可不敢让那半片席子蒙住你的心眼啊！遇上这么大的事，你也不来回想想，他就是想在你们面前故意表现一下啊！"

"那你哪？"孙茂良圆睁双眼问了刘元禄一句，"你为甚不也来故意表现一下？"

这一句话可是把刘元禄问住了，问得他一时无话对答。

徐明礼又接着劝说道：

"算啦，还是赶紧回去换换衣衫，歇一歇，吃点饭吧！我看今晚上也没甚事了，要是大家不累的话，吃罢饭咱们再到社里开会怎么样？"

郭春海本想让孙茂良继续和刘元禄辩下去的，但看看社员们浑身上下都是水湿淋淋，便同意了老社长的意见：

"好吧，吃罢饭以后，干部们就到社里开会吧。"接着又问民兵队长李生贵：

"今晚上守场的人派好了吗？"

李生贵说："今晚上就由我亲自守场吧！"

郭春海说："还是多派一个人好。前半夜轮流着回家吃点饭，换换衣衫，后半夜也好替换着打一会儿瞌睡。"

安顿好收场的人，看着社员们都离开麦场，郭春海便绕场看了看那几个麦堆，看了看王连生用他那半片席子盖着的那堆麦子，又到王连生大门口看了看院里那两捆麦子，心想应当抓紧调查研究。今后晌是孙茂良和他父亲碾场，那就先找他俩仔细了解一下。

郭春海急忙往自己家里走去，他真想立刻见到他父亲。也许他父亲会说出一些什么新的情况来。一想到他父亲，又忽然想到：他怎么回去得那么早，人们议论那两捆麦子的时候，他怎么就不在了？下雨收场时，他又为什么没有来呢？

第二十一章

郭守成离开打麦场，也不管打麦场上又发生了什么事情，便慌急拉上老牛，一直走到生产队的马棚院里。

他走进马棚院里，见饲养员李二拐不在，便把老牛拴在槽上。一看槽旁边还放着满满的一簸箩麦秸，就用手在簸箩里搅拌了几下，拿起来看看，竟然还有不少麦颗。这是打场没有打净呢，还是饲养员二拐子手勤呢？郭守成当然不管这些，他只是想着怎样才能让自己的老牛多吃一点。饲养员回来，一定是把这一簸箩麦秸倒到那一排牲口槽上，那么，轮到自己的老黄牛嘴里，自然就不会太多。所以，他就左右看看，又叫了一声"二拐子"，探实二拐子确实不在，而且跟前也没有外人，他便手疾眼快地端起簸箩，还用手在簸箩底下搂挖起几把麦颗来撒到牛槽里。一面拍拍牛头，一面低声说着：

"吃吧，我有好多天没有亲自喂过你了，往年在咱们家里，哪能吃上这么好的草料？今年到了社里，你也享福了。吃吧，放开肚子吃吧！"

他正满心欢喜地给牛槽里撒着麦秸、麦颗，饲养员李二拐回来了。饲养员看见槽头有人，就大声问道：

"谁呀？"

"我、我。"

郭守成心里一慌，一下子就把一簸箩麦秸全倒进牛槽里了，这一来他更慌了，他只怕二拐子又要训斥他偏喂自己的老牛了。因为他刚把老牛拉到社里集体喂养时，他就悄悄地从煮料锅里挖了几碗料豆喂了他的老牛，正好给二拐子碰上，好厉害地教训了他一顿，而今怎么二拐子竟没有吭声呢？他就带着几分不好意思的口气说道：

"二拐子老哥到哪里去啦？你看老牛实在累乏、饿急啦。唉，甚的东西也是一老了就不中用了，我就替你先拴到槽上，先喂了几把麦秸。"

二拐子却满不在乎地说：

"喂吧，你只管好好地喂吧！刚才我又到场上收拾了些他们筛簸下的碎颗子。这么好的收成，还能不叫咱们的牲口足足地吃几顿，落个饱肚子？收秋打夏，谁不吃几顿好的！不乘着这几天把牲口喂起臕来，收完麦子又该把牲口放到野地里去吃青草了。"

二拐子一面说，一面走到牛槽跟前来。为了让他这位难伺候的牛主称心如意，他又把刚端回来的一簸箩麦秸筛了筛土，连麦秸带麦颗撒到牛槽里，然后又笑着对郭守成说："快回去吃你的饭吧，把牲口交给我，你就不用操心啦。"

郭守成这才放心地离开牛槽。这一回二拐子不但没有教训他，而且看二拐子端回来的麦秸吧，和先前放在槽头的那簸箩麦秸一样，里头尽是麦颗子。嗯，二拐子对待牲口真是尽心啊！农业社真有眼光，多亏挑上他来喂牲口，而没有让那不通人性的孙茂良来当饲养员。

这时他又心满意足地想到：把老牛拉到社里来集体喂养这一步又走对了。老牛跟上二拐子真比在自己家里享福！往年收麦时，它哪能吃上这么多麦料呢？可是，他走出马棚院后，忽然又想起：二拐子不知道自己的老牛在麦场里已经吃了那么多，刚才自己又喂了一簸箩，万一老牛吃坏肚子呢？他停站了一下，心想返回去嘱咐二拐子几句吧，又觉得今后晌在场里吃麦子的事不好出口。犹疑了一会儿，这才自己解劝自己道：也许不要紧的，牛吃饱了也就不会再吃了，再倒嚼上半夜，肚子就会松缓些的，万一出上点毛病，社里也会给花钱灌药。麦收前把老牛拉到社里，也是看中了这一条的。那时，他人虽入社了，牲口却是自养，由社里雇用。起先，他倒也觉得自在，想动弹了，出去做上一天，不想动弹了，就说牛生病了，歇上几天。有一回老牛真的病了，灌了好几服药，就花了好几块钱，他真是心疼啊！一看作价入社的牲口和在社里集体喂养的牲口病了，都是社里花钱灌药，他又觉得自己吃亏了。给社里动弹病了，还要自己花钱灌药，自然不合算，再加上以后地里活计忙起来，晚上，春海又常常开会，半夜半夜地不回来，他只好叫老伴和他铡草。老伴呢，白天从地里动弹回来，晚晌做了饭、洗了锅，身子早已累乏了，所以每天晚上铡草时，总是劝他不如趁早把老牛作价归社，或是拉到社里集体喂养。这样，他才下了狠心，把老牛拉到社里，仍说好由社里雇用，由社里集体喂养，由他自己跟老牛动弹。

刚把老牛拉到社里时，郭守成心上真难过了几天。天黑了，从地里回来，把老牛送到生产队的马棚里，回到家来吃了夜饭以后，总觉得少了一件事，不能铡草，不能喂喂自己的老牛了，就坐在炕沿上抽起烟来。半夜里，他总要醒来，一醒来，就划着火柴，仍想像往常一样点着灯笼去喂喂老牛，可是老牛不在了。开头，他还提上灯笼到生产队的马棚里看过几回，看着二拐子给他的老牛喂上草料，他才又极慢地走回家来。一直过了半个月，他还是每天半夜里就要醒来，一醒来就划着火柴，一想老牛不在了，这才又把快要烧着手指头的火柴点着烟袋锅子，一袋接一袋地抽起来。心里总觉得缺短点什么似的，只觉得院里、家里空荡荡的，直到那旱烟的辣味把老伴呛醒，骂上他一顿，劝上他一阵，他才又躺下来。

唉，从自己手上喂养大的老黄牛，养了十多年的老黄牛，一时离了手，他怎么能不牵肠挂肚呢？

今后晌，他可算是把老牛喂好了，回家时又在街上拾了一只烂棉鞋，他真是高高兴兴地回家来了。一进院子，看见他老伴正在厨房里做饭，他就走进他住的正房里，把那一只烂棉鞋放到柜子背后。在那破柜子背后，早已堆了许多破烂东西，如一卷发了黄的棉花、半截皮鞭梢、几团烂麻绳，和一些碎布、烂纸。那都是他在村里、村外拾粪或走路时捡来的。不要看那些破烂东西不惹眼，碰到收破烂的来了，除了掭几盒火柴，还能卖几毛钱哪！而几毛钱就是几斤粮食，有几毛钱也就有了点灯油了。在那一大堆破烂东西的旁边，还有一小堆破旧东西，那是他留着准备自己用的。他最反对人们把有用的东西丢掉，反对有些人天一热就忘记冬天，把还能将就穿的棉鞋也扔掉不要了。到天冷时，买一双棉鞋要花多少钱，要粜多少粮食？做一双棉鞋又要用多少布、多少麻绳呢？他自己的棉鞋早就破烂得不能穿了，穿上也不暖和了，今年冬天正好可以换下一只了。虽然样子不一般，可是，穿棉鞋是为了暖和呢，还是为了好看？

于是，他就心满意足、欢欢喜喜地把那只烂棉鞋放在那堆破烂东西旁边，随后又整理了一下他那一大堆破烂东西，好像生怕丢失了一件似的。因为如果他不小心把一件破烂东西丢到柜子前边的话，他老伴就会把它扔出去，或者随着扫地、倒炉灰，倒到门外的灰渣堆上。

整理好破烂东西，他就拍打着身上的尘土，从柜子后边走出来。这时天气虽然还没有大黑，可是屋子里早已昏暗了。因为他的窗上的窗纸太厚了，有些地方竟补了几层破纸。有一根窗棂断了，他就用了一根老粗的树枝补起来。为了他不买窗纸，特别是为了他不买一块窗玻璃，老伴还和他嚷过几次。恰巧有一次他捡回几块碎玻璃来，他那手巧的老伴便用几条红纸镶在上边，嵌在窗上，于是，那破烂的窗户上，就像开了一朵红花。

郭守成的家里，除了那一只旧柜子和一对旧箱子，除了一盘土炕和炕上的两副旧铺盖以外，唯一显眼的，是桌上一个亮闪闪的铜香炉。因为那桌子上供着财神，所以在郭守成看来，那是顶尊贵的地方。因此，他家的窗纸破了可以迁就，而财神爷的牌位和对联却不能马虎，心不诚则神不灵啊！

铜香炉呢，那是土地改革时他从地主家里拿来的。土地改革时，一只香炉自然上不了分配斗争果实的账单，他便在那些清算委员们的毫不在意和厌弃的答应声中，高高兴兴地拿了回来；他老伴因为家里没有什么摆设，所以也就把它擦得明光闪亮。黄昏时分，屋子里越是显得昏暗，那铜香炉就越发显得明亮了。

看看屋里黑了，又觉得屋里闷热，郭守成便走出院里来。这时，他老伴已经把小方桌摆在院当中的枣树底下了，听到他催着要吃饭，就问了他一声：

"不等海子了？"

"不用等他了，他身子忙，还不定甚时回来哪。"

于是，他老伴就给他端出一碗米汤来，他也实在是饿了，端起碗一口气就喝了半碗。可是，他拿起筷子，怎么桌子上没有摆下菜呢？搅一下米汤碗，也没见熬上南瓜，他就叫了一声老伴，问她为甚忘了给他煮上南瓜、豆角。因为夏收时节是庄户人最忙最累的时候，也是在吃喝上最好的时候，积存的旧麦面应当扫清了，喷喷香的新麦面也就接上了，而瓜瓜菜菜也都差不离下来了。郭守成最爱在这时候吃一顿新鲜的南瓜、豆角和子饭的。而且今晌午吃饭时，他还安顿了老伴，让她后半晌到自留地挑一颗南瓜，摘一把豆角回来，那么她为甚只端来一碗清水寡米汤呢？

老伴从厨房里出来，见他有些气恼，也就带气地说道：

"我还没有问你哪，你倒有脸先问我。你问我要南瓜、豆角，我也问你，你叫我到哪里去给你偷南瓜、豆角？"

郭守成一时有些愣怔了：

"咱自留地里不是种了好些南瓜、豆角吗？"

老伴一听说自留地，竟有些发火了：

"你真是瞎了老眼啦！你去看看，瓜叶都烧黄了，豆角条也能捻麻绳了。"

"前几天不是还开得一片好花吗？"郭守成着实有些惊讶了。

"好花？前几天我也看见开得一片好花，可就是光开花，不结瓜。谁叫你上了那么多粪！粪大水少，把花也给摧了，天旱无雨，浇不足水，瓜条瓜叶都烧烤干了。"

老伴这几句气话，果然把他顶得出不上气、说不出话来了。因为他并非不知道他的自留地的。春季抗旱时，他的苗子差点给烧死，幸亏农业社把汾河水引上来，社里浇完头遍水，给自留地也浇了一遍水。以后，他又三天两头地到自留地里侍弄他那几苗南瓜、豆角和玉茭子。有时，就整天泡在自留地里。虽然因为粪过于多，苗子老是发黄，可是前几天总算开了花。难道就因为收麦的这几天自己没有去务弄，就没有结下南瓜吗？

"自留地里没结下瓜吧，你就不会到邻家借一颗来？你就不晓得人家割麦子时候忙累？"

"我才没有脸借哪！自己没有就不要吃。再不就是明年种瓜时把心放正些，往自留地上粪时，也知道个多少！"

郭守成一听这话更气了。他最忌讳他老伴说他给自留地里上多了粪，她就偏是口口声声揭他的短。他就把碗筷往小桌上一摔，正想骂他老伴几句，忽然枣树叶子哗啦啦一阵响动，接着又是响雷，又是打闪，随后雨点就落下来了，他又只得赶忙和老伴把饭桌、碗筷收拾回厨房里。

老伴看着外面下雨，就想到她儿子，想起场上的麦子。一看她老汉还是只顾自己吃饭，便又生气地说道：

"就只顾你自己吃死食。你就不知道去看看场上的麦子？"

郭守成看看雨下得正大，又怕淋湿自己的衣衫、鞋袜。可是，这一次他不愿意和他老伴顶嘴了，因为她的话有理。他只是说了句："再怎么也得等人吃完饭呀！"便又慢腾腾地喝起米汤来。

是郭守成吃完饭才停了雨呢，还是郭守成等雨停了才吃完饭呢，反正他刚吃完饭，雨也就停了。又过了一会儿，郭春海回来了。

郭春海先到自己住的小东屋里换了衣衫，随后就走到厨房里来。因为急着要调查那两捆麦子的事，他也没顾上多问他爹、妈为甚生气，便急忙舀了一碗稀饭，拿了一个蒸馍，一面吃饭，一面问他爹道：

"爹，今后晌你和孙茂良在王连生家门前碾场来？"

郭守成随口应道："是啊。"随后又瞪了儿子一眼："平白无故地问这个干甚？"

郭春海又问道：

"还有谁到过场里？"

"刘元禄。"

"他去干甚？"

"他替孙茂良碾了一会儿场。"

"他为甚要替孙茂良碾场？今后晌不是派他跟车吗？"

郭守成心里犯疑了，儿子为什么要认真问这些事？莫非是因为自己的老牛偷吃了场里的麦子吗？可是又不好明问，就含糊地回答道：

"这我就不知道了。反正孙茂良不愿意碾场，刘元禄就和他换了活计。"

郭春海又接着问了一句：

"没有看见他们在场上有什么事情吧？"

这一问，更使郭守成犯疑了。有什么事情？他就知道自己的牛偷吃麦子的事情，难道真是孙茂良告到社里了？他忍不住了：

"你问这些事做甚？"

郭春海就直告他爹说：

"孙茂良发现王连生院里有两捆麦子，刚才吵嚷了好一会儿，有人说是王连生家偷回去的，也有人疑惑是别人放到他院里的。你在场上就没有看出什么动静？"

郭守成放心了。可是，要证实那两捆麦子是刘元禄提进去的，又怕刘元禄一定要说出自己的牛偷吃了一后晌麦子。心想："这事只有自己一个人知道，要是自己不说出来，就是孙茂良告下自己的牛偷吃麦子，刘元禄也会给自己做证消免了这事的。反正不管他那两捆麦子的事情怎么办，今后晌老牛吃麦子的事情看起来是不要紧了，也许就没事了。"这样想了一会儿，他才用手揉了揉眼睛，慢腾腾地说道：

"爹的眼不好使，没有看见什么动静。"

郭春海的妈妈也焦急地问道：

"社里让你碾场，你就不操心场上的事？一后晌你就什么也没看见？"

郭守成火了：

"没看见就是没看见，我是碾场的，我又不管看场！"

春海妈也生气了：

"你倒分得清楚，你就知道只顾你自己，你就不想想这是冤枉好人的事？冤枉别人家不行，冤枉王连生家更不行。王连生家绝干不出那种事来！"

郭春海也劝他爹说：

"爹，场上出了这么大的事情，碾场的还能没有一点责任？你好好想想，咱们农业社刚刚丰收，正要扩社，是不是有人破坏？"

郭守成还是不吭气。

春海妈急了：

"你真是没有看见什么动静，还是看见了不敢说？"

郭守成又慌又急地举起右手说：

"我敢对天发誓，反正那两捆麦子不是我放进去的。"

郭春海紧接着问道：

"那是谁放进去的？"

郭守成犹豫了一下，但立刻想到老牛偷吃了场上的麦子，便摇摇头说：

"我没有看见，你再向别人查访去吧！"

郭春海又问了他爹几句，也没有问出什么话来。他就把刚才人们发现那两捆麦子以后的各种说法和猜疑，以及下雨时收场的情况给他爹说了一阵，而郭守成却依然是甚话也没有。郭春海看看时候不早了，社里还要开会研究这事，便披了一件衣衫，找孙茂良去了。

郭春海走到孙茂良家门口，叫了一声：

"茂良哥在家吧？"

孙茂良没有答应，他女儿孙玉兰开了屋门：

"啊，海子叔，快进屋来吧。"

"你爹哪？"

孙玉兰笑着指了指里屋。郭春海往里屋一看，只见孙茂良披了一件女儿的花衣衫，低着头坐在炕火跟前。看到郭春海笑着走进里屋来，他只好站起来说：

"唉，我的衣衫湿了，可她的衣衫也一样淋湿了，她硬让我脱下湿的，换上她这件干衣衫。"

孙玉兰又疼她爹，又不满意她爹：

"谁叫你把衣衫都换了酒喝呢？"

郭春海看看孙玉兰被雨淋湿的衣衫还没有换下来，就把自己披的衣衫给了孙茂良：

"快穿上这件，叫玉兰子也换换衣衫，看着了凉生病。"

孙茂良便把花衣衫给了女儿，和郭春海走出外屋。穿上郭春海的衣衫，他只觉得身上、心里一阵温暖，又觉得对不住郭春海了。刚才在麦场上不是还顶撞过他吗？要不是郭春海有主意，说不定当下就会斗争王连生。如果是由于自己的冒失而冤枉了好人呢？他自然就更对不住王连生，对不住农业社了。他真有些怨恨他自己了。

孙茂良从小没有了父母，就这么一个人串房檐给地主家打短工。因为他有一身力气，又容易被人利用，所以开头上工时，地主家总是买哄他，常给他戴个高帽子，不断给他几两酒喝，他呢，也果真卖力气。长工们对他不满意，他也不在乎。直到临了算账，把酒钱扣下顶了工钱，他才知道自己上当了。可是，他再到另一家地主家上工后，几两酒就又把他迷糊住了。就这样，他常常受地主的欺骗，也常常和地主闹翻；就这样，他在哪一家也干不长，顶多在这家干上一年，给那家干上半载，临了，总是生上气，空着手，背上自己那唯一的烂铺盖卷走出来。

长到二十八岁，他舅舅才帮他娶过女人，他女人生下孙玉兰不久就得病死了。孙茂良既不会伺候女人，更不会抚养孩子，他就把孙玉兰送到她姥姥家。以后，他既娶不起女人，也不愿意再成家了，就没有续妻。他觉得一个人倒挺自在。村里不愿意待了，到城里；城里没有活了，回村里。有酒便是朋友，见了不顺眼的事便吵闹一顿。可是，自从今春他大闹缺粮、退社，特别是这次他发现了那两捆麦子又大闹了一阵以后，他忽然觉得自己太冒失了。一场暴风雨把他浇醒了。以前，他虽然也常常错认了人、错办了事，但大不过自家受穷，多不过带累上自己的女儿；要是因为自己的过错而冤枉了别人，连累了农业社呢？这时他倒想亲自弄清楚这两捆麦子的由来了。

"春海，我看那两捆麦子确实有问题。刚才怪我冒失，还顶了你几句。"

郭春海一见这冒失鬼也动开脑筋了，自然高兴。而且这事又是他最先发现、吵闹得最凶的，如果能从他嘴里找到一点线索就更好了。

"顶我几句不要紧，我自然不怪你。你也是为了集体利益嘛。可是，咱们不能冤枉了好人，放脱了坏人。茂良哥，你现在怎么想到这里边有问题呢？"

孙茂良说："要是他们眼小拿了社里的两捆麦子，为甚又把自己铺炕的席子拿出来，给社里的麦子遮雨呢？他家又没有多余的席子。再说刘元禄，他既然操心社里的事情，为甚在下雨时又不管社里的麦子？我们父女俩从场上回来，就疑惑这事。"

孙玉兰换了衣衫，从里屋出来，接着父亲的话说：

"王连生平素为人谁不知道？人穷志不穷，爱社如家。连生嫂来咱村多少年了，也没有落过一句闲话。我怀疑会不会是坏人趁机陷害农业社的积极分子，破坏咱们扩社？昨晚上保娃告我说，刘元禄又去赵玉昌铺里喝酒去了，还是在柜房里，嘀咕了好一阵。"

郭春海高兴地鼓励孙玉兰：

"还是玉兰子思想进步快，又参加青年团活动，又上夜校，能看出问题了。茂良哥，你入社也半年多了，遇事也该动动脑子，可不敢让人家当炮筒使了。"

孙茂良点点头，又皱起眉头想了想，说道：

"夜晚上我守场时，我看他到这场上来，也有点不对劲。"

接着，他就把昨夜晚刘元禄来场上"检查"的情况说了一遍，随后又说：

"夜晚上和今后响的事情，都怨我自己粗心。后来我又想到那天割麦竞

209

赛时，他俩吵嘴的事，会不会是这小子报复？"

孙玉兰也接着说：

"他为甚不让调查，为甚立逼住干部们当下处理？我看他就不怀好心。"

郭春海听着这些话，思谋了一会儿后又问道：

"那么你当时是怎么发现那两捆麦子的？"

孙茂良说："我正和你爹嚷吵，刘元禄就走过来劝开我，把我拉到王连生家大门洞里，还给我抽了一根纸烟。我扭头一看，就看见了院里那两捆麦子。"

"今后晌不是轮你打场，轮刘元禄跟车？他什么时候来的场上？"

孙茂良把刘元禄当时要和他换活计的情况说了一遍，郭春海就更加生疑了：

"你想想，刘元禄为甚要和你调换活计？他真是这种爱为别人着想、专替别人打算的人吗？刘元禄为甚对社里的事都不大操心，唯独对这事一口咬住不放松？"

"嘿，我早就怀疑他不是好人，我看这事情说不定就是他干的！"孙茂良说着就冒火了。

郭春海也怀疑刘元禄了。他想到刘元禄反对王连生入社，拦挡王连生和民兵队长李生贵去追查偷运粮食的大车，麦收前党支部对他进行批评教育，他仍不觉悟，这几天又反对扩社，又和赵玉昌密切来往，他也怀疑到他们想乘机陷害王连生，打击自己，破坏扩社。但是，现在还没有证据。他就劝孙茂良说：

"现在还不敢贸然断定，还要再详细调查一下。你再想想，看这两天还有谁到过场上，到过王连生家院里？当然，既不要见人就怀疑，可也不敢再粗心大意了。你再好好想想，和玉兰子仔细研究一下，有什么新情况，就到社里来汇报。"

"好。"

孙茂良父女把郭春海送出门外，郭春海就到社里开会去了。

郭守成看着儿子走后，这才放心地回到正屋里，躺在炕上抽起烟来。

雨停了，云还没有退净。天空是一片墨黑，院子里也是黑洞洞的，好像那枣树的黑影遮满了院子，什么也看不见。屋子里自然是更黑了，只有郭守成那烟袋锅子上的烟火一闪一闪，映照着桌上那铜香炉一亮一亮。

郭守成家晚上没有事是不点灯的，常是天不黑就铺好被褥了。郭守成躺在炕上抽了一会儿旱烟，只觉得满嘴焦躁苦涩，他就黑摸着下炕来找茶壶，想倒一杯水喝。可是，茶壶还没有摸到，一只茶碗却叭嚓一声掉到地下打碎了。

他老伴听见正屋里打了什么家具，就急忙走进来划着火柴，点着小煤油灯。一看是打碎了那只小茶碗，她就心疼地说道：

"天黑了你不睡觉，又到地下来黑摸揣什么！偏是又把我最喜爱的这只小茶碗打碎了！好容易土改时给咱家分了这一对细瓷小茶碗，那一年叫花猫带下来打了一只，不想今日又叫你给打了一只。放着灯火你不点，眼不好使还要黑摸，宁可打烂我的茶碗，也舍不得你那二钱灯油！"

郭守成打烂茶碗，也正在心疼气恼，听着她这番埋怨，也就没好气地顶撞她道：

"我愿意打烂茶碗？"

老伴接口就问：

"那你为甚不点灯？"

他回答不上来了，他不愿意回答这句问话。多少年来，他说过他女人多少次少点灯、少划火柴的话；催过他女人多少次早吹灯、省灯油的话。而今，他自然不能再说这些话了，就反过来问他老伴：

"那你为甚没给我预备下水？"

想不到老伴却赌气地一口气吹熄了灯，坐在炕上说：

"水？水瓮都干了，你还想喝水！"

郭守成只好骂起儿子来：

"这狗小子，就知道开会，怎么连水都没有担下？"

老伴因为今后晌没有摘回南瓜来，已装了一肚子气，而今她的心爱之物又被老头子打碎，就直想拿老头子出出气了：

"海子又在党又在团的，整天地为村里、为社里办公事，还要下地、上场，忙得有一点点空空？就是有一点空空，还得紧赶去侍弄他的试验地。海子就这么忙，早起还担了两担水。你哪，就知道回家来要吃、要喝，填饱肚

211

子就会往炕上一挺！你想喝水就不会担两担水去？”

郭守成说："黑天半夜的你叫我怎么担水？你明知我眼不好使，你就不怕把我掉到井里？"

老伴说："你黑夜看不见，白日里也看不见？"

郭守成说："你就看不见我那股忙劲儿！不是社里派我干这，就是队里让我做那，整天的地里、场里，连吃袋烟的工夫都没有。你成天坐在家里，就不怕把你的屁股坐烂！"

老伴一听这话，火气更大了，她就当面揭开老头子的底了：

"你倒说得好听，有胆子到社里领功去！我一个人从地里回来还要做饭，在家里伺候老的，还要照护小的，等老的回来吃了饭，又给小的去送饭，你还怕累不死我！你忙累？你春季为什么不忙累？一春季，你瞒着我母子，把咱家一冬天积攒的粪都送到自留地里，你的心眼子怎么长的？我还以为今年可要摘得吃几颗好南瓜，掰得吃几穗嫩玉茭哪，谁想老天爷有眼，也看不过你那作为了，不给你下雨，让你粪大烧死苗子，让你干着急没办法。你这几天为甚常去社里动弹？还不是因为这几天场里、地里活忙，你怕社里派别人使唤你的老牛；你还不是看见麦子长得好，社里又说了按劳动日分麦子，你想多抢些工分！"

这几句话着实刺疼老头子的心了：

"就说成我为了抢工分，可我又是为了谁呀？"

老伴却说："不管你为了谁，反正我有我们海子的一份也吃不清！"

这可把郭守成顶得伤心败气，再说不上话来了，气得他一下子躺倒在炕上，长长地出了一口气。

没有等他缓过气来，大门外早有人高叫了一声：

"郭守成，快……"

他一愣怔坐起来，只觉得一阵心跳，因为他听出是饲养员李二拐的声音，而且那叫声又像是出了什么事情。

果然，二拐子跑进院子来叫道：

"快去看看你的牛吧！"

郭守成一听这话，一下就跳下地来，正巧两脚踩在刚才打烂的碎碗片上。这时，他也顾不得脚疼了，两手哆嗦地穿上鞋，就跑去看他的老牛去了。

在马棚院里，在那老牛的周围，早已围来了一群人。槽头屋檐上挂的两盏马灯，照着那躺在地上的老牛，老牛的大肚子，好像一面圆圆的大鼓，四条蹄腿伸展开去，牛脖子也伸直了，两只眼睛瞪得那么大，眼珠子也快要憋出来了。

郭守成来到这里的时候，老牛周围已围了十几个人，正在社里开会的干部们也赶来了。郭春海、徐明礼和张虎蛮就蹲到卧倒的牛跟前摸着牛肚子。郭守成一看这阵势，知道大事不好，急忙蹲下去，两只手哆嗦地摸摸牛肚，又摸摸牛嘴，看着老牛那难受的样子，心里真像刀扎一样。

郭守成回头看看兽医，就真想跪下来给他磕头那样地央告说：

"快救救我的老牛吧！"

兽医却摇摇头说：

"吃得过于多了。刚才扎针、灌药都没有救过来。我这眼浅手低，你们还是另请高明吧。"

人们一听兽医这话，又眼见老牛那光景，知道是没救了。那兽医在这方圆几十里以内都是有名的。要是经他的手看不好，就再不用请别人了；要是他说这牲口今晚要死，那就等不到二日天明。

这时候，在那些议论纷纷的人群中，孙茂良又说开二话了：

"我说过，麦子是社里的，牲口可是自家的。哼，不听好人劝，连牲口都跟上倒霉。"

众人也就跟着说开了：

"吃社里的麦子不心疼，撑死自家的牲口可该心疼了吧。"

"牲口死了，也得重重地整治一下多喂牲口的人，要不然，社里的收成再好，也架不住这么人拿、牛吃啊！"

周林祥老汉也叹了口气，说了一句：

"正是紧用牲口的时候，社里又少了一头牛。"

郝同喜一听这话，就接口说道：

"你不用发愁，拖拉机快来了，死一头老牛也误不了大事。再说，社里丰收了，买十头好牛也不打账。依我看，对社的损失倒不大，这牛还没有作价归社哪！"说着，他看见郭守成正站在他前面，他就大声说起来，想故意让郭守成听见。因为他经常鸣锣开会，最数郭守成难叫难请。他就连针带刺地说道："依我看，对牛主的损失倒不小，反正把牛肚里那些麦子全倒出来，也怕买不了一条牛腿。"

郭春海听着人们的议论，心里又生气，又难受。他生气、难受的是自己那自私的老爹糟蹋了社里的麦子，也撑死了自己的老牛。怎么办呢？他就和徐明礼商量道：

"牛吃麦子的事，随后咱们再讨论处理吧，跟下不如趁牛没有断气时杀了，要不，等断了气，肉也不好吃了。"

社长徐明礼和兽医都点头称是。郝同喜听见这话，也高兴地说：

"春海说得对，趁牛没有断气杀了，一家分上几斤牛肉，正好庆祝一下咱农业社的丰收。"

郝同喜这几句话，竟把场里的人说得笑了。一伙年轻人也就高兴地围上来，七手八脚地把老牛抬到供销社的杀坊里去。

郭守成不忍心去看杀自己的老牛，就一个人走回家来。一路上，只觉得他的头上压了一块石头，两条腿又像抽了筋骨似的软得发抖。真像背着包袱走远路的人实在累乏了，艰难地迈一步，就沉重地叹一口气。

他老伴也跟在他后面走回家来。刚才在马棚院里，听着人们那些讽言刺语也没敢言声，一路上，她可是越想越心疼，越想越生气。她心疼喂了十来年的老牛，竟死在老头子手里，她也因为老牛偷吃了社里的麦子生气。她恨她老头子自私自利反害了自己，怨她老头子怕吃亏反吃了大亏。当她跟着老头子进了大门，回到屋里后，憋了满肚子的怨火就冲着老头子喷出来了：

"你昏了心啦，怎么就能喂了那么多……"

她的话还没有说完，老头子就猛一回身，咬着牙气狠狠地喊了一声：

"你再唠叨！"

说着，右手就举起他那木管长烟袋来。这时他老伴真要是再说一句话，他就会拿烟袋打过去的。因为他憋满了的一肚子气也正没有个出处！看他那股凶气，瞪起的那两只小眼睛里几乎要冒出火星来了。

他老伴从来还没有见过他这么生气，这么恼得怕人，心里先是一阵冰凉，觉得自己受了冤屈，随后就一头倒在炕上，伤心地哭号起来：

"有本事你就把我打死！我到你郭家三十多年了，给你郭家生了儿、养下女，我也活够了。你卖了女儿又撑死牛，再把我也打死，留下你一个孤老头子好活去吧。我的秋香姣姣呀，你等等妈，妈和你做伴去啦……"

听见老伴提起死去的女儿秋香，郭守成刚才那一股莫名的怒火，就被一阵伤心的泪水给浇熄了。为了不愿意听他老伴哭泣，便走出院里去，坐在枣树下的一只小板凳上，把木管长烟袋狠狠地插进烟布袋里，使劲搓揉着装满了一烟锅烟叶，又狠狠地划着火柴，就一袋紧接着一袋地猛吸起来。

郭守成的大女儿秋香已经死去十年了。秋香十二岁时，郭守成把她问给了邻村一家庄户人家。那家因为人口多，妯娌多，男人的脾性又不好，所以二十几岁了还没有问下媳妇。郭守成却因为贪图了一份厚彩礼，便把女儿问给人家，他就用那一份彩礼买了一头小牛犊。那男家呢，因为女婿年纪大了，所以年年催着娶亲。郭守成拿人家的彩礼买下的小牛也长大了，能耕地、拉车了，也就只好不顾老伴的反对，没有等女儿满了十六岁，就硬着心肠让男家用花轿抬走。秋香嫁过去以后，人小不懂事，粗细活计都拿不起来。于是，公婆的打骂，妯娌们的难看的眼色和难听的话语，再加上那比她年长十二岁的赖脾气丈夫的拳打脚踢，不到三年工夫，就让她得了痨病死去了。

郭守成想到他的死去的女儿，想到用女儿的彩礼买来的小牛，经他十多年来一手喂养长大，到如今竟死在自己手里，心里就一阵酸疼。一阵泪水又从他那两只眼里涌出来，从他那树皮一样的老脸上弯弯曲曲地流下来，又顺着那花白的胡须，流滴到他那木管长烟袋上。

快到半夜了，雨后的乌云也差不离退净了。月牙儿不知不觉已经升到当天了。入夜的凉风一阵阵吹来，枣树叶子轻轻地摇摆着，让那白色的月光散乱地洒到地上。郭守成看看地下那些摇摆着的零零碎碎的树影，心里更乱，眼睛也更花了。

他闭起眼来，又想到他加入农业社以来的几桩不如意的事情。为了他的自留地，他把自家的粪都拉到自留地里，那天晚上浇地时，因为想浇一下自留地，竟让渠水灌了自己一身，回来还不敢明告诉他的老伴，受了一夜冷冻，遭了风寒，又病了几天。可是，就这么苦心经营下来，不要说多打几颗玉茭子，就连自己爱吃的嫩南瓜、鲜豆角都没有吃到。

让赵玉昌给他粜粮那件事，他瞒过了春海和老伴，想不到赵玉昌竟坑了他。他不但不敢告状，而且也不敢告诉他的儿子和老伴。最后，刚想着今年要比往年多分几颗麦子了，却把自己的老牛也撑死了……

想着想着，他又埋怨自己加入农业社了。要不是入了农业社，怎么能死了牛；要不是入了农业社，也就没有什么自留地的事了。

可是，赵玉昌坑自己的事呢？又怨什么呢？怨赵玉昌吗？自己明知道赵玉昌是刀子手，谁让自己睁着眼把刀子看成银洋呢？明知道粪大怕天旱，而自己为甚要往自留地里上那么多粪呢？为什么又要让老牛吃那么多麦秸麦料呢？

他想来想去，竟觉得一阵心虚，好像自己板凳下面那一块地面塌下去一样……

多少年来，他勤勤恳恳、俭俭省省地扑闹着家务光景，可是为什么自己所谋出来、做出来的事情，桩桩件件都栽了跟头？是自己走的路不对吗？为什么一步一跌跤！是自己做过什么亏心事吗？为什么自己这样命不好！是自己昏了心瞎了眼吗，还是老天爷、财神爷心不公、眼不明呢？

多少年来，他想过多少好事，做过多少美梦啊！他虽然家穷、地薄，要甚没甚，却有一股发财的心劲儿。他舍不得花钱买药治眼病，却舍得买来香表供财神。每天晚上，他舍不得点灯耗油，除夕夜里，却舍得点一夜蜡烛迎接财神。他的粮食囤里虽然没有几颗粮食，他的牲口圈里也不过是刚刚拴了一条牛犊子，但他却在他的粮囤上和牲口圈里贴上了"五谷丰登""粮堆如山"，"六畜平安""槽头兴旺"的红对联，而他那只有几条破裤子的衣柜上，竟也用了两块大红方纸，请村里的先生给他写上"衣服满柜""黄金万两"，而且见人就喊"出门见喜""见面发财"。

可是，一年一年地过去了，他接了多少年财神，喊了多少年发财，到如今却仍然是照样的贫穷，不但一事无成，反倒失了老本。而他只怕吃亏、上当的农业社呢？眼下倒真像个摇钱树和聚宝盆。眼看着农业社的麦子长得那么好，打得那么多，一个劳动日就能分一斤麦子，可是偏偏的自己一春季又没有多做下劳动日。唉，这到底是扑闹了一回甚？图了个甚？落了个甚结果呢？为什么自己在那走惯的老路上越走越跌跤也不死心，反倒在自己担心害怕的没有走过的新路上看到一线光明？为什么自己怕吃亏、怕吃亏，到头来吃亏的偏是自己呢？

月亮偏西了，月牙儿从枣树和院墙当中的空间洒下来一片白光。郭守成觉得一阵眼明，睁眼看时，他儿子已经站在他面前了。

郭春海在社里开完会，便急忙走回家来，当他从小东屋卷上他的炕席走出院里来，才看见枣树底下还坐着一个人。一看是他的父亲，他就急忙走过来。

今晚上，郭春海自然是一肚子火气。养了十来年的牛死去，他自然也心疼，可是，更使他难受的还是他爹这种行为。而且偏又是和王连生家院里那两捆麦子凑在一天，又偏是在农业社正要庆祝丰收、扩社的时候。他真想好好批评他爹一顿。可是，当他看见老父亲这么晚了，还一个人坐在枣树下抽烟，一看那伤心流泪的样子，又想："也许爹会通过这件伤心事转变过来的。"于是，他又有点可怜他的老爹了。一辈子了，顽固自私的旧思想、小农经济的自发思想，把他害得好苦！于是，他就走到父亲跟前说道：

"爹，天这么晚了，还是先回屋睡觉吧，看着了凉。"

郭守成刚才对自己入社以来的行为虽然有些后悔了，可是一见他儿子走过来，立时又想到今天出了这么大的事，他儿子一定要狠狠地批评自己，说不定他们刚才开会时，已经决定要开大会斗争自己了。一想到今春季因为牛吃了麦苗，开大会批评他的情景，他立时又产生了一种又羞愧、又恼恨的心情。他就瞪了他儿子一眼，问道：

"老实告诉爹，你们打算怎么处理我？"

"好好检讨，提高思想吧！"

郭守成原以为农业社要斗争他、处分他的，所以他问儿子时，就背转脸去，正准备着他儿子对他的宣判。想不到他儿子却没有再提自己那伤心丢脸的事，没有再刺痛他的心，而儿子这几句暖心热肚的话竟使他动心了，最后连那一点对农业社干部的戒心也消散了。于是，他就忽然抬起头来，说不出是亲热还是感激地看了儿子一眼，然后那脑袋就像失掉了支持似的，一下子沉重地低垂到胸脯上，刚刚忍住的两眼泪水又一齐涌了出来……

郭春海看出父亲果然是有些后悔了，就趁机劝说道：

"爹，只要你知道错了，以后就不要再办这些错事了。以前你总是人在社，心在家，只怕跟着大伙吃亏；如今再看看，到底是社亏你呢，还是你自己吃了亏？前几天你也听说社里宣布了夏收预分方案，咱家多少年来，哪一年夏天打过六百多斤麦子？社里有哪一点对不住咱家？"

做了错事的老子，面对着理直气壮、心平气和的儿子，又有什么话可说呢？往常，这些话他自然听不入耳，而且还抱怨儿子傻气，不会闹家务事业；今夜晚，儿子这几句平常话却使他又伤心难受地流开泪了。

他既不愿意在儿子面前再说那些伤心事，又不想回屋里睡觉，便忍住眼泪，抬起头来对他说道：

"我回去也睡不着，让我再在这儿坐一会儿吧。你，怎么，这时分了，你卷上席子干甚去？"

"我是给王连生家送席子去的。"郭春海告他爹说，"刚才我们在社里研究那两捆麦子的事时，孙茂良又去社里反映了一些情况，干部们也都认为王连生家不会做出那种事来。可是究竟是什么坏人放到那里的，为什么要放到那里，一时还研究不出个眉目。散会时，孙茂良又提出，王连生把自己的席子拿出来盖了场里的麦堆，社里应该给他补一张。可是社里的席子都拿到场里去了，我就想到我铺的那张。我揭了席子还有一张褥子，而王连生家六口人就只有一盘光炕。爹，我想你也会同意吧，咱们总不忍心看着他为了众人而使自己吃亏、受罪吧？"

如果是以往的话，郭守成要是知道他儿子把自家的东西拿出去给别人，他一定会生气、叫骂、阻挡的，可是这一次他竟然点了点头同意了。而且他儿子最后那句话又使他心动了一下。是啊，不能让他为了众人而使自己吃亏。那么自己呢，是为了自己，反害了自己。想到这里，他忽然又想到那两捆麦子，难道能忍心看着王连生为了众人，使他受冤屈吗？想到这里，他忽然眼睛一亮，就站了起来。但他刚要张口，突然又想道："这事情太大了，而且又只有自己一个人知道。刘元禄是干部，又不好惹，真的为了这家又得罪那一家吗？"他叹了一口气，又坐下去了。

郭春海见他爹神情不安，以为他爹还在顾虑社里怎么处理他呢，就劝说道：

"爹，还是快回屋里去睡吧。睡下以后再想想，想通了，到开会时，痛痛地做个检讨也就罢了。反正事情已经过去了。知错认错、改了错，不就好了？不要再顾虑什么了。刚才我们开会时，干部们虽然说了你许多不是，可是也都估计你经过这事以后会想开，会转变好的。有几个干部还批评了刘元禄，说他在场上为甚没有关照你。刘元禄说，他倒是关照你来，可就是怎么说，你都不听。"

郭守成一听干部们那温暖的关怀，心里自是高兴，但听到刘元禄那丧良心话，顿时就冒起一股火来。要不是遇上刘元禄，要是孙茂良不和刘元禄换了活计，说不定老牛还吃不了那么多麦子呢！这时候，他竟然后悔没有听孙茂良的话，恨起刘元禄来。而害了王连生，又看着他跳崖的刘元禄，还要在干部们面前装好人，还要"猪八戒倒打一耙"，他这一肚子恨劲儿、怨气可就再也忍不住了，就呼地站起来，咬着牙反问了一句：

"嘿，刘元禄？"

郭春海看到他爹这神色，就紧接着问道，

"怎么？"

"他还关照过我？"

"怎么，他没有劝说过你？"

"嘿，他倒说得好听！他还算是农业社的干部？"

郭春海一听他爹话中有话，就立时想到那两捆麦子的事，今后晌不就是只有他爹和刘元禄在场上吗？

"怎么？刘元禄为甚不是社的干部？他做下什么事了？"

"他？"

"他怎么？"

郭春海已经听出他爹话中的意思，也看出他爹的心事了，便急切地劝他爹说：

"爹，你看到什么，你知道什么，就全说出来吧！你就忍心眼看着冤枉了好人，跑脱了坏人？你信不过别人吧，还信不过你的儿子？"

郭守成就跺了一脚，气呼呼地说道：

"那两捆麦子就是刘元禄拿到王连生家院里的。"

郭春海心里一跳，又火急问道：

"他怎么拿进去的？"

郭守成就依实对儿子说道：

"今后晌在场里歇着时，他见我眯住眼睡觉，当我没有看见，就闪手拿了两捆麦子，放到王连生家院里。"

郭春海一听这话，心里一亮，立刻就明白了那两捆麦子的案情。这时候，他真恨刘元禄啊！同时也为洗清了王连生的冤情，为农业社当下就查清这件案子而高兴。于是，他就想立刻到农业社召开会议，处理这事了。当他正要走出大门时，忽然又回过头来，眼睁睁地看着他父亲，订正了一句：

"真的？"

郭守成也瞪了他儿子一眼，喊了一声：

"老子甚时胡说过人！"

"你敢做证？"

"为甚不敢！"

第二十二章

　　当街上的人吵嚷着王连生家偷了社里的两捆麦子，当周有富和姜玉牛到赵玉昌铺子里来喝酒，也幸灾乐祸地说起那两捆麦子时，你看赵玉昌有多么高兴、多么得意吧！而这一桩事情刚刚闹起来，意想不到的第二桩事情，郭守成的牛也在这当儿撑死了。赵玉昌是更高兴、更得意了。他听着街上那些对王连生、对郭守成、对农业社的不满的怨气和叫骂，听着周有富和姜玉牛对这两桩事情的冷言冷语，真像是遇见一件大喜事一样，他也倒了满满的一壶酒，拿了几个酒盅，摆了一盘豆腐干、一盘花生豆，拿了几个咸鸡蛋，对周有富和姜玉牛说："来，咱老哥们在一块儿喝两盅，今天算老弟请客。"于是，他就摇晃着他那驴头光脑袋，满杯满饮地喝着庆贺起来了。

　　可是不大一会儿工夫，他所盼望的这种怨气和叫骂声就听不见了。怎么回事呢？也许是野火没有风助威吧？他正有些纳闷，就听到郝同喜在街上鸣锣吆喝：

　　　　农业社里有命令，
　　　　男女社员都听清，
　　　　快到社里分牛肉，
　　　　小麦丰收要大庆。
　　　　大人分一斤，

小孩分半斤，

牛头牛肚随便称。

······

姜玉牛是社员，上了年纪的人又爱吃，听说给社员分牛肉，高兴地说：

"啊，今年收了夏还有牛肉吃。有富哥，明天到家里吃牛肉包子啊！"

周有富摇摇头，阴阳怪气地说：

"哼，农业社真有优越性，咱可没有那口福。"

姜玉牛赶紧到社里分牛肉去了，周有富也回家了，赵玉昌觉察到事情有了转折，自然也坐不住了，他想出去探听一下风声。

他正想出门，又怕碰见社干部或乡、村干部问他，他就回身带了一个油瓶。一出门，正碰上孙茂良拿着二斤牛肉从供销社出来，他便迎上前去问道：

"茂良哥，手里提的什么好东西？"

孙茂良出口就说：

"你没有长着眼？看不见这是牛肉！"

赵玉昌又装模作样地问道：

"这是哪里来的牛肉啊？今日不逢时、不过节，又正是紧用牲口的时候，怎么倒杀得吃开牛肉了？"

孙茂良想到郭守成不听他劝说，就生气地说道：

"郭守成那老不吃亏把他自己的牛给撑死了！"

赵玉昌又故意问道：

"怎么就能撑死？"

孙茂良刚想要张嘴告诉他，忽然又想道："我们农业社的事情为甚要告诉他呢？他又为甚这样再三再四地紧问呢？"他觉到赵玉昌的问话中有意思了。是啊，狐狸精问路，没有好道道！孙茂良想到刚才郭春海和他的谈话，他也学会来回想算了，再不那么直肠直肚了。他就瞪了赵玉昌一眼说：

"正好给老子们吃喝一顿，庆贺丰收。"

赵玉昌还想跟上他说话，突然郭春海从供销社出来了：

"你来干什么？"

见是郭春海，赵玉昌心上一阵恼恨，心想："真倒霉，偏偏就碰上你！"

可是他还不得不哈腰点头，龇牙咧嘴地笑着回道：

"啊，是支书。你看，灯里没油了，我到供销社打点油。你忙、你忙。"说着就要溜走。

郭春海知道今天农业社出了这两码事，赵玉昌一定会出来活动的，就叫住了他：

"站住！我不忙。你也不用忙。你白天干甚，要趁这个时候来打油？告诉你，农业社的事情与你无关！你要是想多管闲事，我们可不让你。你还是规规矩矩地回去吧！"

赵玉昌脸上的几道笑纹一下子绷紧了。真是冤家路窄，他真想拿起油瓶来劈面摔过去。可是，他还是咬着牙，攥着拳头忍下去了，而且还不得不又恭恭敬敬地回答了几声：

"是，是，是。"

他返回自己的小铺里，又听见几个人提着牛肉，说笑着从供销社出来了。这个说："明天吃一顿好牛肉饺子。"那个说："我最爱吃牛肉包子。"赵玉昌一听到这种口气，心里就不得劲儿，随后就咬牙切齿地骂起郭春海来：

"哼！你想拿牛肉买哄社员？好，我看王连生院里那两捆麦子你又拿什么来糊弄！"

赵玉昌一想到那两捆麦子，又依然得意地独自喝起酒来了。他不敢再出去，也用不着再出去了。既然刘元禄办得那么利落，还用自己再操心吗？于是，他就悠闲地玩起他手里的那两颗核桃来。

可是，又过了好一会儿，还是听不到街上有什么动静。农业社的牛肉早已分完了，难道撑死牛的事情就这么完了？而那两捆麦子的事情，怎么再也听不到了呢？周有富、姜玉牛为什么再也不来，刘元禄为什么也不来绕一遭呢？他又有些惶惶不安了。他正在狐疑、焦急地等待着事态的发展，突然听到郝同喜在街上说了一个使他胆战心惊的消息。

郝同喜正提了一盏马灯四处找人，一见生产队队长张虎蛮，就急忙问道："你看见社长没有？"

张虎蛮问说："黑天半夜又有甚的要紧事？"

郝同喜说："嘿，刚才春海说，王连生院里的那两捆麦子，原是刘元禄那狗小子暗埋的。春海叫我立刻通知党、团员和乡、社干部到庙上开会。你也快去吧。"

赵玉昌一听这话，心里立时就擂起鼓来，手里的那两颗核桃也掉到桌上了。他慌急跑到铺门跟前，想再听听还有什么更怕人的消息，可是，郝同喜和张虎蛮已经过去了，他再听不到下文了。他只觉得一阵头晕，腿软得抬不起来，手心里也出汗了。他便闭着眼睛靠在门上，好一会儿才缓过气来。

"怎么办？怎么办？这可是坏了大事了！"他现在最担心的就是怕刘元禄把自己牵连进去。那么这一次是非冒险出去探听一下不可了。于是他又提上油瓶出了铺门，可是，他刚下台阶，忽然供销社主任王云贵正走过，他吓得几乎丢了魂，以为是刘元禄供出他来，供销社主任抓他来了。他就紧握住油瓶，咬着牙，等着王云贵走到他跟前。

供销社主任还没有走到他跟前，就冲着他说道：

"赵玉昌，我正要通知你个事哪。今天我刚从县上开会回来，县上布置了改造私商工作。今后晌我和乡、社干部们研究了一下，咱们乡里过几天就办。凡属买卖作坊，或归供销社，或公私合营、划定经营业务范围，总之都要统筹安排管理。特别是刚收了麦子，要绝对禁止破坏统购统销政策，倒贩粮食。刚才我去过南头李相庭家，他愿意把他的药铺交供销社领导。你呢，你先盘算一下，过几天咱们再开会研究，这阵我还要上庙开会哪。"

赵玉昌听着这些话，虽然知道刘元禄还没有供出自己，可是这以后的如意算盘是打不成了。怎么办？真是祸不单行啊！

他心烦意乱地回到自己的小铺子里，两手哆哆嗦嗦地放下油瓶，摸起一盒火柴来，划一根，划不着，再划一根，又划不着。把半盒火柴都划完了，还是划不着。他就啪的一声，把火柴盒摔到地上。

赵玉昌靠在门上，心惊胆战的，只怕一会儿开会时，刘元禄供出自己来，怎么办呢？到庙里打听吧，岂不是肥猪跑到杀场里，寻得挨刀子！除了庙里开会的人，又向谁去打听？要是刘元禄供出自己来，怕是今晚上就过不去了，那就只有跑吧。他便关了铺门，点着灯，开了钱柜，把一本私账和几沓票子装在身上。当他刚吹了灯，正要走时，忽然又想道："要是刘元禄好汉做事好汉当呢？或是害怕我供出他入股的事，不敢牵连我呢？自己跑了那不反倒落下嫌疑了？在这紧要关口，可不敢轻举妄动啊！"于是他就坐下来，他要再等一等，再想一想，再听听动静，再决定下一步该怎么走。

他正坐在那里翻来覆去地思谋，忽然听到有人推了一下铺门，接着又啪啪啪地响了几声。他立刻心慌肉跳地站起来，因为怕是乡公所的人来抓他，他就随手抓来一个油瓶，紧紧地握着。一会儿，门外又叫了一声"开门"，听到那声音有些耳熟，他想莫非是刘元禄来了？就向前走了一步。"万一是刘元禄领上他们来抓人呢？"这样想着，他立刻又停住了，就屏住气，竖起耳朵。当他听到门外叫了一声"舅舅"，他才猛想起这是他的外甥任保娃从城里办货回来了，但他还有点不放心，就问了一句：

"你是谁？"

"我是保娃。"

"就你一个人？"

"就我一个人。"

这时赵玉昌才吐出一口气来，刚才跳起来的那一颗心也才跌落回原位。

任保娃进来以后，他又立刻关上了铺门。但他回身看到任保娃竟是两手空空，便又吃惊地问道：

"办回来的货哪？"

任保娃说："我跑了好几家，人家都不给发货，说是这几天正闹公私合营、改造私商，有几家已经在盘点存货了。"

一听这消息，赵玉昌又想到刚才供销社主任对他说的话，就气恨恨地从桌子上抓起那两颗核桃，一面使劲搓揉，一面心烦地想着："这买卖是做不成了，这杏园堡村也待不下去了！"他又恼恨恨地思谋了一阵，便突然变得非常亲热地对任保娃说道：

"保娃，今日之下，舅舅这铺子怕是开不成了。铺子开不成了也好，我倒想起个好主意：不如进城跑运输，还能赚大钱。你赶上咱们那套车马，舅舅揽上生意，哪里钱多，咱往哪里赶；哪里好活，咱就往哪里钻。你今年也不小了，你妈临死时把你托付给我，我也把你抚养大，该给你成家了。可是舅舅再怎么费心，在这杏园堡村里也寻摸不下个好对象啊！要是你跟上舅舅进了城，用不了几个月，舅舅保准给你娶个好媳妇。城里头有的是漂亮姑娘，你是想要个胖的，还是想要个瘦的？你是想要个洋学生哪，还是想要个纱厂女工？"

看着任保娃一直低头不语，他就往前走了一步。他想他喂了这多年的一只绵羊是不会不听他的话的，可是，却没想到任保娃竟说出了以下的话语：

"我不走，我要入社，我的亲事也不用舅舅费心了，我和孙玉兰定亲了。"

赵玉昌一听这话，立时惊得倒退了两步。站在他面前的这只绵羊忽然间在他的眼睛里变了，变成一匹要跑的马了。前些时，他曾风闻一点任保娃和孙玉兰的事情，可是他从来也没有把他外甥的亲事放在心上，为的是怕给他娶媳妇时花费一笔钱，更怕给他成了家以后他另立门户。想不到他竟已经和孙玉兰定了亲，而且要参加农业社。他当然不肯这么轻易放弃这个不花钱的长工，当他又往前走了一步，正想开口说话时，任保娃却把手里的鞭杆往地下一撅，开了铺门，头也不回地走了。

赵玉昌失望地坐到柜台里边的椅子上，手里那两颗核桃摩擦的声音使他心烦，他就把它们往桌子上一摔。于是其中的一颗滚到了桌边，啪嚓一声掉到地下去了，另一颗也跟着滚落到地下跌碎了。

两颗核桃掉在地下的声音，竟吓了赵玉昌一跳，他忽然又想到那两捆麦子的事了。他害怕刘元禄供出他来，乡政府要来抓他，便立地站起来，吹了灯，拿起油瓶。他既不敢在这铺子里死等，又不想当下就逃跑，思谋了一会儿，这才决定先到刘元禄家里看看动静。

看看街上无人，他便锁上铺门，心跳腿抖地沿着墙根，走到刘元禄院里。

进了刘元禄家院子，他才松了一口气。在屋门上敲了几下，便听见杨二香问了声："谁？"他忙应了声："我，快开门！"

一听是赵玉昌，杨二香就急忙从被窝里爬出来，跳下炕来开了门。赵玉昌一进屋门，就靠在门扇上，好像跑了很远的路似的直喘气，杨二香不知道出了什么事，便像往常那样骚情地靠在他怀里，还妖声妖气地说了一句：

"你怎么就知道他又出去开会呢？"

赵玉昌却冷冷地推了她一把：

"快点着灯吧，大事不好了！"

杨二香的热身子被他的凉手推了一把，心里便是一阵不高兴：

"什么大不了的事？看把你怕得、慌得，等一会儿说就不行？"

赵玉昌说："等一会儿元禄就回来了。快点灯！"

杨二香这才点着灯，在光身子上披了一件衣衫，坐在炕沿上，点燃了一支香烟。

赵玉昌就把社里发现刘元禄给王连生暗埋两捆麦子的事告了她。杨二香一听这话，这才真的着急了，只觉得身上一阵发冷，便扔了手里的半截纸烟，慌忙穿起衣衫来说：

　　"刚才我也有些奇怪，怎么他才开罢会回来，又叫他去开会？看老同喜叫他开会那神气！原来是那事情败露了。老天爷，这可怎么办呀？"

　　见杨二香也慌作一团，赵玉昌便只好劝她道：

　　"先不要着急，仔细听着大门。要是有乡公所来的人呢，我就从后墙上逃走，过几天再给你捎信；要是刘元禄一个人回来呢，眼下还有救。"

　　说着，他就坐在方桌旁边的椅子里，心烦地用他尖尖长长的指甲敲着桌子，锁住眉头搜寻着主意。因为今天这事情败露得太快、来得太猛，他竟想不出什么更好的对付这事的办法，也不知道刘元禄到那里会说些什么话，一时心急发恨地想着："既然事情败露了，逼得走投无路了，就拼了老命算啦！收拾上他们几个也解解气。"但一时又想："这也顶不了大事，大丈夫能屈能伸，倒不如留下这本账以后再算。于是，他就决定先躲过这一难，绕开这一关，退开这一步了。一想到又要走退路，一想到自从解放以来，自从土地改革以来，他好容易刚刚费尽心血往前走上一步，又只得往后退几步时，心里便是一阵发恨，一阵烦躁。

　　赵玉昌在解放以前、在土地改革以前的光景日月，自然不用说了，那真是财源茂盛，诸事如意；解放以后，他虽然也害怕了几天，虽然村里也实行了减租减息，但对他没有伤筋动骨。只是到土地改革运动时，他才着实有些害怕了。亏了他有一个磨坊、一间小酒铺，他又把他的土地转记到他外甥任保娃名下一部分，村农会才给他定了个富农成分，征收了他的多余的土地和两头耕牛，给他留下一头拉磨的骡子。

　　土地改革以后，他的土地收入虽然减少了，长工、短工不好雇，也不敢雇了，但靠了他那不花钱的长工——他的外甥任保娃，照样经营起他的磨坊和酒铺来，而且又趁着买粮、卖面，做起粮食买卖，放起粮食高利贷来。春耕秋种时，他又让任保娃套上他的拉磨的骡子，和别人换上几个人工，地里、场里也就不再发愁了。而最使他得意的，是他交了一个有能力的、得势的朋友，笼络住了一个党员干部刘元禄。靠了他常到自己铺里来点说几句，到乡里、村里庇护一下，几年来，他不但没有出什么事情，而且还得了一个靠近领导、努力改造的名声。于是，他又施展开以前那一套做生意的本领，大干起粮食投机生意。不过几年，他又添买了一头骡子一匹马，拴起了胶皮轮大车。

当他正要骑上新的牲口再走老路时，想不到又忽然来了个统购统销，成立农业社，把他磨坊里的存粮统购了去，磨坊停业了，粮食买卖也禁止了。单剩下他那个支应门面的小酒铺又怎么能再发大财呢？于是，他又把磨坊里的车马转到运输上，暗暗地倒贩些粮食，在他的小酒铺里又添了许多杂货，这样，他就和供销社明争暗斗起来。供销社里一时没有油了，他就赶紧进城打了油来贩卖；供销社里没有醋了，他的醋价也就立刻涨了，而且你第一次问他打醋时，他还多给你打一点，为的是要你说一句比供销社的分量足，但到第二次、第三次以后，分量少了不说，醋里还掺进了水。同时，他还利用了供销社不赊账、不能用粮食换的制度，低价收来粮食，高价换出东西，春天赊去值二升粮价的盐、醋，夏天就得还来三升麦子。这样，他既赚了大钱，又笼络了一部分落后的群众。有几个穷户因为还不起粮食，还到他地里给他顶了几个人工。

另一方面，他就想方设法破坏农业社，恨不得农业社垮了，他才能像以前那样用牲口换上人工，在他的土地上捞一把。可是半年多了，他曾和刘元禄谋过多少办法，但每一次都没有掀起什么大浪，而这一次竟连老本也伤了。往后怎么办呢？他又咬着牙闭住眼想道："这一次要是刘元禄供出自己来呢，自己的成分不对，比不得刘元禄，最轻也得坐几年监狱；就是刘元禄一个人承担起来的话，他这一倒，自己在这杏园堡也恐怕不好立脚了。眼见农业社要扩大，互助组的人都嚷着要入社，连外甥任保娃也要入社。人们都入了社，剩下自己一个人怎么作务庄稼呢？自己也入社吧，农业社要不要还在其次，自己怎肯伸出脖子让农业社套住使唤？不入社吧，那小铺子也开不成了，县上下来通知，要改造私商，叫我到他们供销社里，赚上两个喝米汤钱侍候他们？我当然不给他们当小伙计。公私合营呢？叫公家握住把柄，我还有个什么闹腾劲儿？况且自从有了供销社和农业社，我这小买卖也越来越清淡了，除了几家欠账户，都跑到供销社去了，供销社腰粗腿长，自己变尽花样也斗不过人家。这么看来，还是三十六计，只有走为上计了。"

主意一定，他就走到杨二香跟前，把刚才的想法低声告诉了她。

杨二香一听他拿定主意要走，就问了他一句：

"你要到哪里？"

他又思谋了一下，便坐到炕沿上挨住杨二香说：

"先进城到你家店里存站一时吧。我还有一套车马，可以跑运输。这年头，跑运输也利大哪！抛除了开销，一个月不赚他三百五百，也赚他百儿八十块钱。"

说完他自己的打算，他就想到杨二香了。但他一时还不敢把稳她会跟上自己走，就试探地问了一句：

"至于你呢，我看你跟上刘元禄也不会再有什么福享了。"

杨二香一想到刘元禄倒霉以后，真的叫人家撵上她下地受苦，就往赵玉昌怀里一靠，斜着眼看着他道：

"我也不想在杏园堡了。"

赵玉昌一听这话，就高兴地抱住她说：

"好！我正想把你也带到城里哪。你想，我跑运输能少赚钱？还养活不了你？再说，我还有那一份家当，就是少变卖几个钱，也管够你花了。至于我家里的事呢，我也想算好了：我那外甥要入社，自然不管他了；我那大小子也不叫他念书了，念出书来也不能升官发财，还不如叫他守上那几亩地，和他那老不死的妈在家里看门。用不了两年，小子也大了，那老不死的也该死了，你看那时候咱们再过几天自在享福日子吧！"

杨二香一想到在城里娘家时那种游出来摆进去的悠闲生活，娘家店铺里和街市上的那种热闹繁华的景象，那种吃好、穿好的享乐生活，她就紧紧地钻到赵玉昌怀里，并且死死地搂住了他。现在，她只有依靠他，听他摆布了。赵玉昌见此情景，就又低声地附在她耳朵上说：

"拿定主意了，过上几天你再去离婚。这几天你先把分下的麦子和旧存粮往我柜上倒腾些去，一进城咱们就来个开市大吉，给你做两身好衣衫。"

赵玉昌眼看着杨二香顺从地点了头，便又说起他进城后的如意算盘。忽然大门外有人叫了一声："开门！"竟把两人吓了一跳。但他俩听到是刘元禄一个人回来，觉得还不要紧，杨二香便答应着："来了！"拉着赵玉昌出来，让他躲在马圈里。杨二香开了大门，让刘元禄进来，她又往大门外看了看，便咳嗽了一声，又故意忘记了关闭大门。

赵玉昌从马圈里悄悄地走到大门口，由于慌张，出门时，碰响了大门。他停站了一会儿，忽又想到应当向刘元禄探听一下开会的情况，便又故意弄响大门，走到屋门口，轻轻地叫了一声：

"元禄在家吧？"

刘元禄气急败坏地回到屋里，正坐在椅子上抽烟，忽然听到大门响了一声，跟着就有一个人走了进来，当他看到是赵玉昌半夜三更地跑到自己家里来，便立眉凶眼地站起来瞪了他一眼，赵玉昌就急忙说道：

"元禄老弟，快坐下。我听说咱们的事坏了，所以刚才看见你们散了会，我就赶紧跑来，想问问你到底怎么样。看看我能不能在这杏园堡存站了？"

刘元禄这才消免了心里的疑惑，一屁股坐在椅子上，叹了一口气：

"唉，这才真是全完了。不过你放心，我刘元禄好汉做事好汉当，他们追逼了我好半天，我总没有提你赵玉昌三个字。"

赵玉昌这一下算是放心了。为了表示对刘元禄的关怀，又凑到他跟前说道：

"算我没有错看了你，果真是一条好汉。不过，这回可是够你受了。"

刘元禄又叹了一口气：

"是啊，斗争我就不用说了，把入社以来的，还有以前的一些事情也都勾挂起来，一齐都推到我身上。真是墙倒众人推，鼓破万人捶。后来就一哇声要撤我的干部职务，开除我出党。哼！我早就不想在社了，不过在这个碴口上出社倒有点不体面。我就不信再没有个天阴下雨，我就不信我刘元禄再没有个出头之日！"

赵玉昌也接口说道：

"是啊，三十年河东，三十年河西，留得青山在，哪怕没柴烧？"

方桌上的油灯迸了一下火花，油尽了，捻子干了。可是三个人各有心思，因此谁也没有想起来去添油。屋子里慢慢地昏暗了。赵玉昌到这里来要说的话也说尽了，要打听的消息也打听到了，便站起来，拿起他的油瓶说道：

"天不早了，我得赶紧回去了。"

他走出刘元禄的大门，擦着墙根往前走了几步，刚要转弯，忽然看见对面走过三个黑影来，而且走在前头的那个高大个子又像是郭春海。他正心慌肉跳地发愁没个躲处，忽然听到身后老母猪的哼哼声，他回头一看，背后正是一个猪圈，而且圈墙也不高，他也顾不得圈墙上栽的那些酸枣刺疙针，一返身就跳进去趴在一个阴暗的墙角里，伸手又抓过几片烂瓜叶子来，遮在他的脸面前。

老母猪见有人跳进来，先是受惊地爬起来哼哼了两声，随后看见那人躺在墙角里不但无意伤害它，而且还扔过两片菜叶子来，就又躺在老地方吃起菜叶子来了。

三个黑影走过来了，他们走到猪圈跟前，赵玉昌认出这三个黑影正是郭春海、徐明礼和王连生时，吓得他气都不敢出，心都快跳出来了。他就握紧油瓶，心想："要是他们看见我躲在这里，跳进来逮我，我就先砸烂郭春海的脑袋。"

就在这时候，忽然他听到西面院里刘元禄和杨二香吵闹了几声，接着就是叭嚓的一声，大约是摔破碗了。随后，他就看见那三个黑影离开猪圈，往西去了。他心里真感激杨二香啊！就在这最要紧的时候，她这几声吵闹才真正地搭救了自己。

于是，他又宽心地想着："他们大概没有看见自己，也许是专意来注意刘元禄的。"可是，当他刚松了一口气，正想爬起来跳出，那老母猪又哼哼哼地站起来往自己跟前走了过来。赵玉昌又不敢撵它，眼看那老母猪的长鼻头就伸到他的手跟前来了，他就把手里的油瓶扔到刚才老母猪躺的那地方，随后又往那里扔了几片菜叶子，老母猪走过去后，咬不动油瓶子，便又吃起菜叶子来。

赵玉昌这才又第二次松了一口气。可是他一吸气，那一股难闻的猪粪尿的臭味就冲满他的鼻子，恶心得真想吐一阵。身底下的泥水把他的衣衫裤子也洇湿了，浑身一阵冰凉。随后又觉得左手也疼起来，他用右手一摸，黏糊糊的一片血，仔细一看，手心里还留着几根酸枣刺针。他才想起是跳墙时墙头上栽的酸枣疙针扎的。他正要站起来走时，忽然又听见有人走过来了。只听得徐明礼说道：

"两口子吵闹上一阵，大约今晚上也就没事了。"

说着，郭春海、徐明礼和王连生又走到猪圈跟前来。

郭春海问道："这是谁家的猪圈，圈墙这么低？"

王连生说："秦二大娘家的。你想一个老寡妇、一个小孩子，哪能垒起高圈墙？"

郭春海说："说起猪圈，我又想起喂猪了。咱们一扩社，也要多养些猪。趁空咱们就修几个大猪圈吧。连生哥，你就给咱们谋划一下养猪的事吧。"

三个人就这样说说话话地走去了。赵玉昌好容易等到他们三个人离开猪圈，等到听不见他们的声音了，他才站起来，从猪圈墙上又往外看了看，看见四外无人，正要往过跳墙时，忽然又惊得那老母猪哼哼了两声。他回头一看，这才吃惊地想起那油瓶几乎丢在猪圈里给人留下把柄，于是就急忙过去拾起来，也不管那油瓶多脏多臭，便往怀里一塞，翻身跳出圈墙，沿着墙根走回他的小铺子里。

第二十三章

麦收结束了。杏园堡曙光农业社超额完成了围家的统购余粮任务，给社员们分了口粮，又召开了一次庆祝丰收的社员大会。

刚吃过晌午饭，社员们就陆陆续续走到庙院里来。今后晌的大会，社员们来得真快当、真齐整。郝同喜也真是腿勤嘴勤，听了他那高兴的叫喊声，原先不打算去开会的人也让他喊叫得动心了。而且这种会在杏园堡村里还是头一次，农业社的社员们自然要来，就是那些互助组组员和单干户们，也有不少人想来看一看。何况郝同喜鸣锣时，又强调了邀请他们去参加大会呢！

于是，男男女女，老老少少，三个五个，一群一伙地，就涌往庙院里来了。

庙院周围的墙上和柱子上，贴了许多红红绿绿的标语。台子上，老会计正在一张长桌子旁边，整理着发给社员们的夏收预分款。在台子当中的一张桌子上，还放了许多草帽、背心、锄头等奖品。台子底下，郭春海正和一群青年人在那里敲锣打鼓哪。

郭春海今天是多么高兴啊！渡过了春荒，战胜了天旱，击败了阶级敌人的阴谋和捣乱，打退了资本主义恶势力的进攻和破坏，好容易获得了第一个丰收，迎来了初步的胜利，眼看着农业社巩固下来并且就要发展壮大了，他怎能不高兴呢？

这几天来，虽然因为麦收，因为交公粮、卖余粮，因为给社员们分口粮，以及农业社的各种工作，他忙累得眼睛都有些发红了。可是郭春海是闲歇不住的人，紧张和忙累对他倒也是一种快乐，好像他浑身都充满了精力，而且永远用不完似的。昨晚上，为了准备今天的大会，他和社干部们一直忙到深夜；今天一早，他又跑到社里来了，而且还换了一双新鞋，穿了一件雪白的背心、浅蓝的衫子，头上还围了一块红道道的羊肚子毛巾。

来到庙院里，他就帮助老同喜收拾好庙院，打扫了戏台，搬来桌椅，贴上标语，并且和许来庆等人抬来了锣鼓家具。看他那个欢腾劲儿吧，刚刚在台上和社长、会计商量了一下开会的事情，随后就跑下台来，从许来庆手中接过那一双拴着红绸子的鼓槌，擂起鼓来了。

他站在一面写着"囍"的大鼓跟前，挥舞着鼓槌，劲气十足地擂着鼓。周围的年轻人也是那么得意、那么威武地敲着锣，拍着铙钹、铜钗。今天，在那些所有的鼓槌、锣槌、铜钗上面都拴上了好大、好长的一块红绸子。这是农业社的俱乐部特意借来的。那敲锣打鼓的人们真神气啊！他们让自己手下的锣鼓发出了震天的快乐的响声，这响声也表现了他们那无穷的威力和无比的欢乐。

郝同喜在村里鸣锣传令回来，也加入到这一伙年轻人里头，敲起锣来了。听郝同喜的大锣敲得多响、多好听！他能敲出各种各样的点子。于是，就引起了会场里人们的一阵一阵的掌声。郝同喜今天也实在是太兴奋了。一早起来他就刮了脸，修剪了一下他的小胡子，换了一件新黑布衫子。他清楚在今天的大会上，自己将是个少不得的红火热闹的人物，是个引人注目的角色。果然，人们听了一阵锣鼓声，欢迎女社员们唱了一支歌以后，就欢迎郝同喜唱一段戏，他自然不拒绝这种使他高兴的提议，不过他今天不想唱《玉堂春》了，他就让年轻人给他敲上锣鼓，连着唱了几段本地秧歌。

这时候，全庙院里的人的视线，都跑到郝同喜和这一伙敲锣打鼓的年轻人身上了。看他们是多么快活啊！在庙院右边互助组和单干户们坐的地方，在那高高的庙门台阶上，杜红莲今天打扮得真也是出奇的漂亮。她在那两根长长的辫子上打了两个大大的鲜红的蝴蝶结，看着擂鼓的郭春海，她的心也跟那擂鼓的声音一样在咚咚咚地快活地跳着。可是当她看见坐在庙院前面穿得花红柳绿的农业社的妇女们，并且听见她们唱歌时，心里又烦乱起来了。

她就一会儿把左面这根辫子摔到身后，一会儿又把右面那根长辫子摆过脸前，于是，两只红蝴蝶就在她身前脑后飞起来了。

人们到齐以后，老社长徐明礼就宣布开会了。他刚刚宣布了郭春海讲话，郭春海还没有走到台上的桌子跟前，台底下就响起了一阵欢乐的鼓掌声。郭春海开始做夏收总结报告了。以前，有时候农业社或是村里开大会时，人们不管台上是谁讲话，或是讲什么重要事情，总有人在底下开"小组会"，男人们议论庄稼、天气，女人们互相观摩和讨论着她们的衣衫和鞋样，抽烟的人常是"对个火"，不抽烟的人就出去上厕所，也有一些"瞌睡虫"就在墙角里响起了呼呼的鼾声。可是今后响这大会呢，庙院里真是静鸦鸦的，人们把郭春海那响亮的话句，一字不漏地收到他们的耳朵里。农业社的社员们想起了他们半年来努力的结果，看到他们走上了这农业集体化的社会主义的光明大道，心里真是乐滋滋的。互助组和单干户们，则好像摸了一夜黑路的人，看见了前面的明灯一样，当然，也有些人还在怀疑郭春海那话是不是早晨的钟声。

郭春海讲完话，社长徐明礼以及社干部、社员代表讲了话，就请互助组和单干户的代表讲话，请他们给农业社提意见。可是，除了原来推举的代表，有些互助组员和单干户也自动上台讲话去了。但他们并不是给农业社提意见，而且他们的话也不多，几乎就是表示态度，要报名加入农业社，于是就获得了社员们一阵阵欢迎的掌声。

接着是发奖和发还春季借粮。当徐明礼发奖时，红火热闹的锣鼓声又响起来了。锣鼓声把受奖的人送上台去，热烈的鼓掌声又把这些生产模范和办社积极分子们迎回自己的队伍里来。发还春季借粮时，只是由社长宣布一下名字，发给一张条子，凭条到农业社的仓库里领取一部分粮食，剩下的粮食则等到秋收以后一并还清。因为在今年春荒缺粮、发动互借时，他们借出了自己的粮食，帮助了初办的农业社解决当时所遭到的困难，帮助了缺粮户，所以农业社决定当众宣布以示表扬和感谢。于是一阵阵的锣鼓声和掌声又响起来了。

但郭守成一听说春季借粮就心里不安，因为春季互借时，他不但不愿出借，而且竟把两布袋粮食喂了"豺狼"。可是忽然间，他竟听到老社长叫了一声他的名字。听错了吗，叫错了吗？没有错，老社长又叫了他一声。

叫他干什么呢？不是老社长故意捉弄自己吧？他真想躲起来了，但是老社长却一连叫了他几声，而且郝同喜也喊着："郭守成，快上台来呀！"这时，他才猛然想起有这么回事了。那是他儿子春海当时先在干部会上报了借粮数字，回家来才告了他的。那时因为他思想不通，郭春海还劝说了他半夜呢！那么，今天这光荣条子应当发给他儿子呀，为什么却硬叫自己上台呢？

他看看儿子，儿子也正在笑嘻嘻地看着他，而且还和大家一起鼓掌呢。他看看老伴，老伴也乐哈哈地看着他，并且点点头，又扬扬头，示意让他赶快上台。他便迟迟疑疑、心跳脸红地走上台去。当他激动地用手背揉擦了一下风泪眼，看到那发还借粮的条子上分明写的是他自己的名字时，他又忽然想起赵玉昌坑了他的那两布袋粮食了，于是，他就哆哆嗦嗦地接过那张条子，忍着两眼泪水，急忙走下台来。

最后是分发夏收预分款。当徐明礼叫一个名字，宣布预分数字后，当老会计把预先包好的一包一包的人民币发给社员时，台下的社员们也一阵一阵地鼓起掌来。社员们今后晌真是太兴奋了！这时候，场子里就实在安静不下来了，不管郝同喜和李生贵怎样在台上维持秩序，让大家听社长宣布，而人们仍是禁不住要谈论一下预分到的款子。郭守成领到夏收预分款后，竟高兴得当场一张一张地、一遍一遍地点数起他的票子来了。

当王连生上台领款时，台下的掌声特别响亮。虽然他预分的款数并不多，只有二十八块钱，可是在他说来，真是一步登天啊！当他两手哆嗦地从老会计手里接过那一包夏收预分款来，接过那一沓人民币来时，一时竟不知道该往哪里放了。因为他浑身的衣衫上，就从来没有预备下一个口袋让他装票子呀！他就双手把它按在怀里，他只觉得胸膛里热烘烘的，又像汾河里涨了水，掀起波浪一样。

忽然间，他觉得手背上凉飕飕的，好像有一条鱼游过去一样，眼前又像飞过一只蝴蝶，定睛一看，是杜红莲一摔辫子，坐到他跟前来了。

刚才杜红莲听着春海的讲话，心里一高兴，一扬头，辫梢的一只蝴蝶就飞到肩上。她又听到不少互助组和单干户讲话时表示要入社，心里一兴奋，一摆头，辫梢的一只蝴蝶又飞到背后。当她看到老社长给社员模范发奖，特别是看到孙玉兰等几个女社员上台领奖时，心里一阵羡慕、一阵烦躁，猛一低头，两只蝴蝶就一下子落在胸前。她想到后老子周有富不愿入社，自己什么时候才能入社呢？心里又是一阵焦急、一阵愁闷，胸前的两条长辫也仿佛碍她的事了，她就狠狠地往后一甩，恰巧碰着了坐在她旁边的一位单干户老太婆。老太婆扭过一张蛛网似的脸，瞪了她一眼，她就索性离开那些互助组和单干户的女人们。

离开她们又到哪里去呢？出去吧，舍不得；坐到农业社妇女群里吧，自己还没有入社。想到入社，想到要学习开拖拉机，她急得真想当下报名入社。可是，她那威严的家长周有富却坚决不愿意入社，她就着急地想着过门和春海成亲了。而她和春海的事情，只有王连生知道底细，于是，她又着急地想找王连生了。她看见王连生领了奖品，领了预分款子，走下台来，正坐在社员们后面，她就几步走了过来，坐在他身旁，扳了一下他的胳膊，叫了声"连生叔"，随后就努起嘴来，又是急又带几分埋怨的神气说道：

"只顾你高兴地上台领奖、领款，就不管我们还在社外头的哪！"

王连生先笑嘻嘻地说了声："怎么能不管你！"随后又问："你爹来开会没有？"

红莲说："他还来开会？他连周和尚都不让来。"

王连生说："他躲着不来，咱们就寻上门去。你放心，我过几天就去动员他入社。他一定不入了，咱们再想你的办法。"

红莲要的就是王连生这句话。可是，当王连生说出来以后，她又脸红地低下头来，用手抚弄着辫梢上的那只红蝴蝶结。

猛然间，又听得那震人心弦的锣鼓声响起来了，散会了。人们在一阵欢乐的吵嚷声中走出庙院去了。红莲也只好相随着邻家的几个女人离开会场，走回家去。

王连生走出庙院以后，就到了供销社。供销社里早已挤满了农业社社员，虽然供销社主任那么忙，但还是特别向王连生打了个招呼：

"啊！连生哥来啦，你可是个稀罕主顾啊！"

王连生笑道："以后就不稀罕了。"

供销社主任又问他："想买点甚？"

王连生说："甚不甚先买一张毛主席像。"

供销社主任一面从货架上拿下毛主席像来给他看，一面说：

"这是我前天刚从城里买回来的，你看他老人家多精神。"

王连生买了一张毛主席像，随后又买了一张大锄片、六尺深蓝布、一丈学生蓝布、一丈花布、两个蝴蝶头发卡、几块包纸糖。

当他走到文具部给他的两个儿子买铅笔时，忽又想起郭春海劝他上夜校学文化的事。是啊，以前连肚子都吃不饱，自然没有心劲儿学文化，可是以后就不能再当睁眼瞎了。于是，他也给自己买了一支铅笔、一个小小的笔记本。

买了这么一抱东西走出供销社来，他就沿着大街小巷走回他家里去，这时他一点也不觉得累，而且觉得今后响走路特别腿顺。人们见到他也不像以前那样待理不理的了，而是笑嘻嘻地朝他打招呼。他自然也不像以前在街上走时那样低着头了，他也高兴地朝人们打着招呼，回答着人们问他买了几样东西。

走到他家大门口的打麦场上，一群小孩子正在麦秸上耍闹。黄昏时的燕子和蝙蝠，也在麦场上空飞来飞去。有几个大孩子就扔起鞋来扣蝙蝠，另一些孩子就在麦场上做打仗游戏。年纪小些的孩子们，也挤在麦秸堆上，有的翻跟斗，有的乱打滚。

他看着丰收以后孩子们这一片欢乐的景象，心里又是一阵欢喜，这时他忽然想起昨晚上社里研究过对麦秸的处理和管理办法，就大声喊道：

"不要在麦秸上闹了，社里的麦秸还有用哪！"

孩子们起先被他那大声吼叫镇了一下，随后看见那大声吼叫的人是和气的王连生伯伯，而且又看见他那和善的面容和笑眯眯的眼睛时，又照样耍闹，照样折腾开了。王连生第二次的吼叫也不顶事了，没有办法，他就只好把买来的包纸糖散给孩子们几块，这样，才把孩子们哄到另一处空场上耍去了。

王连生进了自家院里，刚看到他的大女儿，就高兴地喊了声：

"快来，看爹给你们买回什么好东西来了。"

孩子们听说爹买回好东西来，就一哇声扑过来。八只小手扯着拽着他的胳膊腿，四张小嘴叫着嚷着，把他拥进了屋里。

回到屋里，还轮不上和他女人李雪娥说话，孩子们就把家都吵翻了。他只好先把他买的东西拿出来，给了两个女孩子一人一个蝴蝶头发卡，给了两个男孩子一人一支铅笔，随后又给了每人一块糖。最后，又告诉他们："每人给做一件新衣衫。"

看小孩子们那高兴劲儿吧，都争着把自己的好东西给妈妈看。三个年纪小的孩子早已把糖放进自己嘴里了，年纪最大的小女儿还舍不得一口吃完。好不容易见到一块糖啊！小孩子们是多么爱吃糖啊！当她看见别人家的孩子吃糖时，看见那些孩子们拿着糖在她面前故意显眼时，她心里是多么难受，现在她爸爸也给她买来一块糖了。她就先咬了半块糖，又把那半块糖包在原来的那块糖纸里，装到她那满装着碎石、绳头、破布和线团的小衣袋里。

王连生展开新买来的毛主席像，李雪娥就给他打了一铜勺面糊。他先把那张旧像拿下来，一面说："唉，我王连生以前没出息，看把你老人家也熏黑了。而今，托你老人家的福，我王连生可真是有奔头了。"随后就把那张新买来的像贴上去。孩子们一见就叫喊：

"毛主席！毛主席！"

王连生就对孩子们说：

"知道毛主席就好。要不是毛主席给咱们指出明道来，说不定早把你们给卖了。"

李雪娥不愿意在这时候听他说这些话，便瞟了他一眼：

"再不要说这些丧气话了。"

王连生说："这是实话，孩们要记住，咱们的好光景都是共产党、毛主席给的。你们长多大也不能忘了啊！记住了没有？"

四张嘴巴就一齐叫起来：

"记住了！记住了！共产党！毛主席！"

王连生心里一高兴，就一下子把他的两双儿女抱起来。孩子们的妈妈只怕把他累着了，便笑着说："快放下来吧，哪里能一下抱动四个呢！"她便把大孩子拉过来，王连生就高兴地把他的小女儿抱起来，举到头顶上。他刚把小女儿放下来，小儿子也要他举一下，二儿子竟要骑到他的脖子上，大女儿也要爸爸背一下。他和他的四个小儿女就这样耍闹了好一会儿工夫，直到孩子们都累乏了，瞌睡了，才点着油灯，帮着他女人给孩子们脱了衣服，让孩子们钻到那个大被窝里睡下了。

王连生虽然忙累了一天，但他却一点也不觉累，一点也不瞌睡。看看他女人已经在灯下给他们的大女儿裁起衣衫来，他就走到毛主席像前，抬起头来，直直地望着毛主席那慈祥的面容。看着毛主席像，他想起了许多许多往事，也想到了毛主席给他指出的光明大路。他想："怎么报答毛主席呢？"

忽然，他想到夜晚上郭春海和他的谈话：不能单知道报恩。可是，再怎么办呢？再做些什么事情呢？王连生虽有赤胆忠心，又有一身力气，但一时竟觉得没个使处。还是做一个积极的农业社社员，办好农业社吗？他觉得已经不够了。郭春海说："共产党还要领导人民群众奔向共产主义。"对，只管自己一个人翻了身，走上好路是不行的，还应当把穷苦农民们，把个体农户们都动员到农业社来，都走上社会主义、共产主义的光明大路。而共产主义不正是自己一向向往的光明大路吗？想到这些美妙的前景，想到自己的光荣责任，他只觉得心里一阵火热滚动，又觉得胸腔里有些憋胀，他就抬起头来，又看了一眼毛主席。一看到毛主席那闪闪发光的眼睛，他只觉得心里忽然一亮，好像立时想到一件极大的事情似的，脱口叫了一声：

"对，要求入党，跟着毛主席干！"

正在油灯下裁衣服的李雪娥，听见他忽然叫了一声，便惊奇地抬起头来问道：

"怎么啦？"

他转过脸来，告他女人说：

"我想参加共产党，你说好不好？"

李雪娥说："好当然好。可是你又不识字，人家要你做甚？"

王连生说："不识字可以上夜校学习嘛。再说，参加共产党也不在这识字不识字。夜晚上，郭春海还说过党员的条件，条件里头也没有识字这一条。就是咱条件不够的话，还可以努力嘛。只要咱实情实意，一心为党办事，永生永世跟着共产党走就行。要是用着我的话，我就是豁上这条命也心甘情愿。"

"只要自己真心就对了，何必要起誓说这些话呢！来，快过来，让我给你裁件衫子。"

李雪娥虽然赞成他入党，可就是不愿意听他说那些死呀活呀的不吉利话。好容易刚盼到这么个好日子，又怕他说起以往的苦事来叫人难受，便想岔开话题，给他裁一件新衣衫，也叫他喜欢喜欢。

王连生见他女人展开那六尺深蓝布，便说：

"那是给你缝裤子的！"

李雪娥说："你就知道给我们缝衣衫，你的脊背都晒脱皮了，也不缝件衫子？再说你那棉袄我可给你缝连不到一块儿了。我一个人在家里动弹，穿得再烂些也不怕。你整天在外头，人前人后的，老穿着遮前不遮后的衣衫也不好看。我看还是先给你缝个衫子，冬天再当棉袄里子吧。"

王连生说："不用给我缝了。我还忘了给你看一样东西哪！"说着，就拿出了一件白背心，展开一看，背心前面有一个鲜红的大字："奖"。接着他又兴奋地说："夏天有这也就够了。冬天你就不用愁了，秋后还要分款呀。那六尺深蓝布还是给你缝了裤子吧。还有，我身上还剩得十块钱哪，我想明天存到信用社或社里。"

李雪娥却说："哪里也不用存，还是存到我身上吧。"

王连生笑道："存到社里对社里还有点用处，放到你身上，你就胡花了。"

他女人却瞟了他一眼：

"你就知道社里、社里，家里少盐没醋你就不知道！"

王连生笑道："好吧，那就再给你留下两块吧！"李雪娥更是过光景仔细的人。听说有两块钱的零用，也就满心喜欢了。心里一喜欢，便想赶着给她大女儿缝起新衣衫来，因为小学里放了半月麦假，过两天就要上学了，而大女儿那件破衣衫也实在穿不出去了。

她便拿起针线来，眯住眼在灯前往针眼里穿线。因为灯光小，她的眼又不好使，捻了几次线头，也穿不进针眼里。王连生见她老是穿不进去，便笑嘻嘻地拿过针线来说："看我给你穿！"可是，他笨手笨脚的，大眼瞪小眼穿了好几次也还是穿不进，于是，两口子都笑起来了。当李雪娥又要拿针线时，王连生便赶忙把针线放到新布上，把新布卷包起来。他只怕她熬坏了眼睛，累着了身子，就劝她说：

"睡吧，明天再做吧。"

两口子这才欢欢喜喜地吹了灯，和孩子们钻到一个大被窝里。

月亮上来了，月光从破窗纸里射进来，照着那一张大被窝。那张垫满补丁、到处破绽、钻着两个大人和四个小孩的大棉被子，就像是秋天里一片起伏的山峦上的棉花地一样。

王连生一翻身，把他女人碰醒了。

"十块钱就把你烧得睡不着了？你不睡也不叫人家睡！"

王连生翻过身来说：

"我不是想那十块钱。我是想春海安咐我谋划养猪的事。眼看社就要扩大了，我想在咱们前院里就能盖一个大猪圈，你也可以参加喂猪。"

李雪娥说："我喂猪，谁给你做饭、看孩子哪？"

王连生说："有以前挖野菜的那些工夫，也够喂猪了。要是以后再办起托儿所、幼儿园来，就更好了。"

李雪娥说："你说得倒好听，那可不容易啊！"

王连生说："自然不容易。但只要不怕难，就能办成。我再告诉你个好消息！明天社长和乡长到县上开会，听说县上要把新来的那几架拖拉机拨给咱们农业社，今秋里耕地就不用使唤牛啦！"

李雪娥却不信他这些话。她以前因为孩子的拖累，很少出去开会，今天乍一听说拖拉机，还以为是他高兴了逗她呢，就推了他一把：

"尽胡说，耕地还能不用牛？再说拖拉机真能耕了地，我也不信今秋里就能来。"

王连生说："你不信我的话吧，你也不信春海的话？这可是春海亲口在大会上说的。"

王连生的女人听说是春海说的，也许不会是哄她了。而王连生也没有哄过她呀！这才叹了一口气说：

"真要是那样，就好了。"

王连生说："当然会那样，照住毛主席说的话走，没有错。今晚上可该我给你吹大话了，以后咱们真要过几天好日子了，你信不信？"

李雪娥说："我信。"

王连生就一下子紧紧地把她抱过来了。

……

多少年来的穷苦忧愁的日子可真是过去了，永远过去了，再也不会来了。

新的生活，幸福的希望开始了，而且一步一步地实现了。王连生自从和李雪娥成亲以后，没有过几天愉快的日子，夫妻的欢乐就被穷苦的生活和对于未来的忧愁淹没了。今晚上呢，农业社第一次的丰收，和未来的幸福的向往，竟使两口子又想起了刚刚结婚时候的那些快乐的时光，而且心里只觉得比那时候更实在、更好。

笑眯眯的月牙儿西斜了，把院里杏树枝叶的影子洒在王连生的窗纸上，花花点点的，好像窗纸上开满了花。一朵朵的花在移动着、变幻着，一会儿像这样一种好看的花，一会儿又像那样一种美丽的花……

 第二十四章

　　紧张的麦收过去了。县上为了总结夏收分配、夏季征购和统购工作，并布置秋季工作，通知了各乡、社的乡长、社长和主管财务工作的干部进城开会。杏园堡村里就留下了支部书记郭春海和其他几个乡、社干部们坚持工作，同时准备扩社。

　　在扩社工作中，王连生简直成了郭春海的得力助手，也变成杏园堡村里的活跃人物了。特别是自从他提出入党申请，前几天县委李书记来了解扩社情况时亲自找他谈话以后，他的劲头更大了。每天早晚，他不是相随着郭春海参加贫下中农座谈会，就是单独到贫农和困难户家里去做个别发动工作。今天上午，当他动员好几户贫农，回到庙上找郭春海汇报时，郭春海仍在主持富裕中农座谈会，他便坐在门口，一面等着郭春海，一面也想看看这些富裕中农们对扩社表示什么态度。

　　可是，他怎么没有看到周有富来参加开会呢？他问了一声老同喜，老同喜说："周有富推说有病没有来。"王连生又问："怎么姜玉牛也没有来？不是社里布置了让他去动员周有富吗？"老同喜却叹了一口气说："咳，姜玉牛在忙着给他儿娶媳妇哪。"王连生一听这话，便想到郭春海和杜红莲的事情，一想到杜红莲在庆祝丰收的社员大会上对他说过的话，心里便焦急起来。等郭春海开完会，他向郭春海汇报了上午的工作，便提出今下午他要亲自去动员周有富。得到了郭春海的许可，并研究了一些动员方法之后，他便急忙回

家吃了晌午饭，趁着歇晌的空子到周有富家里去了。

周有富收拾完麦场后，听说农业社开了大会，他也要庆贺一下自家的麦收。他提了"一斤装"的酒瓶刚走进赵玉昌的铺门，正遇姜玉牛也来买酒，而且是提着"三斤装"的两个大瓶子。

"嗬，打这么多酒请谁呀？"

"嘿嘿，正要登门告请，明日给儿子办喜事，务请老弟来喝几盅喜酒啊！"

周有富听说姜玉牛给他儿子办喜事，登时想起自己儿子的事。好强的人最忌恨别人比自己强，看着姜玉牛那么舒心、顺气、安然、得意、逍遥、自在，想着自己儿子的事就忧虑、愁闷、烦躁、苦恼的周有富，怎么能去庆贺他办喜事呢？

姜玉牛看见他皱起眉头不回话，也就想到他的心事，便哼哼哈哈地提起两个大酒瓶走了。

赵玉昌却偏要戳动他的心事：

"有富哥也是预备给儿子办喜事吗？"

周有富瞪了赵玉昌一眼。心里烦躁、气恨，面子上还不肯认输，便含糊应道：

"不，还没有准日子哪！"

赵玉昌又进一步刺他：

"有了准日子可不要忘了告诉老弟一声，好早点预备些好酒，给你去贺喜啊！"

周有富不愿意和他谈叙这桩不愉快的事，便哼哼了两声，急忙付了酒钱，提上小酒瓶走了。

周有富回到家里，看见红莲她妈，劈面就问：

"和尚和红莲的事，到底怎么样？"

红莲妈说什么呢？只是低下头，叹了一口气。

麦收前，周有富就催促红莲妈，让她劝说红莲跟和尚好，直到麦收完应该办事了，看样子还是没有说好。这时，他的儿子周和尚进来了，周有富正好要教训他一顿：

"和尚，这几天和你红莲妹子说了没有？"

周和尚奇怪地问道：

"说甚？"

周有富生气了：

"你们自己的事嘛！"

周和尚低头说道：

"没说。"

周有富对他这个没有亲妈、没有出息的孩子，是又疼怜、又生气：

"真没有见过你这样的窝囊废，这么好的亲事，你到哪里去找？"

"我找不下，人家看不上我。"

"成天在一个家里，你就不会想法寻得和她说说道道，你就不会对她好一点、亲热一点？"

"我不会，人家不理我。"

"唉，什么时候才能长点心眼儿、学点本事哪！你知道不知道，现时兴的是自由，单是大人说了还不算数，她不愿意还办不成。"

"办不成就算了，我一个人就自由。两个人在一块儿别别扭扭的。"

"办不成就不办了？二十几岁的人了，还不谋算着成家立业，真要当和尚，打一辈子光棍？"

周和尚委屈得要哭了。他不敢顶撞老子，也没有那些词句，只好扭身要走。周有富更生气了：

"你到哪里去？"

"不知道。"

"你红莲妹子哪？"

"不知道。"

"你什么也不知道！去，叫你红莲妹子回来。"

"噢。"

周和尚应了一声就走。正要出门，周有富又叫住问他：

"你到哪儿找去？"

"不知道。"

"不知道就走？农业社要扩社，你也操点心，不要让她往农业社跑。"

"噢。"

周和尚刚走，王连生来了。

王连生进了周有富家大门，叫了一声"有富哥在家吧"，周有富家那大黑狗就汪汪汪地咬叫着，张牙舞爪地扑了过来。王连生瞪起眼大喝了一声："站着！"然后就端端地停站在院当中。他知道周有富家有一条恶狗，他也知道这条恶狗的脾气：你越怕它，它越厉害，你一躲它，它就咬上来了；如果你不怕它，它反会怕你，你要追上打它，它也会跑的。他已经看好了脚跟前有一块半头砖，如果大黑狗敢再往前扑一步，他就要拿那块半头砖了。黑狗看见王连生那威严的样子，果真不敢再往前扑咬了，只是仍然站在那里，瞪起一双红眼，冲着他汪汪汪地大声嘶叫着。

周有富老两口早从窗玻璃上看见王连生进来了。他女人刚要下炕去照狗，周有富却摆了一下手，他真希望他的大黑狗把农业社的积极分子拦挡住，不要进来。

但是，王连生怎能被一条狗拦住呢？他看看那狗再不敢往前扑咬，就往前迈了几步，大黑狗不敢扑上去，也只好绕到他后面，摆着尾巴咬叫。就这样，王连生和大黑狗在院里转了半个圈子，恰在这时，杜红莲从大门外跑进来，才大喊着把它撵回狗窝里去。

周有富看见杜红莲回来给王连生看住狗，也就只好慢腾腾地走出屋来，把他让进正房里去，冷冷淡淡地让他坐在桌旁的椅子上，自己就只管抽起烟来。红莲妈虽想热情接待，但又不敢表露，只是给他倒了一碗开水。王连生知道自己是不受欢迎的客人，就先开口问了一句：

"今夏天的收成不赖吧？"

周有富也随口应了一声：

"还凑付。"

只说了一句，两个人就没话了。只听到桌上那高大的座钟嘀嗒嘀嗒的响声。

王连生只觉得心里别扭、闷气。可是一想到自己并不是来闲坐聊天，所以也只好又开口说道：

"农业社的收成你也知道了吧？比咱村哪个互助组或单干户都强。我们这穷户不用说，就像你这样的好户姜玉牛，也比他以前收入多。怎么样，有富哥，你看了半年，看出点农业社的优越性没有？"

周有富不言声。

王连生只好又说："那天后晌农业社开庆祝丰收的大会，你没去，会上可是有好些互助组和单干户要报名入社了。今上午召开富裕中农座谈会，你又没去，有好几户富裕中农也想入社。你们互助组里就有好几户要入社。为了迎接拖拉机，农业社要趁种麦前扩社，今秋里种麦时就集体种了。怎么样，有富哥，你是怎么打算哪？"

周有富仍不言声，只是叹了一口气，随后又低下头抽起烟来。

王连生说不出更多的道理，忽然，他想起郭春海告他说的，今上午那几户富裕中农报名入社的原因，于是他又说道：

"乡长和社长前几天进城开会去了。昨天捎回话来说，县上要把新拨来的那几部拖拉机调拨给咱们。要是真的拖拉机来了，咱们今秋里就要使唤拖拉机耕地，那东西耕起地来又深又快。国家这样帮助咱们发展生产、多打粮食，咱们为了发挥拖拉机的优越性，也得弄几块大片地啊！要是你还不想入社，"说到这里，想到刚才周有富两次都没有回话，他就想捎带两句硬话了，"社里恐怕要调整土地吧。虽说给你调换土地时，质量、数量不能含糊，可是远近就怕不能保险了。怎么样，有富哥，要是拖拉机来了，你入社不入社？"

这几句话果然使周有富心里跳了一下。夹在农业社当中的那几块棉花地自然是挡不住拖拉机的，可是，就因为那几亩地入社吗？哪有这么容易的事！所以他只是抬起头来，看着屋顶想了一下，才吐出一句话来：

"那就等拖拉机来了再说吧。"

王连生没有想到这个有力的动员方法，反而被他这一句话给顶住了，心里一阵焦急，却又没有更多的办法来动员他。去年冬天办农业社时，他没有去动员过别人，别人也没有动员过他。他那时是只怕农业社不要他。这几天呢，他又是做的贫农和下中农的工作，对于贫苦农民，他可以用他自己的例子，讲出许多道理，用不了多大工夫，就可以说醒他们；而面对着这个顽固的富裕中农，他确实觉得有些碍口和棘手了。

这时他看到周有富那两次不回话、三次打哈哈的看不起自己的态度，心里便有些恼火了。心想："我王连生不是以前的王连生了。今天决不能在你面前低声下气地央求你。一个农业社社员，一个正在要求入党的人，能在一个装满了资本主义思想的人面前低头吗？"于是，他咳嗽了一声，清了清嗓子，就摆出一副威严的气派来：

"周有富，你不要不听好话，我是按照共产党的政策，要走互助合作的集体路线来劝你入社的。若按我王连生的本心，我倒不一定想让你入社，我真想再过三五年以后咱们再比一比，看是我王连生在农业社的光景好，还是你周有富单干的光景强。"

王连生这几句话，着实伤着周有富的自尊心了。前两年刚刚低声下气地卖给自己二亩地的王连生，今天竟这么气粗地要和自己比收入、论光景了。他本想说："那就再等三五年看吧！"但他抬起头来，瞪起双眼正要说话时，只见王连生也瞪着双眼。看着他那充满了自信的气势，周有富反倒有点底虚了。而且，他这时才注意到王连生头上已经包了一块崭新的毛巾。于是，他又一思量：自己多半辈子才强扑闹下这点光景，而王连生半年就变样了，那么三五年以后的事情，究竟会怎样呢？他一时也不敢想下去了，便只好暂时忍了这口气，咽了一口唾沫，又抽起烟来。

王连生吃过晌午饭要到周有富家来时，确实也做过一番打扮的。他先到剃头铺里剃了头，刮了脸，穿起了农业社奖给他的背心，和他女人为他补好洗净的破衫子，他女人又把今前晌瞒着他给他买来的新毛巾给他包在头上，他应该丢掉那副穷相了，而且又是到富裕中农家去做媒。开头来时，他还想和周有富客客气气地商量，现在看来，他对自己仍是老眼光，王连生也就不想再转弯抹角了，就直截了当地提出了他今天来的主要事情：

"那么入社的事，咱们就等着拖拉机来了再说吧。我看，你就是等上三五年再入社，对农业社也没有什么要紧。只是你不入社，不要耽误了年轻人的前途。红莲要报名学拖拉机，她和春海的事情我想你也知道了。红莲和我说了，你要不入社，她就先带上她那五亩地入社。依我看，她带不带那五亩地，农业社倒不在乎，先和郭春海成了亲，到了郭春海家，也就自然入社了。怎么样，我想你也学过《婚姻法》，我看你对红莲的亲事总不会拦挡吧？"

周有富一听王连生提起红莲和郭春海的亲事，刚才憋满了的一肚子火气可就再也忍不住了。他一下子就站起来，瞪了王连生一眼，接着就在屋里噔噔噔走了几步。这件事情已经使他气了多少天了，正苦于没有什么好办法拦挡，今天却又碰上王连生来正式提亲。哼！解放前你王连生连话都和我说不上，土改以后，成立互助组时我还不想要你呢！后来，你求人、托门子、说好话，才算买下你那二亩地，今日倒真像是村里的一个人物似的，上我周有富门上攀媒提亲来了。哼！要是赵玉昌、姜玉牛或是徐明礼来嘛，亲事成不成还可以商量几句。王连生，就连你自己都娶不起老婆，不过是拾了个讨吃要饭的女人，也配当媒人？就凭你刚沾了农业社一点光，就这么神气？周有富真是气得脸色都变青了。接着，他就背着手，站在他那一对黑红色的油漆衣柜跟前，狠声狠气地说了一句：

"我们家的事，用不着外人管！"

王连生原就没有准备听他有什么好话，他现在反而平心静气了。他倒要看看周有富在这件事上怎么作难，怎么下台了：

"你们家里的事，自然不用外人管。可是现在牵扯上我们农业社的人了。而且红莲要学拖拉机，你周有富再有本事、再有钱，准买不起拖拉机吧？再说，新社会不兴父母包办婚姻，人民政府又有《婚姻法》，保障婚姻自由自主。我是为了你们好，才来给你家提亲说媒的。你愿意了，更好；不愿意了，我当然也不能强迫你。不过，我是害怕你到头来把喜事办成恼事，后悔也来不及了。"

周有富气得牙都咬响了：

"办成什么事也用不着外人管！我周有富就不认得'后悔'两个字。"

王连生看看周有富已经把话说死、说绝，也就只好站起来了。

"好吧，今日咱们就说到这里。往后你有什么事想找我们商量解决，你再到农业社来吧。眼下，我到农业社还有要紧事哪。"

周有富自然没有留他。王连生就掀起门帘，走出屋子。一出屋门，那大黑狗又叫了一声，但杜红莲跟着就把大黑狗按回窝里去。刚才王连生在屋里时，杜红莲就借着照狗，站在屋外听着。现在，她也用不着再问了，就说了声："连生叔就走呀，不再到我屋里坐一会儿了？"

王连生对她笑了笑，摇摇头说："再坐吧。"便照直走出了大门。

杜红莲见王连生走后，心想："这一回没有说成，再等到什么时候呢？"

看她爹那样子也不是三天两夜能想开的。一想到学拖拉机，一想到春海，想到自己的前途，她就什么也不顾了，便掀起门帘，走进正屋，故意问了她爹一句：

"爹，连生叔来咱家说甚来？"

周有富一肚子火气还未散去，又听到红莲佯装故问，便没好气地回答了一句：

"还不是入社的事！"

红莲又故意问道：

"爹的意思哪？"

周有富只好含糊地回道：

"等以后再说吧。"

她本想先说醒她后爹入社再提自己的亲事，可是现在看来是不行了，她也再不愿再等了，就大胆地问道：

"除了入社的事，连生叔还说甚的事来？"

周有富再也忍不住了，一步走到红莲面前，两只带着血丝的眼睛怕人地看着她：

"你真的要跟郭春海……"

红莲挺起胸脯来，点了点头，又"嗯"了一声。

周有富真像快要疯了一样，一下子又背转身去，拿铜烟袋在桌子上敲了几下：

"你不替我想想，你也不替你妈想想？你留在咱们家里，这不是挺好的一家人家？你迷了什么鬼窍了，要嫁给郭春海？女孩子家偏又要学什么拖拉机！"

周有富在提到红莲的妈妈时，就狠狠地看了她一眼。他嘴上说是让红莲替她妈着想，想用这话打动她、威吓她，心里却痛恨红莲她妈，为什么像哑巴像死人一样坐在炕上，不帮着自己劝劝她的女儿呢？

红莲她妈虽然害怕周有富，但又不忍心再拦挡自己亲生女儿的好事。她不敢，也没有能耐解劝周有富，她也不愿意让女儿从好路上弯回这泥窝里来。于是，她只好瞪着呆滞的眼睛，心跳地等待着事态的发展。起先，她还只害怕他们吵翻了，闹崩了，以后可怎么过呢？随后又想："既然阴了天，总免不了刮风下雨，是风是雨，还是冰雹，也只得听天由命了。"

杜红莲开头也是只怕她妈妈劝她。她一见妈妈那可怜的样子，心上就是一阵难受，所以她一直硬着心肠不看她。但当周有富说到不替她妈妈着想时，果真她又心软地看了妈妈一眼，可是她妈并没有劝她。一看到她的可怜的亲亲的妈妈这时竟也不怕周有富的威吓，她心里竟然一阵滚热，勇气也更大了。路子已经走到岔口上，事情既已摆明了，她便下决心要趁此时机，和她后爹谈个水落石出了：

"我替爹想过，也替妈想过。不过我和爹想的不一样。咱家入了农业社有什么不好？姜玉牛还不是和咱家差不离，眼看入了社比在社外还收入多。再说，爹也应该替我想一想吧，我愿意和春海好，我愿意学开拖拉机，这有什么不好？爹总不能不顾我的前途，不关心我一辈子的大事吧！"

周有富硬着头皮听着，心里一阵冰冷、一阵火烧，脸上一阵白、一阵红。要是在解放以前，他真要打她几个巴掌了，而今他却害怕一个巴掌反而会把红莲和那五亩地打到郭春海家里去。怎么办呢？他心一狠，竟咬牙切齿地说出这样的话来了：

"养活了你十几年，真是野狼养不成家狗！你要走也行，先把这十几年的饭钱算清了再走！"

杜红莲一听她爹说出了绝情话，也就一股火起，大声叫道：

"就打上我念书那几年白吃你的饭，我退了学在家里也没有少动弹。不要说我还带的五亩地，你要真想算饭钱的话，我还想算算工钱哪！有这几年的工钱也满顶住你的饭钱了。"

杜红莲说完，气呼呼地就往外走。

周有富再想不到红莲也说出这种绝情话来。他本想拿饭钱先唬住她，不料这一来反把他们之间原来就不厚的一点情义也伤尽了。看着红莲就此走去，他心里一时又有些伤心、焦躁，便朝她背影喊了一声：

"你到哪里去？"

红莲头也没回，只说了一声：

"乡公所！"

一听"乡公所"这三个字，周有富知道一切都完了，但他还不甘心就此罢休，还想最后再利用一下他那家长的威严，他就使出全身的力气，大喊了一声：

"回来！"

但杜红莲却头也不回，脚也不停地照直走出大门，走远了。

周有富看着她走去，气得他好一会儿了还出不上气来，回头看见红莲妈还是泥胎一样地坐在炕上，肚里又冒起一股火来。心想："在这紧要关口，你连响屁都不放一个！"便想拿她出气了。但当他恶狠狠地举起手里的铜烟袋时，红莲她妈竟大胆地跳下炕来，照直走出屋子去了。女儿跑了，女人也走了，却在这时，周和尚进来了，看到他这个没有出息的儿子，周有富就吼喊道：

"你愣在那里干啥？还不赶紧去把她们追回来！"

儿子走后，周有富看着这空荡荡的屋子，忽然又觉得一阵寒心，便把手里的铜烟袋使劲往炕上一摔，这才重重地长长地叹口气，跌坐进椅子里。

杜红莲气呼呼地从家里出来，就找到王连生，又找上郭春海。她一开口就是："今后晌就到乡公所登记。今晚上要是我爹不要我回家了，我就搬到王连生家，明天再回我南村叔叔家，让我叔叔打发我出嫁。"王连生一听她这决心，自然高兴；郭春海见情况发生了变化，已经走到这个地步了，便立即决定去登记结婚。

郭春海对于自己的婚事，已经做过一番准备了。端午节以后，他就征求了支部委员们的意见，得到了他们的同意和支持后，他又和他的父母亲说了此事。郭守成起初还有点不大乐意，他嫌杜红莲野性，又是念过书的女学生，恐怕到家里来不好管教，又担心那未来的媳妇子是否手大，会不会过光景。当他听到儿子给他说了杜红莲的许多好处，还给他说了许多新鲜道理后，他的种种顾虑也就慢慢地消解了，也就只好让步了。因为他觉得自从他儿子当了党员干部，自从入了农业社以后，好像他说出来的话处处都有理，办出来的事样样都对似的。而且不知道他从哪里学来了那么多道理和办法，软说硬说，总要使你随了他的主意。因此，不论公事或私事，不论是参加农业社或是儿女亲事，他觉得自己恐怕是主不了儿子的事了。在无可奈何的情况下，他最后还寻思了一条同意的理由，那就是他认为攀了一门高亲。周有富确是一户好庄户人家啊！

至于郭春海的妈妈呢，她相信她儿子挑中的对象是错不了的。只要是她儿子办的事情，她就没个不同意的。好几年来，她是多么着急地盼望着给儿子娶过媳妇，好抱抱孙孙呢！于是，她竟然找到老社长徐明礼，托徐明礼催他儿子快办喜事。徐明礼虽也赞成这事，但又怕太着急了，反而把事情弄僵。他主张等扩社时先把周有富动员进来，然后他再亲自出马去和周有富说媒。郭春海自然也觉得这样稳妥，也想等到扩社以后再办，一则他不愿意在工作紧忙时张闹私事，同时，他也想争取把这事办得尽可能顺利些、和美些。

　　而现在呢，既然周有富这样死硬，既然他父女俩已经闹翻了，那还再等什么呢？现在只有和红莲立即去登记结婚，好使她离开那个家庭了。于是，他就和杜红莲相跟上到乡公所去了。

　　乡公所只有郝同喜一个人看门，郭春海知道乡长进城开会去了，就问：

　　"乡秘书哪？"

　　郝同喜说："刚才南村村主任把他请去了，说南村出了点事，请他去调解调解。"

　　听说乡秘书也不在，他俩互相看了一眼，真有点为难了。心急的杜红莲就跟住问郝同喜：

　　"他甚时回来？"

　　郝同喜说："约莫今日回不来了。"

　　红莲就央告道：

　　"好同喜伯，给他打个电话，叫他赶紧回来一趟吧，就说有要紧事。"

　　郝同喜奇怪地问道：

　　"有什么要紧事啊，这么着急？"

　　红莲脸红了，春海说道：

　　"我俩要登记结婚，红莲和她爹闹翻了。"

　　郝同喜一听说是登记结婚，而且又是春海和红莲，心里一时高兴，就说：

　　"这是好事啊！说句迷信话，真是天生的一对，再好也没有的一对了。我赞成，我拥护。"

　　说着，老同喜就伸手到衣袋里掏钥匙。但他又看了一眼这一对要登记结婚的人，忽然又有些犹豫了。他想，虽然乡秘书临走时给自己留下钥匙，也安咐自己可以代办一些一般的结婚登记手续和普通的离婚案件，但眼前这一对要结婚的人可有些不一般啊！男的是支部书记，女的又有一个顽固的后老子。这么一件特殊的大喜事，还是等等乡长或乡秘书回来再办吧。于是，他又从衣袋里伸出手来，笑着说道：

"那就等明后天乡长、乡秘书回来了，再办理登记手续吧。"

红莲却说："我是一会儿也不能等了。同喜伯，我爹和我翻了脸，还要和我算十几年的饭钱哪！"

郝同喜惊讶地问道：

"你爹真能放出这种屁来？"

郭春海说："红莲和她爹闹翻了。他不入社，还想挡住红莲走社会主义大道。我俩登记了，她到了我家，自然就入社了。同喜伯，乡秘书不是委托你代办结婚登记吗？"

热心的郝同喜看到他俩那着急的样子，听说周有富要把他的女儿赶出门外，想到他俩登记了，红莲就自然入社了，这么这一对结婚登记不但是喜事，而且对扩社、对社会主义有利时，就又把右手伸到衣袋里去了。而老同喜这一伸手，也忽然提醒了郭春海，他就问了一句：

"同喜伯，乡秘书走时把钥匙留给你了吧？"

"钥匙倒是留下了。"老同喜说着就从身上掏出钥匙来。

平时，乡公所只要有结婚或是离婚的事情，村里人都要来看看热闹的。今天，人们听说是支部书记郭春海和杜红莲登记结婚，又听说杜红莲是从家里闹了出来的，来看热闹的人就更多了，特别是那些年轻男女，也都三五成群地跑来了。乡公所的大屋里挤满了一地，窗玻璃上也叠起了许多笑脸。起先，人们听说乡秘书不在，只怕看不上这场热闹了，刚才听说乡秘书把钥匙留给老同喜了，人们也就七嘴八舌地嚷开了：

"有钥匙就能办，开了柜子，写上名字，盖上图章不就对啦？"

"老同喜平常就会帮助人家办点家务小事，真正碰上这么大的一件好事了，他倒像没事人一样了。"

"老同喜平常就会吹大话，看现今那胆小样子。"

"老同喜也不看看是给谁办喜事？给支书办事，你还怕甚？"

"老同喜，还盘算甚咧，乡秘书把钥匙交给你，不就是靠你了？"

……

好心的、专爱成全人好事的郝同喜，爱听人夸奖的郝同喜，听着众人这些话，心里早就活动了。在这种情况下，他何尝不想办这件好事呢？"既然乡秘书托靠了自己，既然支部书记都同意，既然群众都拥护，自己也乐意，那么还犹豫什么呢？就连乡秘书碰到什么大事，不是还得请示乡长和支书吗？"主意一定，他便高兴地对着郭春海和杜红莲笑着点了点头，随后便站起来，表示他已经拿定主意，而且他觉得既要主事，就得拿出点乡长、乡秘书的气派来，才像个样子。于是，他就转过身来，面对众人大声喊道：

"不要吵啦！乡公所是办公重地，你们乱吵什么？我老同喜自有主意，要你们乱嚷？"

大家一时被他镇住了，正想看他拿出什么主意，忽听见抽屉上的大锁子咔叽一声，老同喜就拉开抽屉，把结婚登记簿和乡政府的图章戳记拿了出来。随后，他就往桌子跟前那把椅子里一坐，也学着乡长和乡秘书办公事时的那种气派，叫了一声：

"杜红莲，往前走一步。"

随后看了看郭春海，也只好叫了一声：

"春海也往前走一步。"

众人一见老同喜真的拿起乡秘书的派头来，倒觉得一阵好笑；又见春海、红莲正往桌子跟前走，也就一面推他俩，一面说笑起来。

老同喜随着又威严地喊了一声：

"大家不要吵！我老同喜好歹也在乡公所办了几年公事了，现在我就代表乡长、乡秘书，按照政府的《婚姻法》给郭春海和杜红莲办理结婚登记。"说着，他就拿起毛笔来。可是，一看结婚登记证上那一大片红花黑字，老同喜又瞪起眼了。但他脑筋灵活，又有一张巧嘴，他就面对众人问了一声："谁写的字好看？"众人正在互相看时，他已发现郭春海身后站的许来庆了，就叫了一声："许来庆请过来吧，来庆的字就写得好。"

众人也一齐叫道：

"老同喜真有眼色！"

"许来庆的字就是写得好！"

"高小毕业生嘛！"

"又是青年团的支书。"

"嘿！还会耍机器，是个技术家哪！"

许来庆就这么在一片赞扬声中，高高兴兴地被人们推拥到桌子跟前了。老同喜先把结婚登记证展放到许来庆眼前，接着又大喊了一声："大家不要吵！来，许来庆，我说你写。"回头，他就坐在椅子里，咳嗽了一声，板起脸孔，一本正经地问道：

"郭春海，你今年多大年纪？"

郭春海回道："二十六岁。"

老同喜回头看看许来庆在结婚证上写了几个字，想是写好了，又问杜红莲：

"杜红莲，你今年十几岁了？"

杜红莲回道："十九。"

老同喜又问道：

"你们俩都愿意结婚吗？"

这一句问话，逗得满屋的人都笑了。本来，刚才老同喜那装出来的一本正经的架势，人们就有点想笑，但还不好意思笑出来，一听他后边这句问话可就再也忍不住地哄笑起来。

人们一面笑，一面说：

"不愿意结婚人家来找你做甚？"

老同喜一想，也觉察自己这句问话不算漂亮，他就回想了一下乡秘书登记结婚时的问话，这才又对着郭春海和杜红莲认真地问道：

"你们是自愿结婚，还是父母包办？"

他俩齐声回道：

"自愿结婚。"

这一句问得很好。屋子里静鸦鸦的，老同喜也有点得意了。可是再问什么呢？他一时想不起来了，低头看那结婚证时，许来庆就照着结婚证上的格式给他提了一句："介绍人。"于是他就又回过头来大声问道：

"谁是介绍人？"

王连生刚站起来应了一声，忽然屋子里的人又吵嚷起来了，因为往常他们来看结婚登记时，那乡秘书问得挺仔细，"甚时起的意？""谁先提出来？""要什么东西没有？"等恋爱经过和细枝末节；可是老同喜却跳过这最有意思的一步了。于是，好几个年轻人就一齐嚷吵道：

"还没有问恋爱经过哪！"

"叫他们也说说怎么恋爱的！"

······

老同喜一听这嚷吵，知道自己少问了几句，但为了维护自己的尊严，也为了不使郭春海为难，他不想再返回去问了。但年轻人一见他犹豫了一下，便又吵嚷起来。为了压住这阵势，老同喜便对着吵嚷得最厉害的几个青年男女们转守为攻了：

"你们嚷什么，挤什么，笑什么，看什么？是不是想到这里学点恋爱经验哪？"

这几句话果然灵验，挤在前面的几个青年男女一下子就都红着脸低下头去了。这当中，孙玉兰竟然悄悄地从人群中挤出屋外去了。

老同喜又按结婚证上的老格式问谁是证婚人。郭春海和杜红莲相互看了一眼，他们原先并没有想到还要证婚人。郭春海忽然灵机一动，就低声对红莲说了声："就同喜伯吧！"红莲笑着点点头，郭春海就抬起头来大声回道：

"就写上你吧，同喜伯。"

老同喜咧开嘴笑了，众人也笑了，而且还嚷着："写上老同喜就合适。"老同喜也就对着正要往结婚证上填字的许来庆说：

"好，就写上我吧；来庆，你写上郝同喜，可不敢写成老同喜啊！"

最后，老同喜在一阵快乐的笑声中，往那结婚证上盖了图章，然后给了郭春海和杜红莲各一张。他俩随即从人群中挤了出来，几十双羡慕的眼睛和不断的称赞声把他们送出了乡公所的屋门。

看热闹的人刚刚说笑着走出乡公所，老同喜正要锁上抽屉，忽然孙玉兰和任保娃进来了，孙玉兰先看了一眼任保娃，就红着脸对老同喜说：

"同喜伯，我和任保娃也要登记结婚。"

老同喜带几分惊讶地看看孙玉兰，又看看任保娃。任保娃也说了声："我们是自愿结婚。"老同喜就忍不住大笑起来，并且说：

"今日倒好，真是个好日子。你们俩为甚也要在今后哄凑热闹？"

孙玉兰和任保娃也一齐红了脸，笑着低下头去了。

那天晚上，赵玉昌要任保娃跟上他进城赶大车跑运输，任保娃拒绝了，他再不愿意跟上他舅舅跑了。赵玉昌原来收留下他，许下给他成家立业，到如今任保娃给他苦熬苦受了十五年，比一个雇工干的活多、受的苦重，可是，除了吃饭和给过一些破旧衣衫外，连几文零花钱都没有给过他。今年他已经二十五岁了，还没有听见他舅舅认真给他提过亲事。现在，他好容易和孙茂良的女儿好起来了，孙玉兰又是这么一个实心实意的好人，他怎么肯离开她，跟上赵玉昌进城跑运输去呢？以前，因为赵玉昌管得他严紧，支使得他一点闲空空也没有，所以他不常到村上参加开会，他还以为天底下就只有他舅舅是他的救命恩人和唯一的亲人呢！自他在孙玉兰那里听了一些新鲜道理以后，他才认清了赵玉昌剥削人的本性。以后，孙玉兰参加了青年团，就动员他参加农业社，还想培养他加入青年团呢。因此，他不但坚决不跟上赵玉昌进城跑运输，就是赵玉昌不进城的话，他也不给他当雇工，而要参加农业社了。

第二天，赵玉昌又要拉拢他跟上他进城，而且又提到把他抚养成人，还想用这话要挟他。他也就不客气地这样说道："多亏是舅舅，要是两旁外人，我还可能积攒几个工钱。"这样一来就吵翻了，赵玉昌也就不管他了，任保娃便去找孙玉兰商量。他们先商量好让任保娃参加农业社，但任保娃房无一间、地无一垄，不但立不起门户，而且连一件小农具，连放二升粮食的盆盆罐罐也没有，于是，两人就谈到他们的婚事上来了。

两个人谈定以后，孙玉兰又告诉了她的父亲孙茂良。孙茂良自然同意，因为他就这么一个闺女，他原想招个女婿来给他顶门立户，发送他老死，任保娃正是单人独身，没有什么牵挂。虽然他不愿意当招女婿改名换姓，孙茂良也不在乎了，他也想开了：只要小两口过得好，任保娃搬到自己家里来，自己老了抱孙子当然好；而他们要另立门户呢，自己就住到他们家里去，老了抱抱外孙也没有什么不好。不管是招女婿也罢，女婿也罢，不论将来生男养女，以后姓孙也好，姓任也好，只要短不了有他几盅酒喝，也就什么都好了，何况有了农业社，他也不再发愁老而无靠了。

这几天，孙玉兰和任保娃正商量着甚时到乡公所登记结婚，想不到刚才老同喜的一句话竟提醒了孙玉兰。老同喜说的"你们是不是想从这里学点恋爱经验"，正打动了孙玉兰的心事。她一想今后晌倒真是个登记结婚的好时候，老同喜好说话，不像乡秘书仔细盘问人，问得人家羞得不能开口。于是，她就挤出乡公所的屋子，可巧一回头就看见任保娃也正在人群后边站着看热闹，她就叫过他来，两人一商量，自然都同意。等不得郭春海和杜红莲走出乡公所，他们俩就挤了进来。

刚刚要走散的看热闹的人，听说又有一对年轻人要登记结婚，自然一下子又都弯回来了。一霎时，乡公所里又挤满了人。

老同喜仔细看看任保娃，忽然收起笑容，叹了一口气说：

"任保娃，你可是不行！"

任保娃急得立时额上冒出汗珠来：

"为甚春海行，我就不行？"

老闻喜说："你和春海可不一样。春海结婚，是我们农业社添人进口；你结婚哪，是把我们的好社员拉到资本主义道道上去了。"

看热闹的年轻人一听老同喜这话，就不服气地叫道：

"不能因为不入社就干涉人家的婚姻！"

"老同喜看人行事心不公，为甚郭春海是支书就行，任保娃就不行？"

"老同喜违反婚姻自由自主的政策！"

……

老同喜又威严地站起来了：

"我掌握的就是政策。在乡公所里不要乱吵！任保娃，你参加不参加农业社？"

任保娃急忙回道：

"参加。前几天我就和玉兰商量好了，我脱离开我舅舅赵玉昌了。"

他随即把他和赵玉昌吵翻的情况补叙了几句，并表示了入社的决心。

其实老同喜也知道这个情况。他之所以要这样问一下，不过是想在这个场合再试一试任保娃入社的决心，同时也表示他在这几天的扩社准备工作中，又做了一次动员工作。因此听了任保娃的话后，他便笑着说了句："这不就对了。"回头就得意地对青年们说道：

"小伙子们，看谁会掌握政策？年轻人单知道急着结婚，可我又让他们结婚，又让他们入了社，走上光明大道，大家说这样好不好？"

"好！"

大伙一时兴奋得大叫起来了：

"老同喜真会办事！"

"老同喜真是个好人！"

"老同喜真顶半个乡秘书！"

"比乡秘书办事也麻利！"

在这些赞扬声中，老同喜只是张着嘴笑着，他觉得能得到众人的夸奖，比得到别的什么都高兴。可是，一听到人们拿他和乡秘书比，他就赶紧把结婚证书摆到桌子上，又大喊了一声：

"大家雅静些。现在就开始结婚登记。来，许来庆，还是我问，你写。"

随后，他又咳嗽了一声，立时换了一副严肃的面容，办起公事来：

"任保娃，今年多大岁数？"

任保娃回道："二十五岁。"

又问孙玉兰："你哪？"

孙玉兰回道："十八岁。"

老同喜又按照乡秘书登记结婚时那种老程式问道：

"你们是自愿结婚，还是父母包办？"

他俩果然在刚才看登记结婚时学了点经验，就一齐回道：

"自愿结婚。"

老同喜又问孙玉兰：

"你爹也同意吧？"

孙玉兰说："同意。"

老同喜也接受了刚才给郭春海和杜红莲结婚登记的经验，他要满足这伙年轻人的要求了。看，那些年轻人不正是着急地看着他，只怕他又漏掉了最有意思的恋爱经过而潦草过去吗？他就对大家眯起眼笑了笑，然后就对着这对年轻人问道：

"你们是自由恋爱的，还是由介绍人介绍的？"

任保娃和孙玉兰互相看了一眼，然后就一齐红着脸低下头来回道：

"自由恋爱的。"

老同喜又追问道：

"既是自由恋爱，那是什么时候起的意呀？"

两人一下子脸红了，低下头来了。

这一下大伙可高兴了，就七嘴八舌地打劝起来，催促起来：

"快说吧，甚时起的意呀？"

"怎么开的头呢？"

……

任保娃和孙玉兰心跳了好一会儿，看看不说真不行了，孙玉兰又见任保娃出了满头大汗，便低声说道：

"今春季，那天黑夜，他把我爹搀回我家。我见他为人实厚……"

老同喜又紧接着问道：

"以后呢？以后又怎么恋爱，怎么商议要结婚的呢？"

这一下孙玉兰可羞得说不出口了，任保娃脸上的汗水也流成小河了。

可是，看热闹的年轻人，越见他们不好意思说，越追问得有劲儿。于是，乡公所的结婚登记，竟好像是闹洞房了，吵吵嚷嚷、嘻嘻哈哈。直到孙玉兰不得已每次回答了大家的问话，直到众人看见天色不早了，这才停止了快乐的追问。

最后老同喜又问：

"介绍人是谁？"

任保娃被人们追问了半天，现在才算是缓过一口气来，就擦了把头上的汗，反问道：

"自由恋爱还要介绍人干啥？"

老同喜有点惊讶地说道：

"哈哈，这句话你倒说得这么痛快！你不看这结婚证上有这么一项嘛！"

众人说道：

"那是旧套子、老程式了，有没有都不要紧。"

"那是聋子的耳朵，虚样子，瞎胡添上个名字算啦。"

有几个愣后生就凑前来叫道：

"那就添上我的名字吧。"

"添我吧，落一个名字能喝一壶喜酒。"

老同喜一想，笑了：

"大家雅静点。你也想当介绍人，他也想喝喜酒，到底该写你们谁呢？我看，这壶喜酒还是让给我喝了吧，我忙活了一后晌，还不该赚一壶喜酒喝吗？"

任保娃立时高兴地叫道：

"对了，同喜伯，就写上你吧。"

老同喜高兴了：

"好，许来庆，写吧，介绍人郝同喜。"

看着许来庆写上以后，他就接着问下一项：

"证婚人该写谁呢？"

任保娃又不假思索地说道：

"也写上同喜伯吧。"

老同喜说："这可不合适，又是介绍人，又是证婚人。"

众人说道："合适！"

老同喜说："那就写上许来庆吧。来庆在这里写了四张结婚证了，也该在上头落个名字，到时候喝一壶喜酒了。"

众人一齐喊道："合适！"

许来庆写完结婚证书，老同喜把图章盖上，把两张红色结婚证书给了任保娃和孙玉兰一人一张，这一场热闹的结婚登记才算完结了。

任保娃和孙玉兰心热眼笑地拿着结婚证书走出去了，看热闹的人也高高兴兴地跟着他们走出去了，乡公所的办公室里又剩下老同喜一个人。

这时候，他才觉得肚里饿了。上午开完会，他打扫了会议室，刚生着火坐上锅，正要做饭，郭春海和杜红莲就来了，他哪里能顾上吃饭呢？现在，他可要做一顿好饭吃了，便走进里间屋里看了看火，添了些水，随后舀出两碗白面来，他要美美地吃一顿刀削面了。多少年的光棍生活，已使他成了半个厨师、半个管家婆了。看他住的这间屋子多么干净利索，多么整齐漂亮！炕上有一副叠得整整齐齐的铺盖，地下有一套干干净净的锅盆碗筷。这是他吃饭、睡觉的地方，也是他给乡公所看门的工作岗位，同时也就是他的家，是他多少年来唯一安身的地方。多少年来，因为没有人给他做饭，因为忙于公事，他常常是把早饭吃成晌午饭，把晌午饭吃到晚上。何况今天又是为了两件好事呢！一想到今天亲手办了两件好事，他就高兴地一面做饭一面唱起《玉堂春》来，一唱起《玉堂春》他又想起了往事，但他对那些往事已经不再痛苦了，他觉得那已经都成为过去了。

解放以后，当他第一次参加别人那经过自由恋爱而举行的新式结婚典礼时，他已经五十二岁了。参加那次婚礼回来，他曾为了他的欢乐的年轻时代已经过去，他的一个普通人应当得到的幸福早被旧社会剥夺和埋葬而哭了一夜。眼泪流完以后，他也就想开了。这不正是自己想望的一天吗？不同的不过不是自己罢了。自己已经老了，何必再为那些无可挽回的往事苦恼呢？为什么一定要亲自得到幸福才快乐呢？看到新社会的年轻人双双对对的美满婚姻，过着幸福的日子，不也是一样地使自己喜欢和快活吗？就是在旧社会里，当看到王连生结婚时，自己不也是一样的高兴吗？而不论在解放前后，杏园堡村里多少人家在男婚女嫁时不请他帮忙呢？因此他也最爱回忆曾他帮助过的那些成双成对的美满婚姻了，并且以此而得到安慰、感到满足，甚至为此而得意了。现在，他还是乐意尽自己的一分努力，成全那些年轻人的好事，活在这样的好时候，看到年轻人都已永远地摆脱了自己年轻时那样的命运，他为什么不盼望一双双一对对的都生活得称心如意呢？

可是，眼前竟还有些不能使人称心如意的事情。当老同喜刚唱了几句《玉堂春》，刚拿起削面刀来要动手削面时，突然听到庙门外响起一阵哭叫声，紧接着就有一个女人连哭带号地跑进乡公所来了，而且一进办公室就哭叫道：

"乡长、秘书快给我作主吧。他要打死我了，我可不能活了啊，我要和他离婚！"

刚才走散的人们看见又来了一场热闹，也都返回来了。老同喜一看这情景，心里真是又好气、又好笑："刚刚办完两件结婚登记的喜事，还没有做好晌午饭，又来了一件离婚案子。真的就这么巧、这么怪！怎么今后晌这些事情都凑到一起了？都找到我老同喜名下了？难道是因为我办了两件喜事，要我再办一件恼事吗？还是要我今后晌一连办三件好事呢？"

第二十五章

自从那晚上杨二香和赵玉昌商量好进城以后，杨二香就断不了故意地寻刘元禄生气拌嘴，并且把自己的衣衫包袱，把刘元禄刚分下的麦子，都陆陆续续地倒腾到赵玉昌铺子里了。赵玉昌呢，这几天来也暗自收拾了自己的铺子。前几天，当他知道了乡、社干部们进城开会，今天上午，又看到郭春海正忙着做扩社工作，他便立时和杨二香商议好趁机行事，让她今后晌就带上离婚证，到村外坐上他的大车进城去。

在赵玉昌的铺子里饱饱地吃了一肚子枣泥馅饼子，杨二香约莫刘元禄从地里回来了，她才回到家里。刘元禄见她又没有做下饭，自然不高兴，刚说了一句，杨二香就劈面向他要起衣衫来：

"你单知道自己吃死食，就不管管我的穿戴！收了夏你分了多少钱，也不再给我做两身衣衫？"

刘元禄一听话头不善，但还是暂时忍了一口气：

"收了夏刚给你做了一身衣衫，怎么又要做两身？"

杨二香说："就做那么一身烂脏衣衫，我有脸穿上去城里住娘家？你不嫌丢人，我还嫌败兴哪！"

刘元禄说："出门的好衣衫你又不是没有，结婚时就给你做了三身。"

杨二香知道讲理讲不过他，就撒赖道：

"就指望娶亲时做上几身衣衫，叫我穿一辈子？你养活不起我了，就休了我，省下你狠心地剋打我，连身衣衫也不给我做。”

刘元禄有些忍不住了：

“谁剋打你？你还活得不如意？”

杨二香就干脆耍开了无赖：

“就是你剋打我。跟上你穿不上好的，吃不上好的，整天地侍候你家那老不死的和小挨刀的，村里还要逼住我下地受苦。你们村里就没有一个好人，你们刘家也没有一个好人。老天爷呀，我上一辈子造下什么孽了，你把我打到十八层地狱里受这洋罪来了！我真是瞎了眼跳高高跳到疙针窝里来了。我要早知道落到这一步的话，就是老死在我娘家吧，我肯跑到这狼窝、狗窝里来？”

刘元禄听她连出恶言，就顶了她一句：

“你有话就正经说，少这样嘴里不干不净的！”

杨二香这时直想挑事生非，戳起他的火来，大闹一场，便瞪起眼问他：

“我怎么就嘴里不干净？”

刘元禄也鼓着眼问她：

“你骂谁？”

杨二香就问他：

“我骂你甚来？”

“什么狗窝、狼窝、疙针窝！”

一听刘元禄也说出这话，杨二香便趁势一翻脸叫了起来：

“好，你也会编排着骂人了？我怎么是狼、是狗、是疙针？吃你来、咬你来，还是扎你来？反正我在你们刘家受死罪、熬累死也落不下好，你整天地骂我、欺侮我，我也活不下去了。走吧，今日咱们就离了婚算啦！”

听说她要离婚，刘元禄这才明白她今日为甚要这样无理取闹，也知道她这几天来故意和他找麻烦、闹别扭的原因了。他便伤心地坐到椅子里，无可奈何地说了句：

“要离婚你一个人离去，我跟上你也算倒尽运了！”

“你怎么跟上我倒尽运了？你就给我说个明白！”看见刘元禄不但没有发火，反而坐到椅子上去，她便叫喊着一头扑到刘元禄身上，拉住他的胳膊，硬逼住他问道：

"你说吧，今日你不给我说个明白，我就不让你！"

这时候，刘元禄可就真的动火了。几天来怄满的一肚子气，也就一阵阵翻腾起来了。

刘元禄自从被斗争以后，就没心思在农业社了。他曾去找赵玉昌，想和他合股跑运输，赵玉昌表面上虽说是要进城躲一躲，并答应他进城以后再定，而刘元禄却看出这势利鬼的本性了："他看到你在台台上、用着你的时候，就给你填饱了蜜糖，把你捧上天；一旦你从台上掉下来，不要说扶你一把，连看都不想看你一眼了。"这样想着，他只好盘算着一面种地，一面独自捎带地跑运输。这几天，又正是翻麦地、回茬小黑豆的时候，他就找互助组的人商量，他还想再像以前那样，用自己的牲口换几个人工。但他找了几个互助组，人家都说是要入社了，不愿意和他互助。而他一个人又无法安种庄稼，顾了耕地，顾不得点籽，他那不待动弹的老婆又不肯到地里帮忙，没有办法，他只好去找单干户商议着变工，谁想单干户也不像从前那样巴结有牲口的人家了。这时他还没有认识到是老路走不通了，只是怨恨自己倒霉，恨所有的人都是势利眼，人一倒霉谁都不敢挨了，互助组、变工组不敢挨自己不要说了，赵玉昌不和自己搭伙也罢了，今日之下连老婆也变了心要离婚了。"刘元禄真的就倒了，臭了？"他越想越伤心，越想越冒火。

这时候，杨二香仍是狠劲用两手拉拽着他的胳膊，而且还用她那又尖又长的指甲使劲掐他。一阵疼痛使他心里一股火起，便闪手用力摔脱胳膊，杨二香也就乘势跌倒在地，而且先在地上打了一个滚，又踢倒桌旁的椅子，抓散自己的头发，随后就哭吼着爬起来，一头撞到刘元禄怀里，撞得他一阵恶心，两眼直冒火星。这时候，刘元禄可真是气坏了，看着杨二香又要撞过来，就伸手照着她脸上打了一巴掌。

这一下杨二香可算是抓住理了，她就破开嗓子吼喊起来：

"刘元禄打老婆啦！刘元禄要打死我啦！快来救命啊！我可不能活了啊！"

吼喊了一阵，也不见有人来给她做个见证，她就一把抓破自己的衣襟，又一头扑过去，拉住刘元禄的胳膊哭喊道：

"有本事你打死我吧，我可死下也不敢在你家里了。你不想要我了，咱就到乡公所离婚去！"可是，她死拉硬拖也拉不动刘元禄，便独自提了一个包袱，哭号着跑到乡公所来了。

郝同喜听到有人来离婚，只得又把刀和面放下，走出办公室来。他看见杨二香那号哭海闹的样子，就大喝一声：

"到乡公所来哭闹什么？有什么事好好说！"

杨二香咽了一口唾沫，忍住哭声一想，慢慢讲理又怕讲不过去，她就仍然又哭号起来：

"反正我在刘元禄家活不下去了，乡里快给我作主离婚吧！你们看他把我打成甚了，平白无故地就打我，我可不敢回他家里去了！"

郝同喜听说刘元禄打了老婆，并且老婆告下他要离婚，那就得叫来刘元禄问一下了。他便面对众人喊了一声：

"跟前谁是民兵？把刘元禄传来！"

话刚落音，忽听得刘元禄应了一声："不用传，我自己来啦！"刘元禄知道这场官司免不了，所以就跟上他老婆来了。

郝同喜平时最反对夫妻吵嘴打架，更反对男人打老婆。他认为凡是能娶过老婆的人，就应当对老婆体贴一些，因此，他就先问刘元禄：

"来了就好。我问你，刘元禄，你为甚要打老婆？你知不知道打人犯法！"

刘元禄一听这问法，心里就有气。先不问吵嘴打架的起根缘由，劈面就说打人犯法，这样问，他自然就要输了。一看乡公所里没有干部，只是郝同喜一个通讯员在这里咋呼，曾经当过村干部的刘元禄就顶了他一句：

"乡长、秘书都不在，你没有资格审问我，等乡长、秘书回来，好好地调查调查再说吧。"

这几句话可把郝同喜气火了。本来，他想先批评了他打老婆，然后再问明吵闹的缘由，训教他们一顿，给他们调解调解也就算了；可是，刘元禄这口气好气人！前几天才斗争了他，停了他的干部职务，到今日还架子不倒，打了人反倒来抖威风！怎么，看不起我郝同喜吗？断不了你这案子吗？你既然不敢说你没打老婆，那还调查什么！杏园堡村里有哪一家人家，有哪一个人我郝同喜不摸底细呢？这么一想，他倒要顶真审问一番了，就紧抓住刘元禄打老婆的事实，厉声说道：

"刘元禄，你打了人，我就有资格审问你！乡长、乡秘书把钥匙交给我，把图章交给我，托靠了我代办公事，我就有权审问你这案子。刚才支部书记来结婚登记我都办了，还不敢办你这件离婚案子？刘元禄，你说吧，你为甚要打老婆？"

刘元禄心里窝着一肚子火气，嘴上又不能说没打人，只好咬着牙不吭气；这时，杨二香又在一旁添油加醋地突嚷道：

"把我的脸都打肿了，把我身上也打得黑青了，衣衫也打得稀烂了，他敢不承认打我！乡里快给我作主离了婚吧，我再回去，他还不定要把我打死哪！"

郝同喜又催问刘元禄道：

"刘元禄，你有胆子打老婆，就没有胆子承认？好吧，杨二香，你是要怎么样吧？"

杨二香说："我要跟他离婚！我死下也不敢回他家去了。"

郝同喜又问刘元禄：

"你的意见哪，刘元禄，你愿意不愿意离婚？"

刘元禄急口说道："我不愿意离婚，你敢判决？"

"我怎么不敢判决！"郝同喜正说着，只见刘元禄气呼呼地往前走了过来，他就立即站起来，大喝一声：

"刘元禄，你过来干甚？怎么，你还敢打我？你敢打我一下，我就送你进法院看守所！来，跟前有民兵没有？"

"有！"农业社的几个青年民兵老早就火上刘元禄了，这时就一齐高喊一声，并且往前走了一步。

这一下果然把刘元禄镇住了，他只好咬着牙低下头来。

随后，郝同喜就像审案子一样，询问起他们今天吵嘴打架的经过和离婚的理由。刘元禄只怨自己倒霉，只恨他老婆变了心和他耍赖，所以只是恼恨恨地站在那里，也无心再和他女人辩理；杨二香呢，嘴头子好比刀片子，不要说她把两口子平时在一块儿短不了盆盆碗碗磕碰的事都端了出来，而且还编造了许多刘元禄如何欺侮她的鬼话。

杨二香本是泼辣淫妇，水性女人，反复无常，翻脸不认人的。当她和你好时，真想把你抱在怀里化了；对你变了心时，就恨不得把你置于死地。这时她当着众人，竟把刘元禄和她枕头上说的话，把刘元禄曾说过的对新社会、对农业社不满意的话，对村干部和邻居们不满的议论，一齐抖漏出来了。

刘元禄听到她把以前恩爱时的私房话都倒出来，而且还添了许多恶言毒语，气得他握紧的两只拳头都发抖了。心想："以前像佛爷一样待承你，今日你竟反过来咬我一口，说我欺侮你，而且这样作践我。早知如此的话，我在家里不揝掉你的舌头，打烂你的嘴！"看着夫妻的情分已经完全失去，刘元禄也无意再留她了。反正打老婆的名誉已经落下了，他倒后悔当时没有真的狠狠捶她一顿，也好出一口恶气，因此他又想动手。但当他正要抬手动足时，却被郝同喜厉声喝止了，要他好好地讲理。因为郝同喜知道杨二香平素的为人，也听出了她话中有许多漏洞，并没有完全听信她的一面之词，所以便进行调解。但杨二香却不管怎样解劝，她只一口咬定要离婚。

怎么办呢？郝同喜本想找郭春海或是别的干部们商议一下，要不就等乡长、乡秘书回来再判决。因为一贯成全别人好事的郝同喜，总有点不忍心判人家离婚。人常说："能拆十座庙，不破一门婚。"可是，杨二香见他有些犹豫，就大哭大闹起来，缠住他当下就要离婚。看这光景实在是不能拖延了，郝同喜又想："两件结婚登记都爽利办过了，能让这一件离婚案子难住自己吗？既然受理了这个案件，那就应当作主裁处。"主意一定，他就掂对了一下这事情的轻重。他知道刘元禄娶杨二香时，村干部们就不同意，而且还批评过他，而今杨二香坚决要离婚，刘元禄虽然不服气，可也无可奈何。如果不判决离婚呢，杨二香当下哭闹虽可以收拾，但他们原本就不是一对好夫妻，恐怕以后也过不到一处了；离了婚呢，对他们双方并没有什么坏处，对村里来说，还少了一个赖女人，而对于刘元禄也是一个应得的教训。这样看来，这一件离婚案子也不一定是坏事了，今后晌郝同喜真的要一连办三件好事了。这么一思量，他就咳嗽了一声，仿照以前乡长、乡秘书判决离婚时的口气，大声说道：

"现在我就判决：原告杨二香，告本夫刘元禄打她，并且因为感情不和，提出离婚，经调解无效，现在判决离婚。"

说完以后，他又照着离婚证书上的格式问了几句。看着许来庆帮他填写好了，他便拿起乡政府的图章来，用劲在红印泥上按了一下，又拿起来在嘴上哈了一口气，于是就在那两张绿色的离婚证上"啪！啪！"响响亮亮地打了两下，随后把它们递给杨二香和刘元禄，把图章往抽屉里一放，锁上锁，临了又说了一句：

"本乡判决完毕，不服可以上告。大家散吧！"

众人这才舒了一口气，散了。郝同喜今天可算给大伙出了一口气，他们早就看不惯刘元禄和杨二香这一对搅家害村的赖人了。杨二香呢，拿到离婚证以后，也不管众人如何议论，便急忙跑到村外，找赵玉昌的大车去了。

刘元禄也拿着离婚证书，低着头走出了乡公所。他一看见那不顺眼的绿色的离婚证书，真想把它撕个粉碎；可是，他听着人们对于这场离婚案子的议论，心里又烦乱了。

"活该！"

"原本就不是一对好夫妻。"

"当初没有好心事，到了没有好下场！

"过路的瘟神，早该发送了！"

……

他不愿意听这些议论，便急走了几步。咬着牙，咽了一口唾沫，好像淹熄了肚里的怒火一样，立时又觉得浑身一阵冰凉。

看热闹的人有的扛上锄头上地去了，有的各回各家去了。刘元禄闷着头盲目地走着，忽然碰到墙壁上。他回过头来又想："自己该往哪里去呢？还是只好回家去吧，老婆离婚了，朋友散伙了，家里还有自己的老妈，还有自己的女儿呢。"这时，他才忽然想起他妈的病又加重了，也才想起应该看看从年轻时就守上寡，一直守了他半辈子，而今躺在病床上的老妈了。

可是，已经迟了。他走到他妈住的西屋门口，喊了一声"妈"，却没有听到应声，他一脚踏进门里，一见他妈用被子蒙着头脸，就心慌意乱地一步扑过去，揭开那破被子一看，他妈已经闭住眼，再也不愿意看他一眼了。

刘元禄心里一阵难受，这几天来所碰到的许多不痛快的事情，就一齐变成泪水，伤心地痛哭起来了。

跪在他妈跟前哭了一顿，他又站了起来，再哭也不顶事了，后悔也来不及了。到这时候，他才忽然孝心一动，想起应当好好地发送一下死去的妈妈了。他正要给她老人家换一下那破烂的被子，忽然又看到他妈妈的破被子上放着一个烂书包，这时，他才又想起他女儿秀珍已经放学了，已经知道她奶奶死了。可是，她不守在这里，又跑到哪里去了呢？

当刘元禄正和杨二香在他们住的正屋里吵闹着要离婚时，他妈听到那心烦的吵闹，几天来已经加重的病体，就更加沉重了。她喊了几次元禄，不知是她的声音太低，刘元禄没有听见呢，还是刘元禄当时顾不得理她，她一时生气，一口痰咳不出来，就停在喉咙里了。

他和杨二香刚去乡公所离婚，秀珍就下学回来了。她走到西屋门上叫奶奶时，怎么奶奶不答应呢？跑到跟前一看，奶奶的眼睛已经痴呆呆的了。她慌得就连声喊叫："奶奶！奶奶！"可是奶奶已经不会说话了。她就急得趴在她奶奶脸面前，大声哭喊起来：

"奶奶啊！奶奶啊！奶奶可不要死了，奶奶死了我可怎么活呀！"

果然，刘元禄他妈动了一下，好像舍不得撂下她似的要坐起来了。但当秀珍抹了一把眼泪睁眼看时，她忽然一下子又躺下去，两眼一闭，就断气了。秀珍便哇的一声，扑到她奶奶身上哭号起来。但是，不管她怎么哭叫，她奶奶也不会答应了；不论她怎么搬她奶奶的身子、拉她的手，她也不会动了。这时，秀珍才摸到她奶奶的手是那么冰凉，一想到死人，她又害怕地离开她奶奶，吓得她几步就倒退到门口，叫喊着"爹！爹"，跑进爹住的正屋里。

可是，在那里没有看见她爹，却被杨二香刚才推倒的那张椅子绊了一跤，一下扑到桌子上，把桌上的那面镜子碰掉在地下打碎了。她低头一看，才看清那是她后妈每天照的那面镜子！平时给杨二香擦不明亮还要挨打，今天给她打碎了，还能轻饶过去吗？她又惊慌害怕地抬头看时，恰巧又看见靠在桌旁的那根后妈常用来打她的擀面杖，她吓得尖叫了声，立时窜出屋去，跑出了自家的大门。

晌午时分，街上没有一个人。她往哪里去呢？哪里还有她的亲人呢？奶奶死了，没人疼她了。晚上和谁睡觉，挨了打受了委屈再去告谁呢？她不知道她那后妈正在乡公所和她爹离婚。她一想起她后妈，浑身竟哆嗦起来。有了后妈就有了后爹，早不疼她了。她又想起她的亲妈，想起亲她、疼她、娇她、惯她、养她、奶她的亲生妈妈了。为什么亲妈那么早就撂下她死了呢？为什么奶奶也撂下她死了呢？

秀珍就这么痴呆呆木愣愣地往前走着。走了几步，她觉得左脚被前面的一个什么东西碰了一下，低头一看，才知是她常来打水的井台。一看到那眼水井，她又猛地想到前天打水时，不小心杷水桶掉在井里，后妈出来就揪住她的头发，硬要往水井里填她。那时，她是多么怕死！而今天她看着那水井，竟忽然想到不如死了。她也想找她亲妈，找她奶奶去了。她就走上井台。但当她往井下一看，看到井底下照出来的她的一动一动的可怜的面影，想到她真的就此死去时，她又害怕了。她就大叫了一声："啊呀！"倒退了几步。

这时，她的心乱了，脑子也好像要炸了。亲妈死了，奶奶死了，爹不疼自己，在后妈手里活不出去，真的就跳井死了吧！忽然她又想起她的老师说过的，往后社会主义生活多么好！她一死不就什么也看不上了？想到这里，她就哇的一声哭起来，心里更乱了，也没有主意。就在这时，忽然听到身后有一个女人喊了她一声："秀珍！"她吓了一跳，只害怕是她后妈看见她要跳井，那还不定要怎样处治她呢！她一时心慌害怕，就咬住牙，闭住眼，狠心向着井口扑了过去……

刘元禄从家里出来，叫了几声秀珍，也听不到回应。他就急忙走出院门去找。"她到哪里去了？看见奶奶死了，一个人害怕了，寻我去了吧！她到哪里寻我去了？"刘元禄这么想着，走着，忽然想起以前杨二香打发秀珍到赵玉昌铺子里寻过他，他就往赵玉昌铺里寻秀珍去了。

刘元禄走到赵玉昌铺门口，看到铺门关着，他就上前敲了几下，叫了几声，但一直没有人应声。看来秀珍不会在这里。但为什么赵玉昌听到自己的声音也不应声，也不开门呢？赵玉昌躲起来了，还是跑了？刘元禄就气呼呼地使劲敲起门来，又是手拍，又是脚蹬。就这么大声敲打了一会儿，后院里住的赵玉昌的老婆好像是才听到了，或许是听得不耐烦了，这才走前来问了一声：

"谁呀？"

"我！"

"你是谁？"

"刘元禄！"

"有甚事？"

"赵掌柜哪？"

"进城去了。"

"甚时走的？"

"刚走。"

"啊？"

刘元禄听说赵玉昌也是刚走，就猛然想到他老婆为什么今晌午要立逼住他离婚，也猛然想起那晚上他碰上赵玉昌到他家里的情景，以及怀疑到平常赵玉昌和杨二香的来往。"难道他们早就有了勾搭，今天又约定好一齐跑了吗？"他就又问了一句：

"他进城干甚去了？甚时才回来？"

赵玉昌的女人又冷冷地回了一句：

"不知道，约莫暂时不回来了！"

刘元禄估摸着赵玉昌准是拐上自己的老婆偷跑了，便怒恨恨地一口气追出村外。"哼，那天晚上我没有供出你来，而今日你倒拐上我的老婆进城去了！好你个赵玉昌！临走也不打个招呼，我在你铺子里还入了股子哩！哼！我今日可算是认清你了！"可是已经迟了，村外大路上已经没有他们的影子了，除了刚刚压下的两条车辙印子以外，什么都没有了。一股怒火烧过之后，他又觉得心里是一阵阵的空虚，浑身的骨头也好像散架了，两条腿也走不动了，他便抱着脑袋坐在村口上。

忽然，他听到渠南岸小路上，有吆喝牲口的声音："驾！驾！"他抬头望去，怎么大车后面好像是赵玉昌和杨二香？他俩为什么又回来了？

郭春海和杜红莲在乡公所办了结婚登记手续，听见杨二香到乡公所大闹离婚，郭春海就和王连生相跟上到刘元禄、赵玉昌家附近察看有什么动静。赵玉昌的铺门已经关闭了，赵玉昌赶着一辆马车从后门出来，往村外去了。他到哪里去呢？大车上装着满满的东西，像是要进城，但又不走大路，而是拐到渠南岸的小路上。刚才他出村时慌慌急急，怎么出了村又停下了？过了一会儿，杨二香提着包袱来了，刚走到大车跟前，赵玉昌就扶着她上了车，急急忙忙赶上车走了。郭春海和王连生还想再看看他们捣什么鬼，忽然间郭守成叫喊起来了：

"赵玉昌，你到哪里去？"

郭守成自从死了牛，揭发了刘元禄陷害王连生的事，自从农业社丰收后，他分到了比往年多得多的麦子后，郭春海和他妈又经常开导他，他的心胸开阔一些了，腰脊骨也硬一点了。那两布袋粮食的事，就不像赵玉昌那天吓唬他时那样害怕了。他越想越心疼，越觉得冤枉，越感到窝囊。这几天，他正思谋着怎么和儿子商议一下，找赵玉昌大闹一场，忽然听说赵玉昌关了铺子，赶上大车走了。他疑心他逃跑，害怕他跑掉。他就急忙跑出村外找他。但是，在进城的大路上追了好一阵也看不见他。他知道赵玉昌鬼大，就站到渠堰上四处瞭望。啊！原来你心里有鬼，不敢走大路，走的是小路啊！他就追过来了：

"赵玉昌，到哪里去啊？"

赵玉昌一面回说"串亲戚"，一面响了一声鞭子，马车跑得更快了。郭守成又急又气，就跑到车前面挡住去路。

"我那两布袋粮食……"

赵玉昌也不回话，跳下车来，使劲推开郭守成，他想夺路快跑，但他刚扬起鞭子，忽又听到后面有人大叫一声：

"站住！"

赵玉昌回头一看，是郭春海和王连生，他只得站住了，但并不停车。王连生几步上去拉住马缰绳，马车才停下了。

郭春海大声问道：

"你到哪里去？"

赵玉昌说："走亲戚。"

"走亲戚还带一大车东西？杨二香也是你家亲戚？"

赵玉昌支支吾吾：

"杨二香叫我捎她一段路……"

"车上装的什么东西？"

这一问，赵玉昌心慌了：

"给亲戚家捎的……"

乘郭春海查问的工夫，王连生和郭守成就去察看大车上的东西。他们让杨二香下了车，掀起车上盖的一张被子，摸了摸下面的几个布袋。

"啊！"郭守成叫喊起来了，"全是粮食啊！好你赵玉昌，你投机倒把、倒贩粮食、坑骗好人，我要到乡上、区上告你！要你还我那两布袋粮食！"

赵玉昌说："这是我自家的口粮。"

郭春海问他："你一家几口人，有这么多口粮？拉上口粮到哪里去，干什么？"

"这是我的一些余粮。"

"有余粮为什么不卖给国家？统购余粮时，你不是说你没有了？"

赵玉昌还想强辩：

"亲戚家让捎的。"

郭春海紧紧追问：

"哪家亲戚？本村还是外乡？"

"南村……"

郭春海见他还想胡编，就大声喝问：

"快说，南村谁家？我们立马就去调查！"

赵玉昌张开嘴，却不敢胡编了。

王连生和郭守成也大声催他：

"快说呀，投机倒把，还不老实交代！"

赵玉昌不说话了，把光秃的脑袋低垂下来。

郭春海见赵玉昌已无话可说，便发命令道：

"赵玉昌，你投机倒把，倒贩粮食，破坏统购统销，走，到乡公所去！"

赵玉昌无可奈何地应了一声，却迟迟疑疑不动。郭守成便从赵玉昌手里夺过鞭子，拉住缰绳，喊了一声："回！"又响了一声鞭子，那大车就弯回来了。郭守成一面吆赶牲口，一面得意地说："赶了半辈子牛车，今日还要赶赶马车哪！谁说马车不好赶？我看比牛车也不难……"说着，他就狠狠地在马背上抽了一鞭，马车就跑向村里去了。

赵玉昌咬着牙，杨二香低着头，跟在大车后面，郭守成却像得胜回朝的将军似的，扬起鞭子，高声喊着：

"驾！"

第二十六章

　　当杜红莲跑到乡公所登记结婚时，周有富真是气炸了，气得他坐在椅子里半天都不能动弹。女儿跑了，一向顺从的女人也敢躲开自己。一想到他费尽心机谋算了十来年的事情，竟落下这么个结果，心里便是一阵心烦。

　　这时，恰巧他家养的那只花狸猫顶破窗纸跑进来了，他便骂了一句："人家养下的猫会逮老鼠，我家养下的猫竟撞破自家的窗户！"他真觉得这家里什么都不如意，什么也看不顺眼了，便顺手拿起一把笤帚，恶狠狠地照花狸猫打去，不料它一闪身，竟又撞破另一格窗纸，跑出去了。周有富真是干气没办法，便站起来跺了一脚，唾了一口，气汹汹地走出去了。刚走过自家的打麦场，迎面就碰上姜玉牛，姜玉牛一见他就拱手笑道：

　　"恭喜恭喜！"

　　周有富愣怔了一下，什么喜事呢？难道那该死的红莲……

　　姜玉牛一见周有富那难看的脸色，就走过来，一面和他相随着往前走去，一面说：

　　"怎么啦，有富老弟，你是不知道呢，还是不愿意？红莲和春海刚才在乡公所登记了，众人可是异口同声说好啊！"

　　周有富听到那大胆的红莲果真和郭春海到乡公所登记结婚了，心里立时烧起一股怒火；可是想到乡公所、农业社，甚至连村里的众人也都同意这门亲事，而自己竟无能为力挽回这局面，心里忽然又觉得一阵冰凉："唉！这成了什么世道了！"

姜玉牛见周有富不答话，就想起了他原有意让红莲嫁给他儿子和尚，于是就不再提这事了。这时，他们正走在一条狭巷子里，姜玉牛也不好就此和他分路，便想转个话题。正好农业社这几天也让他动员一下和他差不多的庄户，而他竟因为忙着给儿子娶媳妇，把这事忘到脑后了。

"有富老弟，农业社又要扩社，听说你们互助组的曹吉荣和吴老六也要入社。老弟，你是怎么个打算呢？"

周有富瞪了他一眼：

"你哪，玉牛老哥，你今年在农业社可发了大财了吧？"

姜玉牛知道这话里有刺，便不好意思地笑笑说：

"看老弟把话说到哪里去了，这年头还想发什么财？随大流，少烦恼罢了。"

姜玉牛也是和周有富差不多的富裕户，去年办社时，他的互助组全体入社，他的儿子和女儿也闹着要入社，他拗不过他那一双参加了青年团的儿女，也怕以后在社外让公家没底子地统购余粮，这才算是勉强跟着儿女入了社。今年春天遇到霜冻、春旱，社里闹缺粮时，他还闹过退社。可是，收罢麦子，当他把分到的麦子用大车拉回家里来后，心里又一时算不清在农业社到底比单干或互助时是多还是少了。只要是不受损失，只要儿女们喜欢，六十多岁的人赶上这种世道，也不想再有什么指望了，他也看开了。人常说："儿孙自有儿孙福，何必强给留家业！"因此，麦收以后，他就赶着给他儿子办过喜事。他想："给他成过家，让他担上事，他就知道当家过光景的艰难了，就不会站着说话不腰疼，单让自己操碎心了。唉，养活一家人家，闹一个庄户，可也实在不容易啊！为了扑闹家务世事，曾耗费了多少心血啊！头年收了秋，就谋划上二年的耕种，每天晚上忙累到半夜，还得安排好第二天的营生。如今入了社，给儿子成过家，也好享几天老来的清福了。"想到这里，他便一面抽着烟，清闲地散着碎步，一面想打劝打劝以前常在一起聊天的老伙计了：

"老弟，依我看，这年头还是看开点好。要单说在社里分粮食嘛，猛一看，不如自家闹庄户打得多。可是仔细一算，抛过底垫、燃撒，又觉得也差不了多少。不管怎吧，总算是落个少操一份闲心，省下我东跑西颠，也省下早晨起来催撺儿女们下地。"

"哼！"周有富又瞟了姜玉牛一眼，心里骂了句，"没有骨气的颠三倒四的老东西！"随后，他就闷声闷气地说道：

"农业社打得再多我也不眼气！我宁愿自家打四十石，也不愿从他农业社去分五十石！到农业社去受他们管教，让他们领导？他们凭甚？凭本事连一份小家业也没挣下，连一份小庄户也闹不好，就凭大公无私？他们原本就要甚没甚啊！种别人的地，使唤别人的牲口，他们有什么私！哼，他们搞土改闹斗争可以，只要胆大就行；闹庄稼了，他们给我学徒我还嫌麻烦哪！"

姜玉牛一听他还是那一套老话，也就不再劝他了。只是顺口说了两句：

"是啊，老弟还年轻，还有几年扑闹劲儿。我老了，不像你老弟还有那么大雄心。我只图过几天松心日子……"

过去两个谈话合拍的人，现在调门不同了，谈不到一起了。农业社要扩大，姜玉牛是这样轻松，周有富是这样沉重；姜玉牛刚给儿子娶过媳妇，心里是多么快活，周有富谋划了十来年的儿媳妇却和别人登记了，心里是多么苦恼。周有富只能看见别人不如自己，不能看到自己不如别人。他要时时比别人强，处处比别人高，样样比别人好，事事比别人行。特别是原来和他差不多的人，更不能容他比自己强，比自己高，比自己好，比自己行。看到他比自己强了，心里就不舒服；看到他比自己好了，心里就不痛快。周有富看着姜玉牛那悠然闲散的样子，心里更加烦躁苦恼。他俩默默地走到街口，便分路了。临分别时，姜玉牛又问了他一句：

"老弟到哪里去呀？"

周有富想着，以前常说知心话的姜玉牛，如今也没话说了，能再去找谁倒倒心里的忧闷呢？只好找赵玉昌去吧。

"到赵掌柜那里坐坐。"

姜玉牛说："赵掌柜刚才进城时，被扣回来了。"

周有富听说那有能耐的赵玉昌被扣了，一时也有些愣怔。这时，姜玉牛已和自己分路了，自己到哪里去呢？眼前，哪里是自己的去处呢？

他正在街口犹豫不定地想着该到哪里去，忽然又听到迎面有人叫了他一声，抬头一看，是他们互助组的吴老六。

"有富哥，我正说要到你们家里找你去呢，不想倒在这里碰上了，你到哪里去啊？"

"不到哪里。找我有什么事？"

"你，你还……"吴老六开头还有些不好意思地说道，"你还短我六个畜工，我想请你明天给我翻翻麦地。"

周有富却说："明天我没有空。我想让和尚进城拉两车茅粪，还想找你和曹吉荣再帮我上上追肥。"

吴老六一听这话，可就再不能不好意思了：

"我要入社了。"

"怎么，你真的要入社？"

周有富气恨恨地瞪了他一眼。可是，吴老六却再也不怕他了。以前，吴老六因为没有牲口，耕种时，常要求爷爷告奶奶地问他的牲口。因之，一遇到什么为难事，只要看见周有富那难看的脸色，吴老六就只得依从他了。如今，却再不怕他的难看的脸色了，也用不着再求告他了，吴老六要入社了。

去年冬天办社时，吴老六就曾经想过入社。只是他顾虑自己劳力不强，家口又多，害怕挣不下工分，养活不了家口。往年间，每到春季，他就要向周有富借口粮，遇事又得向他借钱。要是入了社再遇到什么困难，又向谁借呢？虽然生活的重担已经压弯了他的腰背，虽然他也盼望着农业社真像干部们宣传的那样好。可是，饿怕、穷怕了的吴老六，小心谨慎的老年人，总是有点不实心啊！再加上周有富当时答应他在用牲口上多关照他，又提前借给他几斗口粮，他那有牲口的女婿，也承应了在春种秋收时，来给他帮几天忙，所以他便决定了看一年再说。

如今，当他看出了农业社的优越性，看出了只有走这条路才能摆脱他的穷困，过几天好日子，他为甚还要犹豫呢？夜晚上郭春海到他家里动员他，他便立刻表示了坚决入社。今天后晌，他又到北村他女儿家和他女儿、女婿商议一下，想不到他女儿和女婿也是异口同声地劝他入社。因为他女儿村里也正在扩社，他女婿早已入社了。这样，吴老六入社的决心就更大了。回到自家村里，他想算了一下在互助组里还有什么未了之事，便来找周有富退组了。老实而面情软的吴老六，本想和他好离好散，不料他还是那么心狠，还想摆以前那副臭架子。这一来，反倒使吴老六认清他的黑心了。"哼！还想拉住我给你熬受吗？够了！"他便直起腰杆来，对周有富说：

"我已经报名入社了，我和咱们组里的事情，也好了结了。我今天想算了一下，就剩下你短我的六个畜工了，你要是明后天顾不上给我翻地，那就给我折成工钱吧，或是过几天你给农业社还上六个畜工，让农业社记到我的名下也行。至于你上追肥的事，就不用再打我的数数了。"

吴老六一口气说完自己的意见，也不等周有富回话，便直直地向前走去了。

周有富可真是气坏了，气得他话也说不出、腿也迈不开了。他眼睁睁地看着吴老六走了好远了，他还站在街口动弹不得。唉！连组里最老实、最听话的吴老六也要入社了！一入社就连说话的神气也变了。想到过去那些看见他低声下气的人，而今竟然变成这样，他心里只觉得一时发火、一时冰凉，就像害过打摆子病那样，浑身都觉得发软了。可是，他还不甘心向农业社低头，他还想挣扎一下。他便咬着牙，迈开步子，往前走了几步。

当他走到街上，看到街上走路的人都是那么高高兴兴、神气十足时，他又说不来是害怕人们不理他呢，还是害怕人们和他打招呼了。他只害怕再碰到他的互助组员也要退组入社，他更害怕人们见了他再说起红莲的事情。于是，他又想钻回家里去了。可是，万一红莲也回家去呢？再和她吵吗？家里的人不听家长的话，这还算个什么家呢？那么再到哪里去呢？赵玉昌被扣了，姜玉牛和自己说不到一处了。唉！他猛一回头，便向村外走去。

太阳偏西了。夏天的傍晚，村外的田野里分外凉爽。一阵凉风吹来，那齐刷刷、绿油油的高粱、玉蜀黍和谷苗子，也舒爽地、得意地摇摆着它们的枝叶，好像张开了无数的绿色的翅膀。看到这些好庄稼都是农业社的，他就仰起头往自家地里走去，他自己地里的高粱也长得不错呀，一看到亲手抚弄起来的禾苗，心上总算有些高兴了。他在地边上走着，随时弯下腰去，拔去地里新长起来的杂草。当他走到红莲带过来的那五亩地边上时，心里立刻又烦躁起来。这五亩地全种的是金皇后玉蜀黍。当初人民政府和村里的互助组推广这种新品种时，他还不大相信。后来，当他看到这新品种确实能多打粮食，他就狠狠地往这块地里下了粪。而今刚把这块地土养肥，就送给农业社吗？今天红莲已经和郭春海登记了，真的要把这五亩地从自己手里夺了去，带到农业社吗？

这时，忽然一阵风送过来妇女们唱歌的声音。他扭头一看，是农业社的妇女们正在给高粱上追肥，给玉蜀黍作人工授粉。他又忽然想起，前几天，他刚刚谋划好，让互助组的人给自己的高粱上追肥，让红莲和她妈来这里给自家的玉蜀黍人工授粉。他是决不甘心落在农业社后面的，而今天呢，吴老六入社了，红莲也跑了。

一想到红莲和春海结婚，他咬得牙都响起来。忽然间，他想到红莲她妈随带上她过门时，南村红莲家一个远房叔叔说过这样的话："将来红莲大了，给她招上个女婿，也好给杜家立个门户。"一想到这里，他就好像有了主意一样，立刻往南村走去了。他想把红莲和春海结婚的事告诉他叔叔，让她叔叔再挡驾一下。红莲不愿意和自己的儿子和尚结婚，自己得不了这五亩地，也不能让红莲嫁给郭春海，把地带到农业社啊！

当他走到三岔路口，向左走就是南村大道，向右拐就是进城的岔路上时，他忽然又想起什么似的，一下子站住了。他埋怨自己刚才为什么没有想到红莲那叔叔是南村农业社的社长，而且还是共产党员。前几天来看红莲时，他还劝过自己入社，并说他们南村也要扩社了。今天呢，难道他会为了十几年前的一句话，就依了自己的意见，不让红莲入社，不让她嫁给郭春海吗？

"唉！"他长长地叹了一口气，再没有信心、没有勇气往南村大路上走了。那么自己也随着红莲入社吗？像刚才姜玉牛说的那样，也许真的入了社不会少分粮食，而且自己的互助组已经有两户报名入社了。可是，入了社给农业社扛长工，分上几颗饿不死的粮食，就这么在别人手下活一辈子吗？自己原当初那一番雄心大志呢？像姜玉牛那没出息的老东西吗？不！他还有一辆胶皮轮大车，还有两头骡马、一头好牛，他还正是闯家立业的时候，他还可以闹腾几年！再不然，他还可以进城跑运输，跑一趟运输，顶他农业社二十个穷劳动日。想到这里，他就向右转去，他要进城找杨二香的父亲杨掌柜。杨掌柜和赵玉昌是老交情，他在城里开了多少年铺子，人熟、地熟、眼熟，可以帮助自己兜揽些生意。

可是，当他刚迈开右腿，忽然又想起今春季粜粮的事。赵玉昌说叫没收了一半，周有富不信，进城去问杨掌柜，杨掌柜也说叫没收了一半。当时他就疑心他们串通一气坑人！这些投机商人一贯会骗人，见空就钻，见钱就捞，见利眼红，见财心黑，能拐就拐，能骗就骗，哪有什么良心，讲什么交情！以后，不管杨掌柜的买卖如何，不管公家怎样发落赵玉昌，他再不敢和他们搅混到一块儿，再不敢和他们打交道了。

　　周有富停在三岔路口，犹豫不定了。南村去不得，城里不能去，他又不愿意返回自己村里。怎么办呢？猛然间，他听到前面传来一种什么声音。抬头看时，只见从城里来的大路上，有几个人骑着自行车跑来了。西斜的阳光，照得那几辆自行车明晃晃、亮闪闪的。他们骑得好快啊，好像有什么急事似的。当那几辆自行车飞上汾河桥以后，他立刻就认出了这是老社长徐明礼、乡长张月清和本村的几个干部从城里回来了，而且眼看着就飞过来和自己碰面了。三岔路口也不能停站了。他心里一慌，就急忙钻进路旁的高粱地。走过高粱地，是一片芦苇，芦苇旁边，是滚滚奔流的汾水。

　　乡长、社长和干部们骑着自行车，飞快地下了汾河桥，又从高粱地、芦苇地旁边的大路上疾风一样地飞过去了，连高粱和芦苇的叶子也都沙沙沙地响了起来。周有富不知为什么忽然心跳起来，他真有点心慌了：他们在城里开什么会来？又带回什么可怕的消息了？看他们那又着急又高兴的样子，难道真的能弄来几部拖拉机吗？万一真的开来几部拖拉机又怎么办呢？

　　他坐在河边的一块石头上，不想动了。进城、到南村、回村里？他决定不了，也无力再往前想了，只是低垂下头来，两眼痴呆呆地看着那滚滚流去的汾水，脑子里却回想着他的过去……

　　他想到他年轻的时候，在抗战前那些太平年月里，他从他父亲那里继承了一份不小的家业，也从他父亲那里继承了一套作务庄稼和扑闹家务的本领。他有车、有马、有地、有房，家有存粮，外有名望。那时候，他家的光景过得多么自在，多么如意，多么安乐，多么兴旺啊！

　　以后，日本人打进来了，再以后，阎锡山返回来了。在那些兵荒马乱的年月里，虽然因为日本人拉走了他一匹马，阎锡山实行"兵农合一""编组分地"，也使他受到一些损失，可是总因为他的家业厚实，再加上他能干、会周旋，他不但没有像其他庄户人家那样穷了、倒了，他还趁机捡了一条便宜骡子，置了二亩好地。

　　解放以后，时局平定了，兵荒马乱的日子结束了，又可以过几天安生日子了。开头，他还有些害怕共产党、解放军，可是，过了不多久，他倒觉得共产党和解放军并不像日本人和阎锡山说的那么可怕。不打人，不骂人，买卖公道，待人和气，打仗时借用他两块门板，以后还给他作了价。而且取消了苛捐杂税，办什么事情，也不用再给办公人送礼，也不受办公人的气了。

土地改革时，他虽然也惊怕了几天，可是，他参加过几次大会小会以后，也就逐步放心了。有时，在斗争大会上，他听到人们诉苦时，也觉得那些恶霸地主太可恶，应当整治整治；但有时又觉得对那些靠着土地、资本，靠他们的本事发了财的地主、富农，有些太过分。不过对他自己来说，他倒很满意。他自然不想望分什么斗争果实，可是也没有丝毫损失，只不过是给他定了一个富裕中农成分。

土地改革结束后，人民政府提出发展生产，这可对了周有富的心事。他特别爱听人们说到那"发家致富"四个字。因为他的地多、地好，又有车、马，他会作务庄稼，又会经营菜园子，他会饲养牲口，还会给牲口看病。总之，凭借了他的这一切优越条件和他的苦心经营，不过几年，光景就发达起来了。他添置了几亩地，新盖了两间砖瓦房，把铁轮车换成了胶皮轮大车，又买了一头辕骡。他一心只想着多打粮食，发家致富；一心只盼着家大业大，骡马成群。以前，他曾经羡慕过本村的大地主叶和庭，土地改革以后，叶和庭家倒了，叶和庭也跑了，现在呢，他好像觉得：他就要成为杏园堡村里的首户了。

当村里成立变工组、互助组时，他曾经犹豫了一些时候，他不大喜欢听那些互相帮助啦、走互助合作的道路啦、社会主义啦等话，他只怕别人沾了他的光。但不过一年光景，他竟然积极领导了一个互助组，因为他看出他领导一个互助组对他自己的好处了。他的家业发达以后，劳动力不够了，他正发愁着再怎么往前走呢。他不敢雇长工，也不容易雇到短工，他就用自己的多余的畜力，廉价地换取着互助组的劳力。

但是，周有富刚这么平平稳稳、高高兴兴地过了几年，忽然之间却来了个统购统销，来了个办农业社。而且农业社还要扩大，今天竟扩到自己头上了。当然，自己要是坚决不入社，人家也不能强拉他进去的。可是，真的要是全村人或大多数人都入了社，自己领导的互助组的人也都入了社呢？就剩下自己一个人孤零零地在社外单干吗？唉！现在是不愿意入社都没有办法了。而不论入社或是不入社，他曾经做过的美梦怕是不容易看到了。想到这里，解放初期曾经欢迎过解放军的周有富，现在竟然怨恨起共产党来了："共产党，你们就当上乡长、村长，让老百姓完粮纳税不就对了，何必多管闲事，管人家怎么种地，怎么过光景呢？而且竟连人家的婚姻事也要管，什么自由结婚，不许父母包办……何必管这么宽呢？唉！"活了这么多年，以前不论碰到什么大事小事，有本事的周有富都走过来了，而今天这一步可怎么往前走呢？

太阳西沉了，将要落山的太阳，像一面圆圆的金盘一样，你可以清楚地看到她那柔和而媚人的面盘。中午时分，当她正在天空当中的时候，她那刺眼的光芒，竟使你不敢用正眼看她一眼。而现在，那耀眼的光芒消散了，后来就一坠一坠地沉落到山顶的背后去了。在那太阳落山的地方，在那远远的吕梁山的峰顶，一条黑蓝色的起伏不平的山线，划开了暮霭的平川和橙黄色的西天。晚霞染红了天空的浮云，也给汾河边的杏树林和芦苇镀了一层黄金。可是，那迷人的晚霞却是多么短暂啊！一会儿，又红又黄的鲜亮的色彩，就变成昏暗的紫色，后来就只剩下天空里那些原来的灰暗的浮云了。黄昏之后的黑暗，像接连不断的一层层的纱幕，无声地落了下来。

河岸上渐渐地安静了，最后回巢的一群小鸟也从芦苇地里飞走了。那汾河流水的声音就好像越来越大地响起来了。夏天的汾水，带着从远远的山里冲刷下来的泥土，带着那折断的树枝和可怜的碎草，嚎嚎地吼叫着，滚滚地流下去了。

周有富折了一根芦苇，心烦地把芦苇一节一节地折断，又一节一节地扔到河里，那一节一节的芦苇就很快地顺水流去了，虽然它们漂浮在那汾河的波浪上有时高、有时低，有时还随着漩涡，转一个圆圈，可是它们却依然是随顺着河水，不停地向前漂流而去，再也不会回来了……

第二十七章

　　郭春海听说社长徐明礼和乡长张月清从县上开会回来了，立刻便找到社里来。听到县上已决定把新来的两台拖拉机拨给杏园堡曙光农业社，还要农业社派五个青年到县上办的拖拉机训练班学习、派三个青年到县农场学习农业技术的好消息，又听说全县的好多村子和农业社也都在酝酿办社和扩社，郭春海高兴得一下就跳起来叫道：

　　"老社长，趁热打铁，今晚上咱们就召开扩社大会吧！要不，我也睡不着啊！"

　　徐明礼开头还有点犹豫，因为扩社是一件大事，县上也再三嘱咐他回来要做好扩社工作。小心谨慎的徐明礼，只怕把锅盖揭得早了，反而做不熟饭，就问了一下这几天的扩社准备工作。看到郭春海那高兴的样子，那信心十足、满有把握的神气，知道扩社的准备工作已经成熟，也知道他那股劲儿上来就按捺不住了。正在这时候，社里的其他干部也陆续赶来了，听说拖拉机来的好消息以后，也都嚷着要立即开大会。于是，他们当即决定先开支部扩大会和社务委员会，随后就接着召开全村群众大会。郝同喜刚听说他们要召开大会，便高兴得拿起他的大铜锣，等不得走出庙院，就噌噌噌地敲起来。

　　郝同喜走后，社干部们便相随着出来，帮着召集人去了，老社长和乡长也回家吃饭去了。郭春海因为特别兴奋，也因为今晚上的大会非常重要，所以又翻了一下这几天的扩社工作材料，直到屋子里黑得看不见字了，他才想起应当赶快回家去吃点饭，再来开会。

他走出农业社的办公室，看见偏院里农业社的阅览室的窗纸已经亮了，是谁还不回家吃饭，在那里用功呢？郭春海最喜欢用功的人，同时，他又想起要派人到县城学习拖拉机和农业技术的事，因此，他便想到阅览室里，看看是谁在那里用功呢。

郭春海走过偏院，当他轻轻地推开阅览室的门时，只觉得眼睛一亮，随着便心跳地叫了一声："是你啊！"

杜红莲自从今后晌和郭春海登记结婚以后，就不想再回周有富家里去了。她和郭春海、王连生商量好今晚上先住到王连生家里，随后便跑到农业社的阅览室里来。开头，她翻了几份画报。她痴痴地看着那张女拖拉机手驾驶着拖拉机耕地的照片，呆呆地想着："我什么时候才能学会开拖拉机呢？看她笑的那样子，大概她没有像我这样的家庭。就是有这样一个家庭又怎么样？我现在还不是离开了，离开它也照样活！要是我也学会开拖拉机，当一名女拖拉机手，就更好了，把农业社的地都耕得深深的、平平的，打的粮食多多的，到那时候才美气呢！可是，拖拉机甚时才来呢？我什么时候才能学会开拖拉机呢？"这么想了一会儿，她又放下画报，到书架子上翻书去了。她刚找到一本《怎样驾驶拖拉机》的书，竟高兴得什么都忘记了。她就点着灯趴在桌子上看起书来，她还试着用自己的水笔在笔记本上画起拖拉机的图样。她不但忘记了到王连生家里吃饭，而且郭春海推门进来，她都没听见。直到郭春海叫了她一声，她才突然惊喜地站了起来。

郭春海一见是红莲一个人在这里用功，便急步走过来，一下子握住她的手说：

"老社长从城里开会回来了，这一回可给咱们带回个好消息来。你听说了没有？"

"没有啊！"

"那你就先猜一猜。保险是你最高兴听的消息。"

杜红莲听说是老社长从县里开会带回来的好消息，又是自己最高兴听的消息，便立时想到这些天来他们所盼望的事情了：

"拖拉机！"

"呃，你一猜就猜对了。县上决定把新来的两台拖拉机拨给咱们农业社了！"

听说拖拉机果真就要来了，杜红莲竟高兴得紧紧地握着郭春海的手，跳起来问道：

"甚时来？"

"过几天就来。只要咱们赶紧把扩社工作做好，土地连成一大片，今秋的麦地就可以用拖拉机深耕了。另外，还有个更好的消息哪！"

"甚呀，你快说呀！"

"县上还要咱们派五个青年，到县上办的拖拉机训练班学习，派三个青年到县农场学习。"

这个更好的消息，果然使杜红莲高兴得心跳脸热了。她是多么向往着学会开拖拉机，多么想当一名女拖拉机手啊！她就更紧地握着郭春海的双手，圆睁起一双大眼，热切地望着他说道：

"派我去吧！"

"你？"

由于杜红莲太着急，这个问题也提得太突然，所以郭春海一时不知道怎样回答才好。

杜红莲见他有点为难的样子，就疑惑地问道：

"怎么，我不够条件吗？"

郭春海摇摇头说："不是。"

"你不愿意我去？"

郭春海笑着摇摇头说："更不是。"

"那么，因为我不是社员？今晚上开大会我就报名入社，一报名不就是社员了？"

郭春海说："也不是。要说一定要老社员才能去学习，那你今晚上报名也赶不上。要说新社员的话，从今后晌起，你也可以算是入社了。"

"那么，已经决定好派别人去了？"

"还没有。"

"那就派我去吧！"

郭春海怎么回答她呢？他了解她的心愿，他也知道她满够条件。刚才在办公室里听到老社长说这消息时，他就立时想到她。自然，他也想到他们今后晌才刚刚办了结婚登记手续。而眼前，当他又看到桌子上摆着的，红莲刚才看过的那画报上的女拖拉机手的照片、《怎样驾驶拖拉机》的书和她笔记本上画的那好像是拖拉机的图样时，他真想立刻答应她的请求了。可是，他又想到这事还要经过讨论，便只好克制了一下，冷静地劝她道：

"你先不要急嘛，等一会儿我们先开支部扩大会和社务委员会，研究完了就在大会上宣布。开会时，我一定支持你去。让你去，最好；就是不让你去，你也不要不高兴，还可以在村里跟上人家学习。你先不要单是高兴，要想着去好好学习。学回本事来，也不是一件容易的事啊！而且学习时间还不算短哪！"

"几年？"

"不要几年，半年也不算短啊！"

"几年也可以。"

"明天一早就要去啊！"

"今晚上去也行。"

"好，真有决心。"

"有决心不好吗？"

"当然好，我最喜欢有决心的人。"

杜红莲一听这话，就紧紧地挨靠到郭春海的身上了，郭春海立时感到两颗心在剧烈地跳动，恰似刚发动的两台拖拉机，突突突地开向田野里去。

正在这时候，突然有一个人进来了。

郝同喜一手提着铜锣，一手提着一个饭罐。他进了庙院，见办公室里黑灯瞎火，叫喊了两声"春海"，也没人答应，就走到明灯亮窗的阅览室里来。但当他一进门看见春海和红莲正在一处说话时，他又埋怨自己来得不遇时了，可是已来不及退出了，他就只好依实说道：

"春海，刚才我传锣时路过你家门口，你妈问你怎么还不回家吃饭，还问红莲今晚上在哪里吃饭。我知道你身子忙，说你在社里有事，你妈就让我给你捎来饭了。"

老同喜一面说话，一面就把饭罐子放在了堆着几本画报、书籍和笔记本的桌子上，而且，他果真带来了两个碗、两双筷子。

"快吃吧，春海，看饭凉了。红莲也快吃吧。你们不用敬让我，我也和你们吃的一样。你妈听说我也没有吃饭，就硬要留下我，嘿，你爹这会儿也开通啦，也是死活要留我吃饭。你想，我只要端起那喷喷香的饭来，还能让肚里头留下空空？"

郝同喜把饭罐、碗、筷放下，就急忙走出阅览室，继续到村里鸣锣去了。

周有富听到郝同喜传锣时那响亮的声音，听到县上已经决定把拖拉机拨给杏园堡农业社，而且今天晚上就要扩大农业社了，他着实有些心慌底虚。他不敢再逃避今晚上的大会，让他儿子开罢会，回来给自己汇报了。他怕他儿子在这样的大会上贸然说出什么不合时宜的话来。同时，他还想看看他们互助组的那几户组员，能不能最后再留住几户。于是，他就亲自走到庙院里来了。

当周有富来到会场时，那原来是大庙的正殿里，人早已挤得密密满满的了。会场上挂了一盏明晃晃的汽灯，照亮着许多快活的面孔，会场当中围着一伙年轻人在那里敲锣打鼓，抒发着他们快乐的心情。而整个会场里，此起彼落的歌声和着人们一高一低的哄吵声，又像汾河里无数的大小浪花那样，欢腾奔流……

这时候，有谁会注意到周有富出现在会场门口呢？就是挤在门口的那些人也不像过去那样，见他进来就和他打招呼，更不给他让路或让座位了，仿佛根本没有看见他一样。所有的人都被会场里的欢乐的情绪吸引过去，同时也把自己的欢乐的情绪注入那欢乐的海洋里了。周有富立刻觉得他不是以前的周有富了，竟好像是汾河旁边的一小洼死水。

当他站在正殿的门槛上，正犹豫着是否进去时，会场门口又涌来了不少人，围在他身后，直催着门口的人往里面走，而且一面催着、嚷着，一面早把他涌进会场里去了。这时候，他又考虑往哪里坐呢，他看见他儿子周和尚正和他们互助组的组员们坐在会场西面的一根红柱子周围，他便想从人群当中挤过去。但人们并没有给他让路，只是歪一下身子，或偏一下头，毫不在意地让他挤了过去，一直挤到他儿子跟前，周和尚才给他让了一个座位。

周有富往地下坐时，故意碰了一下他身旁的吴老六，心想他一定要回过头来和自己搭话的。可是，吴老六竟然没有扭回头来，因为那老实的吴老六，对于在这拥挤的会场里有谁碰他一下，是根本不在意的。周有富见他仍在那里抽烟，就只好也拿起烟袋来，装了一烟锅子烟，说了声："老六哥，对个火。"吴老六回头来让他对着烟火以后，又不言声地扭过头去了，连一句应酬话也没有。这一来，可伤着周有富的自尊心了。"我姓周的是买不起火柴才找你对火吗？往常时，不都是我周有富先点着烟，你们来找我对火吗？"他一生气，就干脆拿烟袋锅子捅了他一下，叫了一声：

"吴老六！"

吴老六这才扭回头来，应了一声：

"啊？"

"我想再问问咱们组的事……"

吴老六立刻也猜到他的意思了，便急忙拦住说道：

"今后晌我不是和你讲明了吗？"

"我看你还是再思谋思谋好。好丑咱们在一块儿互助了好几年，以后呢，谁也不敢说没有用着谁的地方吧？"

吴老六一听这话，又低下头来了。在这个曾经帮助过他的互助组长面前，总还有点惜情爱面啊！

周有富见他果然犹豫了，便接着说道：

"你要入社嘛，我当然不能反对，可是，那拖拉机是甚东西，谁晓得到咱们这里合用不合用？再说农业社才办了一年，恐怕对困难户一时还照顾不过来吧？要是你愿意的话，咱们就再看上一年再说，怎么样？"

吴老六听着听着，又觉得不能再含糊了。也不能再像今后晌那样，任他怎么说，自己躲开他，只管自己入社就对了。

"咱们组里的事，还是今后晌我说过的那话，我不是和你说清楚了吗？"

周有富看看劝不过他来，便想到今春季借的那四斗玉茭子了。

"我看，咱们还有点没有了清的事吧？"

"你是说那四斗玉茭子吧，今春季不是说的秋后还吗？"

周有富正想再逼吴老六一步，忽然听到有谁叫了一声："对呀！"抬头看时，只见王连生就坐在吴老六的前面，而且正探过头来插嘴道：

"你们两家的事情，自然用不着我来多嘴，不过吴老六既然要入社，我们农业社就不能不管。依我看，你们原来说成春借秋还，那最好还是等到秋天。要是有富哥一定不行了，那么现在还也行。老六哥不用愁，你既要入社，社里就要帮助你解决困难。我看总不能因为四斗玉荞子，就逼住一个人不能走路吧！"

吴老六又看了一眼周有富，周有富却扭过脸去，低下头不出声了。"好你个穷小子王连生，竟仗着你那农业社，和我周有富作起对来了！"可是，在这种场合，他又不敢和王连生争吵，只得忍住这口气。心想："吴老六是不行了，那么曹吉荣呢？"他又抬眼看了看前面，可是，这一看，他又泄气了：曹吉荣和其他几个组员也和农业社的社员们坐在一起，连那"酒鬼茂良"和小气鬼郭守成也坐在他们中间，听他们谈论得多热闹啊！

曹吉荣说："农业社的好处我是看见了。今晚上入社是没话说了，只是，我听说以后还要转什么高级社，牲口作价归社，还要取消土地分红？"

郭守成说："那不是更好吗？"

"怎么更好？"

"那不是更走得快啦！"

郭守成对于那未来的问题，还说不出个所以然，但他总觉得高级社大概比初级社还要好。他儿子说过，高级社是完全社会主义性质的。那么，完全社会主义的高级社，大概总比半社会主义的初级社好得多吧。这些天来，特别是夏收以后，郭守成才算是真正体会到农业社的好处了。对于种地和多打粮食来说，共产党提出的合作社和国家帮助的拖拉机，要比他那一小户人家，以及他那一条死去的老牛和那一套破车强得多。对于他自身的生活说来，他也感觉到比过去好一些了。如果再按共产党的办法，把初级社转上高级社的话，那么对于发展生产，对于改善他的生活说来，那不是就会更快了吗？至于牲口作价和取消土地分红呢，那正好，因为他的土地不比别人多，他不会吃亏，而他的老牛也死了，他没有什么舍不得的东西，也再没有什么沉重的包袱了。束缚了他多半辈子的私有制的绳子解开了，关了他多半辈子的小农经济的、单门独户的栅栏门打开了。他的思想开朗了，他的眼界开阔了。他倒真心希望快点转上高级社，完全靠劳动分红了。

孙茂良也劝曹吉荣道：

"你放心，反正咱们这些少地没牲口的人吃不了亏。土地归到社里，也有你一份，取消了土地分红，那粮食还不是归到劳动分上！"

"对呀，牲口归了社，也有自己一份啊！"

"牲口主还能得个公道价！"

……

周有富听着这些谈话，只觉得他的互助组是没有一点希望了。这时，他又不愿意坐在这里，不想听他们说那些话了。可是，再到哪里去呢？他想找个熟人，找个能说得来的人坐在一起，但他抬头张望了一会儿，也看不到什么合意的熟人。好容易看到姜玉牛了，他却坐在会场前面那显眼的地方，周有富自然不愿意到那里去，他也没有心劲儿脚力走过去。这时候，他真想躲到人后面的背圪崂里，或者干脆离开会场，躲回家里去。但他刚想站起来，又害怕人们看见他，同时，他也怕挤不过去，真是坐在这里不是，走又走不出去。那么就这样夹在他们中间，听着那些自己不想意听的话吗？就这样让他们夹着、拥着、挤着，不得已随着他们入社吗？

这时候，那震耳的锣鼓声突然停止了，热闹的会场也突然安静下来了。他抬头看时，只见乡、社干部们进来了。大约是他们刚开完小会，已经决定了什么大事吧，看他们那得意的神气。而当他们一进会场，从门口一直到主席台前的人就立刻给他们让开一条道路，而且都是那么笑嘻嘻地看着他们走到了主席台上。

开会了。当徐明礼宣布了县委的决定：把新来的两台拖拉机调拨给杏园堡曙光农业社，当郭春海作了扩社动员报告以后，看会场里人们那股高兴的劲气吧！紧接着就是那些农业社的和互助组的积极分子们上台讲话。开头，人们上台讲话时，还说几句农业社的优越性，讲几句欢迎拖拉机来的话，后来，人们就干脆站起来报名入社了。

"我们互助组全体入社，有：张喜来、侯根旺、周福锁、郭富德、罗二娃、孙海亮……"

"我也报名入社，我叫任保娃。"

"给我家也添个名字吧，他爹进城去了，不过他在时我们就商量好了……"

"记上我，李天寿，三十亩地一头牛，还有一架三腿耧。"

"我们互助组也是全体入社。先记上我的名字：张玉明。下来还有……我看还是各人报各人的名字吧。"

周有富听着那些积极分子们的讲话，听着人们一声接一声的报名和社员们欢迎的掌声，真觉得心烦意乱啊！特别是当他听到他的互助组里那几户人家，吴老六、曹吉荣……一户一户地全报名入了社，最后他心里一数念，剩下来没有报名的，就只有几家富裕中农和那几家一毛不拔的铁扫帚，还有几家不通情理的顽固疙瘩了。和这些人打交道吗？他知道自己不但不会沾他们的光，而且只有生气，他才不愿意和他们互助呢！自家单干吧？红莲一走，人手不够了，他又害怕调整机耕地。而且一想到最后还剩下的二三十户被管制的地主、富农、反革命分子和坏人时，他心里也真有点害怕了。于是，他就一狠心，用烟袋捅了一下他的儿子，让周和尚站起来报了名。

当周和尚报名时，人们也以热烈的掌声表示了欢迎。周有富听到那掌声，又看到坐在他面前的王连生和吴老六回过头来笑嘻嘻地看了他一眼，他竟像一个斗败的公鸡似的，低垂下头来，软靠在身后的红柱子上了。这以后，谁们又说了什么话，他也听不入耳了，那一阵阵的鼓掌声和锣鼓声把他的头也震昏了，把他的耳朵也几乎震聋了……

开罢群众大会以后，青年团员们又紧接着到俱乐部里开了一个小会：欢送到拖拉机训练班和县农场学习的八个同志。除了二十多个青年团员以外，他们还邀请了几位乡、社干部和青年群众，还把党支部书记郭春海也请来了。在群众大会以前，党支部委员和农业社社务委员们开会讨论扩社大会时，就同时研究了这件事情，并决定选派团支部书记许来庆和杜红莲等五个青年团员去学习开拖拉机，选派孙玉兰等三个青年团员到县农场学习农业技术。

当杜红莲在群众大会上听到宣布自己的名字时，当她想到自己的理想眼看着就要变成现实时，她是多么兴奋啊！可是，当她到了俱乐部，听到乡、社干部和群众，特别是青年团员们对自己抱着多么大的信心和希望时，她又觉得有些紧张了，她就拿出她的小日记本来，让团员们给她提意见。留在村里的青年团员们对于杜红莲以及其他几个去学习的青年，倒没有提出什么具体意见，只是说了许多热情的希望。随后他们就自然地谈起了农业社扩大以后，拖拉机来了以后的新的任务。

他们说着说着，也像刚才群众大会上人们报名入社时那样，一个一个地报起名来了。留在村里的青年团员们，也要学习开拖拉机和农业技术啊！于是，有的就报名学开拖拉机，有的就报名学习农业技术。后来，郭春海就提议成立两个学习小组，一个拖拉机学习小组，一个农业技术研究小组。随后，两个小组的团员们又选举了组长。最后，他们又嘱托许来庆、杜红莲等进城学习的团员，给大家多买几本有关拖拉机和农业技术的书籍。

这时，大家才又想起这是欢送会，于是，就互相欢迎着，唱起歌来。杜红莲唱了一支歌，郭海春也唱了一支，大家又合唱了一支歌。直到夜深人静，他们才带着那满腔热情，随着一股热气和几道手电筒的亮光，走出俱乐部，各回各家去了。

郭春海和杜红莲从俱乐部出来，就相随着往杜红莲家那道巷里走去。因为刚才在群众大会上，周有富已经报名入社了，老社长徐明礼也就顺便问起春海和红莲的婚事，想趁机给他们和解一下。果然，周有富答应让红莲先回家里来，也答应认这门亲戚了。周有富想到连自己也走上那原初不愿意走的路子，对于不听话的红莲，也就不像入社前那么气大了，何况她明天一早又要进城去学习呢！

郭春海把杜红莲送到家门口了，但他们还舍不得就此分手。未来的美好希望，像一把火一样在他们心中燃烧着，怎么样也冷静不下来，他们就紧紧地握着手，又走到郭春海家门口。郭春海自然不能让红莲一个人回去，于是，他们又相跟着走回红莲家门口。在门口站了好一会儿了，郭春海还舍不得离开她，她呢，也不愿意离开他。他们经过了那么长的时间，经过了那么多的曲折，好容易今天下午才领到了结婚证书，他们怎么舍得明天一早就分别呢？于是，他们又手拉着手，肩并着肩地一面往前走着，一面说起话来好像他们还有许多话没有说完，好像他们永远也说不完一样。他们柔情地说着以往那些互相思念的话语，热烈地谈论着未来的美好生活。明月把他们的身影映照在村中的打麦场上，也把他们的身影留在村外的水渠岸旁……

夜深了，村子里一点声音也没有了。起先，他们约定月亮升到天当中就分手；当月亮升到天当中时，他们又约定月亮落山时再分手。于是，他们一直谈到月亮落山，一直到他们商定了：等杜红莲学习回来以后，当她开始驾驶拖拉机时，他们再举行结婚典礼；红莲还提出了那时一定要请她的新朋友们，她的拖拉机手伙伴们来参加他们的婚礼。

谈到拖拉机手，杜红莲的话又没完了，她就突然问春海道：

"不知道这回来的拖拉机手当中，有没有女拖拉机手？"

郭春海想了一下，就回道：

"有。"

杜红莲问他：

"你怎么知道？"

郭春海好像想起什么来似的说：

"我还认识她呢，我还知道她的名字。"

红莲又高兴又奇怪地问道：

"谁？"

郭春海突然站住说道：

"杜红莲。"

红莲一下子脸红了，使劲推了春海一下，随后就咯咯咯地笑起来。

这时，郭春海却立刻向她摆了摆手，他们定睛看时，才知道又走到杜红莲家门口了。

郭春海走后，红莲轻轻地推了几下大门，刚刚叫了一声"妈"，她妈就给她开了大门，好像专意在门口等她，而且对她的一切事情都已经明白了一样。迎进她来，既没有问她下午登记结婚的事，也没有问她进城学习的事，更没有问她为什么回来得这样迟，只是指着红莲住的小东屋，催她早点去睡觉。红莲觉得有些奇怪，一看妈穿的衣衫整整齐齐的，并不像睡下又起来的样子，就低声问道：

"妈，你怎么还没有睡？"

她妈不愿意回答她的问话，仍是催她早些去睡觉。红莲不放心，便在院子里看了一遍。她看见厨房的窗纸上忽然露出一点亮光来，她还以为是她妈恐怕自己没有吃晚饭而留着火呢！但是，她正要告她妈她早已吃过饭时，忽然又听到厨房里有一声响动，她就疑惑地问道：

"谁在厨房里哪？这时分了……"

她妈就抢着说了一句："是你和尚哥！"随即便拉住她的手，送她回到小东屋里去。

杜红莲虽然心里有些犯疑，但听说是周和尚在厨房里，也就不想再过去察看了。

回到小东屋，她先翻出了自己在学校里用过的书包和文具盒，装了几本书和笔记本，随后又整理了几件随身的衣服，兴奋地做好了明天一早动身的准备工作，这才吹了灯，躺下来。对厨房窗纸上的一点光亮和一声响动有时她还有些犯疑，可是，一翻身，那美妙的拖拉机就好像开到她的心里来了。忽然间，她怎么觉得自己一下子就学会开拖拉机了呢？看起来拖拉机也并不难开，就是跑起来不像她想的那样快，不像汽车那样快，当然比起老牛来就快得多了。她端正地、神气地坐在拖拉机的驾驶台上，自由自在地转着方向盘。突，突，突！呼，呼！呼！跑一趟就耕了一大片土地。她回头一看，村里的人都在她的拖拉机后面，怎么也追不上她，而且有人还给她拍手叫好呢！她多么高兴啊！但一转眼，她看见又有一台拖拉机开上来了。而且坐在上面开拖拉机的又正是郭春海。郭春海还要和她挑战竞赛。这时候，她多么想把拖拉机开得像汽车一样飞快啊！可是，猛然间，她听到一声牛叫，看时，那老牛已经跑在她开的拖拉机面前，挡住去路了，她想立刻停住机车，可就是怎么也停不住。她怎么单学会开车，没有学会停车；只学会前进，没有学会后退呢？眼看着拖拉机就把那老牛压住了，她一着急，就从拖拉机上跳下来，慌忙去拉那老牛。但当她睁眼看时，她怎么竟从她睡的小炕上跳到地下来，两手还抱着一个枕头呢！

红莲自己也觉得有些好笑。不过她觉得这个梦很好、很痛快，要是真能那样就好了。就是再碰上老牛的话，只要自己心里不慌，能沉住气，也就不会出事故了，何况在机耕区里，也不会有老牛闯过来，拦住去路的！

当她又躺到炕上时，忽然真的听到一声牛叫，仔细一听，才听出是她家圈里的老牛吼叫了几声。她想："这一回可不是做梦了吧！"就爬了起来，她还害怕是她家的老牛出了什么事情呢。但当她拉开窗帘往外看时，只见有两个人影已进了牛圈，从背影看来，她认出了那是她后爹周有富和隔山哥哥周和尚。

"这么早到牛圈里干什么呢？"看见父子俩那鬼鬼祟祟的样子，又联想到半夜里回来时，那厨房窗纸上的一点亮光和一声响动，她心里更犯疑了。"莫非他们要破坏牲畜吗？还是要到哪里去办什么事呢？"这么一想，杜红莲就不想再睡了。她就急忙穿上衣服，轻轻地开了屋门，跑了出去。

　　周有富刚才在群众大会上的报名入社，自然是不得已的，甚至觉得是身不由主的，就像他在他的河畔地边上垒堰一样。当他预计到一场不可避免的潮水将要到来的时候，他是那么费尽心机，那么出尽力气地加高他的地堰，实指望堰能挡住那将要到来的潮水，可是，当那汹涌澎湃的潮水猛然间向他的地堰冲来时，一下子就把它们冲垮了，他的土地，连同他筑起来的地堰都被滚滚的潮水卷走了。他自己也只好随顺着潮流，或者说是被那潮流推涌而去了，就像他在散会时被那人群的洪流把他涌出了会场一样。当时，他觉得他是丢失了什么东西，甚至像是丧魂失魄、无可奈何地跟着群众走出了会场。

　　可是，当他走出会场以后，当夏夜的凉风吹醒了他的头脑，当他在回家的路上，听着邻居隔舍和他们互助组的几个人的高兴的谈论，又想起他多半辈子来辛苦费力扑闹下的那一份家业就此丢失时，心里又有些发火了："哼！你们自然高兴，你们土地不多又不好，有的没有牲口，有的几家伙用一头牲口。以前，你们要用劳力换我的畜工，而今倒好，西葫芦、豆角混煮到一个锅里了。老子半辈子辛辛苦苦熬下的家当，让你们好活！"他气得急步走回家去，就像潮水冲垮他的地堰，心慌了一阵以后才想过来似的，急忙到他的庄稼地里乱砍起来了。他先从羊圈里拉出一只肥羊来，让他老伴看住大门，又让他儿子把厨房里的窗户用麻袋遮住，父子俩就在厨房里杀了肥羊。当杜红莲回来的时候，他们已经剥了羊皮，正在锅里炖羊肉呢！等杜红莲睡着以后，周有富便和他的儿子、老伴在厨房里美美地吃了一顿羊肉，他自己还喝了一壶烧酒。

　　吃饱喝足以后，周有富才回到上房里躺了下来。可是，他躺在炕上，仍是睡不着。他又想到他的土地和牲口，那些东西又吃不到肚里，而且农业社也不让变卖。土地呢，没法子；牲口呢，一匹骡子，一匹马，还有一头老大的牛！到农业社能得几个租价呢？等到转高级社时作价入社吗？那还不是一句空话，甚时才能使唤上钱呢？一时，他想把牛也杀了，但又觉得牛皮牛肉也卖不下几个钱。郭守成的牛死后，还没有卖下一条牛腿价钱。再就是害怕农业社、乡政府不让了，又惹一场麻烦。唉！这是什么世道，自己的牲口都不由自己了！可是，当他想到郭守成撑死牛时，忽然也想起了一个主意：他的大黄牛今上午不是在河畔跌了一跤吗？何不趁机打拐牛腿，明天正是南村六月六赶集，拉了去怎么也能卖够七八成原价。如果农业社和乡政府查问起来，就说昨天上午把老牛摔坏了，不能动弹了。想到这个好主意，他竟一时高兴，真想立刻起来去打牛了，可是，一翻身，他又想到他的骡、马。怎么办呢？也打拐骡、马腿，拉到集上变卖吗？骡、马残废了就不值钱了，牛就是死了，还能卖几个皮、肉钱，而拖拉机来了以后，老牛也不值钱了。他那两头骡、马却是人们最眼奇的。再说，万一以后有个出头之日，从社里拉出骡、马来，赶上皮车还能跑跑运输。

当他拿定主意的时候，窗纸上正好刚刚透出一丝麻亮，他就起来，到西屋叫起他的儿子拉出牛来。老牛还以为又要饮水吃料了，不想却被紧紧地拴在牛圈的柱子上，就瞪起眼睛哞哞地吼叫了几声。

周有富叫他儿子到磨盘上卸下磨杆来，让他用磨杆打牛腿。他自己就一手牢牢地握着牛缰绳，一手紧紧地扳住牛角。周和尚呢，刚举起磨杆来，手却软了。

"爹，打坏牛腿，可是少卖钱啊！"

"傻蛋！"周有富骂了他一句，然后又低声教训他道，"好好的牛，农业社让你卖？你就说昨天上午老牛在河畔里跌拐了，不能使唤了，农业社有了拖拉机，也就不会追究了。"

周和尚说："那就等快到南村集上时再打吧，要不然路上不好拉它走。"

"昏了心啦！"周有富真恨他这笨儿子不懂事，"拉到集上咱们还想卖两个好牛价哪！就是要叫村里人看见牛拐了腿啊！你拉上牛，一定要从街上走，一定要路过庙门口。人们看见果然是牛拐了腿，咱也好说话。打呀！手不要太重了，不要打断骨头，说不定在路上溜达着散一散，到集上还能卖个九成价。有百八十块现成钱，爹也好给你问个媳妇。花钱的媳妇有的是！一头拐牛怎么也能换他一个好媳妇。打呀！"

周和尚听到他爹又提起娶媳妇的事，心里竟生起一股怨气。前两年，他也曾和他爹说过，恐怕和红莲性子不合，而他爹却拗着死劲儿要他和红莲成亲；他呢，心里也忽忽悠悠了好几年。可是到最后怎样呢？红莲和春海昨天登记了。要是早两年给自己说个旁的媳妇的话，如今也早结过婚了，何至于好好地打拐这可怜的老牛呢？

周有富见他儿子一直愣在那里，想是死脑筋儿子想不通，或是下不了手，他就骂了一声"没出息的东西"，过去夺过磨杆来。看着他儿子用两手捉稳了老牛，他就往手心里唾了两口唾沫，吸了一口气，紧紧地握住磨杆。正当他举起磨杆要打下去，忽然大门一响，有谁大叫了一声：

"住手！"

周有富心里一怔，急回头看时，郭春海已经走到院当中了。

周有富真有点心慌了，脸孔涨得血红，额头上渗出几颗汗珠。他张了几次嘴，又咽了几次唾沫，这才说道：

"啊，是春海来了。你看，这牲口老了，也就不听使唤啦。"

郭春海说："那你也不该拿磨杆打呀！"

周有富只好把那磨杆扔到地上。转眼一看，他那愣儿子还紧握着牛角和牛缰绳呢！他就狠狠地瞪了他一眼，周和尚这才松开手，呆站在那里。

郭春海一看他父子俩这样子，自然也明白他们的用意了。扩社的浪潮来得太猛了，使他们事先来不及做好准备，临入社还要急刁一下子。好在红莲发觉了他们，而自己也算及时赶到了。可是，往后能时时处处都防住他们吗？这时候他真恨周有富啊！心想："像这种人勉强进了社，对农业社也没有什么好处！"他就火恨恨地看着周有富说道：

"你想把牲口打坏了，再拉到农业社，还是想打坏牲口，好到集市上变卖？我们农业社可不要烂牲口，更不允许不经过农业社就随便卖掉。你要实在不想入社的话，就算了，我们决不勉强你。"

周和尚一听这话，竟害怕得哭起来了，他只怕农业社因此而不要他们了。周有富呢，也有些慌了，他看着郭春海就要返身走去，便心急慌忙地叫了一声：

"郭……"周有富一时不知道叫他什么好，只是含糊地说了一声：

"等等，我……"

郭春海看到周有富有点认错的意思，也就转回身来。又想："他总算是入社了，按照党的政策，对这种人还是应该又斗争、又团结，应当改造他的。"同时，他也想到他是红莲的后爹，今天又是登记结婚以后第一次登门，所以也只好忍着刚才那股狠劲儿和火气，劝说周有富道：

"你既然入了社就要守社里的规矩，而且现在正是扩大农业社的时候，你也不想想这样做又会起什么作用？你要是真心入社，就不要再想什么邪门歪道了，不要再想望走老路了，老路走不通了，而且也不好。我劝你还是老老实实地到农业社劳动吧。论作务庄稼，论过光景日月，你还有两手。农业社多打下粮食，对你又有什么坏处呢？好吧，天快亮了，约莫你夜晚上没有睡好觉，还是省点心，回去再躺一会儿吧。"

周有富看着郭春海走出大门，自然也不去留他。心想："真是起得早了，碰上鬼了。好容易费了一夜工夫想好的一个计划，现在又给吹了。为什么自己谋看好的路子老是走不通呢？儿子的婚事，早就盘算得好好的，让红莲从东屋搬到他儿子住的西屋，顶多吃一顿饭就行了，所以他没有为儿子娶亲预备下钱。把粜了粮食的钱都置买了土地、牲口、家具，把铁轮车换成了胶皮车。现在呢，自己置买下的东西都要归社，入了社又拿什么给儿子娶亲？"看见他那痴痴呆呆的儿子还愣在那里，窝了半夜的满肚子火气就都冲着儿子发出来了：

"呸！尽是你耽搁了老子的大事！误了这笔钱，拿甚给你娶媳妇？"

听到他爹又提起娶媳妇，而且把耽误了娶媳妇的过错都推到自己身上，周和尚窝了几年的一肚子怨气也就再憋忍不住了，好像那窝囊包被捅破一样，他第一次顶起他父亲来了：

"我不要媳妇了！"

周有富一听这疯话，更气了：

"说得倒好听！你不要媳妇，你不知道入了社是凭劳动，靠人手分粮？"

周和尚又顶了一句：

"我一个人劳动下来也管够我吃！"

周有富真是又火、又气、又伤心：

"够你吃就行了？不要我们老两口了？还没有成家倒忘了本，成了家，还有我们老两口没有？野的养不住，家的也靠不住了！"

拙嘴笨舌的儿子自然说不过那奸巧世故的父亲，心里只觉得又冤又气，嘴里又说道不出来，于是就背过脸去哭起来。

周有富看着儿子那伤心痛哭的样子，心里也有些可怜他。回头又想："今早上这事也怪，郭春海怎么会知道？为甚来得这么巧？"他看看东屋，心想："一定是那野了心的红莲去报告的。"于是，他就突然朝着东屋喊了一声：

"红莲！"

东屋里，红莲应了一声：

"爹，叫我做甚？"

周有富说："做甚？你做的好事！"

红莲说："我做什么好事了？我还睡着没有起哪！"

"你装得倒像！"周有富一时火起，心想："不整治她一下，以后她还不定再出什么点子哪！"他就拿起那根磨杆来，几步冲进东屋。他撞开屋门，眼见他那十七大八的女儿还在被窝里躺着，羞得他一下就背转脸去，急慌忙返身退出东屋，把磨杆往院里一摔，蹲到屋门前的台阶上。

他低头一看，台阶下面正有一群蚂蚁乱爬，他心里一阵烦躁，就闭起眼来。"她真是没有出去，还是回来又脱剥了睡下呢？"这时候，他的脑子已经有点晕了，乱了。忽然间，一直紧拴在牛圈柱子上的老牛也吼了一声，他就猛然往起一站。一睁眼，怎么忽然觉得那耀眼的太阳是从西边出来了呢？真怪！随后他又觉得一阵眼黑，好像他的院子也旋转起来了。他又闭了一会儿眼睛，再睁开眼，定睛看时，那红红的太阳还是在东天边上啊！"昏了！"他心里骂着自己，"真是昏了！活了多半辈子，连东西南北也不知道了。"

周有富走到牲口圈眼前去，把老牛的缰绳解开，给牛槽里添了一把草。当他正抓起一把料来要往槽里洒时，忽然又想起一个主意，便大声对他儿子说道：

"愣在那里干甚？还不把牲口拉到社里去！"

儿子自然还解不开他爹的意思，就问道：

"社里还没有编队，拉到哪个队里去呢？"

周有富又火了：

"你也昏了心啦！就拉到靠咱们近的那个队里！早拉进几天去，也省自家几斤草料。"

儿子这才好像明白了老子的意思似的，走进牲口圈里，把那一匹马、一匹骡子和那一条老牛拉出来，把三根缰绳握在手里，就拉着走出去了。周和尚现在倒是真想快点入社了。但是，当他刚走出大门时，他爹又忽然叫住了他：

"回来！把牲口的笼头摘了，把缰绳换一下。人家牲口的笼头和缰绳都是麻绳，你看不见咱家的都是皮绳？"

第二十八章

　　郭春海从周有富家出来，天色已经放亮了。村子里的大街小巷，高高的砖瓦房和低低的茅草棚，以及那各种各样的绿色的树木，也都显得清清楚楚的了。村庄睡醒了。先是村东头有一只雄鸡叫了一声，随后，村当中的那些雄鸡，也就昂起它们那长短不同的脖颈，张开那大小不一的嘴巴，放开粗细不等的喉咙，高低不齐地唱起来了。这时候，在这清晨的村子里，你又会听到谁家的大门响了一声，接着又听到一只牛蹄子碰到犁耙上响了一声，那是早起的社员们上地去了。

　　郭春海在村里转游了一遭，快走到自己家门口时，忽然间，他看到他家大门口有一个人影。那人看见他回来，便朝着他走了一步，但随后就停下来了。他抬起头看了看郭春海，张了张嘴巴，还没有说出话来，便又急忙低下头去了。

　　郭春海一看是刘元禄，便立时站住问道：

　　"这么早你到这里干什么？"

　　刘元禄好像被抽掉筋骨似的，头也抬不起来，嗓子也哑了：

　　"一个人睡不着，我想……把秀珍接回家。"

　　刘元禄的女儿刘秀珍昨天晌午正要跳井时，恰巧遇上了郭春海的妈。春海妈先是知道了自己的儿子和杜红莲登记结婚，就喜欢得在家里坐不住了。老太太们但凡有什么高兴事，总想找几个合意的、能说得来的老太太到一处

304

说道说道。她随后又知道刘元禄和杨二香离了婚，便又想到刘元禄的妈妈了。她想赶紧把这些好消息告诉她那病势沉重的老姐妹，也好使她宽宽心。可是，她刚拐过刘元禄家那道巷口，就看见秀珍正要跳井，她慌忙叫喊了一声，便扑过去抱住了她。

秀珍一见是春海妈，就死死地抱住她，哭吼着告诉她："奶奶死了！"春海妈忙拉上她回到刘元禄家里，看到她那老年的伙伴已经断了气，也痛哭了一场，随后就用那破被子盖好了尸体。

秀珍因为奶奶死后，不敢在那屋里住了，她又不愿意到她爹屋里睡。她真是被她后妈打怕了，她一见到她爹、妈屋里的擀面杖、扫帚、鸡毛掸子，就浑身哆嗦着哭起来。不论春海妈怎样劝她，她只是死死地抓住春海妈，要跟上她去。春海妈见这孩子可怜，又怕留下她再出事，便领上她回来，让她跟自己住在一起。

郭春海自然也可怜那没娘的苦孩子。他知道秀珍的亲妈在时，和自己的妈妈，和自己那死去的姐姐相处甚好。秀珍的奶奶和自己的妈妈也是亲如姐妹。因此，他听说刘元禄要接回秀珍去，竟还有几分放心不下，但又不好说不让他接回去。"他为什么这么早就来接孩子呢？"他又看了一眼刘元禄。当看到他那铁青的脸色、那红红的眼睛时，又想：也许他真的跳到崖里以后才知疼痛！有些人就是不到黄河不死心的。当他往悬崖上走时，你怎么劝他，警告他，他都不听，你说那明明是死人坑，他还以为是金银洞；直到跳到崖里，碰得头破血流以后，他方才知道身上疼了，而有的人竟跌死在崖底，连疼痛也不能知道了。

"你想接回秀珍去，我当然不能反对。不过，接回去以后，可不能再像以前那样对待她了。没娘的孩子，更应当疼爱些。好吧，咱们进去看她起来了没有，要是没有起来，你就先在院里等一会儿。她夜晚上也哭吼得没有睡好。要是她还不愿意回去的话，你也不要怨她，这也是你木匠戴枷——自作自受。"

郭春海说完，就让他先进大门。可是，刘元禄却仍是站在大门口一动不动，他抬起头来又看了一眼郭春海，当他正要张口说什么话时，忽然老同喜跑来了。

"春海，快到庙上去吧。进城学习的人都到齐了，任保娃也把大车套好了。你不是也要和老社长到县委汇报吗？快去吧，就等你了。"

"老社长哪？"

"我就去叫他。"

郭春海知道老同喜催叫人时这个不算不好的毛病：他不论催叫谁，都是"都到齐了，就等你了"。这时，他看着老同喜也笑着走去以后，知道还有一点时间，可以准备一下，便赶紧进了大门。他走进院里时，还只害怕惊动了上房里睡觉的父亲、母亲和秀珍呢，不料刚走进他的小东屋，就看见他妈已经坐在那里，而且正在给他的小挂包里装芝麻饼子呢。

"妈，够了。装那么多干甚？到城里才二十多里地，用不了晌午就到了。"

"妈知道。你当妈是单给你路上吃的？夜晚上妈听说红莲今早起就要进城受训，就连夜烙好了。你告诉她，就说妈给她带的。叫她路上吃，叫她到了训练班里吃。训练班比不得家里，叫她饿了时填补些。告诉她，妈不送她去了。"

郭春海走到庙门口，果然看到进城学习的青年们都已到齐了，老社长徐明礼也来了。郭春海趁着人们往马车上装行李的空子，又和王连生，张虎蛮、老同喜等几个人说了一下扩社以后的工作。因为上级党委已经批准王连生入党了，昨晚上社务委员会讨论农业社扩大以后的新的社干部时，人们还提出了让王连生担任副社长，并且还分工让王连生、郝同喜负责接收新社员的工作。

马车上的行李捆绑好了。那些赶来送行的人，也招呼着要进城去学习的年轻人上车了。在那些送行的人中，有的是进城学习的青年人的家长和亲友，有的是乡、社的干部和青年团员，还有一些热心办社的社员，也赶了来欢送。而且都说着希望他们好好学技术的话，人们是多么希望他们学回本事来，把杏园堡建设好啊！

任保娃赶着马车，载着八个进城学习的青年和两个到县上汇报的干部，和欢送的人分别以后，便离开杏园堡的大庙，出了村子，奔上进城去的大路了。

当他们走过河畔杏园时，忽然看见从河畔小路上走过一个人来。那人一见他们，便高喊了一声：

"进城去啊？"

车上的人也笑着高声应道：

"啊，进城去啦！守成大爷真起得早啊！"

郭春海看到是他父亲提着一个粪筐走来，便急忙跳下车来，杜红莲也跟着跳下车来。

"爹，这么早你就出来拾粪？"

"这还早？日头爷都快出来了！"

郭守成听出他儿子的问话中，含着对自己的关心和夸奖的语气了。自从入社以来，儿子就好像和老子经常闹别扭似的，处处批评他，事事劝导他，好像他入了社竟然样样不是了。眼前呢，他儿子也好像孝道了，父子间也好像更亲近了。一看到他这么孝道，这么尊敬老子，郭守成竟忘记了儿子还要赶路，他要和他谈叙谈叙今早晨在这里拾粪时所想到的事情了。

"你是进城去迎接拖拉机的吧？"

"是啊。"

"拖拉机来了以后，咱们总不能再像以前那样七零八碎地种庄稼吧？刚才我在河畔里拾粪时，就琢磨过这事。咱们东滩里有几十亩麦地，东滩地低，种麦子不沾光，全种成高粱最相宜。可是，让那几十亩麦地闲上多半年，又太可惜。要是回茬上一季小黑豆，你看能多添多少粮食！"

郭春海真感激他爹提醒这事，便进一步鼓励道：

"爹这个意见真好。我这几天只顾了扩社，就忘记安排生产上的事了，我从县上回来就要照爹的意见办。要不，爹回去就告诉王连生和张虎蛮也行。"

"好。"郭守成听到自己的意见很快就会变成行动和事实，也高兴了。

"还有，你到县上和李书记说说，能不能再和上村合开一条大渠，也省下明年春旱时又要急抓。这么一件大事，你这当支书的想算过没有？"

"这事我可是想算过了。今春季我到上村要水时，就想过此事。可是，那时候咱们社小，上村还没有办起社。而今咱们社大了，上村也办起社了，我想，县委一定会批准这个计划的。要是咱们秋前能做好准备工作，收罢秋就可以动工了。爹，你对咱们社还有什么意见吗？"

"没有了。到县上要好好地听李书记的话。爹要是早两年就听上李书记的话，也不至于……"一想到他的死去的老牛，想起他的唯一的女儿秋香，郭守成两只风泪眼就流开泪了。但他又不愿意让未过门的儿媳妇看见，便急忙背转脸去。

可是，杜红莲已经看见了，而且竟然天真地对她的公爹说：

"爹，让我看看你的眼是什么毛病，好进城给你老人家配副眼镜。"

郭守成一见这没有过门的儿媳妇倒先和公爹说起话来，还亲热地叫"爹"，真觉得有些不好意思。心想："如今这年轻人真开通，真不害臊。"可是又想："这孩子这么热心、孝道，又有什么不好！"他倒觉得那老规矩确实不该时兴了，于是，他也就不顾忌那一套穷讲究了，也亲热地嘱咐道：

"进城去好好学本事吧。闹家务世事，以后全要靠你们了。我老了，不中用了，戴上眼镜也是白费。再说，庄户人戴上那东西像个甚，也不好动弹，倒不如省几个钱，给你多买个本本，也好多学点技术。不过，可也不要累着身子，更不敢熬坏眼啊！"

杜红莲应了一声，随后又说：

"那就给爹买些好眼药吧！"

听着儿媳妇那暖心热肚的话语，郭守成又流开眼泪了。

"好，好。快上车去吧，看大车走远了。"他急忙和儿子儿媳妇摆了一下手，就转过身去，沿着河畔的道路，顺着长流的汾水走去了。

太阳出来了。夏天的早晨，田野里是这样清新洁静。杏园里的一丛丛杏树和河畔的一行行杨柳，正舒爽地伸展开他们的身腰，轻盈地飘摇着她们的枝叶。在那弯弯曲曲、覆盖着茂密青草的水渠里，渠水也在悠静地绕过杏园，随后就无声地流向那张着口子的田地里去了。在那饱饮了渠水和雨露，在那初升的朝阳的照耀下，绿油油亮闪闪的高粱和玉蜀黍的茁壮的苗子，又像张起翅膀在飞长一样。

郭春海和杜红莲相随着在河畔的田间大路上走着。当他们走过渠堰时，杜红莲又想起郭春海刚才说的开大渠的计划了。

"真的今年秋后就要和上村合开大渠？"

"真的。我上回到县上开会，就和上村的干部们说过这计划，我看收罢秋准能开工了。"

红莲听说秋后一准动工，又着急了：

"那我又参加不成了。"

"你不用怕丢下你，大工程还在后头哪。咱社的地都变成水浇地以后，就该修水电站了。有了拖拉机，咱们好比骑上了快马，再实行了电气化，咱们就长起翅膀了。"

"好，我一定要参加电气化，我还要开电动机哪！"

"看你，还没有学会开拖拉机，倒要开电动机！"

"我真想把什么都学会，把咱们杏园堡建设得美美的。"

说到杏园堡的远景规划，想到那未来的美好的生活，一对年轻人就谈得更兴奋、更热烈了。

"我还有个计划哪，你看——"郭春海指着河畔的杏树园说，"看咱们的杏园，也快给汾河啃完了。我想到明年秋后，或是到后年春天，在那里打一条河坝，再在里头栽上些杏树、果树。听老人们说，杏园那片地种出什么来都好吃，长出来的杏儿好吃，结下的果子也好吃。你看这计划怎么样？这个计划一定等你来参加，你一定能赶得上。你愿意参加吧？"

"当然愿意。我最爱吃咱们杏园的甜杏了。"

说到爱吃的东西，郭春海忽然想到临走时他妈妈给装在挂包里的芝麻饼子了。

"要不是你说起好吃的东西，我倒忘了。你看这是甚？"

杜红莲看到那满满的一挂包芝麻饼子，又听说是她未来的婆婆连夜给她打好的，就高兴地说道：

"妈妈真好。我早就听说妈妈是个好老人。"

"咱爹呢？"

"爹也变好了。我以前只听说爹是个小气鬼，自私、顽固，怕吃亏、又老吃亏。我还发愁将来……今日一见，可真是大变了。"

"而今是合作化、集体化把他老人家化开了，化好了。不要看你后爹还是那么顽硬，到头来也得把他化开。"

"不过，我后爹可不像咱爹那么容易。"

"牛头不烂，多费些柴炭罢了！"

"我后爹嘛，他化不化，或是甚时才能化开，好好赖赖我也管不了，也不愿意管他了。而今，我心里只是想我妈。唉，谁让我妈到了周家呢！"

"妈妈的事你也不要担心了，我和王连生、老同喜说过了，他们会关照的。老同喜还说，他已经给周和尚瞅摸下一头亲事。你放心，妈妈和周和尚到了社里，也会变的。等你再过半年回来，咱们杏园堡和村里的人，也都会大变样子的。"

说到这里，杜红莲忽然站住了。她眼睁睁地看着郭春海，又问了一句：

"等我再过半年回来，村里的人都能变了样子？"

"是啊！"

"都能变了？"

郭春海好像听出她问话中的另外的好意了。他就急忙说道：

"当然都会变的，就像咱爹和杏园那样，会越变越好，绝不会翅膀硬了，就……"

杜红莲也听出他回话中含带着另外的好意了。当她正要抢先回答时，突然又像是看到什么似的，举起郭春海的手来，欣喜地指给他看道："你看——"

这时候，一对燕子正从杏园里飞出来，它们展开双翅，紧紧地相依相随，有时一前一后，有时一左一右，它们从这对年轻人的头顶飞过，又飞向欢腾奔流的汾河；它们翻舞着汾水的浪花，低低地掠过汾河水面，又迎着早晨的太阳，高高地飞向那碧海晴空。

郭春海和杜红莲追上大车了。年轻人们坐在大车上，望着他们就要离开的村庄和杏园，想象着他们学习回来以后的家乡的模样，他们就和着汾水的波涛，高声地唱起歌来了。赶车的任保娃看着这一伙年轻人的高兴样子，又看了一眼他那昨天才办了结婚登记的未婚妻孙玉兰，心里一热，也就"驾！驾"大喊了两声，叭叭地响了两下鞭子，那马车便像疾风一样地飞过汾河桥，奔上了宽阔大道。

杏园过去了，村庄远去了；晨风迎面吹来，白云向后飘去。在他们头上，是初升的红红的太阳，在他们身旁，是滚滚长流的汾河。夏天的汾河是这样汹涌浩荡，她带着管涔山源头的泉水，又沿途聚集了无数的小溪大河。汾河，当她还只是一股小泉，或者只是一点一滴的流水时，她是那样软弱和胆怯，春天的太阳都会使她害怕地躲入干涸的河床，而当夏秋之际，当她饱饮了天雨，又汇集了无数的河流时，她就显得这样勇猛雄壮。当她碰到河底或河畔有什么东西阻拦时，她就鼓起勇气，嚓嚓地大喊几声，冲垮那些障碍，击碎河底的礁石，即使遇到深坑和陷阱，也不过使她转一个旋涡，然后就扬起她那白色的翅膀，发出了战斗后的胜利的欢笑，哗哗地向前奔流而去了……

一九六一年春·太原